O

Emilio De Marchi

DEMETRIO PIANELLI

Introduzione
di Giansiro Ferrata

ARNOLDO MONDADORI
EDITORE

I edizione B.M.M. febbraio 1960
I edizione Classici Contemporanei Italiani
nel volume «Grandi Romanzi» aprile 1960
I edizione Oscar Mondadori luglio 1979

ISBN 88-04-39250-9

Questo volume è stato stampato
presso Arnoldo Mondadori Editore S.p.A.
Stabilimento Nuova Stampa - Cles (TN)
Stampato in Italia - Printed in Italy

Ristampe:

4 5 6 7 8 9 10 11 12 13

1998 1999 2000 2001

La prima edizione Oscar classici
è stata pubblicata in concomitanza
con la quarta ristampa
di questo volume

Il nostro indirizzo internet è:
http://www.mondadori.com/libri

Introduzione

Siamo ancora in debito con Emilio De Marchi. Non che gli siano mancati riconoscimenti, elogi anche molto calorosi, per una parte piú o meno ampia delle sue opere; e qualche studio generale pieno d'impegno in estensione e in profondità. Nemmeno è mancato il rinnovarsi da periodo a periodo d'un buon numero di lettori per alcuni tra i suoi romanzi, fino al successo (nel quindicennio ultimo) dell'edizione di "Tutte le opere". Ma complessivamente il debito resta. Direi che fra momento e momento favorevole questo scrittore sia tornato sempre a ricevere, in campo storico-critico, un'attenzione non abbastanza premurosa, se si eccettua un tipico ambiente milanese e lombardo.

È facile scorgerne dei perché. Gli aspetti regionalistici, in primo luogo, di quanto caratterizza il mondo espressivo e culturale di De Marchi. A un'ambientazione milanese-lombarda sono continuamente legati lo spirito, il linguaggio, la materia dei suoi libri. Un lato "manzoniano" e certi elementi vicini al naturalismo possono dar il senso, in quella condizione, di un'autonomia limitata oltre che un insieme disarmonico. Sembra poi ovvio rilevare, come ha fatto Croce, "quel certo sapore dialettale ambrosiano" che nei testi di D.M. "si avverte qua e là"; Croce risulta poco portato a "censurarlo", ma altri mostrano un'inclinazione opposta. Su un piano diverso sono stati notati frequenti difetti di composizione e di tenuta, e l'appagarsi, a volte, di un livello artistico mediocre.

Questo elenco risponde in gran parte a verità, non sposta tuttavia un altro ordine di ragioni intime alla sensibilità e al giudizio. Nell'ultimo ottocento italiano, De Marchi è complessivamente tra i pochi scrittori che meritano una forte ammirazione, un interesse di grande respiro. Per tutto il *Demetrio*

Pianelli i valori narrativi ed espressivi hanno uno sviluppo di prim'ordine. Dal romanzo che gli è piú vicino, *Arabella*, ad altri, e a numerosi racconti c'è un vivaio di forme e di significazioni incisive, dove il risentimento acuto per "gli eccessi del bene e del male", una complessa vena umoristica, le varie misure di realismo poetico si associano immediatamente o a distanza. Alcune ottime prose evocative, in lingua o in dialetto, e quel che meglio emerge dall'abbondantissima produzione del D.M. saggista, critico, moralista, poeta in versi e traduttore formano un repertorio cospicuo. Nei modi piú genuini i risultati maggiori, gli elementi vitali, le generose tensioni del sentimento e dell'intelligenza morale offrono al lettore un itinerario ben ricco, cui è pienamente giusto dar corso al di là d'ogni riscontro sulle manchevolezze e le ineguaglianze sparse nell'opera demarchiana. Si è già seguita questa strada, in varie misure e qualche volta con netto proposito di completezza; ciò che ancora costituisce un nostro debito riguarda, dalla critica al pubblico, la durata, la persistenza di quel rapporto giusto con lo scrittore.

Emilio De Marchi nacque a Milano il 31 luglio 1851. Nove anni dopo restò orfano di padre, in una famiglia numerosa. Laureatosi in lettere all'Accademia Scientifico-Letteraria, nel '76 cominciava a insegnare. Tre anni dopo entrava come segretario alla Scientifico-Letteraria, uno tra i due centri principali, col Politecnico, di studi superiori nella Milano ancora priva d'università.

In un suo diario è narrata la tragedia sofferta poco dopo i vent'anni. La fidanzata di un altro, della quale si era innamorato in silenzio, morí per un orribile incidente. Nel diario sono descritti gli inizi della passione e il suo durare, l'epilogo atroce, i ricordi. A quella giovane donna si riferiscono, certamente, alcuni personaggi femminili nelle narrazioni di D.M.; piú ancora, l'immagine e la triste sorte di lei penetrarono nella fantasia giovanile unendosi ad altre ferite, a una precoce familiarità col dolore.

Uno scritto dell''81 su "I dintorni di Milano", scopre un carattere tetro nel quartiere di circonvallazione tra Porta Vittoria e Porta Romana – dove i De Marchi abitarono a lungo – e nelle sue vicinanze:

"...La strada della Circonvallazione, coi suoi due alti filari di vecchi platani, che le danno una tinta pallida, quasi grigia nei giorni di maggior polvere, è come l'anello che serra i sobborghi alle povere mura di Milano. Gli orti di sotto, per i sassi che vi buttano i ragazzi, e per la polvere che vien dalla Circonvallazione, sono magri, e i terreni si preferisce affittarli ai conciapelli, ai fabbricatori di candele, ai cordai, ai tintori, che vi rizzano baracche e impalcati d'un aspetto talvolta lugubre e sporco. [...] Se noi usciamo da Porta Vittoria [...] eccoci subito arrivati a un cimitero nudo, povero come i poveri morti e che il nostro popolo, poco premuroso nella scelta delle sue parole, chiama col nome di *Foppone.* [Seguitando] si giunge al casolare della Senavra, un fabbricato grande, con delle inferriate come una fortezza, d'aspetto lurido, con fossati in giro. Non sono molti anni, che, passando di qui, si sentivano i canti e le risa dei matti, allegri anch'essi come le piante, come la casa, come l'acqua stagnante. [Da questa parte] escono tutti i giorni i lattivendoli, tirandosi dietro col ventre il loro secchio a due ruote; escono anche i morti dell'ospedale, in un carro chiuso, preceduti da un prete e da una candela spenta, senza nessuno che brontoli un *requie.* Una volta questi morti uscivano di notte e chi scrive si ricorda di quando, ragazzo, sentiva scendere dal bastione una romba e un lugubre tintinnio di catene, arrestarsi un istante al dazio e seguitare verso l'oscurità del Foppone, e vedeva passare sulla parete il riverbero d'un lumicino. Si diceva che il cavallo sotto il carrettone fosse orbo; io so che cacciavo la testa sotto il cuscino, stringendo in pugno la corona del rosario."

Demetrio Pianelli accompagnerà il povero Cesarino al Foppone, camminando dietro il carro. Il paesaggio triste, nebbioso e fangoso tra i sobborghi e la Bassa riappare molte volte nell'arte di D.M. come incorporando una *qualità* particolare alle cose, ai fatti della vita nei momenti piú amari o difficili; e ritroviamo spesso caratteri analoghi nell'evocazione d'altri quartieri della città. Nella materia narrativa è frequente lo svariarsi d'aspetti malinconici, tormentosi, desolati, conclusi non raramente in modo tragico. Ma presto risaltarono anche inclinazioni diverse, dall'umorismo satirico, o versatile nei toni piú lievi e sorridenti, a una flagranza sentimentale piena di "bontà".

La varietà d'accenti propria a D.M. appare con chiarezza fin dalle prime opere. Verso il '75 egli scrisse un romanzo, intitolato dapprima *I coniugi Elisei* e poi *Vita d'un giovane serio*, che restò totalmente inedito fino al 1965 (quando ne vennero pubblicati i primi due capitoli in "Tutte le opere"). Nelle sue parti piú mature il romanzo ha una freschezza sensitiva, un pacato fermento umoristico che, a tratti, comportano un'autentica forza d'analisi morale. Nel '76 il giovane incominciò le collaborazioni a "La vita nuova", una rivista formatasi attraverso un gruppo di coetanei. Vi pubblicò a puntate dapprima il romanzo breve *Il signor dottorino*, d'impostazione romantica, valido in alcuni intensi frammenti; poi nel '77 l'altro romanzo *Due anime in un corpo*, che è la prima narrazione dello scrittore qualitativa per esteso.

L'inizio dà un rilievo bellissimo all'ambientazione in una Milano popolare e minimo-borghese, estrosamente raffigurata con umore satirico, dentro a un pittoresco di tessitura molto fine. Poi si forma un clima d'idealizzazione ossessiva e allucinata – l'incubo per la sorte d'un amico ucciso diventa, nel protagonista, "amore" per la donna di lui, che non conosce, e ne deriva un intrigo tenacemente movimentato. Piú che ai fatti la sua efficacia è dovuta alle suggestioni interiori, in una mescolanza di fantasia magico-amorosa e ironie, sarcasmi, malizie, reazioni acute ai poteri del male e del dolore. Le maggiori espressività sono spesso ammirevoli:

"...La luce pareva una pennellata bianca in uno sfondo nero fumo; i mobili stessi erano come meravigliati di vedermi lí. Mi distesi sul letto, presi la testa fra le due mani, con molta tenerezza, come se accarezzassi qualcuno fuori di me, rannicchiai le gambe addolorate, mi raggruppai insomma, come un gatto che voglia dormire, e piansi di rabbia, di paura e di compassione." "...La camera era rischiarata da un lampadino a olio, velato da un cerchio di carta verde e posto in terra dietro la testa del moribondo. La fantasia si aggirava in quell'aria verdognola con l'instabilità di un pipistrello che vola, impaurita dai fantasmi... Alla vista d'un povero figliuolo, che moriva davvero, col nome di una donna sulle labbra, tutte quelle vecchie idee, che da molti anni mi corazzano come squame contro gli eccessi del bene e del male, si levavano ad una ad una, lasciando a nudo la natura."

Questo romanzo ha pur qualche zona incerta o precaria, ma ritrova sempre una vitalità densa di carattere. Vien fatto d'accostarlo ad alcune tra le prove migliori della recente Scapigliatura milanese, i cui echi erano molto sentiti nel gruppo della "Vita nuova". Su questo periodico lo scrittore pubblicava intanto numerose pagine critiche, qualche breve saggio. Moltiplicò nello stesso tempo le collaborazioni poetiche e narrative a svariate altre riviste; e se i versi non sono trascurabili, è singolare la profusione pittoresca d'un romanzo alla Montépin, *Tra gli stracci*, autodefinitosi racconto popolare. Nell'ultima parte subentra qui alle volute ingenuità della peripezia una vigorosa consistenza tragica, la descrizione mordente d'un suicidio che anticipa (undici anni dovevano passare) quello di Cesarino nel *Pianelli*.

Uscito in volume, con tre racconti, nel '78, *Due anime in un corpo* ebbe poco successo. Anche nell'ambiente della "Vita nuova" in cui D.M. contava su parecchi amici affezionati. Ma non erano piú i tempi della Scapigliatura e della "Palestra" di Carlo Dossi, la sensibilità della nuova generazione letteraria si era assai risecchita, in genere; tolto il finissimo Ambrogio Bazzero, gli amici dell'autore erano poco disposti a intendere un'arte piena di "irregolarità" come quella delle *Due anime*. De Marchi se ne rattristò molto, fino a interrompere per lungo tempo la frequenza delle pubblicazioni e a lasciar inconclusi, o non riveduti, alcuni testi di quel periodo. Verso l''80 si concentrò tuttavia su un altro romanzo, *Anime del Purgatorio*. D'ambiente tra provinciale e rurale, esso unisce benissimo per un centinaio di pagine un realismo vivace – e insieme pacato – a certe modulazioni di sottile pateticità, a qualche piccola meraviglia descrittiva. Si guasta invece e si disperde nella seconda metà cadendo oltretutto in abusi sentimentalistici. Non venne pubblicato (rimase inedito fino al 1965) e per diversi anni lo scrittore si astenne dal comporre altri romanzi. Nel campo narrativo uscirono dal 1880 all''85 i volumi di racconti *Storielle di Natale*, *Sotto gli alberi*, *Storie d'ogni colore*, ai quali seguirono i *Racconti* nell''89 e *Nuove storie d'ogni colore* nel '95. Altre narrazioni brevi furono pubblicate solo su giornali e riviste, fino alla loro ristampa in "Tutte le opere".

Partendo da quelli che accompagnarono nel '78 *Due anime in un corpo*, i racconti, o spesso si direbbe meglio le novelle, sono complessivamente una cinquantina. Da ricordare tra i migliori alcuni delle prime covate, estremamente semplici nella struttura e nell'intonazione, quasi in forma di bozzetto con risonanze intime a volte notevolissime. Venne poi una nuova facilità d'invenzioni e d'effetti portata a una grazia tenera o maliziosa, risolta spesso nel "piacevole", o nel "commovente", non senza moduli superficiali. Ecco invece nei primi anni '80 una tra le espressioni demarchiane di maggior valore, nel suo spazio breve. È "Carliseppe della Coronata", un racconto lineare con la sua brava moralità tutta in vista: un diretto rimprovero alle ingiustizie dei ricchi e dei potenti, in un modo che è ancora a un passo dal bozzettismo. Non ne vengono diminuite le finezze del testo, l'intensità della sua partecipazione a quel dramma contadino che un filo esile e infrangibile conduce verso una sorte spietata incidendola nel lettore con tagliente acuità. Qui lo stile si "riduce", via via, a un'essenza delicatissima:

"...Già erano passati oltre Cinisello; già si erano lasciati indietro la Bettola vecchia. Da lontano si sentiva sonare un'avemaria. Di quel giorno pieno di freddo e di malinconia non restava, verso il Ticino, che un bagliore come di stagno, sul quale si disegnavano i fusti neri dei pioppi e delle betulle. Dai cascinali sparsi di qua e di là nei campi, usciva già qualche barlume di fuoco, e un fumo che non trovava la via di salire."

La vibrazione morale, l'approfondito intimismo del "Carliseppe" riportano ad esperienze che in quegli anni parevano allontanarsi. Ma il linguaggio è nuovo: la grazia tenero-umoristica della novella "leggera" vi si trasforma secondo lo spirito penetrante, dolente che accennavo. Qualcosa nel ritmo suggerisce intanto il nome di Verga, rammenta che nel 1880-81 erano usciti *Vita dei campi* e *I Malavoglia* e che l'autore abitava a Milano. (Fu amico a De Marchi.) Altri scritti in quegli anni mostrano un vivo senso della qualità e una cura stilistica accentuata. Sono la prosa su "I dintorni di Milano", che abbiamo intravisto, e qualche sua consorella; e i poemetti in prosa dialettale di cui uscí per primo, nell' '81, "El noster Domm" seguito a varie distanze da "Milanin Milanon", "Ohee spazzacamin", "Me regordi..." ecc. (Un'edizione postuma li ha raccolti nel 1902, intitolati *Milanin Milanon* col sottotitolo *Prose cadenzate milanesi*.) Si tratta qui d'un dialetto attinto a buonissime fonti, oltre che popolari, letterarie, – dal secentesco Carlo Maria Maggi sul quale D.M. compose un lungo studio, al Porta – raffinatamente elaborato e filtrato in senso personale, reso parte d'ispirazioni nitide, lievi, squisite. Su un piano d'insieme era dunque venuto il tempo giusto per ottenere una continuità creativa ad alto livello, liberamente ma anche rigorosamente selezionata? Fra l'altro, il D.M. trentenne aveva preso in moglie una di quelle donne che aiutano il raggiungimento della maturità, senza vincoli restrittivi, nel proprio compagno. Dall''80 agli anni del *Demetrio Pianelli* egli infatti continuò a produrre con un impegno saldo ed efficace. Non in modo coerente, però.

Nulla che segni uno svolgimento ordinato, nell'ambito qualitativo. La disparità dei valori nei racconti intorno all''85 e successivi è nuovamente profonda, riguarda anche i diversi gradi della carica umana ed espressiva che li muove. Molti restano nei limiti d'una letteratura amena e patetica ben regolata, in una specie d'amabile giuoco (un po' ingenuo a volte negli strumenti che adopera), senza energie spiccate. Altri come "Don Carlino" o "La bella Clementina" o poi "Don Egidio chiamato 'ad audiendum verbum'" (che in volume uscí postumo), ci riconducono al D.M. maggiore. C'è un distacco netto fra le due *unità di misura*, nonostante i raccordi percepibili a tratti nello spirito e nel linguaggio. Un distacco ancor piú marcato riguarderà le nuove opere ampie, una delle quali è il *Demetrio Pianelli*.

1887: a Milano "su grandiosi fogli affissi alle cantonate spiccava in nero disegno un gigantesco cappello da prete", ricordarono poi gli editori del romanzo d'appendice ideato, scritto da D.M. nelle piú strane circostanze. Egli presentò *Il cappello del prete* come "un romanzo d'esperimento", pubblicandolo in volume nell''88, e affermava d'aver voluto "provare se sia proprio necessario andar in Francia a prendere il romanzo detto d'appendice, con quel beneficio del senso morale e del senso comune che ognuno sa". Fossimo anche obbligati a restringere cosí le intenzioni dell'autore, l'opera continuerebbe a giustificarsi per motivi piú liberi. È una narrazione ingegnosa e pittoresca dove a un certo punto risaltano elementi psicologico-morali degni d'interesse. La stranezza sta nella collocazione del *Cappello del prete* entro un periodo decisamente formativo per il *Pianelli*, dopo i parecchi anni rappresentati solo da opere brevi. Piú o meno avanzato che fosse, il lavoro al *Pianelli*, quando nel giugno '87 apparvero sull'"Italia" le prime puntate del *Cappello*, esso non si trovava certamente piú nel mondo delle vaghe immaginazioni. Sorprende che un animo meditativo e "poetico" come quello di D.M. si sia allora lanciato nel romanzo d'appendice.

È probabile che egli abbia voluto soprattutto affrontare cosí un rischio nuovo, togliendosi dalle cautele usate quasi per un decennio. I limiti di spazio in cui l'autore si era tenuto, dopo l'inedito *Anime del Purgatorio*, segnavano anche un voluto rinvio per lo sviluppo delle ambizioni mal concluse, allora, verso il "romanzo". Lavorare al *Pianelli* dopo quel periodo dovette significare per lui andar incontro sulle prime a molti turbamenti e incertezze, come per chi affronti il mare aperto dopo una tenace abitudine a nuotare presso la riva. Facendo precedere *Il cappello del prete* D.M. si trovò facilitato a rompere quell'abitudine, mediante un'opera ampia ma di minor impegno anche espressivo. E un altro passo dell'avvertenza al *Cappello*, nell' '88, dice:

"...L'autore, entrato in comunicazione di spirito col gran pubblico, si è sentito piú d'una volta attratto dalla forza possente che emana dalla moltitudine; e piú d'una volta si è chiesto in cuor suo se non hanno torto gli scrittori italiani a non servirsi, piú che non facciano, di questa forza naturale..."

La narrazione in cui il barone di Santafusca sopprime per lucro don Cirillo *u prèvete*, credendo come Raskolnikov in *Delitto e castigo* d'essersi premunito contro rimorsi e punizioni e sbagliandosi a sua volta, rese con ogni probabilità maggiormente spedito il lavoro al *Pianelli*. Nello stesso anno 1888 cominciavano a uscire sull'"Italia" le puntate di questo nuovo e ben piú sostanzioso romanzo, intitolato per l'occasione *La bella pigotta*.

Quanto al *Cappello del prete* in se stesso, non bisogna chiedergli troppo. Sotto l'aspetto artistico è certamente difettoso e approssimativo. Il congegno della narrazione riesce in parte sommario, i personaggi e le vicende appaiono molte volte scorciati "alla brava" dentro una ricerca dell'effetto facile. Ma il libro ha una sua animazione vitale, è ricco di movimento e di colore. Quell'ambiente napoletano assai di maniera ma suggestivo, i travagli e le peripezie del rapace barone di Santafusca offrono ancora una lettura gustosa, mostrano in D.M. singolari capacità d'adattamento all'impresa che aveva macchinato. In sostanza il "colpo" riuscí e fece larga presa sul pubblico.

Veniamo al *Pianelli*. Qualcosa vi deriva da un lavoro teatrale dell''81, *I poveri di spirito*, restatosene nei cassetti dell'autore. Non si sa quando la narrazione prese l'avvio. Certo ebbe una prima forma notevolmente diversa, almeno a lunghi frammenti, da quella definitiva. Tre quaderni venuti in luce molti anni dopo l'uscita del libro portano già il titolo *Demetrio Pianelli*, e senza dubbio precedono il testo chiamatosi *La bella pigotta* (è quasi identico a quello ribattezzato *Demetrio Pianelli* nel volume dell''89) per la pubblicazione a puntate di cui ho fatto cenno. Da tali quaderni provengono i sette brani fin allora inediti che sono apparsi nel secondo volume di "Tutte le opere".

I quaderni e il romanzo presentano quasi totalmente la stessa intelaiatura. Dalla frode, dal suicidio di Cesarino (che nei quaderni si chiamava Cecco) si passa alla situazione di Demetrio come capofamiglia, all'intervento del cugino Paolino (Ferdinando nei quaderni) che porterà al suo matrimonio con Beatrice, mentre Demetrio si è innamorato di lei e per reagire al tentativo galante del Balzalotti mette in crisi estrema la propria vita d'impiegato. Il finale era diverso, Demetrio ereditava improvvisamente settantamila lire da uno zio e, dicono le ultime parole del testo, "poteva anche prendere moglie". D'altra parte molto piú intenso e drammatico, nei quaderni, è ciò che riguarda il suo amore per Beatrice. Forse il capitoletto in cui piú si infiamma la passione con un momento di sensualità violenta, meritava d'entrare nel libro; ma D.M. volle infine far durare un altro tono. La forza emersa a un tratto, del sentimento amoroso, nel romanzo viene poi a esprimersi via via in modo misurato e come di lontano, lasciando scorgere solo in mezzaluce i suoi labirinti.

Nei quaderni c'è anche una serie d'annotazioni in margine ai passi narrativi. "Muta il nome di Cecco in quello di Cesare, *lord Cosmetico*. [...] Nelle tre parti – Cesare, Beatrice, Demetrio – fa tre studi di carattere quasi indipendenti dal romanzo. [...] Trova una conclusione piú stringente: dopo la partenza di Beatrice, Dem. vuole uccidersi, è il destino di Cecco. Chi lo salva è Arabella. Accenna vagamente a un Ferruccio, figlio del portinaio, tipografo, che fa il galante ad Arabella. Questi due personaggi serviranno d'addentellato per un altro libro." E altri appunti insistono sull'opportunità di accrescere il "coro" dei personaggi minori, d'estendere i riflessi sociali e storici. Chiedono un maggior rilievo per la "Compagnia della Teppa" (ambiente politico) e per la società contadina nella Bassa. Torna in mente come *Demetrio Pianelli* e *Arabella* dovessero iniziare un ciclo, "Ritratti e costumi di vita milanese" (questa insegna fece da sottotitolo alle puntate della *Bella pigotta*).

Non è facile immaginare la partecipazione di un "ambiente politico", cosí come il *Pianelli* si è sviluppato. Sembrano allergiche agli incontri lunghi con la politica entrambe le figure maschili su cui il romanzo si impernia, Cesarino e Demetrio.

Due "vinti", nelle forme esteriormente piú nette, per ciò che la vicenda assume dai loro stessi caratteri. Nel senso morale Demetrio viene però a risultare tutt'altro che sconfitto. Vedi qui a pag. 306:

"Chi aveva vinto? La gente che giudica all'ingrosso poteva credere che avessero vinto gli altri, cioè i potenti e i fortunati; ma il suo cuore, davanti a quella bella creatura che piangeva e supplicava, seduta innanzi a lui nella luce blanda d'un tramonto d'estate, esultava ancora nella coscienza di un trionfo appassionato, che Dio non concede né ai potenti, né ai fortunati. Beatrice non era salita per la seconda volta alla modesta soffitta per consolare le malinconie di un abbandonato; ma veniva come una regina a mendicare consolazione e consigli a un vecchio e dimenticato romito. Di chi la vittoria dunque?"

Da questo punto di vista, la si può assegnare al povero Demetrio sotto un insieme di aspetti. È riuscito a togliere la famiglia del fratello da una situazione disperata, ed è stato intermediario del matrimonio Beatrice-Paolino. Dal suo lato personale, per l'anziano impiegatuccio che sembrava definitivamente ridotto alla sorte d'un fossile sono venuti eventi e sentimenti pieni d'una rispondenza nuova col vivere. Infine, ribellandosi al "potente" commendator Balzalotti egli ha affermato la propria verità umana nel modo piú vigoroso e rigoroso, si è ascritto a essere vittima d'un castigo ingiusto con una dignità rara, da uomo superiore, veramente. Non smette per questo di sentirsi un povero diavolo, tolti alcuni momenti orgogliosi. Ma la sua tempra riesce sempre a confermarsi ben forte, nell'animo e nell'azione.

Dentro alla sua ruvida, affettiva umiltà contadina egli prende statura, moralmente, da eroe, rispetto agli altri personaggi che formano quasi tutti un piccolo mondo di deboli e viziati, d'egoisti, arrivisti, malevoli, prigionieri dei sensi, infingardi. Nella visione generale entra certamente a fondo un pessimismo. D'altra parte il libro è ricco di sostanza cristiana, fra i molti richiami all'esercizio e al costume cattolico; Demetrio si comporta cristianamente nel modo piú autentico, sia nelle proprie sopportazioni sia con gli slanci battaglieri, e la piccola Arabella è già tutto un messaggio di purezza amorosa e carità. Fino a qual punto troviamo peraltro una presenza attiva della "fede", in Demetrio come nello sviluppo interiore del libro? Anche a se stesso Demetrio parla da cristiano e cattolico in modo, oltreché saltuario, un po' astratto; la convinzione religiosa non ha quasi nulla da dirgli nei momenti decisivi. Lo si sente portar il dolore da stoico, piú che da cristiano radicalmente pio. E in genere nel *Pianelli* come poi subito in *Arabella* il gravare di certe situazioni avverse a ogni luce spirituale, l'impeto o l'insidia delle viziosità, degli appetiti piú bassi e tutto ciò che costituisce, d'altro lato, umana disperazione non trovano riscontri perentori in convincimenti religiosi, in prospettive ultraterrene, ma fondamentalmente solo l'antitesi di una "buona volontà" cristiana il cui linguaggio si rivolge, con travaglio, a questo mondo. Non mancano altri elementi per riconoscere molto complicate e incerte le disposizioni verso la fede, in De Marchi.

Nel '98 egli scrive a Fogazzaro: "[Quello dell'avvenire] sarà un Dio cristiano o un Dio panteista? o sarà la deificazione dell'umana coscienza? ...o il nuovo poeta troverà che il suo cuore non è meno grande del regno di Dio?". Quattro anni prima, a Luisa Anzoletti: "...Certamente la via che la Chiesa segna è chiara; ma vorrà, potrà il mondo moderno battere ancora questa strada? Quando penso che un Rosmini è anche lui un mezzo deviato, dubito che il programma della Chiesa non sia troppo angusto; e allora converrà per la salute delle anime *una grande semplificazione dell'idea di Dio sulla base della Natura*... L'altare sarebbe degno del Nume... Ed eccomi ricaduto nell'eresia".

C'è senza dubbio un problema religioso non disposto a soluzioni categoriche, in questo caso; intervengono dei motivi poetici a condizionarlo, ora, nella maturità dell'artista. La "fede" qui sta nelle memorie istintive, negli affetti, nell'indole gentile e delicatamente appassionata di alcuni personaggi, nati cristiani come si nasce poeti se cosí posso dire. (*Poëta nascitur.*) Demetrio è portato a vivere questa condizione in accordo con l'amore per la Natura.

"...Piú che i fiori, Demetrio amava le erbe, le erbe semplici, vestite soltanto di verde, le tradescansie, che sembrano capelli sciolti d'una bella donna, le felci magre e lunghe, i muschi morbidi come il velluto, l'edera coi suoi capricci, ed anche il rosmarino, anche l'insalata dalle coste dure... Nato anche lui nel bel mezzo dei prati lombardi e da una gente abituata da chissà quanti anni a rovistare nell'erba, aveva nel sangue l'istinto fantastico della natura verde e silenziosa, della quale sapeva intendere le voci piú misteriose; era un vero appetito d'erba, che gli faceva costruire in tre o quattro cassette sopra le tegole bruciate un campionario di quella natura, ch'egli sognava quasi tutte le notti" (pag. 125).

Vene di poeticità come questa non appaiono molte volte allo scoperto, nel romanzo; ma i segni d'una loro interna presenza sono frequenti. Formano un motivo di continuità dell'opera, partecipano a quel respiro lieve e tenace dell'ispirazione tipica, che può anche mettersi a repentaglio attraverso un variare d'altri nuclei e svolgimenti. Il romanzo ci si presenta compatto piú che altrove nella prima parte, intorno alle splendide pagine che narrano il suicidio di Cesarino; dopo (specialmente verso la fine) può dar luogo a ramificazioni e frastagli in cui sfiora, a volte, la dispersività. Tuttavia la corrente principale torna sempre a mostrarsi ben operativa e a rendere chiara un'unità mai del tutto smarrita, per merito d'elementi morali, espressivi, stilistici. Su quest'ultimo termine si può insistere tanto piú volentieri quanto piú il liguaggio, nella sua disadorna aderenza alle cose, toglie qui al senso dello "stile" ogni risalto esteriore. Oltretutto, anche nel *Pianelli* De Marchi può usar inflessioni e vocaboli dialettalistici, o dare alla sua scrittura movimenti irregolari; ma il tono lo giustifica ampiamente e un'armonia molto fine governa l'insieme. Il libro ha una propria musica, fatta anche d'accortissimi talenti verbali. E la vitalità narrativa le risponde nei suoi svariati modi per intiero.

Da principio il successo fu controverso. Il romanzo piacque fra gli altri a Verga, a Fogazzaro, trovò parecchi consensi ma anche dei giudizi negativi, e solo a Milano una vera risonanza nel pubblico.

Per qualche anno D.M., mentre lavorava all'*Arabella*, pubblicò particolarmente scritti di carattere educativo. Uscí nell''88 *L'età preziosa*, ampio compendio di trattazioni morali e culturali per i giovani: la sua fama tra gli specialisti non si è spenta. Vennero poi raccolte le letture per "giovinetti", una parte delle "commedie e monologhi per bambini" che apparvero in volume dopo la morte dello scrittore, e altre opere pedagogiche come le *Lettere a un giovine signore*, *Le quattro stagioni*, mentre si succedevano i racconti nuovi. Nel '90 la libera-docenza di stilistica, nel '91 l'elezione a consigliere comunale si accompagnarono ai vari incarichi didattici e organizzativi, durante il solito procedere delle cinque ore quotidiane di "cartacce burocratiche" alla Scientifico-Letteraria, come D.M. scriveva a Fogazzaro.

Arabella cominciò a uscire a puntate nel "Corriere della Sera" il 7 febbraio '92; fu pubblicata in volume l'anno dopo.

Questo romanzo fa seguito al *Pianelli* in modo ancora vivissimo. Piú ricco di personaggi e di sviluppi drammatici, tutto "corale" fin quando la protagonista non vi isola il suo canto doloroso, merita di venir considerato anch'esso un'opera di gran pregio. Nel senso spirituale i due libri hanno una piena coerenza. Sotto l'aspetto dell'espressione e invenzione narrativo-poetica si distaccano molto: i lettori devoti al *Pianelli* rivelarono varie volte d'amare e stimare *Arabella* senza togliersi un rimpianto per l'agile immediatezza, per l'intensità suggestiva e la grazia del romanzo precedente. È vero, non si trova in *Arabella* qualcosa di paragonabile al tessuto, ai movimenti semplici e mirabilmente organici che in gran parte il *Pianelli* fa suoi. Per proprio conto è un libro un po' dilatato e a tratti anche macchinoso *Arabella*, e nella sua protagonista ci sono eccessi d'idealizzazione. Ma rimangono sostanziosi i motivi d'interesse alto, di partecipazione calda e tenace. Intorno al vecchio Tognin Maccagno, despota e volpone avidissimo prima che subentri in lui quasi una nuova personalità, si agita un intrigo svolto per centinaia di pagine in modo assai valido; piú d'un lineamento è degno che lo si chiami balzacchiano, nella piccola e densa *comédie humaine* situata dentro il quartiere milanese del Carrobbio. Anche la metamorfosi di Arabella da creatura mite a donna che reagisce e viene infine sorpresa da un impeto d'amore per il fedele Ferruccio, dà luogo a una peripezia memorabile. Fra tutto questo, si distinguono pagine d'affascinante vitalità poetica:

"Tacevano i giardini e gli orti nella luce smorta. Solo il vento usciva ogni tanto con un bisbiglio fra i rami in fiore e fra le tenere foglie del castagno. L'ora scoccava in quel silenzio chiaro dal vicino campanile, preceduta dal rantolo delle ruote e dei pesi, che scorrono dentro la torre. Al disopra delle case chiuse e addormentate, al disopra degli orticelli e dei muricciuoli, al disopra delle ombre e di tutte le cieche sensazioni che l'aria, l'ora, la luce, le ombre e le tristezze della notte versavano nell'animo travagliato del giovine, s'innalzava un pensiero che a volte pigliava i contorni d'una figura umana, a volte mandava i bagliori di una fonte, da cui stillasse ai suoi tormenti un soave refrigerio."

Quanto al contenuto morale, *Arabella* ribadisce e accentua la dimensione pessimistica del *Pianelli*. Se in Demetrio il risolutivo affermarsi della personalità insorge da una condizione negativa per tutto ciò che significa vita di relazione – e conduce infine a una reietta solitudine; nella protagonista del romanzo successivo un vincolo matrimoniale senza amore né rispetto opprimerà l'impeto improvviso del sentimento e dei sensi verso il giovane Ferruccio, gli permetterà solo lo sfogo convulso di un attimo, dopo il quale Arabella precipita nello scompiglio e nella morte. Questi "piccoli santi" sono condannati a escludere dalla vita concreta le loro intense vocazioni amorose; e, nel quadro generale dei due romanzi, tale condanna prende un carattere simbolico, rientra in una visione amaramente negativa delle sorti umane. Il riscatto consiste nell'agire secondo giustizia e carità, nel sopportare le proprie pene, tenendo aperto un varco istintivo alle immagini religiose.

Dopo *Arabella* l'arte di De Marchi presenta complessivamente una flessione. Sul "Mattino" di Napoli nel '94-'95, e nel '96 sull'"Italia del popolo" egli pubblicò a puntate un romanzo, chiamato *Redivivo* nella seconda sede, debole e astratto quasi per intiero. Rinunciava poi a farne un libro e deplorava d'averlo dato ai giornali. Singolare è il vuoto che intorno a quell'opera scadente durò per quattro o cinque anni, dal '92-'93 di *Arabella* al '97 di *Giacomo l'idealista*, con l'eccezione di alcune poesie e di qualche racconto.

Una stanchezza dopo il gran lavoro degli anni precedenti, e la cattiva salute, la perdita della madre, gli effetti depressivi delle accoglienze piuttosto fredde ricevute da *Arabella* contribuirono insieme a quella crisi. Non solo fisicamente preparatoria dell'altra che stimolata da un nuovo lutto familiare, quanto mai doloroso, recò in breve alla fine la vita di De Marchi.

L'intervallo è segnato soprattutto dal lavoro al terzo romanzo maggiore – almeno per estensione – *Giacomo l'idealista*. Un'opera espressivamente forte e dotata di molteplici attrattive nella prima sessantina di pagine; legata, poi, a elementi patetico-moralistici o di fondo convenzionale che le permettono solo riprese frammentarie. Da principio si delinea benissimo l'orditura poetica e psicologica del carattere di Giacomo, dentro all'ambiente agreste, al chiaroscuro della famiglia Lanzavecchia tra aspetti idilliaci e prodromi di rovina. Appassionato di filosofia, autore d'un saggio sull'*Idealismo dell'avvenire* che egli ama leggere al suo cane (in un giuoco non frivolo), lo "spretato" Giacomo Lanzavecchia entra per qualche tempo nelle zone piú interessanti del D.M. pittore d'anime e moralista. Al dramma economico da cui intanto è travolto il vecchio capofamiglia, si collegano illustrazioni descrittive all'altezza di certe ottime tonalità giovanili dello scrittore:

"...Un passo dopo l'altro, guidato dalla pratica che fa trovare all'ombra la strada della dispensa, venne fin presso le case del paese, fin all'osteria della Fraschetta, che fa quasi da sentinella all'incrocio delle tre strade. Un chiarore caldo trapariva attraverso le tendine rosse della porta, da cui usciva anche un brontolare spesso di voci rotto dai colpi di nocca che i giocatori lasciavano cadere sul banco. Mauro montò sul primo dei tre scalini che mettono alla bottega e cercò di ficcar l'occhio dentro per vedere chi c'era. Attraverso agli interstizi, che lasciavano le tende flaccide e molli, vide la solita compagnia, cioè il mugnaio del Lavello, il sarto, il magnano idraulico, il beccamorto, raccolti sulle ultime tre carte di una partita a tresette, a cui assistevano, fumando un'oncia di pipa, due o tre villani scamiciati. Una lampada tonda a petrolio versava dal palco su quel gruppo di faccie indurite dall'attenzione una luce cruda e lividastra che sbiadiva sul fustagno sporco, sulle rozze camicie, lasciando ombre nere negli angoli piú segreti della stanza."

Il romanzo perde generalmente sapore da quando entra in giuoco la disperata vicenda di Celestina – promessa sposa a Giacomo – che il "contino" Magnenzio una notte ha violentato sorprendendola nel sonno, e ha reso incinta. Celestina resta una figura scialba, non prende consistenza narrativa, fin quasi all'epilogo; e il quadro nobiliare di casa Magnenzio dove l'azione drammatica si accentra per molte pagine, non trova gran rilievo. Anche Giacomo viene spegnendosi come personaggio, nella scarsamente dinamica situazione connessa alla silenziosa traversia di Celestina. Fra l'altro manca ora al libro una piena autonomia, sono frequenti i richiami a Manzoni o a Fogazzaro. Solo verso la fine si ha un lungo ritorno all'arte piú valida, quando Celestina fugge dalla casa dov'era segregata e camminando tutta la notte va a concludere presso Giacomo la sua sconvolta esistenza.

De Marchi era tornato in ogni modo a misurarsi con un'opera di respiro largo, di fervida ideazione. E altre ne progettava. Fu una sventura grandissima a devastare improvvisamente le sue energie rianimate. Morí la persona a lui piú cara, la giovane figlia, di una breve malattia imprevedibile. Agosto '97. Poche settimane dopo, in una lettera a Fogazzaro ritorna un tema ansiosamente caratteristico: "Si dubita della Ragione che guida e dirige le cose e per poco non si preferisce di credere alla vera materialità che le accozza". Di nuovo, in ottobre: "Vorrei poter credere di piú alla Legge che governa cosí male questi nostri casi. A volte mi pare che tutte le mie speranze mi sfuggano di sotto i piedi; ella [Fogazzaro] piú forte di me, mi deve insegnare come si esca da queste nere disperazioni". Anche la sfiducia etico-politica nell'Italia di allora si era inasprita, da ultimo, quanto piú egli guardava con amara penetrazione ai tracolli, alle lotte, ai problemi della vita sociale. Dopo Adua (1896) venivano maturando avvenimenti non meno gravi: era vicina la tempesta del '98. "Mancano gli uomini", si intitola uno scritto pubblicato da D.M. su un giornale di Catania nel giugno '97. Politicamente, del resto, il suo liberalismo a inquieto sfondo religioso, le inclinazioni a un umanitarismo tolstoiano di cui non vedeva esemplari convincenti in Italia, lo portavano al dubbio e spesso alle contraddizioni.

L'attività che lo esprime tipicamente in quegli anni è *La buona parola*: un corso di "letture per il popolo" (in volumetti d'argomento sociale e morale) che uscirono dal 1898 al

1900). Nessuna intenzione letteraria in quelle pagine tutte semplici, aderenti allo scopo educativo. Meglio peraltro che nell'*Età preziosa* la chiarezza e gentilezza del linguaggio comporta anche un'intima suggestione – nei fascicoli scritti direttamente da D.M. – di verità poetica. E alla poesia in versi, che egli aveva sempre ripreso con impegno dopo le sperimentazioni giovanili, dava ora un ampio tributo retrospettivo-attuale pubblicando, in un volume del 1899, le *Vecchie cadenze e nuove*. Vi emergono gli accenti "desolati", certo i piú vicini all'animo dello scrittore quando uscí la raccolta:

"Disciolto il vago sogno, esco pei campi / sotto la neve e nella nebbia occulti, / quasi occulto a me stesso o me sol noto / quanto basta per dir: son un che piango."

In "Solitudine", riferita alla prediletta Abbazia di Chiaravalle, si incontra un altro motivo essenziale per lo spirito demarchiano:

"...Son le vostre / anime antiche, già passate a stormi, / lavoratori della terra, stanchi / di seminare il pan duro nel duro / seno della natura. Or che disciolta / è la prigion del corpo e giace in polve / la struttura dell'ossa entro il recinto, / che biancheggia laggiú dietro i cipressi, / al morire del dí tornan le voglie / dei buoni spirti a folleggiar tra i solchi, / e guizzando ti toccano, o vibrante / anima mia. Mi parlano e rispondo / un pensiero che sdegna il rauco suono / della parola e non sarà mai scritto. / Ché se per vago error non sbaglia il senso / arcano che mi fa non istraniera / questa tristezza, anch'io fui già del volgo / forse altra volta o cadde alcun dei miei / nei rotti solchi. O forse in una sola / anima ondeggia il mar delle tristezze / e in me percote, mormorando, il flutto / d'antichissimi pianti..."

Elogiando la raccolta e insieme limitandone il valore, Croce disse fra l'altro che "in un libro cosí personale, par sempre di leggere cose già note: vi sono, infatti, le forme ora del Parini, ora dell'Aleardi, ora del Prati, ora dello Zanella e di altri ancora, nelle quali il De Marchi traduce se stesso". C'è da essere almeno in parte d'accordo, per numerosi componimenti nei quali gli echi piú che le specifiche reminiscenze di linguaggi, d'intonazioni altrui entrano largamente. E anche altrove la personalità lirica dello scrittore non risulta abbastanza forte da costruirsi uno stile determinato a fondo come proprio – "segno" e "cadenza" evocano non si sa quali tracce di poesia nata in altri tempi, o soggetta a influssi di allora. Con tutto questo il libro offre molte espressioni vive, penetranti. Rispondono alle maggiori concentrazioni del sentimento, quasi sempre su motivi dolorosi o accorati, e allora si produce qui anche una particolarissima grazia stilistico-linguistica, che rende "nuova" e arcanamente suggestiva l'aura come d'antico in cui si muove. A queste intermittenti virtú poetiche sono da aggiungere i meriti del D.M. traduttore in versi, per una larga parte delle *Favole* di La Fontaine. La traduzione è eccellente, nel suo libero respiro nitido e fino. (Uscí la prima volta nell''85; ottenne un accresciuto successo la ristampa fattane da Einaudi, nel 1958, a cura di Vittorio Lugli.)

Vecchie cadenze e nuove è l'ultimo libro pubblicato da De Marchi. La malattia fisico-morale che si era dichiarata dopo la morte della figlia, si aggravò fino a impedirgli per lunghi periodi di prender cibo; i medici tentarono invano di curarla. Nel 1900 il soggiorno replicato in una clinica svizzera parve aver effetto favorevole, ma fu una breve schiarita. "Sono da alcuni anni un invalido" egli scriveva nel settembre 1900 a Giovanni Bertacchi. "Forse il troppo lavoro e i colpi di certe sventure hanno bastonato troppo un sistema nervoso non troppo robusto, e ora pago al volgere della vita le cambiali che speravo di girare a scadenza infinita. Combatto piú che posso per compiere quel che mi resta a fare..." Nonostante tutto, l'anno prima aveva quasi finito un nuovo romanzo: *Col fuoco non si scherza*, che usciva ora a puntate nella "Rassegna nazionale" di Firenze. Lo completò in qualche modo, ripromettendosi d'aggiustare in seguito un lavoro ancora lontano dalla sistemazione opportuna. Il romanzo in volume uscí postumo nel 1901. Lo scrittore era andato rapidamente perdendo le ultime forze. Morí nel febbraio di quell'anno, pochi giorni dopo Verdi, in una casa del vecchio centro della sua città.

Giansiro Ferrata

Demetrio Pianelli

Parte prima

Lord Cosmetico

I

Verso mezzodí Cesarino Pianelli, cassiere aggiunto, vide entrare nell'ufficio il cassiere Martini piú pallido del solito, col viso stravolto, con un telegramma in mano.

« Ebbene? » gli domandò, « che notizie mi dà? »

« Bisogna che io parta immediatamente. È moribonda! » rispose il Martini, con un groppo alla gola che gli mozzò le parole.

Povero diavolo! l'aveva sposata da poco piú di un anno e dopo un anno di tribolazioni, e quasi di agonia continua la poverina moriva consunta a Nervi, dove il medico l'aveva mandata a passare l'inverno.

« Vada, vada, Martini, resto io. Si faccia coraggio, vedrà. La gioventú si aiuta sempre. »

« Dovrei avvertire il Commendatore, ma la corsa parte alle dodici e quarantacinque e non ho tempo. Gli scriverò appena potrò. Guardi, Pianelli, chiudo in questa cassa i valori principali e lascio a lei la chiave di quest'altra cassa. Vuole che gliene faccia la consegna? Saranno dieci o dodicimila lire in tutto. »

« Se lei si fida di me, per conto mio non ho bisogno di consegna » soggiunse il cassiere aggiunto, tutto commosso e premuroso.

« Mi fa una carità. Tenga conto del movimento di cassa e basta. »

« Si fidi di me: vada, non perda tempo » disse premurosamente il Pianelli, confrontando il suo orologio con quello elettrico del cortile.

« Se c'è bisogno, mi telegrafi. »
« Si faccia animo; fin che c'è vita, c'è speranza. »
« Grazie » balbettò il Martini.
Strinse la mano al Pianelli, sforzandosi di ingoiare le sue lagrime e se ne andò.
« Povero diavolo! » mormorò l'altro, tornando al suo posto. « Se c'è un galantuomo, gli càpitano tutte. »

Era il giovedí grasso.
Cesarino Pianelli, detto anche *lord Cosmetico*, cassiere aggiunto alla Posta, si ricordò che per le due e mezzo aveva dato convegno al Pardi, al Caffè Carini, e cercò di sbrigare in fretta le quattro faccende della giornata. Era un giorno di mezza vacanza anche per lui, che per parte sua conosceva magnificamente l'arte di prendersela.
Quel giorno aveva promesso a sua moglie Beatrice di condurla sul balcone del Gran Mercurio a vedere le maschere.
« Ci vediamo stasera? » domandò il Buffoletti, cacciando la testa nel finestrino dei pagamenti.
« Sí, ma non prima delle undici. »
« Meni tua moglie? »
« Sí. »
« Mi ha promesso l'*Argo* della *Ragione* che verrà a fare una lunga descrizione della festa sul giornale. Dammi il nome della tua signora. »
« Beatrice. Se questo signor *Argo* ci onora, avrò piacere di presentargliela. »
« Guarda che i giornalisti sono pericolosi. »
Il Pianelli, che scriveva, fumava e parlava tutto in una volta, mandò in aria un soffio lungo di fumo con una smorfietta della bocca, come se volesse dire: "Bah, soffio in viso ai giornalisti, io."
« Viene anche il Commendatore? »
« Sono stato a invitarlo; è raffreddato, ma cercherà di non mancare. »

« A rivederci. »
« Addio, bambino. »

Il Circolo *Monsù Travet* era stato promosso e messo in piedi da questo Cesarino Pianelli nei primi giorni del carnevale, per offrire agli impiegati di diverse amministrazioni e alle loro egregie famiglie il mezzo di divertirsi e di far quattro salti in economia.

La proposta ed il piccolo programma avevano trovato appoggio non solo tra gli impiegati della Posta – eccettuati naturalmente i pezzi piú grossi – ma anche tra molti impiegati del Municipio e di Banche private, che avevano versato in mano al Pianelli le venti lire di primo ingresso e via via le cinque lire mensili per tutti i mesi dell'inverno.

Era un modesto principio: ma si sperava che il Circolo non dovesse morire cosí, e potesse col tempo trasformarsi in un *club* di riunioni serali, o in un casino di lettura, o in un sodalizio di mutuo soccorso, in una cooperativa, o in qualche diavolo di questo genere.

Non erano le grandi idee che mancavano a Cesarino Pianelli, che se avesse avuto centomila lire alla mano...

Ma il primo suo torto era di non averle. Se però gli mancavano i denari gli stava a pennello il titolo che gli avevano regalato di *lord Cosmetico*, appunto per le sue arie di grandezza e di sufficienza, per la eleganza del suo modo di vestire, per i colletti in piedi, con le cravatte costose *haute nouveauté*, per i polsini che parevano di porcellana, e piú ancora per la lucentezza della chioma, tirata a furia di cosmetico in due pezze profumate sopra le tempie e aperta in due ventagli meravigliosi dietro le orecchie.

Non piú giovanissimo, anzi, se si deve dire, piú vicino ai quaranta che ai trentacinque, sapeva ancora con la carnagione bianca e fina e colla sua aristocratica magrezza resistere agli urti del tempo e aspirare al titolo di eterno bel giovine. La barba nera e crespa, morbida, divisa in due piccole punte sul mento, finiva col dargli quel carattere contegnoso e diplomatico che in questi tempi di americanismo insorgente non si trova piú che nei grandi camerieri del Cova, ultimi custodi delle tradizioni dei Palmerston, degli Ubner, dei Visconti-Venosta.

Era un magro giovedí grasso. Piovigginava. Tuttavia le strade formicolavano lo stesso della solita gente che ha sempre voglia di veder qualche cosa anche quando non c'è niente da vedere e che, in mancanza di meglio, si contenta di vedere sé stessa. Qualche balcone addobbato, qualche strillo di mascherotto, qualche carrozza coi campanelli, davano di tempo in tempo delle illusioni di giovedí grasso, ma intanto piovigginava malinconicamente.

Il Pianelli trovò il Pardi, com'erano d'accordo, seduto davanti a un tavolino del Caffè Carini, sotto i portici meridionali.

Melchisedecco Pardi, fabbricatore di nastri di seta con ditta al ponte dei Fabbri, uomo già sulla cinquantina, grasso d'una grassezza floscia e linfatica, buono d'animo, non ingenuo negli affari, che soffiava forte dalle canne del naso nel grosso bavero del suo paltò color nocciuola, era detto anche Pardone per la sua leale bonarietà e per la sua pancia.

Oltre il merito di saper fare molto bene il suo mestiere, aveva quello d'essere il marito della bella Pardina, una vespa tutt'ossi e spirito, con occhi tremendi, che da ragazza lavorava in fabbrica per dieci soldi al giorno, che aveva saputo farsi sposare dal padrone e che, a credere alle ciarle, fabbricava ancora molto bene i suoi nastri a parte.

Palmira Pardi e Beatrice Pianelli s'erano trovate a passare una vacanza insieme a Tremezzo sul lago di Como, all'albergo Bazzoni, dove piú d'una volta capitarono i rispettivi mariti colla solita corsa del sabato.

In campagna le amicizie sono presto fatte tra gente simpatica. Chi non avrebbe voluto bene a quel buon uomo grasso, cosí fino conoscitore del vino di Piemonte?

Sempre d'un umore, piene le tasche di biglietti di banca, avrebbe sempre voluto pagar lui, tanto da obbligare lord Cosmetico, per non restar mortificato, a far portare il marsala o il bordò o a improvvisare un trattamento di dolci alle signore sulla terrazza.

« È un pezzo che mi aspetti? »

« Un momento. Ho ricevuto stamattina il tuo biglietto. »

« Dunque? me le puoi dare queste duemila lire? »

« Signore Iddio! » rispose il Pardi, grattandosi l'orlo d'una orecchia. « Come puoi avere bisogno di duemila lire? »

« M'è capitata una disgrazia in un pagamento. »

La voce del Pianelli si affievolí un poco. Si vedeva l'uomo non abituato a dire bugie.

« Di' che hai giuocato, invece, e che hai perduto e *amen*! »

« Chi ti ha detto che ho perduto? »

« Palmira. »

L'occhio di Cesarino s'incantò un momento nell'aria.

« E mi ha detto che hai giuocato col tenore... »

« Bene, sí, ho giuocato e ho perduto. È una disgrazia anche questa che càpita a chicchessia. »

« Se tu mi avessi detto che in questo vostro Circolo si giuoca, non avrei dato le mie venti lire di buon ingresso. »

« Non è che si giuochi, anzi è proibito; ma quando passa una cert'ora, se c'è chi tenta, non si è obbligati a essere sant'Antonio. »

« Io non so che gusto da bestia ci trovate in queste maledette carte. »

« Ognuno ha i suoi gusti, Secco. Tu, per esempio, preferisci andare a dormire all'ora delle galline e c'è chi ama provare delle emozioni. »

« Tua moglie lo sa? »

« Che c'entrano le donne! » disse lord Cosmetico affettando un sublime disprezzo per le donne.

Il Pardi, che pareva un uomo sulle spine, dopo aver cercato il cameriere cogli occhi, comandò una birra.

Cesarino volle un assenzio.

« Ebbene, che cosa mi rispondi? » chiese dopo un lungo e penoso silenzio il Pianelli, mentre lasciava cadere a goccia a goccia l'acqua chiara nel suo bicchiere d'assenzio verdognolo.

Il Pardi tentennò il testone, gonfiò le ganasce e, col tremito di una ragazza che resiste a care tenerezze, rispose:

« Mi rincresce ve', ma questa volta non posso proprio davvero. »

Cesarino, che non si aspettava un rifiuto, indovinò subito da chi il buon ambrosiano aveva ricevuta l'imbeccata. Con uno di quei risolini sardonici con cui lord Cosmetico soleva soffiare la sua grande superiorità di spirito, domandò:

« Te l'ha detto anche questo tua moglie? »

« Uff! » fece il buon Pardone, voltandosi per due terzi sui gomiti a guardare nella piazza dove la folla andava agglomerandosi e crescendo. Il Pianelli era stato buon indovino. Palmira aveva proibito assolutamente di dare piú un soldo a questa gente bislacca e bisognava ubbidire.

« Senti, ti faccio anche una cambiale, se vuoi. »

« Che cambiale! non posso, perché non ne ho. »

« Sai, son debiti d'onore! »

« Che onore d'Egitto! l'onore è quando si lavora e si paga il lavoro degli altri. »

« C'è onore e onore, Pardi, e spiace sempre di fare una cattiva figura. »

Cesarino pregò ancora una volta cogli occhi piccini e addolorati in cui si agitava una grande paura. Ma il Pardi si voltò a guardare le maschere.

Un piccolo raggio di sole, allargandosi attraverso all'aria bagnata, entrò in una luce biancastra e diluita a rallegrare un poco il Caffè, mentre nell'altro lato della piazza, al comparire della prima mascherata colla banda, si rianimava un po' di rumore

Seguí un altro bell'istante di silenzio, duro e arcigno da una parte, tedioso e incomodo dall'altra, durante il quale il Pianelli pensò se doveva inghiottire l'orgoglio e commuovere l'amico col racconto di tutta la verità.

E la verità era questa: le duemila lire perdute al giuoco col celebre tenore Altamura non erano che il fondo di cassa raccolto per le feste del Circolo. Per una boria da lord Cosmetico il Pianelli aveva pagato in pronti contanti il suo debito d'onore, ma, non avendone di suoi, s'era servito del denaro degli amici. Ora cominciavano i guai, i sospetti, le diffidenze e aveva ragione di dire: "Spiace sempre di fare una cattiva figura..."

Ora si trattava non piú d'un debito di giuoco, ma di stima, di fiducia, di delicatezza, e a Cesarino bruciava piú che se avesse ricevuta una coltellata nella carne.

« Ti pago gl'interessi » provò a soggiungere.

« Non ne ho, e quando non ne ho è come spremere l'acqua da un sasso » rispose con una certa furia di uomo seccato il buon Melchisedecco Pardi, detto anche Secco o Pardone.

« Scusa... » si affrettò a dire coi denti stretti lord Cosmetico, che credeva d'aver pregato fin troppo. « Ti chiedo un prestito, non ti chiedo mica l'elemosina, per tua regola. »

« Non... »

« Scusa, ho creduto di rivolgermi a un amico prima che a un usuraio. »

« Ma se... »

« Scusa, ti dico. Tu hai ricevuto gli ordini e fai bene a eseguirli. » E qui lord Cosmetico tracciò in mezzo al suo discorso funebre un risolino ancora piú sardonico e tagliente del primo. Poi soggiunse, alzandosi: « Scusa il disturbo e procura di dormire i tuoi sonni tranquilli. »

Pardone lo guardò con un occhio piccolo e cruccioso. Che cosa voleva dire il signore?

Coll'aria alta e principesca che sapeva assumere nei grandi momenti, lord Cosmetico gettò i sei soldi dell'assenzio sul vassoio e uscí dritto dritto in un pezzo come se avesse ingoiata una canna di fucile.

Stette un momento sulla soglia a contemplare l'unghia lunga del dito mignolo, che era il suo modo di riflettere nei momenti piú gravi e pensò di passare di là, al Caffè Campari, in cerca di un certo Guerrini, detto anche Bòtola, che prestava volentieri al trenta per cento. Ma la piazza era cosí piena di gente in quel momento...

Pardone, appoggiato colle gomita grasse al tavolino e alla sedia, seguitò a guardare le maschere cogli occhi gonfi e imbambolati.

Una grande commozione saliva e scendeva dentro di lui, facendo quasi le onde nella carne floscia del suo corpo di buon ambrosiano.

Egli aveva obbedito a Palmira, col dar nulla, e Palmira non ragionava male. Casa Pardi non era il pozzo di san Patrizio. Né questa era la prima volta che Cesarino parlava di prestiti e di cambiali.

Prima trecento lire, poi cinquecento, poi ottocento, adesso duemila... eh! eh! ce ne vogliono dei nastri per far tanti denari...

Se il signor Pianelli voleva fare il lord e mandare in lusso la moglie, non era bello niente affatto che i conti li facesse pagare agli amici. Son giusto i tempi di mungere un povero industriale, coi prezzi che si fanno della seta!...

"Cambiali!" tornava a pensare il povero Pardone, tutto arruffato ancora della violenza fatta al suo buon cuore. "Quando non si ha che lo stipendio di un *travetto*, una moglie bella, giovine, ambiziosa e tre figliuoli da mantenere, le cambiali si possono dare alla lavandaia insieme alla... alla... dei marmocchi."

Pardone, gonfio ancora come un boa, ripeté tre o quattro volte questo monologo, guardando senza veder nulla le maschere e la gente che si agitavano verso l'arco della Galleria Vittorio Emanuele.

Finalmente ordinò al piccolo un'altra birra.

"Che cosa aveva voluto dire il signore colla frase: cerca di dormire i tuoi sonni tranquilli? Voleva alludere a Palmira e al tenore?"

Egli era buono come un angelo, buono due volte, ma non tre volte; e il signor Cesarino aveva torto di vendicarsi di un rifiuto col lanciare là delle frasi in aria senza senso. Stupidello!

Si voltò ancora una volta verso i portici nella speranza di vedere ancora il Pianelli. Aveva bisogno di farsi spiegare quella frase. Era stato una bestia a non chiedere subito una spiegazione...

Girò gli occhi in su e in giú, ma il Pianelli se ne era già andato. Pardone avrebbe dato ora non due, ma quattro mila lire e una tazza di sangue per aver la chiave di quelle maledette parole.

Sentendosi morir di sete, tracannò d'un fiato il suo *shop* di Vienna, e si nettò i baffi bagnati di spuma col dosso della mano bianca e grassoccia.

Il Pianelli, col suo risolino sarcastico raffreddato sulle labbra, risalí i portici meridionali fino all'altro capo dove era la sede del Circolo, in alcune sale di angolo tra la piazza del Duomo e la via Carlo Alberto.

"Imbecille!" diceva mentalmente, pensando al povero Pardi. "Invece di obbedire alla moglie, dovresti proibirle di cantare dei duetti troppo teneri col tenore."

Trovò le sale del Circolo aperte e ancora in quel disordine affaccendato che precede una festa. C'erano in mezzo agli operai il Miglioretti e Adone Bianchi, che in maniche di camicia aiutavano i tappezzieri a collocare alcune grosse ghirlande di edera e di fiori di carta intorno alle pareti del salone da ballo.

Il Bianchi, che allora faceva le parti di brillante nelle

farse del Filodrammatico, quando vide il Pianelli, gli andò incontro, lo tirò in disparte e gli disse colle sue solite declamate freddure:

« Odi, fellone. C'è stato il maestro Cappelletti a dire che, se non gli paghi gli arretrati, egli non canta nei cori, cioè emigra col piano e coll'orchestrina a Porta Genova. Aspetta la risposta fino alle cinque: dopo si ritiene sciolto da ogni obbligo con noi. Questa è bella, Palamede! che si dovesse ballare senza suonatori? Vola, metti le ali ai piedi e il cimiero in testa e ferma il fellone, o si va tutti quanti sull'*Uomo di Pietra.* Questa è una. C'è stato poi anche il padrone del Caffè Carini a dire che ha sete. »

« Cioè? » chiese il Pianelli, che ascoltava col viso duro, rosicchiando lentamente la sua bellissima unghia lunga.

« Ha contato cento storie. Vorrebbe almeno qualche acconto per il servizio dei mesi scorsi. Pare insomma che stasera voglia far sciopero anche lui. Io gli ho detto che non sono cassiere, né figlio di cassiere, ma che ti avrei parlato. Pazienza i suonatori! ma se mancano anche i sorbetti, numi del cielo, che fia di noi? »

Le declamazioni del Bianchi non riuscirono a far ridere il Pianelli, che disse con un accento freddo e monotono: « Vorrei sapere chi è quell'imbecille che si diverte a organizzare queste stupide commedie. Si son dati la parola d'ordine... »

Il Pianelli, in apparenza tranquillo, faceva ogni sforzo per soffocare lo spavento che tutte quelle notizie suscitavano nel suo cuore. Di conti e conterelli e proteste ne aveva ricevuti anche durante la giornata e si vedeva una mano che si divertiva a seminare il sospetto e lo scredito.

Si sapeva ch'egli aveva giuocato e perduto: si sapeva forse che egli aveva pagato coi denari del fondo sociale, e forse gli stessi soci mandavano avanti i creditori per metterlo colle spalle al muro.

Se non pagava prima di sera il Cappelletti, il Carini e gli altri; se la festa per colpa sua non aveva luogo, egli avrebbe dovuto confessare agli amici e ai nemici che non c'erano piú denari. Era una brutta figura che non voleva fare, Dio santo!

Qualunque altro anche meno superbo di lui avrebbe inorridito all'idea di dover confessare ai propri colleghi un cosí indelicato abuso di fiducia. Ecco perché aveva pregato e supplicato tanto il Pardi... ma aveva fatto i conti senza... le donne. Credeva d'indovinare da chi partiva la mossa. Oh le donne!

Beatrice aveva il torto d'essere stata la piú bella e la piú elegante in tutte le feste di quel carnevale e non si offende senza pericolo una donna magra e galante collo spettacolo della propria felicità. La Pardi, oltre a essere per sua natura invidiosa e vespa, abituata a vincere e a trionfare, avendo trovato forse della freddezza e del sarcasmo nel bel Cesarino, faceva vedere che le magre non perdonano. Cosí almeno egli andava argomentando: ma tutte queste considerazioni finirono coll'irritare un carattere già per sé stesso sanguigno e sospettoso, inclinato già naturalmente ad esagerare il valore e la portata delle cose. Gli pareva di scorgere una vasta e misteriosa congiura di tutta Milano contro lui, contro sua moglie, contro i suoi figliuoli...

Non potendo piú stare alle mosse, discese a volo le scale del Circolo, ritraversò i portici nel momento che ferveva il corso mascherato, e invece di piegare verso il Carrobio, cioè verso casa, dove lo aspettava Beatrice, svoltò nel piazzale deserto del Palazzo di Corte e per il passaggio dei Rastrelli arrivò in cinque minuti alla Posta.

Ve lo aveva portato, piú che un pensiero, l'istinto, ossia quella forza di gravitazione che tira un corpo che cade verso il luogo del suo equilibrio.

Anche qui il portiere gli consegnò una busta gialla. Era un conto della Società del gas con una noterella del direttore, che minacciava le tenebre, se non si dava corso alle vecchie quietanze.

Cesarino sentí proprio venire addosso il buio come un uomo che sprofonda nell'acqua. Era la congiura. Era la parola d'ordine. Era qualcuno che si divertiva bestialmente a tormentarlo per il gusto di vederlo soffrire.

Se avesse avuto il tempo di scrivere a suo suocero... Ma il buon uomo stava fino a Melegnano e i denari occorrevano subito. Poiché c'erano dei maligni interessati a comprometterlo, a questi egli voleva rispondere col denaro in mano. Sonavano le quattro, quando entrò nel locale della cassa. Non c'era nessuno, gli sportelli erano chiusi. Il portiere aveva chiuso anche le gelosie della stanza che stava immersa in una mezza luce grigia, dentro la quale dormivano, nella loro massiccia riquadratura, le due casse di ferro, d'un colore verdastro lucido, a grosse borchie ribadite sulla lamiera. Quelle due casse erano piene di denari.

Il Pianelli, che nella sua paurosa disperazione sentiva quasi attraverso alla grossezza del metallo la presenza del demonio che lo tentava, cominciò a soffrire d'inquietudine, mosse qualche passo per la stanza, si asciugò la fronte madida di sudore, andò a vedere se il portiere era ancora di là, nella corsía, oltre l'assito: non vide nessuno, accostò l'uscio, girò lentamente la chiave, e si trovò solo in compagnia di quei due mostri di ferro, che lo chiamavano colla voce potente del loro ventre.

Non voleva commettere, come si dice, una porcheria. Piú d'una volta aveva assistito allo spettacolo miserevole delle altrui prevaricazioni, e troppo bene conosceva le conseguenze d'una cattiva azione per giocare alla cieca una carta cosí pericolosa.

Il Martini s'era fidato di lui, come un uomo si può fidare d'un fratello, e per quanto l'occasione lo tentasse, per quanto la responsabilità ufficiale non fosse sua, per quanto un'irregolarità si potesse sempre giustificare colla scusa che non v'era stata regolare consegna, per quanto insomma un uomo che affoga non abbia rimorso di attaccarsi a un altro uomo, anche per affogare con lui, con tutto ciò egli sentiva troppo altamente di sé per scendere fino al punto di coprire un abuso con una malvagia azione.

La sua idea non era di tradire un povero diavolo, né di toccare i conti di cassa: ma solamente di approfittare dell'assenza del Martini per provvedere provvisoriamente a una dura necessità. Con un migliaio di lire alla mano egli poteva far tacere sul momento i piú feroci creditori, smorzare i sospetti, rifare per un giorno il suo credito in faccia agli amici, dare degli acconti al Carini, al Cappelletti, alla Società del gas, sventare, scombuiare la trama invisibile di tanti invidiosi, che odiavano in lui l'uomo di spirito, l'uomo sarcastico, il talento superiore e perfino il marito d'una delle piú belle donne di Milano. Colla fantasia suscettibile degli orgogliosi egli credeva veramente a una segreta persecuzione di tutti quanti contro di lui, e poiché non c'era per il momento altro rimedio...

Appoggiò la fronte ardente alla parete d'una delle casse, e stette un momento a godere il senso di freschezza che usciva dal metallo e a respirare l'acre odore della vernice. Poi, come se due mani non sue operassero per lui, aprí uno sportello e riempí il vano colla persona. Allineate in doppia fila erano le ciotolette di ferro con dentro i biglietti di vario colore: alcune erano piene d'oro, altre piene d'argento. Qui lo assalí un forte sentimento d'onestà, e ricuperando la padronanza di sé, crollò il capo come se dicesse: "Che diavolo! non sei qui per rubare." Prese il portafogli, levò un biglietto di visita, col suo nome stampato, vi scrisse colla matita: "Prelevate lire mille", mise il biglietto in una ciotola al posto di due altri biglietti di cinquecento, che collocò nel portafogli. Chiuse senza furia, colla regolare precisione delle altre volte, fece un'altra giravolta per la stanza, per sgranchire le gambe, e cantarellando un'arietta, uscí dalla corsía, chiamando apposta: « Gerolamo... »

Il portiere si fece chiamare due volte, finalmente comparve dalla parte della scala con un inaffiatoio in mano. Pianelli si fermò a dargli qualche ordine, in tono alquanto ruvido: ma poi si rabboní d'un tratto e soggiunse: « Non devo pagarti dei sigari? »

« Sí, i cinque virginia di stamattina. »

Il Pianelli mise una lira nella mano del portiere e se n'andò senza aspettare il resto. Superbo sí, ma generoso! Uscí che già cominciava a imbrunire. La giornata era tornata bigia e noiosa. Molta gente veniva dal centro con aria poco contenta, e qua e là luccicava qualche ombrello aperto sotto la luce che mandavano fuori le vetrine illuminate. Il signor Pianelli saltò in una vettura e in men di mezz'ora pagò il Carini, il Cappelletti, la Società del gas, mostrandosi né corrucciato, né allegro, ma colla naturalezza dell'uomo che sa fare una giusta economia del suo tempo. Gli avanzarono ancora trecento lire, colle quali avrebbe potuto offrire qualche altra soddisfazione agli increduli; ma pensò di farsi vedere anche al Circolo, dove gli operai finivano di dare l'ultima mano ai preparativi.

Mentre Cesarino correva col cuore in bocca a questo modo per la città, sua moglie Beatrice, a casa, non finiva mai di specchiarsi nel suo bel vestito lucido di surah color perla, e s'immerse tanto nei preparativi della sua toeletta che dimenticò il corso, le maschere, e perfino l'ora del pranzo.

Madame Josephine aveva preparato questo gran vestito per una contessa Castiglioni: ma aveva dovuto ripigliarlo per un improvviso lutto di famiglia. Stava per mandarlo a Roma a un'attrice che doveva recitare al Valle nella stagione di quaresima, quando capitò a Beatrice di vederlo nelle mani della Elisa, la giovine maggiore della sarta, e se ne innamorò. Non era un capo alla portata della sua borsa, ma affascinata, commossa, ne parlò a Cesarino con tanta eloquenza che costui, con un pensiero dei suoi, meditò e combinò segretamente una bella improvvisata; cioè si fece cedere per le due sere del giovedí e del sabato grasso il vestito mediante un compenso serale, e senza dir nulla prima, lo fece trovare bell'e disteso sul letto di sua moglie.

Quando Beatrice si trovò davanti quello splendore, gettò un gran grido di gioia, buttò le braccia al collo del suo Cesarino, e fu a un pelo di perdere i sensi per la contentezza. Quasi piangeva anche lui, il grand'uomo, per la consolazione. La Elisa con quattro tagli adattò il giro della vita e orlò il corpo e la sottana d'un pizzo doré, d'un bellissimo effetto provinciale, come allora usavano.

Beatrice non avrebbe mai voluto uscire di camera per il piacere che provava nel mettersi e nel togliersi quel vestito. Per quanto fu lungo il giovedí in casa Pianelli si mangiò poco e con disordine. Per levarseli dai piedi, i ragazzi furono mandati dai signori Grissini, i vicini di casa. Tutto il dí fu un andare e venire di gente e di roba. In cucina non si accese il fuoco; Beatrice si contentò d'inghiottire in fretta qualche uovo sbattuto nel vino con qualche biscotto bagnato dentro, e di rosicchiare in piedi dei pezzi di cioccolata col pane. Cesarino tutto occupato nei preparativi della festa nelle sale del Circolo pranzò al caffè.

Tornò verso le nove di sera per vestirsi. Non trovando piú posto nella stanza da letto, tutta seminata e ingombra di pizzi, di fiori, di blonde, di guanti, di stivaletti e di scatole aperte sul letto, sulle sedie, sul pavimento, il signor Pianelli dovette prendere le sue robe e far toeletta in uno stanzino a cui dava il nome di studio.

Intanto cercava di calmare i nervi scossi dalle emozioni della giornata e di farsi una persuasione ch'egli né aveva rubato, né era sua intenzione rubare. Scongiurata una brutta tempesta, egli avrebbe domani o dopo riparato al disordine e stoppata la bocca a tutti i malevoli che avevano creduto di rovinarlo. Il suo caro suocero di Melegnano lo avrebbe aiutato in quest'opera di riparazione, o egli l'avrebbe fatto saltare, come si dice, finché non avesse pagato il resto della dote di Beatrice.

Cesarino stava accarezzando un magnifico nodo di cravatta, che gli era uscito fresco dalle mani come se fosse modellato da un artista, quando Beatrice, preceduta dal fruscío strisciante dello strascico, accompagnata dall'Elisa, entrò, splendida come una principessa, nel bellissimo vestito nuovo, che le fasciava la vita, la radice delle braccia solide e il petto ampio colla morbida e tesa precisione di un guanto. Le spalle nude d'un candore molle di latte spiccavano sulla lasagnetta di pizzo doré che orlava le sinuosità e le ondulazioni profonde del suo busto di surah aperto fino dove la decenza si accorda colla bellezza (un punto metafisico in cui le donne non sono tutte d'accordo). Al collo non aveva che un semplice vezzo di perle, vecchio tesoro di casa, che morivano nel loro pallore nella candida morbidezza della carne; le braccia eran nude dalle spalle al gomito, dove arrivavano gli altissimi guanti di Svezia su cui brillavano i braccialetti... Ma la gran bellezza della donna erano i capelli, quei molti capelli folti d'un biondo carico, che s'intrecciavano in nodi contorti a guisa d'un turbante sul candore di porcellana della carnagione, per cui Beatrice Pianelli aveva veramente una grande rassomiglianza colle belle bambole grandi che vengono dalla Germania, come se ne vedono nelle vetrine del Pino e del Caprotti, belle e lucide di fuori, vuote o piene di stoppa di dentro. Questa somiglianza aveva fatto trovare per lei il soprannome di *bella pigotta* con cui solevano, colla chiara ed espressiva concisione morale del dialetto lombardo, indicarla i buoni amici e le meno buone amiche di lord Cosmetico.

Cesarino, che in materia di buon gusto era un giudice incontentabile, fece girare due volte Beatrice sopra sé stessa, aggiustò qua, carezzò là, mosse una treccia nei capelli, stese le mani alla vita che non gli pareva ancora troppo bene attillata.

« Caro te, stento quasi a respirare » disse Beatrice tirando un gran fiato.

Arabella, la figliuoletta di quella gente felice, girando col lume in mano si specchiava nella sua bella mamma. Da bambina giudiziosa promise di stare in casa colla Cherubina a curare i suoi fratelli e per contentarli avrebbe fatto lo zabaglione. Naldo, un marmottino di quattro anni, era già tutto felice nella speranza di poter leccare il frullo.

Bellissima riuscí la festa del giovedí grasso al Circolo *Monsù Travet* per concorso, per calore e per allegria. Beatrice Pianelli che l'*Argo* della *Ragione* paragonò a una Giunone di diciott'anni uscente da una nuvola, gustò il suo quarto d'ora di gloria.

Le signore, la Pardi per la prima, riconobbero nel taglio e nella guarnizione del vestito una mano straordinaria, si guardarono negli occhi con quella fredda meraviglia che è piú vicina alla compassione che all'invidia. Ciò non impedí che si facessero passare di mano in mano la *bella pigotta* colle piú tenere esclamazioni di ammirazione e di benevolenza.

Cesarino si dimenticava mentre seguiva cogli occhi estasiati il trionfo di Beatrice: e volendo sputar miele per il fiele che aveva inghiottito, cercò di mostrarsi affabile, gentile, arrendevole con tutti, specialmente con coloro dell'amicizia dei quali egli dubitava di piú.

Pardone non si lasciò vedere. O s'era già seccato abbastanza di quel Circolo o non voleva incontrarsi con Cesarino Pianelli. Ma anche senza di lui la festa non fu meno chiassosa e brillante. Il vino di Barolo e qualche bottiglia di Sciampagna aiutarono a far dimenticare i pensieri cattivi che ciascuno non aveva potuto lasciare fuori dell'uscio: ma Cesarino se li trovò sul cuscino del letto al suo primo svegliarsi il giorno dopo. Si ricordò del Martini, del suocero, dei denari che non aveva piú e saltò dal letto coll'intenzione di correre subito a Melegnano: ma rifletté che per l'assenza del cassiere egli non avrebbe potuto per quel giorno allontanarsi dall'ufficio. Non volendo perdere un tempo che andava facendosi sempre piú prezioso, col capo ancor pieno di sonno, uscí di casa e mandò al signor Isidoro Chiesa di Melegnano questo telegramma:

"Mi occorrono subito mille lire. Portale tu. Grave disgrazia.

BEATRICE."

Poi si recò all'ufficio e vi stette fin verso le dieci. Ma parendogli d'essere sulle spine, pregò il Miglioretti di prendere un momento il suo posto, corse a casa a vedere se il suocero era arrivato o se aveva mandato un telegramma. Non trovò nulla. Restò a casa a mangiare un boccone, mentre Beatrice cominciava a sciogliersi dal suo sonno profondo di donna stanca. Poi tornò di nuovo alla Posta verso mezzodí.

Non era ancora in fondo della via del Pesce, quando vide sul portone della Posta il Martini. Vederlo e trasalire fu una cosa sola. I polsi del capo picchiarono cosí forte, che vollero rompere il cranio.

Ebbe appena il tempo di ricomporsi, e di prendere un'aria di premurosa compassione.

« Come mai? non è partito? » mormorò.

Il Martini stese la mano all'amico, diede una languida stretta, voltò via la faccia e si portò due volte il fazzoletto agli occhi, mormorando, o per dir giusto, movendo le labbra a una parola senza suono, che voleva dire: È morta!

« È morta? » domandò con vivo rincrescimento il Pianelli, abbassando la testa.

« Stamattina alle quattro... » balbettò colle labbra tremanti il Martini. « Son tornato per chiedere al Commendatore tre giorni di licenza e aspettavo anche lei per regolare la consegna. Voglio portarla a Milano... »

L'emozione soffocò le parole in gola al pover'uomo, che faceva di tutto per non farsi vedere a piangere dalla gente.

Il Pianelli sentí alla sua volta farsi il cuore piccino. In quel momento avrebbe dato mezzo del suo sangue per evitare una consegna, da cui doveva risultare un ammanco di mille lire. Gli faceva orrore non meno il suo pericolo che l'idea di dare a un povero diavolo già cosí tribolato un colpo di quella sorte.

« La trovo in ufficio verso le tre? »

« Sí, ci sono... » rispose il Pianelli. « Ecco il Commendatore. »

Vedendo venire il direttore, il Martini gli andò incontro, mentre il Pianelli, correndo via, cercò di sfuggire a quel penoso dialogo. Entrò in ufficio con passo confuso e legato. Gettò il cappello su una sedia, il bastone sul tavolo, e si fregò la fronte colle mani, tre o quattro volte, come se togliesse delle ragnatele dagli occhi.

Era mezzodí. Il Martini sarebbe venuto alle tre. In tre ore egli non poteva inventarle le mille lire, a meno di credere che il suocero si lasciasse commuovere all'ultimo momento: a meno di credere che Gesú gliele mandasse per compassione de' suoi figli. Per Dio! (queste imprecazioni scattavano come tante scintille dall'anima sua spaventata). Per Dio! se gli avessero lasciato ventiquattro ore di tempo! Pensò di tornare ancora in cerca del Pardi; ma dove trovarlo? e poi, no, da quell'asino che si lasciava guidare dalla moglie... Degli altri suoi amici o non si fidava, o non voleva inchinarsi a nessuno, o erano povera gente, che stentavano a sbarcare essi stessi il lunario col misero stipendio.

Nella cassa in cui egli cominciò a rovistare, c'erano molti conti correnti e molti mandati di pagamento già firmati dal Martini col visto del Commendatore, tra i quali uno a favore del capomastro Inganni, in conto di alcune riparazioni per ingrandimento e adattamento dei locali d'ufficio, per la somma complessiva di duemila lire precisa.

La formola del mandato era stata scritta dal Pianelli alcuni giorni prima colla cifra in tutte lettere "due mila" e nel margine i quattro numeri "2000" d'una linea magra e lunga com'era la scritturina nervosa del cassiere aggiunto. Non si trattava di voler falsificare un documento, né di rubare un quattrino a nessuno; ma solamente di evitare a sé una miserabile figura, e al Martini un colpo mortale, di guadagnare tempo, di non precipitare in due in un abisso senza luce e senza fondo. Eravamo al quindici del mese. Prima della fine non si sarebbe fatta la verifica dei mandati e lo scandaglio di cassa. Bastava per il momento che il Martini credesse in buona fede a un mandato di lire tremila già pagato al capomastro Inganni e partisse coll'animo quieto, lasciando a lui Pianelli il tempo necessario per rimettere il denaro e per rifare il mandato... Con una goccia di acqua clorata sulla punta d'una penna nuova si potevano sostituire facilmente due piccolissimi tratti e cambiare colla stessa mano il due in tre, il 2 in 3...

Non l'avrebbe mai fatto, nemmeno per salvare la vita dei suoi figliuoli, se si fosse trattato di mettersi del denaro non suo in tasca: non voleva che guadagnare ventiquattro ore di tempo, e salvare con un ripiego momentaneo la vita e l'onore di due famiglie. Il mandato era lí, che gli occhi lo divoravano. La penna vi passò sopra asciutta una volta, due volte quasi per provare. Due zampe di mosca potevano evitare un terribile scandalo, forse risparmiare un delitto. Il non farlo era quasi una crudeltà verso dei poveri innocenti. Il mandato Inganni l'aveva pagato lui, e il Martini certo non aveva né tempo, né voglia di stare a riscontrare ad una ad una tutte le parcelle parziali e di verificare la somma. Egli non voleva fare per ora che uno stato di cassa per poter ripartire e star via tre o quattro giorni coll'animo piú sollevato. Quando avesse ritrovato e rimesso il denaro in cassa, il Pianelli era uomo capace di confessare tutto all'amico e d'implorarne il perdono. Ogni piú onesto uomo può trovarsi per dodici ore in una suprema necessità, e l'onestà di quarant'anni di vita non la si distrugge mica in ventiquattro ore, con due sgorbietti di penna. Ciò che salva l'uomo è l'intenzione.

Uno ha il senso dell'onestà, un altro non l'ha. Il primo verrà sempre a galla per quanti sforzi tu faccia per affondarlo: il secondo precipiterà sempre come un sasso nell'acqua.

Cesarino si sentiva uomo integro nella sua coscienza, e, se un caso maledetto l'aveva tratto a sporcarsi le mani di fango, bisognava dargli il tempo di lavarsele. Quel fango ripugnava anche a lui, in nome di Dio santo...! Non c'è nessun gusto a fare il ladro.

Queste considerazioni andavano assediandolo, stringendolo in mezzo, pungendolo con mille punte, alle quali sentiva di non saper piú resistere. Si asciugò ancora una volta la testa bagnata di un sudore freddo. Poi, intinta la penna nella boccetta del cloro, passò leggermente colla punta di metallo sulla coda del numero fatale, aggiustò coll'inchiostro il numero e la lettera... e vi gettò subito molta sabbia sopra, colla furia spaventata dell'omicida, che cerca di nascondere le traccie del sangue...

« Dio, Dio... » balbettò, alzandosi, colle membra rotte e indolenzite, come se avesse voltata la grossa pietra di un sepolcro. Anche il far male è una grossa fatica per chi non c'è avvezzo.

Tornò presso la cassa, rimise tutti i mandati a posto, stracciò il suo biglietto di visita in cento pezzetti, che buttò nel cestino, ma poi si abbassò a raccoglierli tutti, se li cacciò in tasca, chiuse bene... e uscí sulla ringhiera a respirare dell'aria.

Il Martini aveva detto alle tre, ma entrò in ufficio alle due, con passo rotto e frettoloso.

Il Pianelli, che aveva già preparato un prospetto di cassa, gli andò incontro di nuovo con aria di compassione dicendo:

« O bravo... »

L'amico, pallido come un morto, non seppe nascondere una forte agitazione che imbarazzava il suo contegno e i suoi movimenti. Aveva lasciato all'alba il letto della sua povera morta, dopo una notte passata in ginocchio ad assistere agli strazi di una lunga e dolorosa agonia. La sua povera Emilia non voleva morire a venticinque anni!

Si era attaccata colle braccia lunghe e stecchite al collo del suo Arturo e non finiva mai di chiamare fra i singhiozzi della morte la sua piccola Teresa. Sono notti spaventose che ti portano via la vita: un pezzo di noi se ne va con chi muore.

Era partito subito la mattina, lasciando la sua morta in mano ad alcuni parenti e si preparava ora a tornare per riportarne a Milano il corpo.

Il Commendatore, uomo di cuore e discreto, non fece difficoltà, anzi gli diede licenza per una settimana, ma, tiratolo un momento in disparte, gli disse sottovoce:

« Però ha fatto regolare consegna al Pianelli? »

« Ieri non ho avuto tempo. Son tornato anche per questo. »

.« Male! Non vorrei che avesse dei dispiaceri. Ho sentito delle voci... Basta, non perda tempo, e non si esponga a certi pericoli... Se vuole che mandi il Miglioretti... »

« Grazie, vedrò... »

Il Martini uscí dall'ufficio del Commendatore col cuore un po' inquieto. Carattere delicato e scrupoloso, quel semplice rimprovero gli bruciava sul cuore come un carbone acceso, e, se un gran dolore piú crudele non avesse occupata e riempita di sé tutta la sua esistenza, sarebbe bastato questo dubbio ad amareggiargli la vita.

Il Pianelli, fingendo che alcuno lo chiamasse allo sportello, andò a sedersi al suo posto, prese la penna e si pose a copiare una tabella. Copiò, copiò forse dieci minuti una lunga fila di numeri, materialmente, in forza di quell'abilità automatica, che acquista la mano di chi scrive molto, che sa andare da sé e quasi ragionare da sé anche quando il cervello è assente.

Il Martini aprí la cassa grande, di cui aveva lasciato la chiave, e chiuso in un freddo silenzio, che si poteva interpretare come lo stato d'animo d'un uomo che ha il cuore irrigidito, mosse e rimosse molte carte e molti valori.

Poi passò alla cassa piccola, che aveva lasciato nelle mani dell'aggiunto.

Il Pianelli si mosse, quasi per uno scatto interno, e disse:

« Veda se tutto è in ordine. »

« Non c'è dubbio... » balbettò freddamente il Martini.

Il Pianelli tornò al suo posto e riprese a scrivere, a scrivere. Ma gli occhi vedevano rosso.

Il Martini seguitava a rovistare, a muovere carte, a riscontrare, sempre chiuso nel suo cupo, insopportabile silenzio. Pareva un uomo incontentabile, o non mai abbastanza soddisfatto.

L'altro scriveva sempre i suoi numeri infiniti color sangue, col cuore duro come un sassolino, sempre in attesa d'un giro di chiave che chiudesse per sempre al buio il documento della sua miseria.

Quell'insistenza eccezionale in un uomo, che aveva mostrato il giorno prima di fidarsi cosí pienamente di un amico, gli diceva già che anche la buona fede del compagno era stata preventivamente scossa da una voce misteriosa, insidiosa, da quella stessa voce, che da due giorni andava seminando il discredito e la diffidenza.

Passò ancora un quarto d'ora, che al Pianelli parve un secolo. Finalmente il Martini con una voce velata che si sentiva preparata con suprema fatica, domandò:

« Si ricorda, Pianelli, quanto abbiamo pagato al capomastro Inganni? »

« Io credo tremila... » esclamò il Pianelli, saltando in piedi e correndo con una premurosa sollecitudine verso il compagno.

« Mi risulterebbe meno... »

« C'è il mandato, veda... »

« Lo vedo... » disse il Martini con un filo di voce, abbassando gli occhi e cercando di frenare il tremito da cui furono prese le sue mani.

« Perché? » chiese il Pianelli con voce stridula, quasi di sfida.

« Nulla, scusi..., avrò sbagliato io. »

Il Pianelli voltò dall'altra parte la faccia. Poi disse:

« Vedremo alla fine del mese... »

« Scusi... » tornò a dire il Martini, mentre andava facendo dei piccoli conti sull'angolo di un cartone disteso sul banco.

« Non le pare? » tornò a chiedere il Pianelli, nascondendo in parte la faccia colle mani nell'atto che egli fece per accendere un sigaro.

Il Martini gettò la penna con un movimento disperato. Riprese il mandato, lo agitò tra le dita, e fatta una mezza girata per la stanza, curvo nelle spalle sotto il peso della disgrazia e del tradimento, si fermò al tavolo del Pianelli, lasciò cadere il mandato, vi pose un dito, vi picchiò sopra tre volte coll'unghia, senza poter parlare, collo spavento dipinto nel suo viso d'uomo morente.

Cesarino finse di non capire. Voltò e scosse due volte il capo, coll'aria di chi domanda una spiegazione, ma le orecchie parevano due pezze rosse e la pelle fina e lucida del viso si stirò sugli zigomi irritati. La bocca gli si riempí di saliva amara.

Il Martini con uno sforzo estremo, appoggiandosi colla mano a una sedia, poté soltanto soggiungere:

« Pianelli, per carità, anche lei è padre di famiglia... »

« Che cosa? » osò ancora una volta chiedere col suo cipiglio di ragazzetto insolente lord Cosmetico.

« Abbia pietà, Pianelli. Sono un povero uomo anch'io... »

« Che cosa? »

« Perdoni... » balbettò ancora una volta il Martini. « So bene che io sono il solo mallevadore della cassa: ma speravo di aver in lei un amico... »

« Martini, per carità... » scoppiò tutto a un tratto a dire Cesarino, che non poté piú resistere al doloroso invito dell'amicizia. « Per carità..., per i miei figliuoli..., per la sua bambina..., per la sua povera Emilia, non mi tradisca. È vero, fu il bisogno, l'insidia de' miei nemici. Fra due ore avrà il denaro... »

« Aspetto fino a stasera. Il Commendatore mi ha già rimproverato d'aver abbandonata la cassa senza una regolare consegna. Ho promesso per questa sera di rendergli i conti. »

« Fino a stasera almeno. »

« Se il Commendatore non vorrà, non insisterò... »

« Stasera prima delle otto... »

« A casa mia? »

« Dove crede..., vado subito a Melegnano in cerca di mio suocero. Non mi comprometta. »

« Non sono io che la comprometto, per amor di Dio... »

« Ho dei nemici che mi vogliono male. Abbia pazienza..., non mi faccia una cattiva figura. »

« Vede che io soffro non meno di lei. Vengo da un letto di morte e mi fa trovare un tradimento... »

« Lei ha ragione; sono un miserabile... Ma non mi tradisca. Se non trovo il denaro per questa sera le rilascerò una dichiarazione... e mi ammazzerò. »

« Cerchi di salvare il suo onore... » disse ancora il Martini, mentre il Pianelli, preso in furia il soprabito e il cappello, usciva rapidamente dall'ufficio.

II

Io non conoscevo il signor Cesarino Pianelli che per averlo incontrato qualche volta sulle scale, e i nostri rapporti non andavano piú in là del buon giorno e della buona sera, come avviene tra casigliani, che, tranne le scale, non hanno piú nulla di comune.

Mi feci quindi molta meraviglia di vedermelo la sera del sabato grasso, verso le sette, comparire sull'uscio, vestito in grande abito nero da ballo, col suo paltò sul braccio, il gibus in mano, pallido pallido...

« Lei? in che posso servirla? Venga avanti » gli dissi, invitandolo a entrare.

« Due parole, grazie. Sento da mia moglie che questa sera va anche la signora Lucia alla festa... »

« Sí, mia sorella mi ha tanto pregato... »

« Volevo pregarla di accompagnare anche mia moglie. Un affare pressante non mi permetterà di tornare prima delle undici. »

« S'immagini, volentieri: sarò lieto di essere il suo cavaliere. »

Il Pianelli stette un momento sopra pensiero, come se agitasse in testa un'altra questione spinosa; poi soggiunse:

« Scusi tanto... ci rivedrêmo » e, strettami la mano, se ne andò via come se fuggisse davanti a un pericolo.

Il Comitato ordinatore del Circolo non aveva guardato a spendere, o per dir meglio, a comandare, perché la festina del sabato grasso riuscisse ancor piú splendida e piú allegra delle altre volte.

Tra i festoni d'edera che giravano lungo le pareti, sostenuti da borchie e da mascheroni di carta pesta dorata, pendevano dei piccoli lampadari di Venezia, illuminati da candele di cera.

Tra un lampadario e l'altro brillavano degli specchi in vecchie cornici rococò circondati da ghirigori di mussolina gialla. Sulla scala, sui pianerottoli e per la gran sala da ballo era stato disteso un tappeto nuovo che ammorbidiva i suoni e dava ai piedi un senso voluttuoso di benessere: e nei vani, nei rientri delle finestre non mancavano giardiniere di fiori freschi, con qualche statuetta di gesso o di terra cotta che ricordavano alla lontana qualche divinità dell'antico Olimpo, il tutto preso a nolo da un addobbatore di teatri. Ogni signora (le ragazze eran poche e non brillavano troppo per freschezza) riceveva all'entrare una bellissima camelia e un cartoncino bristol coll'elenco delle danze stampate in oro; e tra le signore ve n'erano di giovani, di fresche e di quelle che combattevano l'ultima battaglia, la Waterloo della loro giovinezza.

Nella sala il formicolío della gente già verso le undici era grande. Nel rimescolamento dei colori vivi, tra i luccicori delle gemme, dell'oro, degli occhi, nell'agitarsi di tante spalle e di tanti ventagli cresceva il cicalío fitto e caldo, misto a scoppi di risa, a piccoli applausi e alle declamazioni aleardiane del Bianchi, che faceva la parte del brillante della compagnia.

Per quanto la folla fosse tenuta in soggezione da qualche illustre personaggio (tra cui spiccava la pancia del commendatore Malvano, capo-divisione al Ministero delle Finanze, colla rotonda metà, una baronessa napoletana), si sentiva d'essere a una festa di famiglia in cui gli elementi omogenei si fondevano volentieri e si aiutavano nell'unico sforzo di stare allegri.

C'era, per quel che mi ricordo, il Porti del Municipio colle sue eterne due ragazze, che da dodici anni trascina su tutte le feste e che hanno fatto un collo lungo, dicono i maligni, a furia di cercarsi un marito.

C'era il cavaliere Balzalotti, del Demanio, uomo già

sulla cinquantina, ma ancora fresco e morbido come il burro, sempre amabile e cerimonioso colle signore, alle quali pagava volentieri qualche sorbetto. Gli era toccata la disgrazia e la fortuna di sposare una moglie brutta, sempre malata, ricca, che passava due terzi dell'anno in campagna; ed era naturale che cercasse qualche compenso nel vedere a ballare e nel pagare qualche sorbetto alle altre.

C'era la Pardina col suo Pardone, che questa volta s'era lasciato trascinare, che usciva per tre quarti dalle falde del frac. Stava in piedi per combattere il sonno tremendo che gli offuscava gli occhi, ma non vedeva l'ora d'essere sotto le coltri. C'era il ragioniere Quintina, un gobbetto elegante, terribile freddurista, che girava in mezzo alle gonne a far della maldicenza. Né mancavano i giovinotti di spirito, tra cui il Casati, il Pensotti e molti altri del Club Alpino.

Tranne le poche commendatoresse, che soffiavano la prosopopea, le altre signore, quasi tutte milanesi, appartenevano al ceto medio degli stipendiati a mille e otto, a due mila, alcune delle quali avevano lasciato a casa una nidiata di ragazzi e il popò in letto colla nonna. Non c'era a meravigliarsi che vi fossero dei guanti lavati in mezzo a molti guanti freschi.

Quasi tutti gli uomini erano in frac, in guanti bianchi e cravatta bianca. Solamente qualche modesto commesso, che non aveva osato fare la spesa, cercava di stare colla schiena al muro in atto contrito e vergognoso, come un merlo a cui abbiano strappata la coda.

« *Anca lú a Milan?* » mi chiese la Pardina, passando via e battendomi il suo ventaglio di piume sul naso. Era a braccetto del celebre tenore Altamura, un romano di Roma, che aveva cantato al Dal Verme, nella stagione, il *Trovatore* con grande successo.

Il Miglioretti, dopo aver fatto un giro di valzer colla Pianelli, la condusse a posto, e infilato il mio braccio mi tirò verso la sala del *buffet*, asciugandosi il collo, le guance e la testa con due fazzoletti.

« Bella sí, ma di ghisa, e per di piú balla fuori di tempo. »

« E dire che si sta tanto bene seduti. »

« È suo marito che vuole che balli, è lui che le insegna. Hai visto i leoni marini di mister Pike? Suo marito le insegna anche a parlare milanese, e ci riesce, povera foca. Ma di tanto in tanto le scappa di bocca ancora qualche "propri de bôn" di Melegnano, che guasta il meccanismo della bambola. »

« Jesus, che lingua! bevi, avrai sete... » dissi, versandogli dell'acqua in una tazza.

Mentre io e il Miglioretti si rideva in fondo alla sala del caffè, vedemmo venire colla sua testa lucida e rasa e cogli occhi fuori della fronte il Bianchi, che ci domandò se avevamo trovato Cesarino Pianelli.

« Io l'ho visto » dissi.

« Quando? »

« In prima sera. »

« Che cosa ha detto? »

« Niente. »

« C'è in aria un guaio serio... »

Il Bianchi abbassò un poco la voce e, appoggiata la punta del mento a tre dita della mano, socchiudendo gli occhi in atto di pia ispirazione, ripeté:

« Molto serio. »

Fatto quindi un piccolo segno colla mano, ci trasse nel vano di una finestra presso una terrazza, che dava sulla piazza del Duomo.

« Un guaio serio? »

« Ho trovato il Martini tutto disperato. »

« Gli è morta la moglie. »

« Pazienza la moglie! mi ha detto che contro il Pianelli è spiccato un mandato di arresto. »

« Via, via! » esclamammo a una voce io e il Miglioretti.

Il Bianchi, che col marmo della sua bella fronte rispecchiava i lumi della sala, allungò il collo, nascose le mani sotto la coda della falda, girò la testa nell'aria come un bruco che va al bosco e disse cogli occhi chiusi:

« Io l'ho detto che quel figliuolo doveva finire cosí... Si tratta di sottrazione con falso di scrittura. »

« Diavolo! » esclamammo a una voce.

« Io non credo il Pianelli un ragazzo capace di una cattiva azione, ma sono le necessità che spingono l'uomo ad approfittare delle circostanze. Il Pianelli ha perduto questi denari al giuoco e, siccome è già pieno di debiti fin sopra i capelli, pagò il debito di giuoco coi nostri denari. Visto che s'incominciava a dubitare di lui, comprò la nostra fiducia coi denari dell'ufficio, e tutto ciò sempre nella speranza di guadagnar tempo e di trovare un santo protettore. Ma buco via buco fa buco — dice l'abbaco — e a furia di scavare la terra per turarli i buchi, la terra ti manca sotto i piedi... Povero diavolo, ha moglie e figliuoli... »

« E non c'è nessun mezzo d'aiutarlo? »

« Aveva promesso di portare il denaro per stasera, ma oramai è la mezzanotte e non si vede comparire. Il Martini a buon conto ha riferito tutto al capo d'ufficio e il documento è adesso in mano al procuratore del re. »

« Ma come ha fatto? »

« Eh, come ha fatto... » disse il Bianchi, ritirando nelle spalle la testa. « Si fa presto a dirlo... Quando si vuol fare il lord senza averne, mandare in lusso la moglie, pigliarsi tutti i capricci, darsi le arie di principe, non ascoltar pareri da nessuno, fare il passo piú lungo della gamba... »

« Zitto... »

Toccammo il predicatore in fretta col gomito per farlo tacere. Cesarino Pianelli, pallido come uno spettro, nel suo elegante vestito nero entrava in quel momento col passo legato del sonnambulo.

L'orchestrina cominciò il gioioso valzer di Strauss: "Vino, donna e canto".

Cesarino, uscito dall'ufficio, dopo il vivo colloquio col Martini, non aveva perduto tempo in tutto il venerdí. Saltò nel tram di Porta Romana e di là arrivò a prendere quello di Melegnano per correre in cerca del signor Isidoro Chiesa, suo suocero, che gli doveva ancora, dopo dieci anni, gli interessi della dote di Beatrice.

Il signor Isidoro era una volta uno dei piú clamorosi affittaiuoli del lodigiano, ma da molti anni non viveva che di reminiscenze.

Grande e solenne declamatore delle sue abilità tecniche, chiacchierone terribile, persuaso che al mondo non c'era uomo piú furbo di lui, colla testa sempre piena e calda di progetti e di riforme, aveva trovato in Cesarino Pianelli il genero del suo cuore.

Una certa somiglianza di carattere e di tendenza impediva a ciascuno di loro di conoscere i difetti dell'altro, come capiterebbe a due trombettieri sulla fiera, che, suonando l'uno troppo vicino all'altro, l'uno non sente le stonature dell'altro.

Questi due uomini avevano una stima illimitata dei loro ingegni e nel conseguimento dello scopo comune si aiutavano in una maniera mirabile a rovinarsi. Da un pezzo in qua vivevano prestandosi a vicenda una grande opinione, con cui cercavano di fare ancora una certa figura nel mondo, come due spiantati che hanno in due un solo vestito di gala, che si prestano nelle grandi circostanze.

Il signor Isidoro, quando vide Cesarino scendere dal tram, gli andò incontro coll'allegria del cane che rivede il padrone. L'avvocato Ferriani gli aveva scritto che per continuare una certa causa di cui Cesarino era informato, occorrevano almeno settecento lire: e Cesarino le aveva promesse qualche mese prima. Il buon suocero credette in coscienza che venisse a portarle... Del telegramma non parlò neppure.

Si può immaginare se il loro colloquio fu consolante. Cesarino, irritato, nervoso, uscí in parole, che volevano quasi dire che il signor Isidoro Chiesa l'aveva imbrogliato. E il signor Isidoro rimproverava alla sua volta il genero d'aver mancato di parola e quasi voleva essere rimborsato delle spese fatte sulla sua promessa.

Si lasciarono col veleno negli occhi.

Tornato in città, il Pianelli saltò sulla prima vettura che gli capitò davanti e si fece condurre a casa del Martini. Non lo trovò né a casa né alla Posta. Allora, temendo che Beatrice cominciasse a pensar male, rientrò a casa sua a pranzo, un po' tardi, e inventò delle scuse. Mangiò poco e sempre sopra pensieri. Dormí poco e agitato tutta la notte, ma sicuro in cuor suo che un migliaio di lire si trovano subito in Milano, basta cercarle. Venne il mezzodí, vennero le due del sabato. Aveva pregato tre o quattro amici, inutilmente. Tutti erano dolentissimi, ma si sa gl'impegni..., le spese, gli anni cattivi... Una volta si spinse fino al Ponte de' Fabbri nella speranza di trovare il Pardi per via e toccargli il cuore, ma, non sentendosi il coraggio di salire su in fabbrica, andò a riflettere nella solitudine dei bastioni.

Solo, col capo basso, col passo molle dell'uomo che va a spasso, piú irritato che triste, sotto i nudi ippocastani ancora rattrappiti dal freddo, Cesarino lanciava di tempo in tempo un'occhiata sdegnosa sulla città, sua grande creditrice, che si stendeva col suo anfiteatro di case, di cupole, di campanili raccolta intorno al gran fantasma del Duomo, al di là degli orti, nel chiaro sfondo d'un bellissimo cielo di marzo.

Aveva scritto al Martini, per invocare altre ventiquattro ore, ma il tempo passava senza profitto.

Per un migliaio di lire un uomo, che in un anno ne contava a milioni, un Cesarino Pianelli, conosciuto come la bettonica, era costretto a stendere la mano come se cercasse la carità. Vergogna!

Provava in fondo al cuore un amaro corruccio e, sto

per dire, un senso d'odio contro il Pardi, il Martini, il suocero, gli amici del Circolo che, senza accorgersi, egli accusava come gli autori principali della sua rovina.

Era quasi giunto presso all'Ospedale dei Cronici, in un luogo del bastione umido e malinconico come la febbre, quando fu scosso dai suoi pensieri da un disperato gridare e vide passare un carro di contadini addobbato d'un lurido lenzuolo, con una bandiera trecolori in alto, pieno di villani in maschera, che col viso tinto e con delle scope in mano strillavano la loro goffa allegria. Allora si ricordò ch'era il sabato grasso.

Quei poveri gonzi, passando e traballando sul loro carro rustico, lo salutarono col segno di chi invita a mangiare i gnocchi, e lo invitarono ad andare con loro al corso di gala.

Lord Cosmetico avrebbe per un giorno cambiata volentieri la sua sorte con loro. Sentí suonare le due e mezzo all'orologio dell'Ospedale. In quella triste *Rotonda* c'era forse qualche malato che non avrebbe nella sua miseria cambiata la sua sorte con lui. Nel suo pensiero il signor Cesarino si paragonava a questo e a quello con un senso d'invidia, che aveva qualche cosa di nuovo e di cruccioso nel suo cuore.

Eppure, perseverando nell'opinione che un Cesarino Pianelli non sarebbe affogato in un bicchier d'acqua, gli pareva di sentirsi ancora della forza in riserva. Egli poteva transigere una volta coi puntigli personali e andare in cerca di suo fratello Demetrio, col quale era in discordia da dieci o dodici anni per vecchie ragioni d'interesse. Poteva anche cercare di un suo zio canonico del Duomo.

Seguendo il filo invisibile dei suoi pensieri, venne per le strade spopolate di San Barnaba e dell'Ospedale, passò il Naviglio al ponte di legno e si lasciò condurre fino a San Clemente, dove da molti anni suo fratello Demetrio, un orso della Bassa, abitava tre stanzette sopra le tegole nella casa dei Mazzoleni.

La portinaia gli disse che il signor Demetrio era ancora alle Cascine Boazze per fuggire i rumori del sabato grasso. Combinazioni! Le Cascine Boazze sono quasi sulla strada tra Milano e Melegnano, e Cesarino v'era passato davanti il giorno prima.

Si fermò sulla porta a pensare se doveva riprendere il tram e tornare indietro.

In faccia sorgeva il bigio e grave palazzo arcivescovile dove abitava lo zio canonico, uomo rigoroso e papista, il quale non aveva mai voluto riconoscere un nipote mezzo repubblicano, mezzo framassone, che leggeva il *Secolo*, non andava a messa e faceva battezzare i figliuoli piú per rispetto umano che per convinzione. Cesarino si fece coraggio.

Entrò nel silenzioso cortile dell'Arcivescovado, che nel suo profondo e squallido raccoglimento faceva uno strano contrasto colla colorita baldoria che rumoreggiava sul Corso, di cui arrivavano le voci come onde morte che morivano contro le livide pareti. Chiese al portinaio del canonico Pianelli e gli fu indicato un uscio in fondo al portico a destra, dietro le due gigantesche statue di Aronne e di Mosè, bianchi e solitari abitatori di quel morto recinto.

Sonò un campanello davanti all'uscio che gli fu indicato e venne ad aprire una donna di servizio.

« Monsignore? »

« È malato... » rispose sottovoce la donna, riempiendo il vano dell'uscio colla sua persona per paura che il seccatore si facesse avanti.

« Non si potrebbe parlargli? »

« Impossibile, gli hanno messo un senapismo. »

« Si tratta... Son suo nipote Cesarino... »

« Proverò. »

La donna richiuse l'uscio in faccia al signor nipote, che rimasto solo sentí quasi entrare nell'anima quello sgomento fuggevole e quella compunzione fredda che lo assaliva da ragazzo le prime volte che la mamma l'aveva condotto a confessarsi.

Al di là di quei muri umidi e massicci, che conservano quasi un senso corrucciato dell'antico splendore, sentiva il frastuono del carnevale e in mezzo agli strilli il dolore acuto, spaventevole, dei conti da rendere.

« Ha detto che oggi non può ricevere... » venne a dire la Ludovica, che camminava senza far rumore.

« I preti son sempre preti! » mormorò fra i denti Cesarino avviandosi verso la piazza. A chi poteva ricorrere? Non al Bianchi, non al Miglioretti, poveri diavoli, che stentavano a finire il loro mese. Pensò un momento al cavaliere Balzalotti, un vecchio e assiduo adoratore platonico di Beatrice. Se Cesarino fosse stato un marito come se ne dànno... oh, non avrebbe stentato a trovare un migliaio di lire!

Col cuore schiacciato si lasciò attirare dal baccanale, che rumoreggiava sul Corso al di là del Duomo e di cui vedeva il flusso e riflusso, i carri e i colori al di sopra della calca nera agglomerata, pigiata sotto i balconi pieni di ragazze, di mascherine.

Sentí il bisogno di cacciarsi anche lui nella folla per riposare un istante dal suo pensiero tormentoso, pungente, e giunse nel fitto della gente nel momento che una mascherata di cuochi versava da un'immensa cazzeruola grossi mestoloni di una polvere gialla, che voleva essere risotto.

La mascherata era bella, ricca, brillante e suscitò un cà del diavolo nel crocevia tra il Campo Santo, il Corso e Santa Radegonda.

Dalle finestre, dai balconi decorati di tappeti e di fiori, le mascherine, le damine avvolte nei bigi cappucci strillavano come spiritelli dannati, lottando furiosamente a colpi di coriandoli, di gettoni, di confetti.

La folla si agitava come l'acqua del mare in tempesta in mezzo agli scogli.

Cesarino, alzando gli occhi a un balcone d'angolo sopra la pasticceria Baj, riconobbe anche al di sotto della mezza mascherina la Pardi, la piú magra delle donne, che strillava dentro un cappuccio colla furia di un folletto, agitando le braccia come due bastoni di scherma.

Si fermò a guardarla. Egli aveva troppo offesa quella donna ambiziosa, di cui avrebbe potuto essere un fortunato adoratore, come pretendeva d'esserlo ogni buon corrispondente della ditta Pardi e C.

Egli l'aveva offesa col panegirico non richiesto della sua felicità domestica e con una satira non dimenticata sulle donne magre. Il buon Cesarino soffriva oggi le conseguenze d'essere stato troppo onesto amico del signor Melchisedecco... Cosí va il mondo.

Risalendo la corrente, gli riuscí di portarsi fin verso i portici della Galleria, e di salvare le costole nella bottega del Campari. Si rifugiò in un angolo del Caffè, accese una sigaretta e ingoiato in fretta un assenzio, rimase a osservare tranquillamente la folla dei pazzi che farneticavano negli ultimi palpiti del carnevale, tranquillo e freddo in apparenza, come soleva fare qualche volta al bigliardo quando la fortuna gli era nemica. Egli lasciava vincere la fortuna, ma si riservava di rifarsene in fine con un colpo maestro.

Seduto davanti a lui, quasi nel mezzo del Caffè, solitario e raccolto come un filosofo, il signor Guerrini detto il Bòtola, leggeva l'articolo di fondo della *Perseveranza*, sillabando colle labbra le parole e movendo la testa ad ogni principio di riga.

Era un omaccio di mezza età, corto di gambe, rotondo, paffuto, con due liste di barba nera che gli cascavano in bocca. Vestiva come un modesto padre di famiglia, che per economia porti i calzoni non troppo lunghi e un cilindro vecchio e lavato per risparmiare il pane dei suoi figliuoli.

Cesarino tirò uno sgabello vicino al noto usuraio e

cominciò un discorso sottovoce, che il buon uomo aveva poca voglia di ascoltare.

« Ma lei vuole il pegno in mano e l'uomo in prigione » disse con dispetto una volta Cesarino.

« Io non voglio niente, caro lei. È lei che vuole. Cerchi una garanzia. »

« Quando voglio impiccarmi spendo meno. »

« Questo è vero » soggiunse il Bòtola senza cessare di leggere il suo giornale.

Il corso era sul finire. All'imbrunire uscirono i primi lumi dalle botteghe e nella profondità della via Torino verso il Carrobio, si vedevano discendere a poco a poco le fiammelle dei lampioni. Seguendo la fiumana della gente che rincasava, Cesarino si lasciò trascinare anche lui verso casa in mezzo al frastuono dei matti, dei carri, delle trombette, tra banchetti e botteghe e bazar illuminati, pieni di maschere ridenti e costumi di pagliacci. Milano, che gridava, strillava, che si preparava all'orgia delle cene e dei veglioni, non aveva un migliaio di lire per salvare dalla vergogna un povero padre di famiglia.

Con tutto questo Cesarino non si arrendeva. Sperava di trovare al Circolo in principio di sera un'anima meno avara: o di commuovere il Pardi, o sua moglie, o almeno il Martini, ottenendo un altro giorno di respiro.

A casa figurarsi se Beatrice ebbe tempo di badare a lui! L'Elisa, la signora Grissini, Arabella se l'erano pigliata in mezzo e aiutavano a vestirla, come si veste la madonna. I maschietti erano andati col Ferruccio del portinaio al teatrino d'un oratorio.

Cesarino si vestí in gala, uscí subito, con un pretesto, raccomandò di nuovo a noi sua moglie, portò un biglietto a casa di Buffoletti, che stava laggiú alle Grazie: tornò indietro in cerca del Martini, che era già partito da Milano, venne una volta verso le nove al Circolo, tornò una seconda volta a mezzanotte...

Il servitore d'anticamera gli consegnò un bigliettino del Martini che diceva:

"Ho aspettato fino alle nove. Consegno tutto al Commendatore. Si giustifichi con lui."

Lord Cosmetico era spacciato.

III

Stavo in estasi a contemplare dall'uscio una quadriglia, in cui la signora Pianelli girava come un arcolaio ingarbugliato, quando sentii una mano leggera sulla spalla.

« Scusi, ho ancora bisogno d'un favore. »

« In ciò che posso... » balbettai, spaventato dal terrore che vidi in fondo agli occhi del povero Cesarino, mentre mi seguiva in un angolo del salotto.

« Ricevo adesso una lettera, in cui mi si dice che un mio commilitone è in fin di vita alla Casa di Salute. Il poveretto è solo, senza parenti, e siccome mia moglie desidera rimanere, cosí se non le rincresce di accompagnarla ancora a casa dopo la festa... »

« Si figuri » risposi « fin che resta mia sorella sono a sua disposizione. »

« Vai proprio, Cesarino? » domandò la signora Beatrice, sopraggiungendo in quel punto tutta lieta e scalmanata.

« Il signore è tanto gentile... Può essere ch'io rimanga alla Casa di Salute tutto il giorno di domani. A buon conto tu non aspettarmi. »

Pianelli pronunciò queste parole con una freddezza spaventosa. E, come se avesse ancora da aggiungere qualche cosa, restò un momento a guardarsi la punta delle dita cogli occhi stretti e addolorati.

Io guardai in viso alla bella bambola per vedere se al disotto della fredda vernice di *biscuit* passava un'ombra di un sospetto, di apprensione. Ma il volto sodo e grande, gli occhi aperti e ripieni di una gioia infantile non diedero alcun segno. Essa non si accorse nemmeno del pallore giallognolo e funebre che scese ad un tratto sul volto del marito.

Cesarino alzò ancora un momento gli occhi, e, indurito, irrigidito nel tremito che gli scoteva i nervi, soggiunse:

« Tornerò forse a mezzodí. »

« Addio, non strapazzarti troppo. »

Queste furono le ultime parole che Beatrice disse a suo marito.

L'avvenente tenore Altamura, col suo sonoro accento romano, venne a invitarla per il *cotillon* e la ricondusse in sala.

Cesarino uscí correndo dall'altra parte, verso la scala.

Alte grida chiesero il galoppo finale e l'orchestrina, aizzata da un marsala di seconda qualità, attaccò subito *Fra tuoni e lampi...*

Fu una scintilla in una polveriera.

Alle prime battute dieci coppie si urtarono nel mezzo della sala, come barchette sbattute da un improvviso uragano nelle strette dighe del porto.

Quando fu possibile di mettere un poco d'ordine, le coppie a cinque per volta cominciarono a discendere nel campo coll'elasticità e colla calorosa foga dei cavallini ammaestrati di un circo, chi con in testa un cappelluccio di arlecchino, chi con una mascherina sul viso o con un naso di carta o con qualche altro segno della follía in capo.

Allo squillo di un campanello, che era stato affidato alla autorità morale del cavaliere Balzalotti, le cinque coppie danzanti si agglomeravano, facevano ingorgo alla porta d'uscita per rubare un posto: e intanto era un tiepido intreccio di corpi, che avevano nel sangue i tuoni e i lampi. Il cavaliere Balzalotti, conficcato sullo stipite, riceveva sulla pancia quelle morbide ondate di belle donnine, e godeva vispo come il pesce nell'acqua fresca e chiara.

Uscivano da un'altra porta altre cinque coppie, precipitando come trottole sotto i colpi di una frusta invisibile, forse la frusta del diavolo.

Le care donnine trascinate, rapite, portate di peso, coi capelli o scomposti o sciolti, aspirate dai gorghi vorticosi dell'ultima danza, palliduccie di gioia, alleggerite ancor piú del solito dalle spume del vino d'Asti, che gonfiava i cervelli, scendevano nella danza e vorticavano come pagliuzze in balía di una dolce bufera.

Che sa mai del suo destino una pagliuzza?

E che ne sa la donna?

« Se si squarciassero i muri » disse la Quintina, la moglie del gobbetto elegante, al Bianchi che le faceva una corte per ridere. « Se si continuasse a volare cosí nello spazio del cielo? »

« O gaudio! » gridò il Bianchi con un guaiolo di gatto innamorato.

Fu una risata generale. Ordine e soggezione e serietà non era piú il caso di pretendere in quelle ore bruciate.

« Ip! ip! ip! » gridavano i piú pazzi, battendo coi piedi le note del terribile galoppo.

« Ip! ip! ip! » gridava il Garofoletti, tirando con tutta la forza de' suoi robusti trent'anni la Pianelli, che rotolava fuori di tempo come una valanga.

Aveva anch'essa in testa un cappellino aguzzo pieno di campanelli, che le faceva comparire la testa quasi colossale.

Sotto i trabalzi del suo passo pesante il corpo di Giunone fremeva nelle strette fasciature dell'abito di raso, che mandava le fosforescenze della madreperla. Essa irradiava un calore di fornace, ansimava, sgocciolava sudore da tutti i capelli, ma voleva gridare anche lei ip, ip, ip, per mostrarsi briosa e pazzerella come le altre, come piaceva al suo Cesarino, senza che l'ombra d'un pensiero cattivo passasse a ottenebrare il candore latteo della sua bontà.

Al cessare della musica fece uno strano effetto il battere della pioggia furiosa contro i vetri.

Cesarino era disceso in furia dalle scale, in furia traversò i portici e la piazza semibuia della Corte, verso piazza Fontana, senza quasi sentire la pioggia che veniva giú fitta e gelata.

Era l'ultima corsa.

Aveva pregato e supplicato fin troppo. La gente voleva la sua morte.

Non si uccide un uomo soltanto col ficcargli un coltello nel cuore, ma anche col metterlo nella necessità di perder l'onor suo. Questo aveva fatto il Martini. Una volta che il Commendatore aveva nelle mani la prova della sua colpa era come mandare un uomo in galera. Un Pianelli in galera per la miseria di un migliaio di lire? Questo poi no, perdio!

Questo "no" risuonò nell'oscurità del suo pensiero proprio nel momento ch'egli usciva dalla via Alciato e rasentava il palazzo di Giustizia. In un baleno gli passarono per la mente tutti i processi celebri che aveva letto sul *Secolo* e che soleva discutere cogli amici sempre con grande animazione. Una volta o due la sorte l'aveva chiamato a far parte della giuría e aveva potuto vedere da vicino tutto l'apparato di un processo col reo in gabbia su una panca di legno, cogli angeli custodi ai fianchi e il pubblico in faccia, il grosso, l'avido mostro dalle cento teste, che succhia cogli occhi l'anima e i pensieri d'un poveretto, ne conta con ferina voluttà tutti i tremiti, i sudori, i moti inconsulti, ridendo degli sforzi che fa per aggrapparsi nella agonia dell'onor suo a ogni sterpo, a ogni fil d'erba che il destino gli manda sottomano.

"È cattiva la gente!" pensava torbidamente, mentre correva per le viuzze bistorte del Zenzuino e del Pasquirolo, due strade di catacomba.

Finalmente sbucò sul gran corso Vittorio Emanuele.

Si arrestò un momento per far tacere l'affanno e gli acuti dolori di milza. Soltanto allora si accorse che l'acqua l'aveva tutto inzuppato.

Se la sentiva scorrere come una biscia fredda lungo il filo della schiena.

Qua e là rasente ai muri si vedevano dei gruppi di gente, che tornavano dalle feste sotto gli ombrelli lucidi e grondanti. Qualche *pierrot* ubbriaco proclamava in mezzo alla strada la *révolution*, sorreggendosi a fatica nell'aria coi larghi gesti.

Venivano, dai crocicchi bui, risa e strilli di mascherine che scivolavano innanzi, tuffando le belle scarpette di seta nelle pozze e nei ruscelli.

Il Caffè dell'Europa, sull'angolo della via Passarella, non aveva ancora chiusi i suoi battenti. Molti vagabondi vi si erano rintanati contro il mal tempo, tra i quali qualche vecchio impenitente in cerca di belle avventure, qualche trasognato celibatario che non trovava piú la maniera di divertirsi e qualche operaio vestito cogli abiti di lavoro, che stentava a digerire l'unto d'una cena straordinaria, guastata da un vinaccio cattivo.

Cesarino entrò nel Caffè e ordinò un *punch* molto forte.

Intanto si guardò indosso. Pareva appena pescato nelle acque di un fosso. Gli portarono il *punch* acceso d'una fantastica fiamma azzurrognola, che egli trangugiò quasi col fuoco vivo sulle labbra, arroventando il cielo della bocca e tutti gli spiriti: poi ne comandò subito un altro insieme all'occorrente per scrivere.

Quando si trovò in mano la penna, appoggiò la testa all'altra mano e cominciò a fregare la fronte per diradare una gran nebbia.

Sul punto di scrivere al Martini la dichiarazione che gli aveva promessa, sentiva la penna diventare pesante e rovente tra le dita.

Come può un uomo dichiarare di suo pugno sopra un bianco e lucido biglietto di lettera che egli è un ladro e un falsario?

Se invece si fosse rivolto direttamente al Commendatore, invocandone la misericordia? ma si ricordò che un giorno questa brava persona gli aveva detto:

« Pianelli, lei spende molto. »

Che cosa aveva risposto il signor Pianelli al signor Commendatore?

« Commendatore, spendo del mio. »

Ora gli ripugnava di mettersi in ginocchio e recitare il *confiteor*.

Intanto le idee si aggrovigliavano e la volontà si smarriva in fumo. L'uomo di talento si smarriva nella crescente nebbia de' suoi pensieri, come l'alpigiano colto dalle nebbie improvvise del suo monte. I fumi del *punch* che fermentavano nello stomaco, irradiando vampe di calore, circondavano la testa d'una fantastica tenebría, in cui balenavano delle fiamme e delle punte azzurrognole.

Guardò l'orologio. Erano le tre e mezzo dopo la mezzanotte.

Prese un giornale che trovò sul tavolino, ne scorse in fretta le pagine illustrate senza capire nulla di quelle grandi figure, senza quasi veder nulla; lo buttò via, girò uno sguardo scemo, aggrondato per la sala, appoggiandosi colle due mani sul divano, si sbottonò il soprabito, l'abito, il panciotto anche, e stette un minuto in un atteggiamento tra l'estatico, il tragico e l'ubbriaco, provando nella reazione alcoolica del doppio beverone ingoiato un'acuta e dolce vertigine, un senso di chi cade dall'alto nel vuoto, come prova chi si lascia dondolare cogli occhi chiusi sopra un'altalena.

Improvvisamente, parendogli che il tempo gli mancasse davanti, buttò i denari contati sul vassoio, saltò in piedi. Sulla porta si racconciò un poco i vestiti, guardò in su e in giú per la lunghezza del Corso, accese un mozzicone di sigaro, che trovò nel fondo di una tasca e invece di piegare a mancina verso il Duomo, che era la strada piú naturale per andare a casa, piegò a dritta verso il ponte del Naviglio.

Le goccie cadevano ancora a vento, fitte, rabbiose. Quantunque i vestiti leggieri della festa e le scarpe basse di pelle inverniciata fossero un costume poco opportuno per affrontare uno scroscio di quella forza, pure il signor Pianelli, detto lord Cosmetico, quasi per il gusto di fare un dispetto a sé e a qualcuno fuori di sé, cominciò a discendere, passo passo, verso il ponte, masticando il suo sigaro amaro e insieme una risoluzione piú acre ancora, coll'aria indifferente del giovinotto che va a spasso a pigliare il fresco.

I ciottoli battuti e slavati uscivano dal terriccio coi vari colori, come un rozzo mosaico, mentre i lastricati, tirati lucidi come specchi, scendendo in linee parallele per tutta la lunghezza del Corso, riflettevano la doppia fila delle fiamme a gas, fino alla barriera di Porta Venezia.

Anche in questa parte non un'anima viva in quell'ora. Buie tutte le finestre e anche al disotto del bollichío dell'acqua cadente si sentiva, sto per dire, quel silenzio gravido di sonno che è proprio delle ultime ore della notte, in cui sogliono riposare anche i malati e si assopiscono i moribondi.

Il Pianelli invece andava a spasso.

Scherzi a parte, quando fu sul ponte si dimandò se aveva il coraggio di annegarsi nel Naviglio.

Aveva sofferto già abbastanza la mortificazione del pitoccare l'elemosina per sentirsi ancora la forza di affrontare lo scandalo di un processo per truffa e falso. Era già stracco, annoiato, nauseato della vita e della gente.

Si accostò al parapetto, fissò l'occhio nel biancheggiamento turbolento dell'acqua, che rimbalza e scaturisce dalla chiavica e manda tra le due portaccie del sostegno l'ululato d'una bestia feroce. A questo rumore si mescolava il friggío dell'acqua, che traboccava dalle grondaie e ribolliva sul lastrico.

Tutt'insieme quell'acqua faceva uno scroscio ampio, assordante, che toglieva i sensi e la ragione. Egli e l'acqua erano già una cosa sola. Non aveva piú un filo asciutto indosso. I panni gli si raggrinzivano sulle carni, le scarpette macerate zampillavano fontanelle, il cappello era una spugna. Si sentiva gonfia d'acqua la testa e l'anima.

Tratto da un impeto cieco di disperazione, discese a corsa la stradetta alzaia, che passa sotto il ponte e rasenta il pelo dell'acqua. Qui non c'è che un passo, per chi voglia farla finita colla vita.

La gente voleva la sua morte: la voleva anche lui. Ma quando fu sotto, al buio, un pensiero, che fin qui aveva cercato di non lasciarsi vedere, e che se ne stava rintanato nella parte piú oscura del cuore, ributtato le cento volte da una passione piú avara e piú dispettosa, come se a un tratto ricuperasse una giovanile energia, urtò, rovesciò ogni altra considerazione e uscí con tutto il suo disperato entusiasmo a fermare un pover'uomo dall'ultimo passo.

E quei poveri figliuoli?

E la sua cara Arabella?

Questa veniva quasi piú avanti degli altri bambini nella sua chiara biondezza, nella sua bellezza alta e sottile.

Egli era uscito per andare a una festa da ballo senza quasi guardarli in faccia quei figliuoli e non poteva morire senza vederli ancora una volta.

Non poteva morire cosí come un gatto senza provvedere in qualche maniera, non al proprio onore (questo era perduto per sempre), ma all'onore, alla protezione di quei poveri figliuoli. La sua morte doveva almeno esser utile a qualcuno.

Quattro ore sonarono nel fitto dell'oscurità, ore gravi, cupe, solenni come quattro parole piene di minaccia, che fecero sul capo dell'infelice l'effetto di spietate martellate.

Il Pianelli capí che era l'ora di tornare a casa e, tra il chiaro e il fosco de' suoi pensieri in disordine, ritornò sul ponte, e, col passo frettoloso di chi ha paura di perdere un treno, risalí di nuovo tutto il Corso, ritraversò piazza del Duomo, alzò gli occhi alle finestre illuminate del Club, dove si ballava ancora: scese per via Torino, passò davanti San Giorgio, senza vedere, senza udire i pochi matti che strillavano e barcollavano vestiti da maschera: passò imperterrito quasi sui piedi di due questurini accovacciati nel rientro di una porta, e venne fino in Carrobio, non so se cacciato o se tirato da un ultimo pensiero, soltanto in questo vivo, morto indurito nel resto della sensazione, fatta ancora piú rigida dai sudori dell'ebbrezza alcoolica, che gli si congelavano indosso.

Trasse dal taschino la chiavetta inglese, aprí il portello, entrò nell'andito della casa sua, rintracciò nel buio la solita strada, la solita scala, che prese a salire energicamente col corpo piú sveglio, ritrovando nelle svolte dei pianerottoli le idee abituali di tutte le sere.

Abitava al terzo piano un quartierino quasi nuovo, che aveva due balconi verso strada.

Per una scaletta di legno si saliva, oltre il suo pianerottolo, a un terrazzino aperto sul tetto per il medesimo uscio del solaio. Su quel terrazzino Cesarino Pianelli aveva un poco di botanica. L'uscio del solaio, di legno massiccio, come al solito era rimasto aperto e Cesarino se la prese ancora mentalmente contro il guattero dell'osteria, un animale che non aveva le mani per chiudere, quando andava lassú a prendere il carbone. L'uscione, sbatacchiato dalla forza del vento che entrava per l'abbaino, mandava di tratto in tratto dei cupi rimbombi nella torre della scala. Cesarino alzò gli occhi e vide in mezzo a due nere travi una pezza piú chiara di cielo.

Introdusse dolcemente la chiave nella toppa e sospinse il battente.

Giovedí, un brutto cane volpino, che egli aveva raccolto per via la notte d'un giovedí santo, si mosse nel suo giaciglio, posto in un angolo dell'anticamera, mandò un guaiolo; ma, riconosciuto il padrone, si accoccolò di nuovo a dormire.

Camminando sulla punta dei piedi, si avvicinò all'uscio della stanza da letto: e ascoltò.

Beatrice era tornata e dormiva da una mezz'ora, profondamente, cullata dall'eco delle danze.

Tornò indietro, sempre sulla punta dei piedi, entrò nello stanzino che serviva da studio, che aveva la finestra sopra un cortiletto di passaggio tra la bottega del lattivendolo e l'osteria.

Accese una candela, buttò in terra il gibus pesante d'acqua e si strappò di dosso il soprabito e l'abito nero a falde.

Con una salvietta si asciugò un poco i calzoni, le mani, il collo e indossò un gabbano che trovò sul letto.

Stracco e mezzo malato si abbandonò sopra una poltrona e stette lí tutto intormentito, tutto d'un pezzo.

La casa e la città tacevano ancora in quell'ora cieca che precede il giorno: e l'unico rumore era lo sbatacchiare villano dell'uscione del solaio, che agitava un suo arpione di ferro pendente.

Fissò gli occhi nella fiamma bianca della candela posta sulla sponda della scrivania, dalla quale si irradiava un cerchietto di luminose stelluccie. Portò le mani agli occhi. Erano lagrime.

Tristo, maledetto destino che per qualche migliaio di lire un uomo dovesse perder la vita! E quest'uomo aveva esposto tre volte il petto alle fucilate, ed era stato a Roma nel settanta. Cesare Pianelli aveva due medaglie commemorative e un congedo militare onorevolissimo.

Ebbene a quest'uomo non si davano nemmeno tre giorni per ordinare le idee, per accomodare un debito.

Sonarono le quattro e tre quarti a una graziosa pendolina di nichel posta sul caminetto.

Nella stanza vicina, non divisa dallo studietto che da un semplice assito aperto in alto, dormivano i suoi figliuoletti minori, Mario di circa sei anni e Naldo di quattro anni e mezzo, due bei bambini, che avevano gli occhi del babbo e la carnagione bianca della mamma.

Arabella di dodici anni e mezzo dormiva in una cameretta piú lontana.

Cesarino amava immensamente i suoi figliuoli, e sebbene li vedesse attraverso allo specchio falso delle sue grandi idee e della sua ambizione, l'affetto suo non era per questo meno vivo e sincero. Arabella specialmente era il suo cuore, perché ragazza, perché la prima, perché bellissima. Questa bambina d'un biondo chiaro, con magnifici occhi neri pieni di riflessi, cresceva a precipizio con una personcina aristocratica, mobile, nervosa come la natura del babbo, ma d'animo dolcissimo come la mamma. Che cosa sarebbe stato di questi ragazzi fra ventiquattro ore? Come avrebbe potuto un povero padre sopportare lo sguardo pieno di lagrime di quella bambina intelligente? E che cosa avrebbe dato loro da mangiare il povero padre? E chi avrebbe sposata la figlia di un uomo processato per falso e uscito di prigione?

E chi avrebbe dato pane ed educazione a' suoi maschietti?

Il mondo è cattivo. Il mondo è cane, peggio dei cani.

L'uscione del solaio agitato dal vento seguitava a sbatacchiare innanzi, indietro. Parevano insulti quei colpi!

Cesarino si sprofondò ancora un poco nelle sue meditazioni, e trovò che proprio uno solo era il rimedio ai suoi mali.

Andò alla scrivania e scrisse di seguito:

"*Illustrissimo signor Commendatore*,

"Il sottoscritto, dopo quasi venti anni di onorati servigi resi alla patria, si trova nella dolorosa circostanza di non poter restituire entro ventiquattro ore la somma di lire mille. Poiché non si è creduto necessario di concedergli un lasso maggiore di tempo provvede egli stesso al suo castigo.

"Valga questa mia dichiarazione quale giustificazione pel signor ragioniere Martini e valga il mio sacrificio a espiare un delitto che non era nelle mie intenzioni di commettere. Spero che non si farà processo ad un morto e si vorrà almeno salvare l'onore de' miei figli.

"In quanto ai danni ho incaricato mio fratello Demetrio di regolare la partita collo stesso signor ragionier Martini.

"Con osservanza

CESARE PIANELLI."

Prese quindi un altro foglio e scrisse in alto:

"*A mio fratello Demetrio.*"

E piú sotto:

"Prego mio fratello a voler regolare col signor ragionier Martini un conto di lire 1000 (mille), di cui mi dichiaro suo debitore, e nello stesso tempo di voler provvedere perché siano protetti i diritti dei miei figliuoli, tanto per riguardo alla mia pensione, quanto per la intera esazione della dote di mia moglie, di cui è qui allegata una promessa scritta di mio suocero, il signor Isidoro Chiesa di Melegnano. Si procuri che i miei figli non sappiano mai come morí il padre loro."

E senz'altro firmò, suggellò le lettere, scrisse gli indirizzi e sollevò la testa come se si svegliasse da un gran sogno.

Naldo mormorava in sogno delle parole ridenti.

Il cuore irritato e superbo del padre fu scosso da quella voce tenera e balbettante, che si svolgeva dalla vaga delizia d'un bel sogno. Il povero uomo strinse la testa fra i pugni. Bagnò ancora una volta la penna e cominciò a scrivere:

"Cara Beatrice..."

Ma un fiume di lagrime gli tolse la vista della carta. Soltanto a scrivere il nome di questa donna, tutte le forze dell'anima si risvegliarono in un impeto sdegnoso di coraggio, in una quasi feroce esigenza di vita.

Egli non osava dire a sé stesso che forse soltanto per questa donna era venuto insensibilmente all'orlo del precipizio: non osava accusare sua moglie, renderla complice delle sue disgrazie. Ciò che egli aveva fatto per lei, i regali, il lusso, lo splendore della vita, non era stato chiesto dalla povera donna: ma Cesarino l'aveva dato spontaneamente, come tributo dovuto alla bellezza e alla bontà di sua moglie, di cui egli era ciecamente innamorato e ciecamente geloso...

All'idea che i morti non possono vedere le cose di qua, e che Beatrice, vivendo, poteva essere il tesoro di un altro uomo, Cesarino rabbrividí, buttò via la penna, si picchiò la fronte con pugni duri e stretti.

Quali tentazioni gli passavano nel sangue? Non aveva mai creduto a certi delitti se non come conseguenza di delirii frenetici e di pazze allucinazioni: ma ora si sentiva pigliato egli stesso da una forza invisibile che tentava di trascinarlo di là, nella stanza vicina, accanto al letto della bella donna addormentata, ancor sua, tutta sua...

Capiva già come si possa afferrare un coltello e uccidere, uccidersi...

Balzò in piedi inorridito. Tremava in tutto il corpo di febbre fredda, mentre la fronte pareva una fornace. Non piangeva piú. Si guardò una volta nello specchio ed ebbe paura di sé. La testa pareva già calcinata, le labbra indurite, gli zigomi tesi, la fisionomia coperta dei lineamenti della morte, i capelli irti, tesi, irritati, l'occhio vitreo di uomo pazzo...

Era già pazzo forse? questa poteva essere ancora una

mezza salute. A un pazzo si perdonano molte cose, che non si perdonano ad un morto, e un pazzo può ancora risuscitare. Ma ragionava ancora troppo per essere matto. La macchina logica del suo cervello funzionava ancora troppo regolarmente e gli dimostrava che pel ladro e pel falsario non c'è che il codice penale...

Un impeto di nausea urtò a questa ripetuta idea lo stomaco, la vertigine lo colse, trasudò copiosamente per tutto il corpo, e sentí quasi un rovesciamento di tutti i visceri. Anche questo male passò presto: non poteva né impazzire, né morire, mio Dio!

Bisognava ch'egli si distruggesse proprio colle sue mani.

Soffiò sul lume e rimase al buio, raccolto, colla testa tra le mani, quasi a pregustare il gran buio eterno in cui stava per gettarsi.

Quando si scosse da quella profonda contemplazione, vide che un primo albore del giorno biancheggiava già sui vetri. Si alzò, aprí la finestra che dava sul cortiletto, guardò giú nella fonda oscurità delle pareti ancora umide e sgocciolanti di pioggia. Il vento fresco e leggero dell'alba rompeva qua e là la nuvolaglia del cielo e cominciava ad asciugare i tegoli. La luna usciva ancora a tempo per spargere sui tetti bagnati un raggio della sua luce tremula e falsa, una luce che faceva male al capo.

Cesarino sentí la nausea della vita e misurò ancora una volta coll'occhio la terribile profondità in cui stava per gettarsi capofitto. Ma in quel punto uscí e si mosse nel cortile un lume. Alcune voci si mescolavano al tonfo sonoro del secchio del lattivendolo. Non era piú a tempo a gittarsi dalla finestra. Sentí che sonavano la diana alla caserma di San Francesco, a cui rispose piú lontana, forse dal castello, la diana della cavalleria.

Queste due squille vive nel gran silenzio dell'ora sollevarono un nuvolo di idee e di memorie del tempo felice ch'egli aveva servito nei lancieri, quando, per esempio, cacciando la testa fuori della tenda si vedeva all'orizzonte dietro i pioppi del Ticino la striscia argentea dell'alba.

Al disopra dei tetti per la vastità dell'aria si moveva e arrivava anche il rumore sordo dei carri, che, sul fare dell'alba, portano alla città le verzure, la legna, il fieno; e veniva insieme anche qualche tocco d'Avemaria di una parrocchia rurale, lontana lontana, insieme ai fischi della stazione di Porta Genova.

Cesarino fu quasi respinto indietro da quei suoni di vita: chiuse in fretta la finestra.

Dopo aver cacciata la testa nel bugigattolo dove dormivano i figliuoli, dopo avere respirato l'odore caldo della loro vita di cui lo stanzino era pieno, volle dare un bacio alla sua Arabella.

Passò nell'altra stanzetta, leggermente, per non svegliare la bambina. Non piangeva, non pensava, non soffriva nemmeno piú: ma erano lampi e bagliori di idee in mezzo alla nera oscurità di una ragione che un senso indomato di orgoglio trascinava alla disperazione. La stessa disperazione però pigliava già forma di sacrificio. Non è santo olocausto la morte di un padre che si uccide per salvare l'onore dei figli?

Arabella dormiva soavemente nel suo letto composto e bianco. I capelli di lino scendevano sopra le piccole spalle che brillavano nella poca luce dell'alba. Il seno piccolo e commosso forse da un sogno palpitava della vita che si sogna a dodici anni. Le labbra semiaperte mandavano fuori un alito puro, misto al profumo delle carni intiepidite nelle coltri.

Quel mondo cattivo e senza carità, che voleva oggi cacciare in prigione il padre, avrebbe fra non molti anni sospinto colle stesse mani la figliuola al vizio e alla vergogna, giovandosi della sua fragilità morale. O che cosa può essere (pensa il mondo) la figlia di un ladro e di un falsario morto in prigione?

L'uscione del solaio sbatacchiò due colpi che fecero tremare la casa.

"Vengo."

Si chinò sulla testolina della figliuola, lasciò che cadessero le ultime lagrime sopra i suoi capelli, l'adorò un ultimo istante, e risoluto, sempre con passo leggero, andò in cucina, presso la cassa della legna.

C'era un cassetto, frugò, rimestò un pezzo colle mani, scelse qualche cosa, che osservò attraverso alla luce nascente della finestra, e passò davanti all'uscio di Beatrice.

Ascoltò.

Essa dormiva col fiato pesante.

Davanti a quell'uscio, mentre stava col pugno stretto, sentí come un coltello in mezzo al cuore.

Non c'era piú tempo da perdere. In anticamera Giovedí si mosse un poco e si lamentò.

"Dormi, povera bestia!"

L'uscio che dava sul pianerottolo era rimasto aperto. Lo riaccostò senza far rumore e corse a precipizio su per la scaletta del solaio.

Arabella sognava d'essere nella chiesuola delle monache, occupata a ornare di fiori una statuetta della Madonna. Da qualche tempo essa si preparava alla prima Comunione ed il suo cuore era pieno di visioni: quando fu svegliata bruscamente da un forte abbaiare. Alzò un poco la testa, in preda ad uno strano spavento; portò la mano al cuore, dove sentiva uno schiacciamento come un chiodo premuto, girò gli occhi intorno.

I vetri cominciavano ad imbianchire nella luce mattutina. Le campane di San Sisto sonavano l'Avemaria. Lasciò cadere ancora la testa, stanca del bel sonno della fanciullezza, e si addormentò un'altra volta.

Il cane colle quattro gambe tese rigidamente sugli scalini e col corpo quasi indurito dall'emozione seguitò un pezzo a urlare nell'ombra contro l'uscione aperto del solaio. Ficcava gli occhi nel buio della soffitta, ma non osava fare un passo né avanti, né indietro, come se, tranne la voce, la povera bestia fosse istecchita nelle sue costole.

IV

Demetrio Pianelli, la mattina della prima domenica di quaresima verso le sette, andava a sentire la sua messa alla vicina chiesa di Sant'Antonio, quando, giunto sull'angolo di San Clemente, s'incontrò in Ferruccio, che correndo e ansando gli domandò collo spavento negli occhi e nella voce: « È lei il fratello del sor Cesarino? ».

« Eh? » esclamò Demetrio, accartocciando la pelle della faccia, in una smorfia d'uomo che stenta a capire.

« Venga, il sor Cesarino s'è ammazzato. »

« Chi, chi? chi sei? » balbettò Demetrio agitando le mani.

« Mi manda mio padre. »

« Chi, chi? chi è tuo padre? »

« Il portinaio del Carrobio, il Berretta. L'hanno trovato morto stamattina sul solaio. »

Ferruccio tremava come una foglia nel dire queste parole.

Demetrio vide dapprima innanzi a sé un gran buio, poi gli parve di perdere l'equilibrio. Al buio successe un bagliore fosforescente come quando uno ti lascia andare una terribile frustata attraverso la faccia. Poi si mosse per una forza istintiva e prese a galoppare dietro al ragazzo che, voltandosi di tempo in tempo, cercava di raccontare la storia. « Come ammazzato? da quando si è ammazzato? perché si è ammazzato? Chi? Cesarino? oh povero me..., o Signore, o Madonna Santissima. » E quanta fu lunga la strada da San Clemente al Carrobio, il povero Demetrio non seppe dir altro.

La voce era corsa in Carrobio e già cominciava a radunarsi un po' di gente.

« Che cosa c'è? »

« Si è impiccato! »

« Chi? »

« *El Poncin del Carrobi!* » disse un parrucchiere a una bella sartina che andava a scuola.

« *Ehi reverissi!* »

La bella biondina cercò di farsi largo tra la gente raccolta davanti la porta. Dalla bottega del fornaio vicino erano usciti i lavoranti. Uno, il piú magro, vestito soltanto di una camicia e di un paio di calzoni di tela, colle maniche rimboccate fino alle spalle (con quel freschino) cercò d'infarinare un poco la bella bionda.

« Per te sí, mi truciderei, bellezza » disse il magruzzo in pianelle, a cui la brezza gonfiava la camicia sulla schiena.

« S'è impiccato il padrone di casa, perché non sapeva dove mettere i denari. »

Uno nominò lord Cosmetico e subito corse la voce che s'era ammazzato un inglese.

« Dove? »

« All'albergo della Gran Brettagna. »

Dalle finestre molte donne in cuffia e in casacchino bianco dimandavano, rispondevano, facevano esclamazioni: « *Cara Madonna! Signor, che scènna! Ehi, sora Rachèlla!...* »

Arrivò Ferruccio, che precedeva Demetrio. Si fece largo nella folla e gridò:

« È qui. »

Intanto giungeva anche un delegato della polizia con alcune guardie.

Svegliato al bisbiglio e al rumore dei passi su e giú per la scala, mi vestii in fretta e scesi anch'io in corte a vedere. Il Berretta, smorto come una rapa, mi raccontò il caso. Il guattero dell'osteria, salito tra le cinque e le sei a prendere un cesto di carbone, aveva dato del capo in due gambe. Corse giú senza anima, senza una goccia di sangue, contò la cosa al Berretta che mandò a chiamare le guardie. In silenzio andarono su, passando in punta di piedi davanti all'uscio dei Pianelli che dormivano ancora. Il macellaio, un giovinotto tarchiato e forte come un toro, prese in braccio Giovedí, che seguitava ad abbaiare contro l'uscio, con una mano gli strinse il muso per farlo tacere e se lo portò via. La povera bestia si dibatteva nelle strette come un'anguilla.

Il Berretta stava facendomi vedere la mano con cui aveva aiutato a distaccare il morto, che teneva aperta in aria, lontana dal corpo, come se non fosse piú sua, quando sopraggiunse il signor Demetrio.

Era la prima volta che vedevo questo bravo signore, che non somigliava per nulla a suo fratello, non tanto per esser egli piú vecchio, quanto per la espressione, per il colorito del viso e per il modo di vestire. Mentre Cesarino era ciò che dicesi a Milano una *cartina*, di pelle fina e bianca, sempre elegante, pulito e aristocratico, questo signor Demetrio aveva all'incontro l'aria di un vecchio fabbro vestito coi panni della festa. La pelle era cotta dal sole, rugosa: la fronte bassa coperta dai capelli, che uscivano quasi a foggia di un tettuccio, di un colore rossiccio e duri come lesine, com'erano i baffi duri e rasati, che coprivano un poco il labbro.

Nelle orecchie arricciate come frasche di cavoli, qua e là rosicchiate dal gelo, portava anellini d'oro secondo il costume dei contadini della Bassa Lombardia, che credono con ciò di evitare il mal d'occhi. Scarso di parole, dalle poche sillabe che ci scambiammo a' piedi della scala, mi accorsi che stentava a metter fuori certe consonanti.

« Dov'è? » chiese con gli occhi gonfi, perduti nel vuoto.

« Importa che in casa non sappiano nulla, se si può. Povera gente! » gli dissi.

Facemmo i quattro passi che conducevano alla scuderia. Lungo il muro, tra le ruote di una carrozza c'era una stuoia stesa sul selciato, dalla quale uscivano due scarpette lucide da ballo. Non osammo varcare la soglia. Col capo basso e col cuore pieno dei mille pensieri, che ispira sempre la vista d'un cadavere, si stava lí come impauriti, quando un rumoroso battere di pantofolette chiamò la mia attenzione e mi fece guardare in su.

Arabella, coi capelli sciolti, uscita sul terrazzino verso corte, batteva nell'aria le scarpette da ballo della mamma, canticchiando nella chiara allegria di una fresca mattina di marzo. E rientrò canticchiando.

« Che cosa si può fare per ingannare la famiglia? » chiesi commosso al signor Demetrio.

Egli guardò a destra, a sinistra, in terra, nei cantucci della corte, come se cercasse quel che si doveva fare. Siccome Cesarino aveva detto che non sarebbe tornato per tutto il giorno, cosí c'era tempo di preparare una pietosa bugia. Poi si sarebbe fatto credere a' suoi che un male improvviso, una congestione, un gran freddo, l'avevano portato via.

Il signor Demetrio a questa mia idea disse di sí col capo. Di suo soggiunse:

« Si potrebbero mandare alle Cascine. »

Entrarono i portantini dell'Ospedale che i casigliani avevano fatto venire, posero il morto nella barella, calarono le tendine e, preceduti dalle guardie, con dietro una processione di gente, presero la via Torino verso l'Ospedale.

Il giorno dopo, un'ora prima di sera, una carrozza funebre fatta come una scatola, tirata da un cavallo nero, usciva dalla porta dell'Ospedale Maggiore, quella che dà sul Naviglio, e, disceso il ponte, si avviava lentamente per la strada deserta di San Barnaba verso il bastione, e verso il vecchio cimitero di Porta Vittoria, detto il *Foppone*.

Piovigginava.

Dietro la carrozza, che lagrimava nero, coperto, quasi sepolto da un grande ombrello, cinque o sei passi lontano, come se avesse vergogna di farsi vedere, veniva Demetrio. Non un prete davanti; non un amico intorno.

S'era fatto di tutto per portar via il suicida in segretezza nell'ora che gli amici vanno a pranzo. I giornali, tranne uno, avevan taciuta la cosa, e non era stato nemmeno impossibile di far credere a Beatrice e ad Arabella che la morte fosse la conseguenza d'una sincope, di una congestione. Cesarino andava soggetto a forti mal di capo: gli strapazzi del carnevale, il correre, l'affannarsi, l'agonia di un vecchio amico... Insomma un po' per uno, coll'eloquenza che in queste circostanze la carità spontaneamente suggerisce, si diede alla povera donna la tremenda notizia, vestita alla meglio di una santa bugia; e fatta venire una carrozza, Demetrio, colle belle e colle buone riuscí a condurre la vedova e i ragazzi, piú storditi che persuasi, alle Cascine Boazze, in casa di un parente. Egli tornò subito a Milano.

Ora cogli occhi fissi al cerchio della ruota che girava innanzi a lui, dopo due giorni di corsa, di affanno, di stordimento, cominciava a riordinare un poco la matassa arruffata de' suoi pensieri. Era un sogno doloroso da cui non poteva svegliarsi. Colle tristezze nuove si mescolavano le reminiscenze vecchie della sua vita passata, i dissidî domestici, i lunghi guai che lo avevano diviso da suo fratello.

Demetrio era nato dalla prima moglie di Vincenzo Pianelli, un buon affittaiuolo per il tempo suo, finché durò la fortuna, ma un uomo assolutamente incapace di resistere ai tempi difficili che vennero poi.

Finché visse la mamma di Demetrio, tanto tanto il buon senso naturale di questa donna e il suo grande spirito di economia avevano aiutato a tenere insieme la barca; ma quando, morta lei, pà Vincenzo fece la sciocchezza di sposaré un'altra donna, piú giovane di lui una ventina d'anni, addio buon senso, addio economia! La sposina, colla testa piena di farfalle, aveva sposato il vecchio Vincenzo colla speranza di fare un gran partito e portò in casa il lusso, la voglia di spendere, il gusto dei cappellini, dei vestiti di seta, mentre la prima moglie, povera donna, s'era sempre contentata di vestire di lana e di cotone e non aveva messe le scarpe di pezza che due o tre volte in tutta la sua vita.

Vincenzo, che aveva allora in affitto un grosso fondo su quel di San Donato, si accorse subito che la barca cominciava a far acqua da tutte le parti; ma era tanto innamorato della sua Angiolina, che non sapeva dir di no, le andava dietro ogni passo, come un cagnolino, e si istupidiva a poco a poco in estasi a contemplarla, quasi che la vecchia Teresa, che ora dormiva in un cantuccio del camposanto e che aveva lavorato tanti anni per lui, non fosse mai esistita.

Dopo nove mesi di quel nuovo matrimonio, nacque Cesarino, e il figlio della povera Teresa cadde, come si dice, dallo scanno.

Cesarino divenne l'idolo di pà Vincenzo. Per lui ci volle una balia fatta venire apposta da Varallo Pombia, che son cosí belle e famose, e cosí furono risparmiate le fresche bellezze della mammina.

Padrino al battesimo fu il cavaliere Menorini, ragioniere e amministratore dei Luoghi Pii, che aveva sempre mostrato per l'Angiolina una speciale tenerezza.

Per Cesarino furono tutte le carezze, tutte le speranze. Demetrio, che aveva già dieci o dodici anni, abbandonato all'educazione dei bifolchi e dei famigli, crebbe come si può crescere tra le vacche ed i cavalli. Fu un miracolo se imparò a leggere e a scrivere.

Man mano che Cesarino diventava grande, crescevano anche le differenze. A sentire il pà, egli solo aveva ereditato tutto il talento di casa Pianelli; egli doveva fare il dottore o l'avvocato.

Appena ebbe raggiunta l'età, fu collocato a Milano,

nel collegio Calchi-Taeggi; mentre Demetrio, dopo essere stato qualche anno a Lodi presso un ragioniere a imparare quattro conti, fu presto richiamato a casa a sopraintendere alla stalla delle vacche e alla "casera" del formaggio.

Solamente nelle vacanze Cesarino passava qualche dí a casa.

Tutto lindo e ripicchiato nella sua divisa di panno nero coi bottoni d'argento e coi ricami d'oro, coi ricciolini pettinati e scompartiti sulla fronte, s'imbatteva in Demetrio che usciva dallo stallone, colle gambe nude fino al ginocchio, i piedi in grossi zoccoli di legno, con in mano una forcona, col corpo sordido e pregno di quel grasso odore che stilla dai letti marci.

Era un miracolo se questi due fratelli, incontrandosi, si dicevano un "ciao" a mezza bocca. Stavano a guardarsi un istante, sorpresi, quasi meravigliati l'uno dell'altro, e si voltavano le spalle. Per fortuna alla cascina Cesarino si fermava poco, perché il resto delle vacanze andava a passarlo colla mammina sul lago di Como.

La bella Angiolina dopo otto anni di matrimonio, presa dalla malaria, curata male, morí in preda a una terribile febbre d'infezione.

Pà Vincenzo rimase indietro piú stupido e piú rovinato di prima. Cominciarono i sequestri: l'Ospedale diede la disdetta d'affitto e da padroni i Pianelli divennero servitori.

Quando sarebbe toccato anche a Cesarino di dare una mano a salvare la casa che barcollava, sempre per consiglio del cavalier Menorini, fu collocato in un battaglione d'istruzione, da dove uscí col grado di caporale maggiore. Poi scoppiò la guerra del '66 e addio casa! Il peso dei debiti, dei protesti, dei sequestri, del padre vecchio, malato, rimbambito, cadde di nuovo sulle spalle del povero bifolco, che non per nulla era nato prima. Mentre la casa si sfasciava da tutte le parti, era bello (bello, per modo di dire) vedere il vecchio pà Vincenzo seduto fuori dell'uscio, al sole, colla bocca aperta, con una berretta di maglia a righe rosse in capo, col fiocchino ritto come si dipinge la fiamma dello spirito santo, le mani sulle ginocchia, gli occhi perduti nell'aria e nel verde pacifico dei prati, in mezzo a un milione di mosche che se lo mangiavano vivo.

Demetrio vendette il canterano di maggiolino della sua mamma e coi quattro stracci si ridusse a Milano, dove un suo zio prete, don Giosuè Pianelli, canonico in Duomo, gli procurò un posto provvisorio di scrivano nella cancelleria della Curia arcivescovile.

C'era appena di non morir di fame, anche dopo aver venduto tutto ciò che s'era potuto sottrarre alle mani del fisco. A Milano il vecchio Pianelli trovò, se non altro, meno mosche. Tirarono innanzi tre anni, campando colla misericordia di Dio, su qualche ultimo boccone della dote di mamma Teresa, finché non piacque al Dio delle misericordie di chiamare pà Vincenzo in paradiso a trovare la sua bella Angiolina.

Quando si trattò di farlo portar via, Demetrio, non sapendo a che santo ricorrere, andò a trovare lo zio prete, un brontolone sempre in collera, che gli prestò cinquantasette lire dietro regolare ricevuta. Demetrio non aveva voluto ascoltare il consiglio di don Giosuè e mandare il vecchio all'Ospedale: cosí gli toccarono in corpo anche le spese del funerale.

Eran cose passate da un pezzo: ma queste memorie ripassavano ora davanti agli occhi di Demetrio, come se la ruota della carrozza, girando, ne svolgesse il filo. Né i guai finiron lí.

Cesarino, che si trovava in quel tempo a Palermo, scrisse subito a Demetrio per chiedergli i conti ed i residui della sua parte patrimoniale. E a lui di rimando il fratello rispose che il padre era stato sepolto con le cinquantasette lire prestate dallo zio prete; che di roba non c'era piú l'ombra; che le spese di malattia le aveva pagate lui; che era ridicolo parlar di conti e di residui.

Cesarino tornò a scrivere che sua madre Angiolina aveva portato cinquemila lire di dote e che, se egli era stato tanto buono e rassegnato finora a non domandare i conti, ora, sul punto di lasciare il servizio militare per farsi una carriera, non poteva piú trascurare i suoi diritti.

Demetrio tornò a rispondere al signor sergente-furiere ch'egli non sapeva nulla di dote; che se anche c'erano state le cinquemila lire, il fallimento se l'era mangiate. Venisse a vedere che cosa era rimasto di casa Pianelli.

Il contrasto si fece ancora piú vivo, allorché Cesarino, lasciato il servizio, venne a Milano in cerca d'un impiego. La sua grande aria di superiorità, resa ancor piú altera e imponente da un certo piglio soldatesco, cominciò ad irritare fin dal principio il fratello bifolco, che aveva sul libro vecchio della memoria tutti gli arretrati delle passate mortificazioni.

Poiché non c'era piú né babbo né mamma, disse al sor sergente piú d'una verità che gli stava da un pezzo in gola, senza troppo condirla. Cesarino, già fin d'allora molto lord Cosmetico rispose con un risolino ironico di schifo e con un proverbio del paese, che tradotto in lingua povera veniva quasi a dire: da una zucca non può nascere che una zucca.

A questa ingiuria, che andava a colpire la santa memoria di sua madre, Demetrio chiuse l'uscio sul muso all'ex-sergente, e da quel dí — cioè da dieci o dodici anni in qua — non si eran parlati, non si eran guardati piú in viso.

Demetrio sollevò un momento gli occhi alla cassa e si sforzò di perdonare sinceramente a quel poverino. La morte paga tutti i debiti: cioè non tutti... pur troppo...

Pur troppo eran passati gli anni, durante i quali Demetrio, lasciato l'impiego provvisorio della Curia, era entrato col grado di terzo bollatore all'ufficio del Bollo straordinario, collo stipendio di mille e trecento lire: poi, per speciale protezione del cavaliere Balzalotti, era stato assunto al grado di commesso gerente in uno dei tanti uffici del registro con cento lire di aumento.

Cesarino, sempre coll'aiuto e colle raccomandazioni del vecchio cavaliere Menorini, col suo bel congedo in regola e colle sue medaglie commemorative, non stentò a trovare un impiego. Entrò dapprima nel personale viaggiante delle Poste sui battelli a vapore del lago di Como; poi ottenne un posto di ufficiale a Melegnano, dove fece conoscenza coi Chiesa, e dopo qualche anno venne traslocato a una Sezione dei vaglia a Milano, con lo stipendio di duemilacinquecento lire.

Cosí egli dimostrò a suo fratello bifolco che un uomo di spirito non ha bisogno della carità di nessuno.

Con duemilacinquecento lire, un bell'uomo, di talento, elegante, un regio impiegato, educato in un collegio, poteva aspirare ad un bel matrimonio...

Non passò molto che una bella domenica Milano poté contemplare sul Corso lord Cosmetico che dava il braccio alla sposa vestita in gran lusso d'un abito di seta color tortorella e in testa un cappellino bianco a piume che si poteva vedere da Monza.

Beatrice Chiesa doveva portare nel grembiale quarantamila lire di dote, oltre alle prerogative di una solida salute e di una bellezza senza risparmio. Ma al momento di sborsare i soldi il sor Isidoro non mise fuori che tre o quattromila lire, riservandosi con un'obbligazione di pagare gl'interessi sul resto. Di queste tre o quattromila lire la maggior parte era in corredo di biancheria, il vecchio fondo delle guardarobe di casa Chiesa, cioè piú distintamente, ottantaquattro camicie da donna di tela nostrale fabbricata in casa fin dai tempi dei bisnonni (roba che adesso non si fabbrica piú cosí buona); centoventi paia di calze di filo, tutta roba anche questa nata e preparata in casa; venticinque tovaglie grandi, quasi nuove, per trenta persone, che avevano servito qualche volta ai grandi pranzi di casa Chiesa, e piú di duecento tovagliolini di tela eguale, ben grandi da imbacuccare un uomo; quattro dozzine di lenzuola di tela nostrale del 1840 e una grande quantità di foderette e di asciugamani.

I coniugi Pianelli menarono subito una vita in grande. Non si nasce lord Cosmetico senza avere il gusto delle belle cose e non si sposa una bella donna senza il desiderio di comparire e farla comparire.

Già il primo anno si cominciò a spendere senza giudizio, dando fondo a quel migliaio di lire che il babbo aveva anticipato sulla dote.

In casa Pianelli non si conoscevano le famose grettezze di mamma Teresa, che metteva in disparte i gusci e i mezzi solfanelli!

A desinare erano sempre due piatti con frutta e dolci: a colazione si beveva fior di vino Marsala: la sera si passava al Caffè Biffi, in Galleria, o ai giardini pubblici, o a teatro. D'autunno o era un viaggio sui laghi o un mese di campagna a Erba o a Besana Brianza... E per questa strada il povero Cesarino aveva finito coll'andare in carrozza.

« Eccola qui la carrozza! » mormorò Demetrio, alzando di nuovo gli occhi sul carro funebre, che, passata la chiesetta di San Barnaba, infilava l'altra via quasi deserta della Pace.

Ma di tutto questo che colpa avevano quei poveri figliuoli?

È vero ch'egli avrebbe potuto stringersi nelle spalle, lavarsene le mani e fingere di non conoscere nessuno; ma son cose che si dicono.

C'era di mezzo il nome della famiglia, c'erano di mezzo degli innocenti e non è religione solamente il sentire la messa la festa e il confessarsi a Pasqua.

E, come se questi pensieri gli cadessero addosso insieme all'acqua che veniva dal cielo, Demetrio andava rannicchiandosi sotto l'ombrello, mentre la carrozza, passata la Rotonda dei Cronici, entrava nel terreno molle e fangoso del bastione.

Sí, una grande responsabilità gli cadeva sul capo!

Era proprio necessario ch'egli accettasse questa dolorosa eredità senza qualche beneficio d'inventario? Come poteva colle millequattrocento lire all'anno pensare alla vedova e a tre figliuoli? La lettera di Cesarino, che egli andava rotolando in fondo alla tasca del suo paltò, parlava di un grosso debito di mille lire verso il signor Martini... Grazie! Eppure se c'era un debito sacro era questo, nel quale era compromesso l'onore di tutta la famiglia e la memoria d'un povero padre. Nella sua lettera arida, scritta sul tamburo della disperazione, Cesarino parlava di diritti a pensione, e della dote di sua moglie; ma alla Posta non riconoscevano questi diritti, e in quanto alla dote di Beatrice, chi conosceva il signor Isidoro Chiesa, sapeva che il buon uomo non aveva di grande che la blatera e la presunzione...

Ecco come uno va fuori dei fastidi e vi lascia dentro chi resta.

Come se di impicci e di strozzamenti non ne avesse avuti abbastanza in tutta la sua vita! come se, per non averne piú, egli non avesse giurato di morir solo e vivere intanto nel suo guscio, in una soffitta sopra le tegole, lontano dagli uomini e dalle donne.

La carrozza funebre svoltò un'altra volta e uscí da Porta Vittoria. Dopo le ultime case del sobborgo, laggiú, presso il vecchio forte militare, la strada si fece piú molle e fangosa. Da lontano, dietro gli alberi ignudi e grondanti di pioggia, venivano sopra gli umidi sbuffi d'un vento gelato i tocchi d'una campana, forse da Calvairate.

Il luogo non è mai bello per sé con quelle siepi mozze, con quella lunga cinta di camposanto che si accompagna alla strada, con quell'acqua morta che inverdisce nei fossi. C'era di piú l'ora bigia e triste e la giornataccia che andava oscurandosi nella nebbia della bassa pianura. Di tristezza traboccò anche il cuore di Demetrio, che, dopo due giorni di scosse e di irritazione, nel punto che tiravano Cesarino dal carro, sentí al disotto dei vecchi rancori irrugginiti agitarsi un sentimento molle e fraterno di carità e di compassione.

Povero figliuolo, povero martire..., cosí giovane..., andava ripetendo una voce in fondo al cuore, al disotto di quel gran mucchio di reminiscenze dolorose e cattive che pesavano sulla coscienza come un sacco di chiodi pungenti.

Due lagrime dure spuntarono nell'angolo degli occhi, stagnarono nella pupilla e gonfiarono la testa di vapori. I becchini, toltasi la bianca cassa di larice sulle spalle, si avviarono attraverso ai cumuli di terra per un campo melmoso sotto la pioggerella. Demetrio li seguí. Stette a vedere la cassa scomparire nella buca, sentí la terra molle cadere sul legno. Data una robusta scossa ai pensieri che gli tiravano il capo sul petto, disse con un sospiro: *Amen*.

Ritornò in città ch'era già buio, senza mai accorgersi che dietro di lui, col muso basso, camminava un cane. Traversò strade, stradette, piazze e vicoletti col suo passo pesante di bifolco, crollando di tanto in tanto la testa come un cavallo stanco di portare il basto. Giunse in San Clemente, e, nell'androne buio della porta, sentí una voce che lo chiamava per nome.

« Che cosa c'è ancora? » esclamò con un fare di uomo seccato.

« Sono dell'Ospedale. Ho portato i vestiti e le scarpe del defunto. Se il signore volesse favorire la sua buona grazia... »

Demetrio masticò tre o quattro parole senza senso, si tirò verso la porta, e, al lume del lampione a gas, guardò nel borsellino.

« *L'hoo propi miss in la cassa come on bombon* » continuò la voce dell'uomo che parlava nel buio.

Bisognò dare una lira anche a costui.

Parte seconda

Le tribolazioni di un pover'uomo

I

Beatrice rimase una settimana alle Cascine e tutto quel tempo non fece che piangere e disperarsi. Trovava crudele che non le avessero lasciato vedere almeno una volta il suo Cesarino, e ne incolpava la ruvida ostinazione di Demetrio. A poco a poco però le cure e le parole della buona gente che l'avevano ospitata, la vista della campagna, le ciarle spensierate dei bambini dissiparono il primo spavento, e richiamarono il suo cuore ad altri pensieri. Demetrio le scrisse una volta che aveva bisogno di parlarle e che l'aspettava a Milano.

Quando si trovò di nuovo in casa sua e che girò gli occhi intorno, provò ancora la vertigine del sentirsi come isolata in cima a una pianta: non sapeva che cosa fare, che cosa dire, dove mettere le mani.

Cesarino, nella sua adorazione, soleva risparmiarle fin la fatica di pensare. Previdente, preciso, minuzioso, e in molte cose fin troppo donnicciuola, oltre all'andamento della casa, si incaricava lui delle scarpette, dei vestitini dei ragazzi, della loro istruzione, e dava il suo parere sul taglio, sul colore dei vestiti della moglie. La sua morte improvvisa fu quindi per la povera donna come se le tagliassero via le due braccia.

Non sapendo a che santo raccomandarsi, appena arrivata, mandò a chiamare il cognato.

Demetrio dal canto suo si grattò in testa con tutte e due le mani, e si raccomandò al suo angelo custode. Sentiva bene di non essere troppo desiderato, per quanto mandassero a cercarlo.

Cesarino, parlando di lui, ne aveva sempre fatta una pittura come di uomo avaro e bigotto, capace di mangiare le mila lire altrui sotto l'apparenza della religione: e sua moglie non pensava diversamente.

In quanto ai ragazzi o non lo conoscevano, o non potevano volergli bene.

E con questi bei precedenti egli doveva andar fin laggiú in Carrobio a predicare l'economia, l'ordine, a mettere forse la bambina a far la sarta, i bimbi in bottega... e tutto ciò con qualche migliaio di lire di debiti sacrosanti da pagare, e coll'obbligo di tener nascosto a quei meschini i motivi che avevano spinto un padre di famiglia alla disperazione, e la morte rabbiosa che aveva fatto. Egli avrebbe potuto rispondere:

"Non vi conosco..."

Oppure:

"Non ho tempo!"

Ma bisognerebbe in certi casi avere un sasso al posto del cuore, o credere che al disopra delle tegole non ci sia che aria, fumo, e nient'altro.

In questi pensieri fece tutta la strada, sforzandosi inutilmente di preparare un esordio alla sua predica.

Stava per andar su, quando il Berretta, il portinaio:

« Ehi! ehi! » lo chiamò indietro.

Si voltò e vide in compagnia del sarto un signore di mezz'età, scuro di pelle, torbido come il temporale, con due folti sopraccigli neri, che il Berretta presentò come *el sor ragionatt*.

« L'è lui il fratello del defunto? » domandò la degna persona, aggrottando i sopraccigli di carbone, mentre colle mani dietro la schiena faceva girare una bella canna colla punta d'avorio.

« Perché? » chiese Demetrio, con un piede su un gradino, l'altro su un altro.

« Dimando se l'è lui... » tornò a dire con impazienza il signor Maccagni, con un viso d'uomo nauseato.

« Sí, sono io... »

« Me ne congratulo tanto » continuò l'altro dimenando il bastone come una coda. « Quel caro suo fratello non poteva farmi un servizio piú bello. »

Qui prese la parola il Berretta che, piú scialbo del solito nel suo panciotto di fustagno pieno di filaccie, colla suggezione naturale di chi parla alla presenza di un'autorità, spiegò come *el sor ragionatt* non fosse altro che il padrone di casa.

« Proprio un bel servizio! » seguitò quella brava persona, che possedeva tre o quattro case in Milano, « proprio un bel servizio. Non bastava non pagare l'affitto e tirare in lungo con delle scuse: no: bisognava anche dare uno scandalo, fare parlare le gazzette e deprezzare lo stabile. Qualcune me li deve pagare i danni, non c'è santi, e io guardo lui... »

Demetrio mosse due volte il capo e guardò con un certo stupore *el sor ragionatt* come per dire: Che ci entro io...?

« L'è inutile che adesso mi faccia gli occhi... Io guardo lui. Sono tre semestri in arretrato che devono essere pagati subito, o metto il sequestro sulla mobilia, io. Roba da ridere! non posso farmi pagare dai morti, e guardo i vivi. Come se a Milano mancassero i fossi per annegarsi. Bisognava proprio impiccarsi in casa mia, far parlare la gente, deprezzare lo stabile. Sí, con quelle poche tasse... »

« Ma capisce che io... »

« È un pezzo che mi si mena per le belle sale, caro mio signor riverito! » tornò a replicare quel bravo signore, ingrossando la voce e gli occhi, « e io, se non pago le tasse, l'esattore non s'impicca, no, lui! Sono tre semestri che si tira avanti, ora con una scusa, ora con un'altra, e titup e titep... » qui *el sor ragionatt* imitò benissimo la voce d'un bambino viziato. « Roba da ridere! Sono cinquecento lire per semestre, e di parole ne ho piene le... i... Ci vuol altro che rompere la testa tutti i momenti colle riparazioni, e non essere mai contenti, e il suolo, e la tappezzeria, e la stufa, e il caminetto, e l'inglese e la francese. L'è finita adesso. Son mille e cinquecento lire che mi vengono e, se per Pasqua non vedo i rispettivi, metto il sequestro e chiamo lui responsabile. »

Il Berretta, spaurito di questa grossa voce che minacciava il sequestro, che per un portinaio timido e bisognoso è come dire una baionetta nel ventre, alzò un poco le mani verso il signor Pianelli, come se volesse dire: "Paghi un po', fuori dei piedi..."

« Anch'io devo vedere come stanno le cose... » osò dire Demetrio.

« Le cose stanno come dico io. Pasqua è qui, corpo di un cane! e quando non si ha da fare il signore si lascia stare, si paga prima, e soprattutto non si deprezzano gli stabili... Uomo avvisato. »

« Io vedrò. »

« Uomo avvisato! » replicò il padrone voltando le spalle. Fece quattro passi fino in fondo al portico, si voltò e gridò ancora a Demetrio: « Uomo avvisato! »

Quando Demetrio non fu piú a tiro, la tempesta si scatenò sul Berretta, che non aveva chiuso coll'arpione l'uscio del solaio.

« C'è la mamma? » chiese lo zio ad Arabella che venne ad aprire l'uscio.

« È ancora a letto. »

« Quando siete tornati? »

« Ieri. »

« Chi vi ha accompagnati? »

« Il sor Paolino. »

« Va a dire alla mamma che son qui. »

« Resti servita in sala. »

Arabella condusse lo zio in un gabinetto celeste pallido, e corse a svegliare la mamma, che, stanca del viaggio e dell'emozione, dormiva ancora.

A Demetrio tremavano un poco le gambe. Tre semestri in arretrato, oltre il resto!

« Mamma! » disse sottovoce la bambina, mettendo una manina leggiera sulla fronte di lei. « C'è qui lo zio Demetrio. »

« È qui? » esclamò Beatrice, balzando via, come se le avesse detto: c'è una biscia nel letto. « È venuta la Cherubina? »

« Non ancora. »

« E i ragazzi? Sei buona di vestirli? E il lattivendolo è venuto? »

« Nemmeno lui. »

« Manda Ferruccio a chiamarlo e a prendere il pane. »

« È già andato alla stamperia, questa mattina. »

« Bene, vengo io. »

Arabella entrò nello stanzino, dove Mario e Naldo cicalavano in letto sotto le coltri, facendo padiglione con le gambe. Non sapevano capire perché papà fosse morto e che roba fosse la morte. Per Naldo, il minore, la morte era qualche cosa di somigliante ad un cavastivali, che si vedeva dietro l'uscio, appoggiato al muro, terminato in due corna di legno.

Demetrio ebbe ad aspettare un bel pezzo prima che sua cognata fosse visibile. Non perdette però il suo tempo. Era una settimana che andava raccogliendo conti e conterelli, senza quelli che gli portavano a casa spontaneamente i creditori nella speranza ch'egli potesse pagare. Oltre al grosso debito verso il Martini — che bisognava pagare per il primo, — oltre ad una nuvola di debitucci, venivano ad aggiungersi ora questi tre semestri della pigione. Un abisso, insomma!

Guardandosi intorno, restò meravigliato del lusso del gabinetto. Tanto di tappeto in terra, candelabri di bronzo dorato sul camino, poltrone di velluto, specchiere, stipetti di vetro... Sopra un tavolino posto in mezzo alla sala erano schierati i ritratti di famiglia in piccole cornici di legno traforato. Cesarino era rappresentato in quattro o cinque guise: — in divisa militare, in borghese, colla barba, senza la barba, sempre elegante. Il piú grande di questi ritratti lo riproduceva in abito nero, col largo sparato bianco sul petto, con i piccoli favoriti alla lord, e la sigaretta nella punta delle dita. I ragazzi facevano diversi gruppetti — fra cui uno di Naldo che usciva da una cesta di vimini con su scritto: "Pacchi postali".

Un pianoforte verticale era posto di sbieco nel cantuccio tra la finestra e il caminetto. — Arabella da un anno prendeva qualche lezione dal maestro Bonfanti, l'organista di San Sisto, e faceva già qualche progetto. Ma di tanto in tanto anche la mamma metteva le mani sul cembalo, per quanto intendesse la musica come una testuggine.

Di contro alla specchiera, in una cornice d'oro ovale spiccava un grande ritratto ad olio di Beatrice, opera d'uno scolaro del Cremona, amico intimo di Cesarino. L'artista della scuola nuova s'era sbizzarrito nei gialli, e la bella lodigiana impettita, colle braccia nude, e con curve enfatiche, in mezzo a una nuvola cenerognola, guardava dall'alto con una aria di regina che non era nell'indole dell'originale.

Demetrio andava mentalmente facendo i conti di quel che si sarebbe potuto ricavare a vendere tutta questa roba a un onesto rigattiere, dato e concesso che fosse già pagata.

Arabella venne a dirgli che la mamma stava vestendosi.

Dietro di lei, coi piedi nudi, quasi nascosto tra le pieghe della gonnella, Naldo fissò gli occhi in faccia allo zio, con espressione di paura, mentre Mario spiava dallo spiraglio dell'uscio.

Rimasto solo tornò a riflettere dolorosamente.

Purtroppo aveva avuto ragione nel giudicare Cesarino una testa leggiera, troppa ragione; ah sí! ci sono dei torti che non si darebbero via per tutte le ragioni della giurisprudenza rilegata in oro e marocchino.

Mentre egli stava seduto sullo scrimolo di una sedia, come se temesse di schiacciare della roba non pagata, sentí un non so che di morbido che gli spazzolava le gambe.

Era Giovedí, la brutta bestiaccia, che egli aveva già cacciata a colpi di piedi nella coda, il giorno che i Pianelli erano andati alle Cascine, e che, dopo una settimana di vita vagabonda, viste dalla strada le finestre aperte, veniva anche lui a cercare qualche cosa per far colazione.

Questo intese dire la povera bestia col suo mugolío pietoso e col trepido dimenare del suo soldo di coda; ma lo zio le disse chiaramente:

« Puoi fare il tuo testamento, animale del presepio, se non hai altri santi. Non ne ho del pane per i tuoi denti. »

Giovedí, interpretando secondo il proprio cuore le parole brontolate dallo zio, si pose ad abbaiare. Era l'unico mezzo datogli dalla natura per commuovere l'animo della gente.

« Crepa! » disse Demetrio.

"*Beb!*" abbaiò di nuovo il cagnetto, ponendo le zampe sporche sui pochi calzoni dello zio e mostrando in una doppia fila tutti i suoi denti bianchissimi.

« Scoppia in mezzo, cane del diavolo! » brontolò di nuovo Demetrio, schiaffeggiandogli il muso col fazzoletto di cotone turchino, che adoperò per ripulirsi le ginocchia.

In quel momento l'uscio si aprí e comparve madama, in una grande vestaglia bianca di flanella.

Demetrio si agitò, si alzò un poco, tornò a sedere, chinò gli occhi sul tappeto e balbettò un "riverisco" quasi inintelligibile. Anche Beatrice si sentiva confusa e imbarazzata di trovarsi a tu per tu con quel famoso cognato, che Cesarino aveva sempre dipinto come un orsacchiotto, un intollerante bigotto, molto abile nel far scomparire le mila lire.

Nei pochi giorni ch'era stata alle Cascine, aveva ricevuta una visita del papà, il sor Isidoro di Melegnano, che la mise in guardia e le comandò di non fidarsi troppo dei raggiri di suo cognato.

Si può pensare se con questi precedenti ella potesse fargli una grande accoglienza. Demetrio, dal canto suo, persuaso per esperienza che la bellissima donna era una testa d'oca, che aveva aiutato a spingere Cesarino sull'orlo del precipizio, impacciato per indole e per abitudine a trattare colle donne, non sapendo da che parte cominciare, passò due o tre volte il fazzoletto sugli occhi e sotto il naso e finalmente dimandò:

« Come sta Paolino? »

« Sta bene e mi ha detto di salutarvi. »

« Sta bene anche la Carolina? »

« Sí, sta bene anche lei. »

« Mi avete fatto chiamare? »

« Son tornata ieri e non ho nessuno a Milano in questo momento. Non è nemmeno venuta la Cherubina, stamattina. Volevo far avvisare l'Elisa sarta che siamo tornate e ordinare i vestiti di lutto. Nella confusione non ho avuto tempo di pensare a nulla, e ho dovuto farmi prestare qualche fazzoletto nero dalla Carolina. »

« I vestiti di lutto li avete già ordinati? »

« Non ancora, sicuro. Non potrei mettere il piede fuori dell'uscio. »

« Scu... scusate » riprese con un tremito nervoso Demetrio « e questi vestiti sono proprio ne... ne... nec...essari? »

Beatrice lo guardò con aria stupefatta, come se avesse dimandato se è proprio necessaria l'aria per vivere.

« Dico questo perché è una spesa... e se si potesse risparmiare qualche spesa. »

« Come, risparmiare? che cosa direbbe la gente? »

« Certo fu una disgrazia, e voi avete il dovere di piangere quel povero uomo; ma di spese ce ne son già troppe... »

« Prendete un caffè, Demetrio? » interruppe Beatrice.

« Grazie, non ne piglio mai! » rispose bruscamente il

cognato, che, continuando il discorso di prima, soggiunse: « Mi sono spaventato, cara voi. »

« Di che cosa? »

« Dello stato delle cose. Non c'è piú stipendio, non c'è diritto a pensione, e ci saranno a quest'ora quasi seimila lire di debiti. »

« Non è possibile... » disse freddamente e con un leggiero sorriso ironico Beatrice, per fargli capire che non era disposta a lasciarsi abbindolare.

Demetrio, a questa risposta cosí fredda e categorica, alzò gli occhi e li fissò un istante in viso alla sua cara cognata, contraendo le labbra a un tremito nervoso, che pareva un sorriso sardonico.

« Non è possibile » tornò a dire Beatrice nella sua matronale tranquillità.

« Voi non siete obbligata forse a sa...sapere e siete da compatire. Ma qui c'è un fascio di conti... Cesarino aveva le idee troppo grandi. »

« Bel capitale! Bisognava vivere con decoro, si sa. »

« Lasciamo il decoro per carità. »

« Si sa, un regio impiegato... Non tutti possono rassegnarsi a vivere di pane di segale o di polenta... »

« No, no... che segale e che polenta! Adesso è morto e noi dobbiamo pregare per l'anima sua, ma vi confesso che sono spaventato. Ci sono tre semestri dell'affitto che bisogna pagare per la Pasqua, o il padrone mette il sequestro. C'è un vecchio conto dell'orefice Boffi, che mi ha portato lui stesso all'ufficio... Aspettate; perché non diciate che invento per il gusto d'inventare, ho portato con me tutte le pezze giustificative. Quando hanno saputo che Cesarino era morto e che io, suo fratello, m'incarico un poco delle faccende, i creditori si son mossi tutti come le mosche, se la pigliano con me, pretendono che io abbia a pagare... Io? con che cosa pagare? e che c'entro io? »

Demetrio, tratto il suo fascio di cartaccie, sciolse lo

spago che le legava insieme, e cominciò a spiegarle sulle ginocchia.

« Arabella! » chiamò la voce chiara e argentina di Beatrice.

« Che cosa vuoi, mamma? » dimandò la bambina che stava fuori in sentinella.

« Portami il caffè. »

Demetrio frugò un pezzo nella tasca di sotto e trasse l'astuccio degli occhiali. Ne uscí un paio con un grosso cerchio d'osso ch'egli appoggiò alla punta del suo naso color patata, assicurando le grosse spranghette tra l'orecchio e il ciuffo rossiccio dei capelli. Inarcò le sopracciglia, e contraendo la pelle della bocca, come se provasse della nausea, cominciò a leggere sopra una pagina:

« Ecco, Angelo Boffi, orefice e bigiottiere. Per braccialetto d'oro con zaffiro, lire 150... »

« È un braccialetto che Cesarino ha voluto regalarmi fin dal Natale dell'anno passato. »

« Fu pagato? »

« Io credo di sí. »

« Il signor Boffi dice di no... »

Beatrice cominciò a guardarsi intorno, come se cercasse un testimonio. Non vide che gli occhi amorosi di Giovedí, che la contemplavano con soave tenerezza. Vedere il povero cane e sentirsi tutta rimescolare fu un punto solo. Ruppe in un singhiozzo, stese le braccia alla bestia, che le saltò in grembo, e si rannicchiò a piangere anche lui.

« Dove sei stato fin adesso? o povero Jeudi, o Jeudi... dov'è il tuo padrone? »

Giovedí rispondeva alla sua maniera, mugolando.

Demetrio chinò il capo, lasciò cadere la mano sul ginocchio e aspettò che la padrona e il cane finissero di piangere.

Cogli occhi fissi nel vuoto, il pover'uomo pensava al numero dei gradini che Beatrice doveva fare per discendere dal suo trono di carta pesta fino alla triste realtà, che la circondava da tutte le parti.

« Non fu pagato questo, come non furono pagati gli altri » riprese a dire con un tono uguale e freddo, dopo un istante. « C'è qui un altro conto del signor Cena parrucchiere per... per... saponi e profumerie... lire 56... Diavolo, questo non è nemmeno pane di segale. »

Beatrice arrossí, si rizzò sulla sua persona, e tornò a guardare il cognato orangoutan, con una espressione di sarcasmo e di paura.

Demetrio, sempre a capo basso, col coraggio inesorabile e pietoso del chirurgo che opera sulla carne viva, scorrendo uno dopo l'altro quei benedetti conti seguitò:

« C'è un conto anche dal pizzicagnolo, circa duecento lire; c'è quello della sarta Schincardi, un'ottantina di lire anche qui. C'è persino un vecchio conto del pasticciere Dragoni, che risale nientemeno che al battesimo di Naldo e che non fu mai pagato. Anche questa non è polenta... Conto del calzolaio Bianchi in lire cin... cin... quecento settantasei... Una bagattella!... Conto non quietanzato De Paoli per tap... tappezzeria... dice tappezzerie? duecento quarantacinque e settantanove c...entesimi. »

Man mano che leggeva, la fronte del bifolco si rimpiccioliva nella contrazione delle ciglia in un gruppetto di grinze, sulle quali veniva a cadere a foggia di tettuccio il piovente duro e diritto dei capelli.

Arabella entrò col vassoio del caffè e col bricco in mano. Colla prontezza della sua intelligenza essa aveva già capito che in quel suo zio ruvido e bifolco c'era l'angelo custode travestito da ortolano. La scomparsa improvvisa del papà, la fuga precipitosa, il modo misterioso in cui aveva sentito parlare alle Cascine, le poche frasi udite all'entrare in sala, avevano già detto alla povera *tosetta* che una grande disgrazia stava sulla sua casa e che forse lo zio Demetrio meritava di essere ascoltato.

Dalla cucina veniva un gran chiasso di voci e un gran picchiamento.

« Che fanno quei matti? » chiese Beatrice.

« Dicono che hanno fame e picchiano sulla cassa della legna. Il lattivendolo non è venuto, e nemmeno il fornaio. »

« Hai mandato Ferruccio? »

« Ma non c'è... » rispose Arabella con una leggiera impazienza, in cui si sentiva il tremito del pianto.

« Bene; di' loro che stiano quieti che adesso vengo subito. »

« Settimo: Conto non quietanzato del farmacista... »

« Scusate, Demetrio, » interruppe questa volta con un atto d'impazienza Beatrice « io non so nulla di questi conti che dite voi... »

« Non volete dire con ciò che me li invento io... »

« Non sono in grado di dire se questi conti siano o non siano stati pagati. Lasciateli qui che li farò vedere a mio padre... »

« Non cerco di meglio... Ma non vorrei che questi poveri figliuoli andassero di mezzo. Pensiamoci, per carità. Tiriamo i remi in barca... Che cosa può fare il signor Chiesa per voi e per la vostra famiglia? »

« C'è ancora tutta la mia dote. Son quarantamila lire, non un quattrino. Vostro fratello non ha sposata una contessa, ma nemmeno la figlia della serva. »

« Può il signor Isidoro mantenere oggi le sue promesse? »

« Adesso subito forse no, perché è in causa coll'Ospedale, ma fra sei mesi, fra un anno? »

« Da quanti anni dura questa causa, lo sapete? quante volte fu già perduta? quante migliaia di lire furono sprecate in questa benedetta questione? »

« Mio padre è un uomo di buona fede e trovò sempre degli avvocati di poca coscienza. »

« Lo so, non facciamoci illusioni... »

« Che cosa volete dire? che debbo forse mandare i miei figliuoli a fare il ciabattino? »

Beatrice aveva letto un romanzo, *Lo Sparviero e la Colomba*, in cui una giovine bella e ricca ereditiera lottava contro le insidie d'un gesuita che agognava alla sua eredità. Ebbene, le pareva il caso suo. "Per fortuna" pensava "so quel che vali! ma non ci riuscirai..."

E si sforzava nella sua semplicità di spirito di reagire e di tirarsi su impettita con tutta la persona, come faceva nel suo palchetto quando il marito la conduceva al teatro Dal Verme.

Demetrio sentí una gran tentazione di buttarle in viso i conti e di andarsene. Ma gli venne in mente il povero Cesarino disteso sotto una stuoia; gli venne in mente l'obbligo morale che egli si era assunto verso il Martini per salvare l'onore al nome dei Pianelli; gli risonò nell'orecchio la voce aspra del padrone di casa; sentiva nello stesso tempo il chiasso che facevano quei ragazzi di là, picchiando nella cassa della legna... Pensò che il sor Isidoro era un pazzo, fallito dieci volte per la sua cocciutaggine nel far cause a tutto il mondo, è che sua cognata era una testa d'oca.

Per tutte queste ragioni, dopo aver trangugiato molto fiele in silenzio, mentre Beatrice finiva di sorseggiare il suo caffè, rilegato collo spago il fascio dei conti, li collocò sul tavolino, e disse con un tono di voce in cui si sentiva lo sforzo di dominarsi:

« Se io volevo dare qualche consiglio, prego mia cognata a credere che non lo facevo per mio interesse. Chiamato in un momento triste, io pensavo che fosse mio dovere di coscienza di mettervi al fatto dello stato delle cose: non vi ho detto tutto... perché è inutile che sappiate tutto. Amen! Io vorrei vedere qui vostro padre in luogo mio a pagare questi conti; ma forse il signor Chiesa dirà che i vostri figliuoli portano il nome Pianelli e che non tocca a lui di salvarli dalla miseria e dalla fame... »

« Che cosa dite? » esclamò Beatrice irritata.

« Lasciatemi finire e poi vi toglierò l'incomodo per sempre. È inutile farsi delle illusioni. Voi non avete piú un soldo della vostra dote, non avrete un soldo di pensione e con sei o sette mila lire di debiti dovrete provvedere a voi e ai vostri figliuoli. »

Beatrice tornò a sorridere ironicamente. Il vecchio bifolco credeva forse che ella si lasciasse infinocchiare da queste declamazioni. Sbagliava di grosso.

« Io ero venuto per dire che bisogna pensare seriamente, subito, radicalmente, ai casi nostri, o tanto vale prendere i ragazzi e mandarli a suonare l'organetto. »

« E che cosa bisognerebbe fare? sentiamo » provò a dire Beatrice in aria quasi di sfida.

E intanto si paragonava nella sua mente alla gatta che difende i suoi piccini dalle unghie d'un brutto cagnaccio.

« Punto primo, si cominci a vendere tutto quello che non è necessario. »

« Vendere! » esclamò Beatrice, spalancando tanto d'occhi.

« Sí, vendere, o restituire quello che non si può pagare... »

« Ah sí? » disse con un sorrisetto ironico la povera donna.

« Punto secondo, bisogna restringersi nelle spese, lasciare le apparenze, non curarsi tanto della gente e rivoltare le maniche, come si dice... »

« Ah sí? » tornò a dire Beatrice, pallida, movendosi da una poltrona all'altra.

« Non è il caso di mandare questi figliuoli a fare il ciabattino; ma certo saremmo tutti matti, se pensassimo di farne fuori degli avvocati. Via via, qui c'è della roba, voi avete portato della roba... »

« Ah chiedo scusa! » interruppe questa volta Beatrice con un impeto straordinario di energia, « della roba mia la padrona sono io... »

Demetrio, che nel calore e nello zelo del suo cuore s'era abbandonato quasi all'illusione d'essere arrivato a tempo a far del bene, a questa brusca interruzione, al modo obliquo con cui lo guardava la donna, capí di essere stato prevenuto. Perdette l'equilibrio, si scoraggiò, masticò ancora un fiume di cose amare, raccolse i suoi nervi, spianò le sue rughe irritate e con una voce che cercava d'essere fredda per non essere velenosa, soggiunse:

« Scusate, questi debiti io non posso pagarli... »

« Lo so, non è la prima volta che non potete pagare i vostri debiti... »

Questa era la frase che il signor Isidoro aveva messa in bocca a sua figlia nel caso preveduto che Demetrio si fosse fatto avanti coi soliti raggiri, e alludeva alla famosa dote di mamma Angiolina.

Demetrio ricevette il colpo in pieno petto, chiuse gli occhi, impallidí sotto la scorza dura e nera del suo viso color patata, mosse una mano quasi volesse col gesto aiutare la parola a venire fuori; ma un gruppo di pianto stizzoso e furibondo lo strozzava alla gola... Col dito secco segnò tre volte il fascio dei conti che lasciava sul tavolino, si rannicchiò nelle spalle, sempre colla bocca impiombata dall'ira e dal dolore, e uscí dalla saletta senza dir nulla.

Un grimaldello non avrebbe potuto aprire quella sua bocca impiombata di dolore e di sdegno.

Uscí, traversò la cucina, smarrito, mal pratico dell'appartamento, passò in mezzo a due bimbi seminudi che picchiavano e strillavano di fame, e finalmente trovò l'uscio dell'anticamera.

Fu un miracolo se si ricordò di prendere il cappello e il bastone. Fu pure un miracolo se non cadde dalla scala. Il Berretta lo chiamò di nuovo: « Ehi! ehi! » dal fondo dello stanzino.

Ma egli non sentí o non volle sentire. Uscí; prese la strada a man destra verso il centro, non pensando nulla e non ripetendo nel fondo piú oscuro del suo pensiero che una parola sola:

"Asino!"

In questa parola, che rappresenta un animale sciocco e paziente, concentrava tutta l'ira, il dispetto, il dolore, la vergogna dell'offesa ricevuta, e la vergogna della sua incapacità morale.

Per via Torino, San Giorgio, Zecca Vecchia, uscí al Bocchetto e andò in ufficio.

Lavorò meccanicamente, come al solito, senza sbagliare, senza parlare; se non che, di tanto in tanto, come al girare di un quadrante, scoccava in lui quell'unica parola in cui era andata concentrandosi tutta la sua dialettica:

"Asino!"

II

Il giorno dopo, come se non fosse accaduto nulla di diverso, si alzò, si vestí e colla solita puntualità uscí per andare all'ufficio. La precisione e l'uguaglianza delle sue abitudini era tale, che il signor Pianelli serviva di orologio agli studenti e alle sartine, che affrettavano il passo quando l'incontravano al disotto del Cordusio. La sua strada era sempre la stessa tutti i giorni: piazza del Duomo, piazza dei Mercanti, Cordusio, Bocchetto: da una parte delle botteghe nell'andare, dall'altra nel tornare. Sotto i portici meridionali comprava un sigaro virginia (l'unico vizio), che era già preparato in un astuccio di carta e ch'egli metteva in tasca per fumare mezzo a colazione, mezzo dopo pranzo.

Stretto nei soliti panni color cioccolata, sempre quelli ma puliti, col bastoncino infilato in una tasca del paltò, andava col suo passo pesante di contadino, urtando spesso il muro colla spalla come un carro che esca tratto tratto dalle sue rotaie.

Veniva dunque quel giorno, tutto raccolto nelle sue

grinze, quando, arrivato davanti al mercante Simonetta, sentí qualche cosa di morbido sdrusciargli le gambe. Era ancora quella bestiaccia di Giovedí col pelo sporco e arruffato, cogli occhi malati, che gli teneva dietro da cinque minuti senza che egli se ne accorgesse.

« Marcia via! » disse, alzando un poco il piede per farlo scappare.

Il cane, tiratosi indietro un passo, si fermò col muso in alto a guardare l'uomo, con occhi pieni di malinconia, dimenando il suo soldo di coda lungo un dito.

Quando Demetrio si mosse per continuare la sua strada, la bestia seguitò a pedinargli dietro come se seguisse il suo padrone. Demetrio si fermò un'altra volta sull'angolo degli Speronari e il cane si fermò anche lui e tornò a dimenare il suo soldo di coda, guardando sempre con quegli occhi...

Allora Demetrio finse di entrare nella porta del fiorista, ma vide che il cane gli andava dietro. Pensò se c'era vicina una chiesa con doppio ingresso per fargli perdere la traccia, ma di chiese non ce ne sono in quel tratto... La bestia poteva anche essere arrabbiata: arrabbiata o no, non voleva avere a che fare con lei e con nessun altro di quella casa...

Guardò in su e in giú se vedeva una guardia, un sorvegliante, un'autorità per farlo menar via, ma non vide un cane, tranne il suo.

E questo, duro, ostinato, gli andava dietro colla costanza di una bestia che non mangia da due giorni.

Provò ad affrettare il passo, a correre: e il cane dietro a correre anche lui.

Lo zio si fermò la terza volta, trasse il suo lungo fazzoletto di cotone turchino, fece un grosso nodo a uno dei capi, lo alzò come un flagello; ma Giovedí, facendo arco della schiena e piagnucolando, venne ad accosciarsi ai suoi piedi.

Che doveva fare? ammazzarlo?

Giunto finalmente sotto il portone del Demanio,

picchiò nei vetri del portinaio e avvertí il Ramella con dei segni. Il Ramella guardò attraverso i vetri dell'antiporto, capí di che si trattava e venne fuori. Quando il cane vide in aria l'*asperges*, fuggí come il diavolo.

Demetrio giunse in ufficio con qualche minuto di ritardo, un'ora prima del suo capo, il cavaliere Balzalotti. Arrivato al suo posto, che era un tavolo accanto a una finestra, difeso contro i colpi d'aria da un vecchio e logoro paravento, tolse prima di tutto il sigaro di tasca, lo guardò alla luce se c'era tutto e lo collocò come una preziosa reliquia sopra lo sporto della finestra.

Aprí il cassetto e controllò i due panini nel cartoccio. Fece una rapida ispezione al suo cappello rotondo, vi picchiò su con un buffetto per ispazzare via un filo di polvere, lo tuffò delicatamente in una custodia di carta fatta apposta e lo collocò nella sua vestina sull'ometto. Poi aprí un altro cassetto e trasse fuori le due manichette di tela lucida ch'egli metteva per scrivere. Se le infilò: diede una nervosa e rapida fregatina alle mani, chiudendo gli occhi, accartocciando tutte le rughe della faccia. Poi cominciò la diligente pulizia degli occhiali.

L'egregio cavaliere Balzalotti da qualche tempo, come forse s'è già detto, aveva fatto venire il Pianelli nel suo ufficio e se ne serviva come di copista per una lunga relazione intorno all'esazione sulla tassa di bollo e registro, che doveva essere presentata per Pasqua al Ministero delle finanze.

Il tavolone del cavaliere, pieno pieno di carte e di allegati, era posto nel mezzo della parete, sotto un bel ritratto del re, tra due campanelli elettrici, poco lontano dalla bocca del calorifero.

Il Pianelli, uomo paziente, discreto, di poche parole, era come se non ci fosse. Copiava, ricopiava, scriveva sotto dettatura, con una calligrafia grossa e precisa, senza fare tante questioni di lingua e di grammatica, come pretendono certi chiacchierini saputelli, che, per esser stati bocciati alla quarta ginnasiale, credono di saperne di piú dei loro superiori.

Demetrio, non molto forte anche lui nelle questioni, dirò cosí, filologiche, copiava tutte le parole ciecamente, senza discuterle mai, senza mai cercare se avevano un senso o se dovevano averlo. Egli non si sarebbe mai permesso, per esempio, nemmeno una timida osservazione sui molti *laonde*, che il cavaliere seminava ne' suoi periodi e nelle sue relazioni al Ministero, e fingeva di non capire lo scherzo, quando qualche burlone degli altri uffici gli domandava notizie del *cavalier Laonde*.

Tutte queste buone qualità d'uomo discreto e modesto gli avevano guadagnata la stima e sarei per dire quasi l'affezione del suo capo, che una volta gli aveva ottenuta una piccola gratificazione e prometteva di fare qualche cosa di piú per l'avvenire.

Demetrio, dal canto suo, si era affezionato alla sua sedia di pelle sotto la finestra, che rappresentava dopo tante burrasche un porto sicuro e tranquillo, ove egli poteva riparare la vecchia carcassa della sua barca.

Sul cuoio lucido di quella sedia erano rimaste le infossature di due o tre generazioni di impiegati, che avevano tratto di là il pane dei loro figliuoli e le spese capricciose delle mogli; egli che non aveva né moglie, né figli, sperava di uscirne coi calzoni meno stracciati.

In Carrobio non si sarebbe lasciato piú vedere nemmeno se ve lo avessero tirato colle corde di Valenza.

Il Signore era testimonio ch'egli non si era rifiutato di versare una goccia d'olio sopra una piaga: ma non voleva essere né odiato, né maledetto. Stava cosí bene nel suo guscio...

Data un'altra fregatina alle mani, se le portò alla testa e carezzò due o tre volte coi palmi le due gote come se si asciugasse la faccia e presa la penna, dopo averla provata sull'unghia grossa del pollice, ricominciò a copiare al punto dov'era rimasto il giorno prima:

avvegnaché non sembri a codesto Eccelso Ministero poco retribuito il reddito imponibile, nonché gli altri cespiti tassitivamente indicati nella precipitata Circolare del 10 ultimo scorso, N. di protoc. 54647, Posiz. 32, N. di partenza 307, e oltracciò avvegnaché non abbia a patire detrimento l'organica esazione come laonde...

« Signor Pianelli » disse il vecchio portiere Caramella, che sonnecchiava le dodici ore al giorno in anticamera « c'è un signore, un vecchio, che vuol parlarle. »

« Chi è? »

« È un vecchio, un uomo... »

« Gli avete detto che non ricevo in ufficio? sta per venire il cavaliere... »

« Dice che ha bisogno... Pare un mezzo matto... »

« Sarà uno dei soliti » soggiunse Demetrio, che da una settimana vedeva passare la processione dei creditori. "Questo lo mando a Melegnano dal sor Isidoro" pensò. « Non voglio impiccarmi per... Fatelo entrare un momento » soggiunse a voce alta.

« Per questo son già bello ed entrato » esclamò il vecchio mezzo matto, venendo innanzi da sé come se fosse il padron di casa.

Era un uomo sui settant'anni, d'aspetto campagnuolo, tarchiato e vigoroso, vestito di un abito grigio sciupato, con due grandi occhialoni sopra un viso color del mattone e con un nodoso bastone in mano di un bel legno giallo, contorto come una radice.

Fece tre passi avanti, cadendo tre volte sulla gamba destra che aveva piú corta della sinistra e, senza levarsi il cappello di testa, fissando in faccia a Demetrio i grandi vetri dei suoi occhiali, disse con voce sguaiata:

« È lei quello che chiamano il Demetrio? »

« Sissignore » rispose Demetrio non senza un piccolo sorriso ironico.

« Allora mi siedo, perché sono stanco come un asino. »

« Si accomodi, ma faccia presto. »

« Son già seduto, grazie, obbligato. Non guardi se ci ho un vetro rotto nel mezzo. È una memoria che conservo, una grazia ricevuta dalla madonna. È stata un cavalla che aveva mangiata della cattiva stoppia, sprrang... mi regalò un calcio qui nell'occhio. Si è rotto il vetro, ma la testa, oh sí!... testa di bronzo, corpo del diavolo! »

« Ho l'onore? faccia presto... »

« Ecco, l'onore veramente è una parola troppo di lusso per un uomo che non ha avuto nemmeno il tempo stamattina di farsi lustrar gli stivali. Son venuto a piedi da San Donato a Milano, e c'era un fango alto cosí... »

« Senta, si sbrighi... »

« Stia comodo, caro il mio carissimo sor Demetrio, che in un *pater, ave* e *gloria* la minestra è cotta. So bene che i regi impiegati non hanno mai troppo tempo da perdere coi signori contribuenti. So da un pezzo quel che significhi un regio impiegato. »

Il vecchiotto color mattone accompagnò queste parole con un suo gesto favorito, che consisteva nel porre il dito indice alla coda dell'occhio, sporgendo un poco le labbra e aguzzando lo sguardo a una sopraffina espressioni di mariuoleria.

« Non mi levo il cappello perché sono sudato e poi noi siamo americani. Sono stato a casa sua a cercarlo, e non ho trovato che un vecchio sordo come una campana. La portinaia mi ha detto: "È già andato all'ufficio". Allora io ho pensato: "Poiché siamo in piazza Fontana, approfittiamo della circostanza e facciamo colazione" e sono andato al *Biscione*, dove una volta ho mangiato una eccellente *busecca* alla milanese. Una volta c'era anche del vin buono — parlo di trent'anni fa, quando il *Biscione* non era diventato ancora un *grand hôtel*. Ci andavo tutte le settimane, fin da quando viveva mio padre, *jesus* per lui, anzi ho passato al *Biscione* la mia prima notte di matrimonio. C'è da farne un quadretto. La mia povera Marianna non era mai stata al

Biscione... ah ah! sicché, s'immagini che paura!... Basti dire che è scappata su per la ringhiera in camicia... »

« Scusi » interruppe aspramente Demetrio « chi è lei? che cosa vuole? non ho tempo di stare a sentire le sue fanfaluche. »

« Ecco un parlar chiaro, corpo del diavolo! Se si tratta dunque di farle quell'onore che dice, io sono il Chiesa di Melegnano. »

« Il sor Isidoro? » esclamò Demetrio un po' mortificato e confuso.

« Sí, Isidoro Chiesa, uomo libero per la grazia di Dio e che non mangia il pane di nessuno. »

« Se avessi saputo... non ci siamo mai incontrati. »

« Non abbiamo mai avuto quest'*onore*... Son venuto a Milano per discorrere di quella faccenda; anzi per far piú presto ho portato con me tutto l'incartamento *talis et qualis* come me l'ha consegnato ieri l'avvocato Ferriani... Conosce l'avvocato Ferriani? un bravo giovane, svelto come un uccellino, un poco storto di gambe, ma diritto di cervello. Questi *nanis quanis* alle volte hanno un talento! Anche la vite è storta, e fa buon vino. *Transeat!* Da questo incartamento ella potrà farsi un'idea precisa delle cose, come le ho raccontate al povero Cesarino. Io sono uno che ama le cose chiare, sebbene ne abbia ricevute di quelle che non le ha sofferte nostro Signore sulla croce. Ma un Chiesa non si umilia né per cento, né per duecento, né per mille marenghi. Un Chiesa non si vende. »

Il mezzo matto cominciava a gridare e ad agitare il suo bastone bistorto in aria.

« Io non so nulla... » disse Demetrio umile e paziente.

« Si tratta di un capitale di ottanta mila lire che l'Ospedale mi deve sacrosanto, come è vero che ho ricevuto il battesimo. Lei saprà benissimo la storia di quel capitaletto: c'è da farne una tragedia. Io sono salito sul fondo di Melegnano l'anno mille e ottocento cinquantasei, l'anno del colèra, ai tanti di novembre. »

« Senta... »

« L'avvocato Ferriani, che non è un'oca, dice e sostiene che ho tutte le ragioni. Negli articoli del capitolato c'era una clausola che contemplava appunto la restituzione di quel precario, per cui io ho diritto a un risarcimento, sí o no? Si tratta di ottanta mila lire, non un quattrino, e in queste c'è la dote di mia figlia, che vuol dire il pane de' suoi figli, sangue del mio sangue. Pazienza ancora se i denari andassero a sollievo dei poveri; ma lei sa meglio di me che in queste pie amministrazioni è un rubamento e un mangiamento generale. Mangia l'ingegnere, mangia il ragioniere, mangia l'economo, mangia l'avvocato che fa le cause, mangia il giudice che fa le sentenze, mangia la Corte d'Appello che le rivede e su su, ladro via ladro fa ladro, è tutta una consorteria birbona. »

« Scusi... »

« E io bestia mi son sempre fidato. Ma dice bene quel *nanis quanis* del mio avvocato: la pazienza dei popoli è la mangiatoia dei tiranni, e sento anch'io che un po' di catastrofe universale di tanto in tanto, ci vuole... »

« Ma senta... »

Il vecchio infervorato non lasciava il tempo di aprire la bocca.

« Se io esagero, » continuò, inarcando le sopracciglie e movendo quei due grandi specchi ustori che aveva sugli occhi « se io esagero, mi possa cadere un fulmine sul collo, e restar qui, *in nomine patris, filii et spiritus*. È tutta una lega di moderati birboni... »

Proprio in questo momento entrò il cavaliere Balzalotti, che si fermò un istante a dare un'occhiata al predicatore.

« Tutta gente che vende la pancia al Governo. Rubano i ministri, rubano i segretari generali, rubano i capi divisione, e giú giú fino all'ultimo guattero del regno d'Italia, con Depretis alla testa, è una ladreria di mutuo soccorso... »

A queste parole pronunciate in presenza di un superiore, Demetrio scattò come un razzo e alzando la voce anche lui con una furia caina (perché ogni pazienza ha il suo limite) dimostrò al signor Isidoro Chiesa di Melegnano che non è alle persone di buon senso che si fanno certi discorsi, e che un pubblico ufficio non è un'osteria. Il suo tempo era prezioso, e se non aveva nulla di piú bello di queste fanfaluche, andasse a contarle al suo avvocato. — Nell'eccitazione dell'ira il volto di Demetrio si fece rosso come la cresta del gallo, e i duri muscoli guizzarono sotto la pelle infiammata come un gruppo di biscie. Il cavaliere Balzalotti, che finiva di dare l'ultima occhiata alla *Perseveranza*, gli fe' segno d'aver pazienza e di lasciarlo dire.

« Lei » soggiunse il Chiesa col suo bel risolino sardonico « lei parla cosí, perché anche lei mangia alla greppia. Ma lasciamola lí. Non son venuto per cercare la carità a nessuno, ma soltanto per far valere dei diritti. »

« Che diritti? »

« Suo fratello prima di morire mi aveva promesso settecento lire per vedere di finire questa causa. »

« E cosí? »

« Ci ho qui ancora la lettera, nella quale Cesarino mi diceva di andare avanti, di fare i primi passi coll'avvocato, di battere il ferro mentr'era caldo; che in quanto ai denari li avrebbe trovati lui, anzi mandò lui stesso un acconto di duecento lire all'avvocato Ferriani. Io sono andato avanti, ho battuto il ferro, e per Dio, non si lascia neanche un malfattore impiccato a mezzo sulla forca. L'avvocato ha sulla garanzia di Cesarino e nell'interesse dei minorenni smosso della polvere, versato dell'inchiostro, ha unte le mani a qualche cancelliere per far correre la cosa, ha fatto spese in scritturazioni e carta bollata; ma se non ha le settecento lire promesse, è come aver messo le pezze e l'unguento su una gamba di legno. »

« E viene a contarle a me queste cose? » gridò Demetrio in preda a una convulsione nervosa, che non seppe piú dominare alla presenza del suo capo ufficio.

« Non è lei il fratello di suo fratello? »

« Io non ho promesso niente a nessuno. »

« Lei è il tutore dei minorenni. »

« Io sono il tutore di nessuno... »

« C'è un'obbligazione, corpo del diavolo! e a un Chiesa di Melegnano non si dànno ad intendere delle ciarle. »

Il vecchio strillava come un'oca: e a lui di ripicco l'altro:

« A un Chiesa di Melegnano io dico che non lo conosco. »

« Dunque il signor Demetrio non crede alle mie parole... » strillò di nuovo il vecchio, alzandosi e picchiando in terra il suo bastone bistorto.

« Io credo che lei è un gran buon uomo. »

Queste parole furono come un secchio d'acqua sopra un gran fuoco che divampa; che non lo smorza, ma lo umilia per un momento, facendolo stridere quasi irritato in mezzo a un nugolone di cenere.

Cambiando il tono chiassoso in un tono sibilante e canzonatorio, il Chiesa cominciò a dire con un sorrisetto di acerba ironia:

« Ah? io sono un gran buon uomo?! »

« Vada da mio fratello a farsele dare le sett...tecento lire. Io non vivo di grassazione per sua regola! » gridava l'uno: e l'altro sempre sorridente:

« Ah! io sono un gran buon uomo » e appoggiato al bastone diritto come le sue idee, cominciò a dondolare il capo a destra e a sinistra. « Ah! io sono... »

« E se l'avvocato ha speso duecento lire in bolli, si faccia bollare anche lui per quattrocento... e vada fuori dei piedi che ho già la testa come un cavagno. »

Lo zoppo, quasi sospinto dalle mani lunghe e ossute di quello che dicevano il Demetrio, stordito forse di quella accoglienza, cominciò a ritirarsi a poco a poco verso l'uscio, girando sopra sé stesso come una vite di torchio che infili il pavimento, mandando terribili lampi e fosforescenze dalle due grandi invetriate.

« Ah! io sono... »

Giunto sulla soglia si drizzò tutto, brandí il pomo del bastone colle due mani e picchiando forte in terra gridò compiendo la frase con un gesto di sfida:

« Ci rivedremo, Filippo! »

III

Demetrio, appena il vecchio matto se ne fu andato, si volse tutto mortificato verso il cavaliere Balzalotti e, con voce tremante un po' per dispetto e un po' per la soggezione, balbettò qualche scusa.

« È troppo buono, Pianelli, glielo dico sempre: e sa che cosa significa a Milano esser troppo buono? »

Cosí prese a dire il cavaliere Balzalotti, che a quella scena s'era divertito mezzo mondo e che non era troppo in vena di lavorare quella mattina.

« È troppo ingenuo lei, troppo poco pratico del mondo. Non tocca a me a dare dei pareri, perché il proverbio dice: metà pareri e metà denari; ma se mi avesse dimandato in principio, gli avrei detto: Se ne lavi le mani. Che diavolo! non conosceva anche prima come stavano le cose? »

« Sa, ci si trova implicati... Una povera famiglia... »

« Segno di buon cuore, ma il buon cuore in certi casi non basta. Ci vuole il bastone in certi casi. A me non me ne viene in tasca niente, figuriamoci, ma mi rincresce vedere un galantuomo nell'acqua fino alla gola. Lei si mangerà il fegato, butterà via quei pochi risparmi messi in disparte per la febbre e in fine si farà odiare e maledire. È il solito, creda a me. »

« Comincio bene ad accorgermi » mormorò Demetrio.

« Altro che! La gente riceve piú volentieri una bastonata che un beneficio, e poi che gente! È un pezzo che conosco i coniugi Pianelli e saprei dire cento storie di lord Cosmetico e della *bella pigotta.* »

« Di, di? »

« Come? non sa che mezza Milano li chiama cosí? bisogna proprio cader da un abbaino, caro Pianelli, per pigliare a occhi chiusi certe matasse da dipanare. Non dico che suo fratello non fosse un giovinotto allegro e simpatico: tutt'altro. Non per nulla uno si fa chiamare lord Cosmetico. Non dico nemmeno che sua cognata non sia una bella donna; posso anche giurare che poche contesse hanno due spalle e due braccia piú ben fatte. Suo fratello, da buon farfallone, si abbruciò le ali a questa candela. Lei lo sa meglio di me. Il lusso non era mai abbastanza: casa Litta addirittura. E quando un impiegato non ha che il suo magro ventisette del mese, creda a me, cioè, lo sa benissimo che è, dirò cosí, come la botte delle Danaidi. Feste, teatri, scampagnate, perle, vestito di raso, diamanti. Ohè! Ci si rovinano i principi, specialmente quando si vuol star sull'orgoglio e non far parlar la gente. Con tutto ciò che la gente non ci crede lo stesso, e quando non trova la somma in una maniera, rifà i conti in un'altra, in partita doppia d'entrata ed uscita... »

Il cavaliere, che durante questa predichetta aveva continuato a spazzolare colla manica la sua bella calotta di velluto, giunto al malizioso epilogo, socchiuse gli occhi piccini e mise in vista i magnifici avorî della sua dentiera Winderling.

Demetrio, che udiva per la prima volta e da una persona cotanto autorevole, amica del suo bene, ciò che formava probabilmente da cinque o sei anni la cronaca del Carrobio, rimase incantato, a bocca aperta, come il villano innanzi a quei quadri detti dissolventi, che sfumano l'uno nell'altro.

« Il buon cuore è una bella cosa, ma alle volte il cuore è buon per i merli. È una settimana che io vedo venire innanzi e indietro gente d'ogni colore e d'ogni faccia. Che cosa ha speso a quest'ora? e quanto gli resta ancora da pagare? e quando avrà pagato tutti i debiti vecchi, chi pagherà i nuovi? perché, non si lusinghi che sua cognata possa rassegnarsi a una vita di sacrifizio e di lavoro. Non so nemmeno se sappia cucire insieme un paio di calze... Dietro di lei c'è questo vecchio gufo, come credo aver capito, che è capace di minacciare un processo, lo spoglieranno della camicia, diranno che ha tradita la vedova e gli orfani derelitti e in fine si farà canzonare dalla gente. »

Demetrio, come imparasse per la prima volta i principî d'una scienza nuova e meravigliosa, stava a sentire, con tanto d'occhi aperti, come impiombato coi piedi sul pavimento.

« Canzonare è una parola, per non dir peggio. Perché, » qui il cavaliere abbassò un tantino la voce e fece un passetto verso il subalterno « perché, se non si offende, mi capisce, la gente è cattiva, si sa, e potrebbe supporre che lei pensa alle spese chi sa con quali intenzioni, o che — che so io? — che lei ci abbia quasi il suo interesse... »

Le orecchie di Demetrio, a queste parole, diventarono rosse come il fuoco; e la fiamma, che scese tra pelle e pelle fin sulle guancie giallognole, andò a spegnersi sulla linea del naso. Un piccolo tremito invase tutta la persona, e le mani si apersero nell'aria quasi automaticamente, senza che il povero ignorante sapesse lí per lí rispondere una parola, nemmeno un grazie, per degli avvertimenti che lo arrestavano sull'orlo di un abisso.

Tutto aveva pensato, tranne a questo caso, che la gente potesse supporre quello che forse supponeva già e che era nei suoi diritti di supporre.

Sicuro che era cosí! il lusso, la tranquillità, l'ironia con cui l'aveva accolto sua cognata dovevano avergli aperti gli occhi, se egli non fosse stato una vecchia talpa cieca, ignorante di tutte le cabale del mondo, un bestione, sciocco e paziente come un cammello, e come un cammello sempre rassegnato di portare la casa degli altri sulla gobba.

Tanto per giustificarsi un poco davanti al suo superiore e benefattore, dopo aver masticato un pezzo le parole, provò a dire:

« E quei poveri figliuoli? »

« Ecco, » soggiunse il morbido consigliere « ai figliuoli forse è il caso di pensarci un poco; ma è inutile ingannare con false carità dei poveretti, a cui non si ha da poter lasciare che gli occhi per piangere. I figliuoletti vorrei metterli in qualche orfanotrofio, in qualche istituto di beneficenza. Non è questo che manca a Milano, e io stesso per quanto posso esser utile, se crede... conosco il presidente degli orfanotrofi e luoghi pii annessi. »

« Lei, lei è troppo... » balbettò Demetrio, agitando la mano stesa nell'aria.

« In quanto poi alla bella vedovina — scusi, Pianelli, se mi permetto di parlarle col cuore in mano, da padre — in quanto a lei, vorrei lavarmene a tempo le mani, in due acque, se non basta una, e lasciarla, dirò cosí, al suo angelo custode..., le parlo da amico, da padre, e, se crede, anche da suo superiore... »

Gli occhi di Demetrio si trovarono pieni di lagrime prima ancora ch'egli sapesse perché piangesse. La voce paterna del suo capo, la ragionevolezza de' suoi consigli, lo stato d'irritazione in cui l'aveva lasciato quell'altro vecchio pazzo e, in mezzo a tutto ciò, piú forte di tutto ciò, un improvviso sentimento della sua materiale e rustica ignoranza, finirono coll'avvilirlo.

In che mondo aveva sempre vissuto fino adesso, per non accorgersi di ciò che era scritto sulle cantonate di Milano?

Un sentimento di pietosa confidenza lo condusse a fare innanzi al cavaliere tutta la confessione de' suoi imbarazzi. Tenne gelosamente nascosto il motivo che aveva spinto Cesarino a finirla colla vita; ma fece capire ch'egli non poteva rifiutarsi di pagare qualche grosso debito d'onore, per salvare, se non altro, il nome di quei poveri figliuoli, che infine si chiamavano Pianelli... Avrebbe fatto tesoro dei preziosi consigli: e, se gli permetteva di approfittare qualche volta della generosa protezione, sarebbe venuto forse ad importunarlo...

« Ma venga quando vuole: se posso levare una spina da un piede, non sto a farmi pregare... per bacco! »

Beatrice, costretta di nuovo a provvedere a tante incombenze, alle quali prima soleva pensare suo marito o la Cherubina, si sentiva imbarazzata nella sua incapacità e nella sua gran vestaglia a nastri azzurri. Non sapeva dove mettere le mani, né come muoverle, e, dato fondo alle ultime venti lire rimaste, per disordine, in un cassettino dei pettini, si trovò improvvisamente senza un soldo.

Il sor Isidoro, passando da Milano, andò a trovarla; consumò i resti del pranzo del giorno prima, vuotò l'ultima bottiglia di barolo rimasta in dispensa, e se ne andò dopo aver fatto giurare a sua figlia che non avrebbe piú ricevuto in casa quel mascalzone che rispondeva al nome di Demetrio, un asino calzato e ritto in piedi, che aveva osato dire che un Isidoro Chiesa era un gran buon uomo.

Demetrio non c'era bisogno di cacciarlo via. Ci pensò lui a non lasciarsi vedere. Dopo il suo colloquio con Beatrice, dopo la scenata col Chiesa, dopo la predica amorosa del capo ufficio, bisognava essere un gran babbuino per lasciarsi tirare ancora in Carrobio.

Dopo tre o quattro giorni i ragazzi, non abituati a far

senza di certe formalità, cominciarono a gridare, a picchiare, a piangere.

Arabella, smorta come un lino, taceva, si moveva per la casa, comprimeva un certo che sulla bocca dello stomaco, e, di tanto in tanto, andava sul balcone a dare un'occhiata per il lungo di tutta via Torino, se mai vedesse, in mezzo al viavai immenso di tanta gente e di tante carrozze, un uomo che somigliasse un poco allo zio Demetrio.

Beatrice fece chiamare Ferruccio un paio di volte, un bel ragazzo svelto, che faceva il tipografo nella stamperia dell'*Osservatore Cattolico*. Arabella gli aveva promesso una grammatica francese e il bel ricciolone correva come una freccia, quando sentiva la sua voce in cima alle scale.

Ma, dal momento che non c'erano piú quattrini in mano, il fornaio, il lattivendolo, il pizzicagnolo non davano piú nulla ai signori Pianelli.

Demetrio aveva dato delle belle parole a tutti; ma i signori bottegai non ne volevano piú di belle parole. Ferruccio tornò colla cesta vuota.

Beatrice si fece restituire da Arabella un piccolo cinque franchi d'oro, che il babbo le aveva regalato per il suo compleanno: e, bene o male, si tirò innanzi un altro paio di giorni. Ma la povera donna si sentí abbandonata, e le venne da piangere.

Uscí, vestita come poté, con l'idea di andare a parlare al Direttore delle Poste, e lasciò in casa Arabella sola a custodire i ragazzi.

Il Commendatore era andato a Roma. Sulla scala s'incontrò col signor Martini, che finse di non riconoscerla.

Timida ed imbarazzata, non osò cercare del Buffoletti o di qualche altro amico di suo marito. Passò invece dalla via del Mangano, dove abitava l'Elisa sarta, e salí fino al terzo piano per ordinarle i vestiti di lutto. Poi, un pensiero le suggerí di andare in cerca della Pardi e di chiederle un prestito di qualche centinaio di lire; ma l'Elisa sarta aveva riferite le ultime parole dette dalla Pardina sul conto della sora Pianelli, e tra le due vecchie amiche di Cernobbio c'era oggi dell'aria cattiva.

Passò il giovedí e tutto il venerdí senza che venisse anima viva.

Pioveva. L'aria e le case avevano di lassú un aspetto grigio e triste sotto l'acquerugiola silenziosa, che stillava senza forza sui muri, impregnando il cielo di vapori stagnanti.

Arabella contava le ore sui battiti del suo cuore e correva per la ventesima volta a guardare dal balcone nella strada.

Passavano carri, tram, carrozze, carriole a mano, con quel frastuono pieno e grosso di una città che vive bene, mangia bene, digerisce bene.

Passò un fiume di gente, uomini, donne, soldati, preti, ragazzi, in tutti i sensi: passò un funerale colla musica in testa..., passò un carro pieno di masserizie... Un cavallo spinto a corsa scivolò e cadde sulle zampe davanti. Accorse molta gente, fu tirato in piedi, partí zoppicando, la gente si diradò, la grossa fiumana riprese il suo corso solito, ma lo zio Demetrio non si lasciava vedere.

Una volta sola il cuore della bambina si risvegliò a un battito di speranza e fu nel vedere *Giovann de l'Orghen*, un poveraccio, che lo zio Demetrio aveva mandato una volta a casa con un biglietto. Sperò che venisse ancora da parte sua: ma *Giovann de l'Orghen* voltò e scomparve dietro San Giorgio.

Si ritrasse dal balcone tutta fredda e stillante acqua e stava per chiamare ancora Ferruccio, quando una forte scampanellata ridestò improvvisamente un grido di speranza e di gioia nei poveri bambini, che stavano per addormentarsi nella gelida malinconia di quella giornata piovosa e senza minestra.

Era il maestro di pianoforte.

Il Bonfanti dalla strada aveva veduto Arabella sul balcone ed era venuto su, prima per fare una visita di condoglianza e poi per sapere quando la scolara avrebbe ripigliate le lezioni. Egli era in credito d'una ventina di biglietti e non osava dire: pagatemi; ma sperava che, lasciandosi vedere, fosse un mezzo per non essere dimenticato del tutto.

Le altre volte il povero Cesarino, che era un fanatico di Verdi, pregava il maestro dopo la lezione di rimanere a mangiare la minestra. Il Bonfanti non credeva d'avvilirsi restando, e pagava poi generosamente cól sonare e col cantare a memoria mezzo il *Trovatore* e mezza la *Traviata*. Era anche questa un'occasione di mettere le mani sul piano, perché, dal giorno che il povero maestro era andato all'ospedale col vaiuolo, aveva dovuto vendere anche quel poco cembalo e le tirava verdi, il pover'uomo, verdi come il sambuco. Da tre mesi l'organo di San Sisto era in riparazione: e si può dire che egli vivesse sulle Benedizioni di San Lorenzo.

« Se la signorina non si sente di prender lezione, vado io di là, se permettono... »

E colla confidenza del vecchio amico di casa, il maestro passò nel salottino e cominciò ad arpeggiare sulla tastiera tanto per far venire l'ora solita che il riso andava in tavola. Egli sperava, coll'ingenuità dell'artista, che la signora Beatrice avrebbe continuato le buone tradizioni del suo povero marito, anche in considerazione di quella ventina di biglietti che non erano mai stati pagati. Solo che, nelle battute d'aspetto e nei brevi intervalli tra un arpeggio e l'altro, gli pareva d'intendere un gran silenzio, non solo in cucina, ma in tutta la casa, mentre le altre volte c'era quel dolce tintinnío di posate.

Non sapendo come spiegare questo insolito ritardo, il maestro provò a cantare, colla sua voce stanca di vecchio baritono, l'a-solo del Re Filippo.

Dormirò sol nel manto mio regal...

« Scusi, maestro, c'è la mamma che si sente male... » venne a dire Arabella.

« Oh se avessi saputo... Che cosa ha? »
« Un po' d'emicrania. »
« È il tempo. Allora ci rivediamo martedí? »
« Glielo saprò dire, non so... » balbettò Arabella arrossendo.
« A ogni modo, non esca per ora dagli arpeggi. Adagio, conti a voce alta, e giú bene i polpastrelli. »
Arabella cogli occhi gonfi di pianto disse di sí col capo.
« Me la saluti, la signora mammina. »

Il Bonfanti, discepolo della classica scuola del Pollini, era ancora di quei vecchi maestri che sanno distinguere l'arte dalla ginnastica e dall'acrobatismo, e rideva di chi vanta la forza e la precisione come il *non plus ultra* d'un bravo pianista.
« Che mi fa la forza e la precisione? » diceva. « Anche una locomotiva ha della forza e della precisione; ma una locomotiva non sarà mai una grande pianista. »
L'interpretare una pagina di musica, il saperla colorire è questione di sentimento, e il sentimento non si esprime se non colla delicatezza del tocco; e il tocco non si acquista che col metodo e colla pazienza. Tutta l'arte è nei polpastrelli! In virtú di questo metodo, teneva i suoi allievi sei mesi e anche un anno sulle cinque note, che il Thalberg (il celebre Thalberg ch'egli aveva conosciuto a Monza nella villa del viceré Raineri) aveva definito discorrendo con lui *le senk vertú teolegal de la musik*.

Dopo le cinque note bisognava aver pazienza e diligenza sulle scale. Dopo tre anni di studi, il Bonfanti, si vantava che i suoi allievi non sapevano ancora suonare niente, nemmeno una mazurchetta, mentre i maestri guastamestieri, per secondare l'ambizione delle scolare e delle mammine, fanno suonare il pezzo concertato quando l'allievo non sa ancora mettere giú i polpastrelli.

In questa maniera egli procurava di tener alta la bandiera della buona scuola e delle tradizioni classiche, anche a dispetto dei tempi, che adagio adagio lo lasciavano morire di fame.

Discese le scale, si fermò un momento sulla porta a strologare il tempo, e mormorò:

« Potevo almeno farmi dare un ombrello. »

E andò a fare quattro passi.

IV

Demetrio abitava tre stanzucce poste all'ultimo piano d'una vecchia casa di via San Clemente, alle quali si accedeva per una scaletta semibuia a giravolte, come quella di un campanile.

Una volta giunti lassú si aveva il compenso dell'aria e d'una grande occhiata sopra i tetti. Una piccola ringhiera menava a un terrazzino esterno, sul quale dal giorno che il nuovo padrone era venuto ad abitare in quella casa si distendeva una giovine vite del Canadà, che teneva il piede in un barile.

Nella bella stagione verdeggiavano e serpeggiavano avviluppati ai ferri alcuni rami di fagiolo, che aprono i bei campanelli bianchi, rossi, violetti, e mandano i filamenti a carezzare il muro; da alcuni trespoli piovevano sul tettuccio sottostante dei ciuffi spessi di garofano.

Ma piú che i fiori, Demetrio amava le erbe, le erbe semplici, vestite soltanto di verde, le tredescansie, che sembrano capelli sciolti d'una bella donna, le felci magre e lunghe, i muschi morbidi come il velluto, l'edera coi suoi capricci, ed anche il rosmarino, anche l'insalata dalle coste dure..., il verde, insomma, in tutte le sue modeste e ricche varietà, quel benedetto verde, che par fatto per il riposo del corpo e dell'anima.

Nato anche lui nel bel mezzo dei prati lombardi e da una gente abituata chi sa da quanti anni a rovistare nell'erba, aveva nel sangue l'istinto fantastico della natura verde e silenziosa, della quale sapeva intendere le voci piú misteriose; era un vero appetito d'erba, che gli faceva costruire in tre o quattro cassette di legno sopra le tegole bruciate un campionario di quella natura, ch'egli sognava quasi tutte le notti.

Quando voleva poi pigliarsi una boccata d'aria, andava a passare la domenica alle Cascine Boazze, poche miglia fuori di porta Romana, quasi sotto il campanile di Chiaravalle, la terra classica del verde, delle *marcite*, delle praterie color smeraldo, lunghe, larghe, distese a perdita d'occhio, sprofondate tra i filari dei salici grigi e dei pioppi tremolanti.

Suo cugino Paolino Botta, presso il quale si era ricoverata la famiglia di Cesarino dopo la disgrazia, era figlio d'una sorella di sua madre. Si volevano un gran bene, fin dal tempo che i Pianelli abitavano San Donato, un fondo limitrofo: e ora si rivedevano sempre volentieri senza bisogno di dirselo.

Nei lunghi pomeriggi domenicali, i due cugini, colle spalle appoggiate al muro di un pollaio e coi prati distesi davanti fin che l'occhio poteva correre, stavano a discorrere un gran pezzo di coltivi, di concimi, di piante, di riforme agrarie, che non c'era nessun obbligo di eseguire.

Oppure pigliavano la canna e andavano a pescare nei canali o nello stagno presso la chiesa, finché, fatto quasi buio, il regio impiegato pigliava il treno a Rogoredo e rientrava in città stracco e colla testa piena di erba come una cascina. Al taglio dei fieni il delicato profumo dell'erba secca lo accompagnava fin sotto le lenzuola, e svegliandosi la mattina, ne trovava ancora dei fascetti nelle scarpe.

La prima stanza dentro l'uscio, che serviva d'anticamera e di salotto, conteneva un canterale, un tavolino, alcune sedie e una vecchia poltrona di vacchetta, a schienale diritto, a grosse borchie di ottone, ridotta magra anch'essa dall'età e dall'astinenza. Nell'altra stanza c'era un inginocchiatoio di vecchio stile con su un crocifisso vecchio vecchio anche lui. Erano i pochi avanzi salvati dal naufragio della sua casa. La tetra stanzuccia serviva di ripostiglio e a un caso di cucina; ma di solito Demetrio usciva a mangiare, d'inverno a una trattoria in via degli Spadari, e d'estate, col bel tempo, ora qui, ora là fuori di porta, o alla *Samaritana*, o all'*Orcello*, o al *Ginepro*, e qualche volta fino a Sesto o alla Cagnola.

Dalle tre finestre e dalla ringhiera si guardava in un cortile stretto e profondo come una torre, di cui non vedevi la fine; ma davanti l'occhio spaziava sopra una moltitudine di tetti e di tettucci, sovrapposti, accavallati l'uno all'altro, d'un uniforme colore bruciaticcio, con una moltitudine di abbaini e di soffitte sporgenti, di altane aperte, di comignoli di tutte le foggie, di tutti i colori, colle bocche nere, spalancate, sbadiglianti, con cappelletti in capo, di ferro, a guisa d'elmi, di visiere, di cuffie, di ombrelle: una folla insomma di figure che nella luce del crepuscolo e nelle notti chiare di luna parevano assumere un atteggiamento, un sentimento di vita.

Eravamo già alla seconda domenica di quaresima e la stagione favorita da un marzo galantuomo si avviava allegramente a braccio della primavera.

Il sole entrava vivo e festante per le tre finestrelle. Su per le tegole scorreva l'aria fresca mattutina e, qua e là, da qualche balcone alto o da qualche terrazza usciva un ramettino verde di sambuco.

Demetrio, infilato l'ago, stava rattoppando una delle tasche de' suoi calzoni della festa, ingegnandosi da sé come deve fare chi ama la roba e non può spendere, canticchiando sottovoce e sollevando di tratto in tratto gli occhi al magnifico campanile delle Ore, che gli stava davanti, di un bel colore rossiccio, colle sue leggiere e vaghe ornamentazioni di terra cotta, che usciva da un mucchio di tetti disordinati come un bel soldato diritto. Oppure si arrestava incantato a contemplare la magnificenza del Duomo, di cui vedeva una membratura, un ricamo di marmo sul fondo celeste, che sfumava tremolante, per cosí dire, nella nebbiolina rosea del mattino. Sonarono le sei, quando entrò *Giovann de l'Orghen* col solito pentolino del latte e col pane fresco della colazione.

Era detto *Giovann de l'Orghen*, perché tirava i mantici a Sant'Antonio e in altre chiese. D'origine era svizzero tedesco. Venuto a Milano dietro la carriola del padre arrotino nel quarantotto, era rimasto qui come un ciottolone delle sue montagne che l'acqua abbia menato in giú. Al disotto del linguaggio milanese viveva ancora qualche reminiscenza del suo vecchio *terteufel*, che Demetrio fingeva di capire tanto per fargli piacere. Il nostro galantuomo aveva fatto nella sua vita il giardiniere, l'arrotino, il guattero, il sacrestano, e, divenuto vecchio, sordo, debole di gambe, s'era ridotto a tirare i mantici e a trasportare i contrabassi e i violoncelli degli allievi che vanno al Conservatorio... Era insomma una specie di artista anche lui, ridotto dalla miseria dei tempi a vivere in una soffitta sotto il colmo del tetto, due scalette piú in alto di Demetrio.

« A che ora c'è la messa a Sant'Antonio? » gridò costui.

« Alle dieci e mezzo » rispose il sordo, che sapeva pigliare le parole al volo. « Viene a dirla un vescovo missionario chinese colla coda, che è a Milano per la liberazione dei moretti. » *Giovann de l'Orghen* rise all'idea di quel vescovo colla coda. « Oggi non tiro i mantici, perché sto sul campanile a suonare le campane a festa. Sentirà tra poco che concerto. Altro che Verdi! »

E il buon diavolo tornò a ridere, alzando la faccia pulita colla barba appena fatta e colla pelle quasi lucente, sotto un magnifico cappellino di paglia, o *magiostrina*, come dicono, preludio di primavera.

« Gli ho portato il latte bianco e il pane cotto nel forno » disse ancora collocando la roba sulla tavola « e vado subito perché il prete m'ha promesso anche la cioccolata. »

« Addio, uomo felice! » gridò Demetrio e pensò, quando l'altro fu uscito: "Che gli manca per essere felice? Se avesse una camicia di piú, forse gli nascerebbero in cuore dei pensieri d'ambizione. Se anche gli manca un paio di scarpe, non ha rispetti umani lui: va in ciabatte... Chi si contenta è beato, ricco, è tutto quello che vuole. In fondo è il mio sistema: e non c'è mestiere piú stupido che il pretendere di raddrizzare le gambe ai cani."

Dopo la gran predica del cavalier Balzalotti si era persuaso anche di piú che a lavar la testa agli asini si butta via ranno e sapone. In Carrobio non s'era piú lasciato vedere. Venne qualche creditore in ritardo ed egli lo mandò difilato a Melegnano, dal sor Isidoro Chiesa, da quel talentone. "Che! che! voleva giusto mangiarsi il fegato, perderci salute e denari, compromettere la sua dignità e il suo onore per gli occhi di uno... di una *bella pigotta*! Bel nome, se si vuole; bisogna proprio dire che c'è della gente che ha nulla da fare a questo mondo, se passa il tempo a inventare questi titoli! No, no, non voleva saperne egli di partita doppia... Grazie tante, sor Demetrio riverito, una bella figura!" E arrossiva ancora a pensarci. A casa sua egli aveva i suoi vasi, tre gabbie di canarini e faceva conto di adottare anche una tortorella. Le bestie almeno capiscono la ragione, e, fin che possono, ti si mostrano riconoscenti. Ma le donne..., queste donne... Alla larga! Non aveva tempo a giuocare alla bambola lui!

Accese un fornellino a spirito, vi collocò un ramino con una oncia di burro, levò da un armadietto un paio d'uova portate dalle Cascine, e quando furono spumanti le tolse, pose sul fornello il pentolino del latte. Invitò Amoretto, il piú giudizioso dei suoi canarini, a tenergli compagnia. Aprí lo sportello d'una gabbia, l'uccellino saltò sulla tavola e cominciò a beccare.

Intanto, per non perder tempo e per mandare innanzi un po' di bene per l'anima, aprí il suo vecchio Kempis e cominciò a scorrerlo cogli occhi al disopra del piattello. Era un volumetto molto sciupato e gonfio, tenuto insieme a stento da una vecchia rilegatura di pelle con qualche avanzo dei fregi d'oro che le mani di molti ladri del Paradiso avevano slavato o graffiato nei duecent'anni o quasi dalla stampa del vecchio libro. Demetrio l'aveva caro, perché era stato della sua mamma, che lo aveva ereditato dalla sua, e tutti vi avevano pescato, come in un gran mare, qualche consolazione. Nella sua vecchia stampa il libro, dove Demetrio lo aperse, diceva:

Confesserò contro di me la mia injustitia: confesserò avanti a Te, o Signore, la mia debolezza.

Giovann de l'Orghen cominciò a scampanare a Sant'Antonio colla pazza fiducia di un sordo.

E il libro:

Sovente è picciol cosa quella che mi abbatte et contrista.

"Questo è vero," pensò Demetrio "noi ci lasciamo spesso deviare ed affliggere da un'ala di mosca."

I canarini, eccitati dalla musica delle campane, cinguettavano e gorgheggiavano per cinquanta.

Mi propongo di fortemente operare et invece basta una mediocre tentatione perché io pruovi massima angustia...

Demetrio credette di leggere un rimprovero nelle parole del vecchio libro, e socchiuse un poco gli occhi, come se volesse discendere collo sguardo fino in fondo alla coscienza. Quando li riaprí, ne vide innanzi due altri, che stavano osservandolo in un modo strano e indiscreto.

« Chi ti ha insegnata la strada, brutta bestiaccia? »

"*Beb*" rispose Giovedí, che credette di sentire nella voce dello zio un sentimento piú umano a suo riguardo. E indovinò giusto. Questo nuovo sentimento di maggiore tolleranza verso la piú brutta bestia del mondo era nato nel cuore di Demetrio un mattina che, essendo egli andato a far mettere un piccolo segno sulla fossa del povero Cesarino, vi aveva trovato Giovedí, umido di guazza, colle zampe nel terriccio ed il muso sulle zampe, in atto di fare compagnia a qualcuno.

Alzando il viso al disopra della tavola, Demetrio credette di vedere di nuovo le quattro zampe del cane brutte di terra. Non ebbe piú cuore di dir delle insolenze ad una bestia, che veniva ad implorare un boccone di pane. Giovedí non aveva nulla da vendere, quasi nemmeno la coda, ed era da compatire se abbaiava per fame.

Gli buttò dunque un boccone di pane fresco, che il cane lasciò cadere in terra e non toccò come se fosse veleno. Invece non cessò dal guardare, co' suoi due occhi di bestia affettuosa e intelligente, ora lo zio, ora l'uscio, col corpo in preda ad una viva inquietudine.

Subito dopo Demetrio sentí un passetto sulla scala, quindi l'uscio si aprí e comparve Arabella.

« Sei tu? » esclamò lo zio, lasciando cadere la forchetta nel ramino.

La povera *tosetta*, vestita d'un modesto abito bigio, col velo in testa e un fazzolettino di lutto al collo, pallida in mezzo a tanto nero, venne avanti colle mani raccolte sul libretto da messa e fece un cenno del capo, come se volesse dire: "Sono io".

Ma la voce non uscí. Essa tremava di vergogna e di soggezione.

« Che cosa vuoi? chi ti ha accompagnata? »

« Ferruccio. »

« Siedi. »

« Zio! » soggiunse la fanciulla, aprendo i suoi larghi occhi di velluto, « è proprio in collera con noi? »

« Sono in collera con nessuno, ma sto a casa mia » si affrettò a dire lo zio senza tante cerimonie.

« Non ci abbandoni per carità, zio, per carità!... »

La voce di Arabella s'intenerí e rasentò il pianto, contro il quale ella faceva di tutto per resistere.

Lo zio rispose con una ruvida alzata di spalle e brontolò:

« Non sono... »

« Se abbiamo sbagliato, zio, » continuò quella voce piena di lagrime « ci perdoni per questa volta. La mamma non fa che piangere. »

« È lei che ti manda qui? » gridò lo zio con una esagerata ruvidezza.

« No, non sa che sono venuta. Ho detto che andavo a messa con Ferruccio, che aspetta qui sulla scala. È venuto anche Giovedí. »

"*Beb!*" soggiunse il cane a sentire il suo nome, guardando ora la ragazza, ora lo zio.

« Povera mamma, ha quasi la febbre. Va compatita se non è pratica. È il nonno che le ha detto di far cosí, ma adesso si accorge anche lei che aveva ragione... »

« Chi aveva ragione? » chiese con un sogghignetto sarcastico Demetrio, mostrando i denti.

« Lei, zio... »

« Ah! lo so bene. Grazie tante. »

« Non abbiamo piú nulla da mangiare. I bottegai non ci dànno piú nulla. Ieri e ieri l'altro ho provveduto alla meglio, facendo vendere da Ferruccio la medaglia de' miei esami, ma non si può andare avanti cosí, zio, non si può. I ragazzi fanno compassione. »

La voce di Arabella andò morendo in un singhiozzo, contro il quale ebbe ancora la forza di reagire, forse per la paura che il pianto non le lasciasse il tempo di dire tutto quello che era venuta per dire.

« Per amor del nostro povero papà, zio, non ci tolga la sua benevolenza... »

Il cane venne anche lui a posare le due zampe sulle ginocchia di Demetrio.

Capiva anche lui che la fanciulla cercava di intenerire lo zio: la voce piagnucolosa della bimba faceva tremare la povera bestia.

Demetrio si contrasse nella sua scontrosità come una foglia secca. I nervi del viso guizzarono sotto la dura corteccia. Non era piú il credenzone, l'allocco d'una volta, e non per nulla il cavalier Balzalotti avevagli insegnata l'arte di stare al mondo. Le donne quali piú quali meno, sono tutte commedianti, specialmente certe donne...

« Già, sono io che vi faccio patire la fame! » brontolò agitandosi sulla sedia. « Si dirà anche questa. Io sono il ladro, il pedante, il tiranno, e se vi dò un buon parere è per fare il mio interesse, si sa. Io ho le olle in cantina piene di marenghi... Vieni avanti, mangia! »

Demetrio aveva versato, colla mano convulsa, il latte nella scodella, che spinse colla mano fino all'orlo del tavolo, mettendo vicino un pane.

« E lei? » balbettò la fanciulla.

« Mangia, non far smorfie. Già... gli altri hanno grandi chiacchiere, ma, quando si tratta di tirar fuori un quattrino, stanno a Melegnano, gli altri.. Ed io sono il ladro, il tradi...ditore... Mangia dunque, non farmi scappar la santa pazienza. »

Arabella si avvicinò alla tavola e cominciò a mangiare, come se lo facesse soltanto per obbedienza e per non irritare di piú lo zio.

Ma alle prime cucchiaiate di latte caldo le sue guance si fecero rosee e gli occhi brillarono di una gioia intensa nel fissare il fondo della scodella.

Demetrio cercava di tirarsi in mente tutte le raccomandazioni fattegli dal suo superiore; ma in quel momento non poteva vedere che tre poveri fanciulli quasi morti di fame.

Si è o non si è cristiani, e, per quante fossero le colpe di quella donna, si deve lasciar morire su una strada tre poveri innocenti?

Arabella lasciava cadere nella scodellina anche le sue lagrime e se le mangiava poi col pane.

Demetrio, fatte due o tre giravolte per la stanzetta, seguitò come se parlasse a sé stesso:

« Perché non dovrei aver volontà di aiutarvi? Ah! dunque, io ho men cuore del vostro cane... L'ho provata anch'io la miseria e so che sapore ha: ma contro la miseria non c'è che un rimedio: volontà di lavorare e risparmio, risparmio e volontà di lavorare. Tu hai nominato tuo padre... Se sapeste tutto... Se fosse qui lui a vedere... »

« Ah, zio, zio!... » proruppe la bambina, portandosi a un tratto il fazzoletto agli occhi, e lasciando traboccare quel gran fiume di pianto che aveva trattenuto fin qui.

« Cosa? »

« So tutto... »

« Cosa sai? »

« Mi dica che non è vero. »

« Che cosa ti hanno detto...? »

« Che il povero papà s'è ammazzato... »

« Chi...? »

Demetrio strinse i due pugni in aria, con un rapido movimento d'ira, come se volesse scagliarsi contro l'assassino che aveva parlato. Gli occhi cominciarono a veder male, e il cuore... sentí che il cuore andava a pezzi sotto i colpi di quei singhiozzoni, che minacciavano di soffocare la povera *tosetta*.

Colla gola stretta, strozzata da un'adirata passione, si appoggiò colle mani alla sponda della sedia, dove stava la fanciulla e aspettò che finisse di piangere. Ma vedendo che non poteva smettere, alzò lentamente una mano, che pareva inchiodata sul legno della sedia, e la posò dolcemente sulla testa di Arabella.

Questa sentí tutto il significato di quella tenera carezza e il cuore le volle scoppiare. Nemmeno lo zio seppe trovare una parola da dire in quel momento, tanto il dolore gli stringeva lo stomaco. Gli occhi si riempirono di lagrime dure e cristalline, che egli tolse, passandovi sopra con forza il grosso fazzoletto di cotone.

Arabella, quando poté parlare, raccontò che, stando una sera sul pianerottolo a prender acqua alla pompa, sentí sulla scala di sopra Ferruccio, che indicando l'uscione del solaio, raccontava a un altro ragazzo che il sor Cesarino si era impiccato lassú. Aveva creduto di morir di spavento; ma capí subito che la mamma non ne sapeva nulla e che la gente cercava di nascondere la verità. Non era morta ancora, perché la Madonna Addolorata l'aiutava..., ma non non poteva piú.

« No, zio Demetrio, non ne posso piú » esclamò aggrappandosi colle braccia al collo dello zio, accostando la sua faccia pallida e lagrimosa a quella accigliata e ruvida dell'uomo. « Non ne posso piú... e il cuore mi si spezzerà davvero se non ci aiuta. Lei mi dirà tutto, com'è stato... Ah Signore! il mio povero papà! mi dica che non è vero... Che cosa abbiamo fatto di male noi al Signore? O Madonna, Madonna! »

Arabella pronunciò il nome della Madonna con due gridi pieni di una disperata protesta, e subito dopo Demetrio se la sentí venir meno nelle braccia, come se morisse lí lí.

« Arabella, povera figliuola mia » uscí a dire una voce, che Demetrio stentò a riconoscere per sua, tanto veniva dal profondo dell'animo.

E, come se veramente si snodasse in lui uno spirito nuovo, forte, operativo, fece sedere la fanciulla, ne asciugò il viso grondante, l'appoggiò alla tavola, corse a un armadio a prendere dell'aceto, ne bagnò la fronte e i polsi, la rincorò con paroline d'amore sussurrate all'orecchio, volle infine che prendesse un granello di zucchero tuffato nel rhum; e, quando vide che il sangue rifluiva alle guancie, corse di là, finí di vestirsi, prese alcuni denari, il cappello, il bastone, una cesta di vimini, e rincorata di nuovo la *tosetta*:

« Andiamo, » disse « ne parleremo con comodo. Non dir nulla per ora. Fu una disgrazia per tutti... L'aria ti farà bene... Vuoi appoggiarti? Asciuga gli occhi. »

E uscirono.

Giovedí correva innanzi, ma ad ogni svolto di scala si voltava indietro a guardare lo zio e la nipote, e gridava: *beb!*

Sulla porta trovarono Ferruccio, al quale Demetrio consegnò la cesta e i denari e diede alcuni ordini per la spesa. Per strade secondarie si avviarono finalmente verso il Carrobio. Demetrio però si guardava sempre intorno con sospetto, per paura d'imbattersi per caso nel cavalier Balzalotti, che gli aveva dato quei tali consigli.

V

La prima battaglia era vinta: ma il giorno stesso che Demetrio ripose il piede in casa di sua cognata volle assolutamente patti chiari, rimedi pronti, e cominciò a operare colla terribile inesorabilità del chirurgo che taglia fin che c'è male, senza badare agli strilli dell'ammalato. Beatrice dovette mordere il freno e rassegnarsi. A Demetrio importava poco di lei. Era venuto non per lei, ma per i figliuoli. I conti erano presto fatti. Cesarino non aveva lasciato dietro di sé che una piccola pensione militare, una ottantina di lire all'anno. La dote di Beatrice era ancora in aria, mentre il buon babbo non aveva piú credito per un quattrino. Tra debiti grossi e minuti c'erano cinque mila lire da pagare al momento, oltre quello verso il Martini, e non c'erano tutti; poi bisognava vivere e vestirsi in cinque persone. A questi bisogni Demetrio non poteva far fronte che con qualche suo piccolo risparmio messo in disparte e col suo stipendio...

Cominciò subito a vendere, a vendere, senza misericordia tutto ciò che non era strettamente necessario; placò l'ira del padrone di casa con una prima anticipazione, e rilasciò qualche cambialetta ai bottegai. Ma erano goccie nel mare. Per far fronte al grosso dei debiti e specialmente a quello segreto verso il signor Martini, scrisse a suo cugino delle Cascine Boazze, uomo di gran cuore e ben provveduto, che mise a disposizione del parente un libretto della Banca Popolare.

Paolino, come s'è visto, amava Demetrio come un fratello e se ne serviva spesso negli affari suoi, specialmente per il buon collocamento dei capitali o per l'esazione delle cedole di rendita o per altre operazioni di questo genere, in cui Demetrio aveva una certa praticaccia. Nel mandargli il libretto della Banca, Paolino gli scrisse anche una lettera piena di maiuscole:

"*Caro Cugino,*

L'opera che fai per i Figli di tuo fratello è santa e sarà Benedetta in cielo. Io ricordo sempre i benefici che ho ricevuto dalla Tua buona mamma, dunque metti che in questa circostanza i miei denari siano Tuoi e me li restituirai quando Potrai e non stare a Ringraziarmi. Salutami la signora tua cognata anche a nome di Carolina.

Tuo aff.mo cugino

BOTTA PAOLINO."

La quale signora cognata, dopo il breve soggiorno dei Pianelli alle Cascine, era rimasta impressa nella mente del lungo Paolino, che da qualche tempo, oltre al mangiare di poca voglia, si sentiva addosso un certo lasciatemi stare, che la Carolina attribuiva ai soliti effetti della primavera. La buona sorella, un donnone tutta affezione e tenerezza, sempre malata di gambe, avrebbe voluto che il figliuolo pigliasse della magnesia; ma Paolino capiva che i suoi mali non si potevano guarire colle medicine. Colla testa piena di progetti e col cuore ancora pieno di speranze e di paure, colse al volo l'occasione di fare un po' di bene alla famiglia di quella donna, che, come si disse, gli era rimasta impressa negli occhi...

Demetrio seguitò a vendere. Il pianoforte prese la via della scala e produsse un trecento lire, colle quali si poté ristabilire il credito del fornaio. La musica è una bella cosa, ma dopo pranzo. Altre cinquanta lire furono raccolte, vendendo ad un orefice la pendolina e qualche candelabro di bronzo. Un minutiere offrí venticinque lire di una gran pipa di schiuma di mare, nuova, con delle donne nude, che, oltre allo scandalo, non serviva a niente.

Demetrio pigliava i denari con una mano e li spendeva coll'altra coll'idea di riempire dei buchi. Beatrice assisteva come una sonnambula a quel mercato che trasformava la casa sua in una bottega di rigattiere. Venivan su certi figuri, stavano a contrattare un poco, e poi quadri, tavolini, cornici, masserizie, pigliavano la strada della scala... Era un sogno per la misera donna, un sogno dal quale non riusciva mai a svegliarsi. Se faceva tanto di lamentarsi, di opporsi un poco, di difendere una cosetta sua, il cognato era lí, ostinato, duro, inesorabile come un aguzzino:

« Ricordatevi che mi avete chiamato voi » diceva. « O comando io, o comandate voi. Se non vi piace, piglio il mio cappello e me ne vado... »

E poiché non c'era da sperare salute in altri santi, bisognava mordere il freno, tacere, inghiottire e procurare di nascondere qualche cosa al furore morboso da cui pareva invasato quel terribile uomo.

E cosí fece coll'aiuto della Pardi, alla quale scrisse una lettera pietosa, raccontandole tutte le sue miserie, e invocandone l'alleanza. A lei mandò di nascosto qualche gioiello, qualche preziosa memoria e si raccomandò come si prega la Madonna.

La Pardina, che in fondo era una donna di cuore, sentí una gran compassione della poveretta.

Forse parlava in lei anche un piccolo rimorso per il male che aveva fatto a Cesarino. Promise insomma di far tutto ciò che era nelle sue mani per aiutare la vedova disperata. Mandò subito qualche denaro di nascosto, perché la tribolata creatura potesse comperarsi almeno una spilla di lutto.

Ma la piú gran scena scoppiò una mattina, un venti giorni dopo la morte di Cesarino, quando l'Elisa sarta portò a Beatrice e alla figliuola i vestiti di lutto.

Per caso c'era anche Demetrio, che accolse la bella biondina con una faccia di spauracchio.

« Che roba è? chi l'ha comandata? » dimandò bruscamente, mentre cercava di guardare nella scatola.

L'Elisa, la bionda Elisa, a cui stava bene la lingua di porta Ticinese in bocca:

« *Cosa gh'è?* » esclamò. « *Semm al dazi?* »

« Son ciarle inutili » gridò subito Demetrio per farla finita. « Io non ho ordinato nulla: dunque porti indietro questa roba. »

« Come porti indietro? »

« Sí, indietro... Non ho comandato nulla. »

« Ma io non so nemmeno chi sia lei. »

« Se non lo sa, se lo faccia dire. Io non pago se non ciò che ordino. »

Beatrice accorse al battibecco e cercò di dimostrare che si trattava di un modesto vestito di lutto, che aveva ordinato lei: ma Demetrio non volle sentire ragioni.

« O pago io, o pagate voi: o comando io, o comandate voi. Questa roba io non la ricevo: la porti indietro e faccia presto. »

Beatrice portò il fazzoletto agli occhi e scappò via, esclamando:

« È troppo! non ne posso piú. »

Il dialogo continuò sulla porta tra la bella biondina dagli occhi di falco e l'orso della Bassa. Quella cercava di farsi avanti: e questi faceva di tutto per chiuderle l'uscio sul naso. Dopo un mezzo minuto di ginnastica, l'Elisa, che aveva tutte le ragioni per perdere la pazienza e che dalle lagrime della sora Beatrice aveva capito all'ingrosso con chi aveva a che fare, aprí le valvole a una eloquenza che non ha niente a che fare con quella di Demostene, ma che macina piú di dieci molini a vapore.

Demetrio, irritato, ostinato in quella grande impresa di riordinamento e di economia, non ripeteva che due frasi:

« Non pago niente..., non ho ordinato niente... »

Seguitava ad alzare la voce, cercando di aiutarsi sempre piú colle mani per cacciar via quella vespa. che, tolta la scatolona dalle mani della piccina, continuava invece a farsi avanti urtando Demetrio nella pancia. Seguí un duetto in due chiavi, che tirò l'attenzione di tutto il vicinato.

Per un poco furono monosillabi: chi? io? lei? sí? via? (e intanto le finestre si popolavano di gente). E il dialogo durò cosí un pezzetto. Ma quando Demetrio uscí fuori col titolo di sora pettegola, addio, fu il diluvio universale! L'Elisa salí sugli acuti e cantò una litania in cui entravano tutte le bestie dell'arca di Noè, dallo scorpione ai pipistrelli. Il povero uomo fu paragonato a un moccolo, a un cero pasquale, a una cartapecora di messale stracciato, a un cavastivali, a una sedia sgangherata, a cento cose, l'una piú metaforica dell'altra, che nella fantasia della giovane e nella furia del momento servivano bene, come serve bene qualunque cosa venga alle mani in un momento di rivoluzione. Non era una donna, ma una trombetta.

Demetrio perdette subito la voce sotto quel diluvio. Vedendo che le scale e i pianerottoli si riempivano di gente e dalle finestre del cortile uscivano teste e cuffie, non volendo prolungare lo scandalo, con uno spintone piú forte degli altri cacciò fuori la ragazza, chiuse l'uscio, girò la chiave, e, mentre l'Elisa faceva su per le scale la casa del diavolo, suscitando la curiosità e i commenti dei vicini egli tornò in cerca di Beatrice, e, agitando nell'aria le due dita del suo eterno dilemma, gridò ancora una volta con voce racusa e scassinata:

« O comando io, o comandate voi: o pago io, o pagate voi: o mi volete, o non mi volete..., o resto, o vado via... »

Beatrice soffocata dalle lagrime e dalla passione corse a vestirsi e uscí di furia, sbattendo gli usci dietro di sé.

VI

"Mostri di donne!" non cessava dal ripetere Demetrio, dopo questa scenaccia, stringendosi il capo nelle mani.

Di queste scene, piú o meno rumorose, ne scoppiava una o una e mezzo quasi ogni settimana, e non ci volle che la testarderia del chirurgo per resistere agli strilli, alle lagrime, all'odio, che la cura suscitava nella vittima.

Quando non ne poteva piú, stava a casa e si faceva desiderare per tre o quattro giorni. Subito arrivava un bigliettino, o veniva Arabella in persona a rabbonirlo, a chiamarlo indietro sul campo di battaglia, dove, quando non si moriva di disperazione, si moriva di fame.

E questa vita durò tutta la quaresima, una vera quaresima di Galeazzo!

Da una parte era un continuo studio per risolvere il problema dei bisogni quotidiani — quelli del pane e della minestra, — e per avviare la famiglia sopra un sistema razionale e possibile.

Dall'altra invece era uno sforzo segreto e continuo di distruggere, di contraddire, di nascondere, di trafugare roba.

La conseguenza era un odio crescente tra questi due partiti, che sarebbe stato pur tanto pietoso se avessero potuto intendersi, compatirsi, aiutarsi.

Beatrice dovette ad ogni modo cedere, cedere sempre, e ricevere le bastonate da quella mano di ferro, che ogni mattina portava in casa il pane per i suoi figliuoli.

Quando si sentiva soffocare, correva a sfogarsi da Palmira, che era sempre pronta a compatirla, a darle ragione, a suggerirle nuovi espedienti.

« Oltre a non volere che io porti il lutto per mio marito, pretende anche che mangi quello che non mi va giú. Se c'è un pesce marcio o del formaggio che cammina da sé, pur di risparmiare un quattrino, lui ce lo porta a casa. Non vuole nemmeno che tenga una donna di servizio. Devo fare da Marta e da Maria e guai se non avessi Arabella! ma vedessi com'è ridotta a quest'ora la povera ragazza! una candela. »

« Tuo padre permette? non dice niente? » chiedeva Palmira, che s'interessava con una certa furia sdegnosa a queste miserie.

« Mio padre scrive continuamente di trovargli un capitale per finire una lunga causa contro l'Ospedale. Demetrio, non è vero?, potrebbe aiutarlo, ma non vuole. Quando fosse finita questa causa, io potrei ritirare la mia dote che è di quarantamila lire e ricuperare la mia indipendenza... »

« E ci vuole una somma grossa? »

« Ma no, trecento o quattrocento lire. »

« Vuoi che ne parli a mio marito? »

« Ma guai se Demetrio lo sapesse! »

« Non gli faremo saper nulla. Vorrei esser io ne' tuoi panni, guarda! tu sei troppo buona. Io non ho figli, ma se ne avessi, sento che sarei una iena, una tigre... »

La magra e nervosa Pardi fece tintinnare co' suoi fremiti tutti i braccialetti e tutte le catenelle d'argento e di ferro, di cui aveva cariche le braccia. Non aveva cattivo cuore, e messa sul puntiglio di farla dire ai signori uomini, non ebbe requie, finché non trovò la persona caritatevole e prudente disposta ad offrire le tre o quattro centinaia di lire che occorrevano per rimettere in moto la causa. Questa persona non fu Melchisedecco, che era troppo facile a ciarlare, ma un signore molto rispettabile.

La Pardi andò un giorno a trovare a posta questa brava persona in casa sua e fece presente il caso della povera Beatrice...

« Lo conosco: so di che cosa si tratta... Guarda un po', povera signora... » disse il buon benefattore, raccogliendo il pensiero in una delicata riflessione, che gli faceva stringere le labbra e tentennare il capo.

E dopo aver riflesso ben bene aggiunse:

« Sicuro che è il caso di continuare, di far qualche sacrificio, molto piú che non si tratta di una gran somma. Se non ci fosse di mezzo quest'altro, potrei trovare anch'io il mezzo... Se si potessero fare le cose in gran segretezza. Capisce, mia cara, io sono il capo, egli un subalterno, e le convenienze d'ufficio... »

« Beatrice ha tutto l'interesse a tener segreta questa congiura. »

« Bene, m'informerò prima, parlerò coll'avvocato: e vedrò se è possibile far del bene a quella poverina... Spiace sempre di vedere una bella donna a piangere. »

Si combinò cosí bene il pasticcio, che qualche giorno dopo Palmira portava in una busta in gran segretezza le prime cento lire da parte di una persona influente, una vera capacità amministrativa, della quale disse il nome in un orecchio. Beatrice fu contenta di sentire che un uomo di tanta autorità trovasse che suo padre aveva ragione, e lo incoraggiasse a continuare nella causa per rivendicare i suoi vecchi diritti: anzi dava i primi denari, che essa mandò subito a Melegnano. Demetrio non si accorse di nulla. Giorno e notte il suo pensiero era in caccia di nuove economie, o d'un nuovo ripiego per far argine alla vita.

Un giorno il cavaliere Balzalotti lo prese in disparte e gli disse:

« Senta, Pianelli: c'è un mio amico di Novara che deve passare a Milano tre o quattro mesi pei lavori del Censo e mi scrive di trovargli una stanzetta o due, in una posizione centrale, dove ci sia un letto, un cassettone, un tavolo, quattro sedie; non ama dormire negli alberghi, e sarebbe disposto a pagare venticinque o trenta lire al mese. M'è venuto in mente che forse si può combinare in casa di sua cognata. »

« Altro che! » esclamò Demetrio, a cui sorrise subito l'idea delle venticinque o trenta lire al mese. Era un mezzo anche questo per alleggerire la barca, per otturare dei piccoli buchi. « Altro che! anzi la ringrazio infinitamente, signor cavaliere, d'aver pensato a noi. C'è modo di fare un ingresso separato, e le stanzette non potrebbero esser piú allegre. »

« Benissimo, io scriverò subito al mio buon amico di Novara. Se devo anticipare qualche cosa... »

« Che, che, che... mi canzona... »

« Va bene » disse il cavaliere, che pareva un poco sopra pensiero. E dopo un momento soggiunse: « È lei che mi aveva raccomandato un ragazzo per l'Orfanotrofio...? »

« Cioè, sarei ben contento se ci fosse un posto. »

« Faccia la dimanda. Diavolo, se c'è un caso degno di considerazione è il suo. Faccia la dimanda e l'appoggeremo. Sono anch'io del Consiglio. »

« Davvero? questa è una carità. »

Demetrio accolse tutti questi avvenimenti come altrettanti segni della Provvidenza. Il buon uomo, abituato a vivere in una soffitta, era lontano le mille miglia dall'immaginare quel che sa fare l'arte di stare al mondo.

A questa combinazione, cioè che si potevano appigionare due stanze e trarne qualche profitto non ci aveva ancora pensato. Se gli riusciva poi di mettere un ragazzo nell'Orfanotrofio, era un altro peso di meno. Certo che per riuscire nelle cose bisogna muoversi e non aspettare che il bene venga a trovarti a casa. E un'altra buona massima è di tener da conto la gente, specialmente i superiori, che hanno il mestolo di tante minestre in mano. La superbia è il cavallo dei ricchi: la povera gente è fin troppo onore quando va a piedi.

VII

Anche Arabella in mezzo alle scosse della sua casa usciva quasi trasfigurata. Non piú bambina oramai, perché aveva già troppo sofferto, e non abbastanza donna perché non aveva ancora sofferto abbastanza, la sua figura pareva diventata piú grande nella malinconia, gli occhi chiari si riempivano ogni momento di pensieri, una piccola ruga guizzava spesso nell'infossatura dei sopraccigli e la meschina era sempre in sospensione, in attesa, in paura o di qualche nuova disgrazia, o di una baruffa, o di un brutto incontro.

Il piangere, senza lasciarsi scorgere, il mangiare poco e male fingendo d'averne abbastanza, il dormire affannoso, e quando non dormiva, quel continuo rotolare nel letto, quel sobbalzare improvviso a un improvviso abbaiamento... Quante volte le pareva di udire la voce di Giovedí lamentarsi sulla scala! e insieme un'altra voce d'uomo che cerca la carità, che si raccomanda!

Per quanto lo zio Demetrio avesse cercato di attenuare la triste impressione del fatto, velando e negando molti particolari, pur essa non aveva piú dubbio che il suo babbo si era ucciso lassú in quell'orrido solaio, tra quelle travi nere sotto il tetto, dietro quell'uscio massiccio che il vento scoteva spesso la notte, riempiendo la casa di terrore. Nel buio essa non vedeva che quell'apertura nera spalancata davanti come una tetra voragine, piena di ragnatele e di sordidezze nefande: e guai se sfinita di forze si addormentava nella lugubre immagine di quelle travi incrocichiate! Un grido la faceva trasalire; balzava sul letto al suo stesso grido, colla fronte in sudore, col cuore in frantumi, stava a sentire, le pareva che qualcuno passeggiasse leggermente per la stanza, girando intorno al letto, rimestando nei cantucci, inquieto, bisognoso di qualche cosa, finché una voce sommessa, o, per dir meglio, un fiato d'anima errabonda le traversava il corpicciuolo, lasciandovi i brividi della morte.

Se ella avesse potuto dare tutto il suo sangue per arrestare quell'anima in pena, per far tacere quella voce che, sibilando, le parlava di cose incomprensibili nel buco delle orecchie, non avrebbe esitato un minuto.

Aspettava con ansietà il giorno della sua prima comunione. Forse Dio in quel dí avrebbe avuto pietà di lei, avrebbe ascoltato i suoi voti. Se fosse stata piú grande, avrebbe voluto rinunciare subito alle cose del mondo, farsi tagliare i capelli — quella bellezza di capelli —, vestirsi di nero, andare negli ospedali, nelle missioni, dovunque insomma si può fare del bene, non per sé, ma per dare un sollievo a quell'anima vagabonda, che non trovava requie. A furia di pensarci, fu essa che persuase zio Demetrio a pagare il debito verso il Martini e a rivolgersi per questo al signor Paolino delle Cascine. Col tempo avrebbe pagato col suo lavoro quel debito. E quasi subito le parve che la povera anima fosse piú sollevata. Forse ella aveva indovinato ciò che andava da lungo tempo sussurrando e se ne consolò; a poco a poco imparò ad ascoltarla e le parve di capire un'altra volta che aveva bisogno di una messa. Cosí si abituò ad averne meno paura. Un prete le aveva detto che un atto di pentimento sincero *in extremis* può salvare l'anima del piú feroce assassino, e che le buone opere dei vivi sono tante leve per i poveri morti. Dunque c'era speranza che l'anima del suo papà potesse salvarsi: per lui essa offriva a Dio il bene, che avrebbe potuto fare e godere quaggiú.

Una domenica, coi denari prestati dal signor Paolino,

si presentò insieme allo zio all'uscio del Martini, che abitava una modesta casa in via Larga. Strada facendo, mentre si attaccava al braccio dello zio, non si scompagnò mai da quello spirito che l'immaginazione eccitata e quasi ossessa trascinava con sé dappertutto, anche in mezzo alla folla e in piena luce di mezzodí. Piú d'una volta dovette fare un gran sforzo di volontà e di raziocinio per non voltarsi a guardarlo.

Demetrio, tutto chiuso e conturbato ne' suoi pensieri per il difficile passo che stava per compiere, non sentí due o tre volte il braccio di Arabella guizzare sul suo e tutta la sua personcina vibrare come un filo preso dalla corrente. Quasi non vedeva due passi innanzi, come se la soggezione e la vergogna d'incontrarsi col Martini facessero una nuvola davanti agli occhi. Pensava a quel che egli avrebbe potuto dire, senza riuscir mai a mettere insieme due mezze parole in un'idea. Solamente la coscienza in fondo pareva dire brontolando: "Si fa presto ad ammazzarsi: la vergogna e la penitenza toccano a chi resta."

« C'è il signor Martini? » chiese Demetrio a una vecchietta, che venne ad aprire con in braccio una bambina di pochi mesi. Erano la madre e la figliuola del disgraziato.

« Che cosa desidera? » chiese la vecchina con un fare cerimonioso, invitandoli a entrare.

« Avrei del denaro da consegnargli » balbettò Demetrio.

« Vengano avanti. Vado ad avvertirlo. »

Rimasti un momento soli in anticamera, Demetrio disse ad Arabella:

« Lasciami andar innanzi solo. Aspettami qui... »

E a quell'uomo coraggioso tremavano le gambe.

Quando tornò la vecchia, Arabella stese le mani alla piccina, e con quel diritto, che ogni donna ha sui deboli, la tolse in braccio nel suo guancialetto e andò a sedersi presso la finestra per contemplarla bene negli occhi. Essa aveva molte cose a dire a quella piccina. Appoggiò il viso al visino e nascose cosí le lagrime. Demetrio intanto era passato di là. La vecchia Martini, contenta delle carezze che la ragazza dava alla sua piccina, venne a fare delle confidenze. La sua Mimi era nata sotto cattiva stella: la mamma morí nel metterla al mondo, e ora il governo mandava via il papà, lontano, fino in Sardegna. Era un trasloco senza promozione, senza miglioramento di stipendio, per colpa d'un birbone che l'aveva tradito, sotto la maschera dell'amicizia...

« Ne ha passate quel povero martire in questi quattro mesi! » continuò la vecchietta intenerendosi « ne ha patite piú che Gesú in croce. Il governo ha riconosciuta la sua buona fede, la sua innocenza, sta bene; ma ci vuole un esempio, e il meno che possono fare è di mandarlo via per qualche tempo collo stesso soldo. Ma i denari perduti ha dovuto rimetterli: e ora non può condurre una vecchia e una bambina fino in alto mare. Dovrà fare due case; lasciar me colla piccola e colla balia, e andarsene solo colle sue malinconie... Questo si guadagna a fare il galantuomo. »

Mentre la buona donna sfogava il suo corruccio, contando per la centesima volta una storia che non poteva levarsi dal cuore, Arabella tuffava sempre piú il viso nel guancialetto, a cui si stringeva colle braccia come se cercasse un appoggio per non cadere.

Demetrio passò in un salottino, sparso di roba in disordine, dove trovò il Martini tutto occupato a riempire delle casse. I due uomini s'incontravano per la prima volta.

« Ho il piacere...? » mormorò il padrone di casa per avviare una presentazione.

Aveva ragione la sua mamma: i colpi della vita avevano dimezzato il disgraziato.

Demetrio, dopo aver fissato gli occhi in un angolo in terra, come se cercasse la parola, disse parlando al muro:

« Io sono..., io son il fratello di Cesarino Pianelli, vengo a pagarle un debito che... »

E per finire la frase trasse il portafogli, ne levò due biglietti da cinquecento, che collocò sopra alcuni libri della scrivania, agitando la testa sotto la violenza di piccoli scatti nervosi.

Il Martini, che non si aspettava quella visita, còlto all'improvviso, assalito in mezzo alle sue dolorose preoccupazioni da una folla di piú dolorose rimembranze, non seppe sul momento che cosa dire.

« La cosa... veramente... io non so se devo... » balbettò.

« Non possiamo pagare il danno morale, questo no: ma se lei può perdonare a quel poveretto, anche per la pace de' suoi figliuoli, fa un'opera di carità. »

Un urto di passione soffocò le sue parole, che finirono in un gesto lento e supplichevole.

Il Martini chinò il capo e socchiuse gli occhi. Stese la mano e strinse fortemente quella di Demetrio, parlandogli vivacemente cogli occhi negli occhi. Sapeva che anche Cesarino aveva lasciata la famiglia in gravi imbarazzi ed esitava ad accettare; ma Demetrio lo persuase a non dir di no, non tanto per la cosa in sé, quanto per la pace dei vivi e dei morti. Poi soggiunse:

« C'è qui una sua figliuola che vuol essere quasi perdonata per il riposo di una pover'anima. Se permette... »

Andò all'uscio, fe' cenno ad Arabella, che sulle prime non ebbe la forza di muoversi. Alzò il viso inondato dal guancialetto, e, sentendosi chiamare, si alzò, consegnò la bimba alla vecchietta, che la guardava con un senso di meraviglia, e dopo tre o quattro passi involti e legati, sul punto di varcare la soglia, si sentí come presa alla vita e vivamente trasportata dalla forza invisibile che l'accompagnava. Corse, quasi volò incontro a quel signore pallido vestito di nero, gli gettò le braccia al collo con affettuoso abbandono, si attaccò a lui con tutta la forza, rovesciando indietro la testa, socchiudendo gli occhi, sospirando: « Ci perdoni... »

La vecchierella sull'uscio crollava il capo nella sua cuffietta bianca, col guancialetto dimenticato sulle braccia.

Lo zio e la nipote, senz'altre spiegazioni, uscirono da quella casa piú consolati, e strada facendo l'una si attaccava al braccio dell'altro con un senso di piú domestica intimità. Non si dissero una parola fino a casa: ma due persone non avevano mai parlato e non s'erano mai capite tanto.

Prima di andare a letto, quella stessa notte, Arabella si chiuse nella sua stanza e scrisse una lunga lettera a Paolino delle Cascine, suo benefattore. Finiva col dirgli: "Non cesserò mai di pregare il buon Dio e il mio Angelo custode, perché possano essere esauditi tutti i voti del suo cuore. Ella ha fatta una grande carità a me, a' miei fratellini, alla mia disgraziata mamma, al mio povero papà".

E mentre scriveva il nome del suo povero papà, le parve di udire un fruscío nella stanza e vide la fiamma della candela piegarsi da una parte quasi mossa da un sottile alito di vento.

Parte terza

Paolino delle Cascine

I

Paolino delle Cascine da qualche tempo pensava di mettere il capo a partito e di prender moglie una volta per sempre.

Già, è un passo che bisogna fare, e piú ci si pensa, meno ci si riesce. Gli anni passavano anche per lui e ad aspettar troppo tempo si arrischia di mettere i buoi dietro al carro.

Era in questi riflessi quando capitò, come s'è visto, improvvisamente la vedova Pianelli. Sulle prime non fu nulla; ma passata la sorpresa, e specialmente quando ella fu partita, egli cominciò a sentire il cuore in disordine, a vedere l'immagine di quella donna dappertutto, come un luminello bianco dopo che si è guardato nel sole, che ti resta nella pupilla, che vedi sempre anche nel buio, anche a chiudere gli occhi, anche a cacciare la testa sotto un cuscino.

Quest'apparizione imbrogliò i suoi progetti. Tutte le altre ragazze dei dintorni, sulle quali da un pezzo in qua andava raccogliendo il pensiero, divennero, al confronto della bellissima vedova di Milano, figure scialbe di camposanto.

Quella donna l'aveva commosso, gli aveva rotto il cuore con quel suo piangere sfrenato, con quelle scene di tenerezza e di dolore. Quando essa si tirava vicini i ragazzi, e se li stringeva al cuore, Paolino scappava sempre nei prati a piangere anche lui come un ragazzo.

Ora che Beatrice non c'era piú, sentiva una specie di

caverna di dentro. Prova a ragionare, se puoi, in queste faccende!

Capiva anche lui che una cosa è prendere moglie secondo le regole di natura e un'altra è sposare una vedova con tre figliuoli. Per quanto un uomo sia ben provveduto del suo, per quante ragioni il cuore metta all'ordine del giorno, tre figliuoli son sempre tre figliuoli. La gente vuol parlare, e Paolino, animo già non troppo coraggioso, si sentiva impaurito dal pensiero delle ciarle che si sarebbero fatte.

Ma ormai non sapeva pensare ad altro. Non mangiava piú, usciva la mattina col cappello tirato sugli occhi, prendeva una strada qualunque attraverso i prati, andava un gran pezzo, coi piedi nell'erba, col capo nelle nuvole, finché, sentendosi isolato nella silenziosa solitudine, si metteva a sedere sul margine di una riva o d'una gora, all'ombra d'un salice, cogli occhi fissi al bigio orizzonte, dove tra due fusti esili di pioppo si disegnava nello sfondo nebbioso di Milano la guglia sottile del Duomo.

La sua esistenza era là, tra quei due tronchi, su quella guglia sottile.

Non si può dire il bene che gli aveva fatto la letterina di Arabella. Se la teneva sempre con sé, nel portafogli, sul cuore, e nei momenti d'estasi la leggeva dieci volte di fila, a voce alta, provando quasi un senso di freschezza, un refrigerio ai suoi tormenti nelle parole dell'innocenza. Dio parla spesso per la bocca dei fanciulli. Anche Sant'Ambrogio, dice la storia, fu nominato arcivescovo per la bocca di un bambino.

Ma a momenti di gioia succedevano altri momenti di sfinimento, di tristezza, di disperazione. Egli era un matto a credere che Beatrice volesse rimaritarsi, o anche, dato il caso, che volesse sposare un villano delle Cascine, prendere sul serio un Paolino qualunque, una donna come lei, abituata alla vita di Milano, una donna molto elegante, una donna ancor giovane e fresca, una donna, insomma, che poteva ben sposare un conte, un banchiere, un consigliere di prefettura.

La nessuna voglia di mangiare in un uomo, che di solito divorava il suo pane di quattro soldi per antipasto, rese pensierosa la buona sorella Carolina, che una sera, coltolo solo nell'orto, lo tirò sotto un capanno di zucche e cominciò a dirgli colla sua flemmatica bontà:

« Tu hai qualche dispiacere, Paolino. »

« Io no. »

« Sí, tu hai qualche dispiacere che non vuoi dire. »

« Ti dico di no. »

« C'è qualcuno che ha detto male di te o che ti invidia? »

« Chi vuoi, cara te? »

« Hai venduto male le bestie? »

« Tutt'altro. »

« Ti fan male le scarpe? »

« Mi vanno benissimo » disse Paolino, mettendo innanzi un piede grande come un basamento.

« Allora è segno, » soggiunse la sorella, posando le mani giunte sul grembiale « è segno che vuoi prender moglie. »

Paolino, appoggiate le due braccia ai ginocchi e il volto ai due pugni stretti, disse con un piglio sgarbato:

« Nel caso, non sarei io il primo. »

« Avresti dovuto già farlo. Hai fissato l'occhio su qualcheduna? »

Paolino tentennò il capo e fissò gli occhi in fondo in fondo sopra una siepe di sambuco, che cominciava allora a vestirsi di verde.

« È la Teresina dei Bareggi? »

Paolino disse di no col capo.

« Allora è la figlia del fattore di casa Prinetti. »

« Perché dov'essere quella? »

« Perché viene tutte le domeniche a messa alla Colorina. »

« La voglio bella o niente. »

« Che cosa vuol dire bella? Non è il manico d'oro o d'argento che fa bella una scopa. »

« Ah brava! » gridò Paolino ridendo « tu paragoni una moglie a una scopa. »

« No, faccio per dire che non bisogna guardare agli accessori, quando ci sia il principale, cioè salute, religione e voglia di lavorare. Queste signore della giornata, che escono dalle monache, che mettono le mani sotto il grembiale tutte le volte che hanno bisogno di traversare la corte, che svengono se vedono uccider un cappone, che non sanno spennacchiare una gallina, sono buone per i signori milanesi, per i signori impiegati. Tu hai bisogno di legno forte e stagionato. »

Paolino, stringendo tra i due indici la canna del naso, lanciò di sottecchi un'occhiata alla sorella, per indovinare se parlava a caso o di proposito.

« È di Lodi questa tua bellezza? »

« No. »

« Di Melegnano? »

« No, cioè no e sí. »

« Di San Donato? »

« Oibò. »

« Di Milano? »

« Sí, cioè... » Paolino tirò un sospirone.

« La conosco io? »

« Diavolo... »

« Uhm! »

La Carolina, che, sotto alla sua pacifica bontà, era avveduta e furba, finse di non sapere orientarsi, per rendere la sua meraviglia ancora piú meravigliosa, quando Paolino mettesse fuori il nome di Beatrice. Per la buona donna questo matrimonio sarebbe stato naturalmente una disgrazia.

Paolino capí il significato della reticenza e tagliò corto:

« Se non indovini, è segno ch'io son matto da legare. Non parliamone piú. »

Lí in terra c'era un pezzo di mattone. Paolino lo raccolse, lo palleggiò un momento nelle mani e con un'energia vera da matto disperato lo tirò in una siepe di mortella, facendo correre e cantare tutte le galline che pascolavano nell'insalata nuova. Capiva benissimo che una donna saggia e prudente non poteva consigliare a un buon figliuolo di sposare una vedova con tre ragazzi. Capiva benissimo che il matto era lui e perciò si sarebbe lapidato colle sue mani.

Voltò via e non si lasciò piú vedere per ventiquattro ore.

Finalmente pensò di parlarne a Demetrio, il solo che potesse dargli un consiglio sincero e disinteressato. Demetrio gli voleva bene, si conoscevano da un pezzo, erano due fave dello stesso guscio. A parlare non si fa peccato, e le passioni bisogna tirarle fuori e metterle all'aria, se si vuole che perdano le pieghe. Senza dir nulla alla Carolina, il giorno preciso di Pasqua di Risurrezione, scappò a Milano.

O sarebbe risuscitato anche lui: o se doveva essere sepolto, meglio morto e sepolto, che vivere infilato sopra uno spillo.

II

Lo stesso giorno di Pasqua, Demetrio, dopo aver scritte e riassunte le spese della sua azienda domestica, usciva di casa con animo scoraggiato. La sera prima aveva dovuto ancora alzare la voce con sua cognata, che non voleva permettere che Mario entrasse nell'Orfanotrofio, dove, diceva, non vanno che i figli dei ciabattini. Era stata una nuova scena dolorosa, disgustosa, in cui Demetrio aveva dovuto ingrossare la voce e quasi bestemmiare il nome di Gesú Cristo. La pazienza ha i suoi limiti. Anche a lui piangeva il cuore di dover mostrarsi duro e inesorabile, e magari avesse potuto mantenerli tutti a biscotti e gelatine! ma, davanti alla necessità, davanti al pericolo di morir di fame, benedetto l'Orfanotrofio, benedette le raccomandazioni dei benefattori!

Scorrendo la lista delle spese fatte durante quella triste quaresima, sentiva scorrere l'acqua fredda nella schiena.

Oltre al debito grosso verso il cugino, che un giorno o l'altro bisognava pur pagare, Demetrio nella sua miseria aveva dato fondo ad altre tre mila lire sue, messe in disparte per l'avvenire, frutto di pazienti e lunghe economie, vere goccie di sangue stillato da una vita povera, senza piaceri, senza passioni, senza capricci, economizzando il quattrino giorno per giorno, sul caffè, sul tabacco, sul companatico, sul filo e sui bottoni dei suoi vestiti.

Pasqua era qui. Dimani egli doveva trovarsi col padrone di casa a regolare un'altra scadenza, o il padrone avrebbe sequestrato il letto e la pentola della minestra. Dove trovarle cinquecento lire lí sulla mano?

E s'adirava di piú, perché, mentre egli si struggeva il cuore in questa maniera per salvare un paglierìccio agli orfanelli, quella stupida donna, quella maledetta donna, continuava a congiurare sotto mano contro di lui, non capiva bene in che modo, ma era una congiura in cui entrava la Pardi, l'Elisa sarta, il sor Isidoro, il diavolo... E pazienza gl'intrighi! essa faceva di tutto per rivoltargli contro l'animo dei figliuoli.

Mario aveva già dichiarato con una strana insolenza che egli non voleva entrare in gabbia coi ciabattini. Essa metteva odio e antipatia dapertutto contro di lui, fin presso i bottegai e presso i vicini di casa, che incontrandolo sulle scale, si tiravano un passo indietro e lo guardavano in cagnesco come si guarda l'aiutante del boia.

"Ah, Signore Iddio!" pensava col capo basso "ci vuol proprio una gran fede per resistere! Aveva ragione il cavaliere: io mi mangerò il fegato, mi ridurrò in camicia e mi farò maledire. Se non fosse per quei poveri ragazzi, che non hanno colpa, a quest'ora sarei già scappato in America."

Veniva su verso la piazza Beccaria, urtando sotto le scosse del suo pensiero il muro, quando si sentí a un tratto arrestare da due braccia, che caddero dure e rigide sulle sue spalle come due timoni di carrozza.

« Sei tu, a Milano, oggi? »

« Son venuto a confessarmi in Duomo » rispose Paolino ridendo.

« Segno che hai dei peccati grossi. »

« Hai fatto colazione? »

« Non ancora. »

« Allora vieni con me al *Numero Cinque* in piazza Fontana e la faremo insieme. »

Paolino delle Cascine era vestito come un signore, con uno stiffelio di panno nero, aperto sopra un panciotto di velluto rossigno a fraschette, una cravatta bianca a bolle rosse, i suoi guanti neri, il suo cappello rotondo di feltro inglese, e una magnifica catena d'oro a grossi anelli che attraversava la bottoniera.

« Ti sei già messo in abito d'estate e ti sei fatto radere come uno sposino » disse Demetrio.

« Primavera innanzi viene... » cantarellò il buon Paolino, cacciando il suo lungo braccio nel braccio del cugino per tirarlo verso piazza Fontana. « Sono stato a casa tua e mi hanno detto che eri appena uscito... Che cosa mangiamo? s'intende, paga Paolino. »

Entrarono nella trattoria. Un cameriere, che non aveva ancora finito di preparare le tavole, li fece passare in una salettina appartata, stese in fretta una tovaglia, e, mentre andava collocando i piatti e le posate, prese a recitare la litania, che comincia di solito dall'osso buco e va a finire agli scaloppini coi funghi.

Paolino non era di quegli uomini che si contentano di ciò che viene offerto. Un uomo non fa un viaggio apposta sul fresco la mattina di Pasqua, non invita un caro parente per mangiare un osso buco qualunque.

« Tu comincierai » disse al cameriere « a portare un bel piatto di salame misto scelto; intanto dirai al cuoco che faccia andare un risottino coi funghi, ma... » e finí con una scrollatina delle dita in aria, che diceva tutto. « Poi potremo discorrere di scaloppini, se piacciono a questo signore... » e rivolgendosi a Demetrio dimandò: « Che te ne pare? »

« Me ne intendo cosí poco » rispose Demetrio con un atto raccolto di umiltà.

« Scaloppini dunque e una frittatina rognosa doré? E vino? » chiese di nuovo, rivolgendosi a Demetrio che si schermí.

« Mi garantisci il Valpolicella? »

« Valpolicella vecchio, Barolo, Caneto... » esclamò il cameriere con una serietà superficiale, che nascondeva la voglia di scherzare.

« Ma forse è meglio il bianco la mattina... C'è del Montevecchia? porta quello... »

Il cameriere uscí.

« Caro il mio caro Demetrio! » esclamò Paolino, quando furono seduti l'un contro l'altro, mettendo ancora le braccia sulle spalle al di sopra del tavolo. « Avevo paura di non trovarti. »

« Ti ringrazio ancora di quel libretto della Banca che hai messo a mia disposizione. »

« Senti, Demetrio, se fai questi discorsi a tavola, me ne vado. »

« Se non vuoi essere ringraziato, amen. La carità resta... »

« Io sono in collera con te. Tu navighi in un mare di difficoltà, e non hai confidenza nell'unico nipote di tua madre. »

« Vedi se non ho avuto confidenza... »

« Io ti ho portato un altro libretto della Banca Popolare e mi devi giurare che lo adoprerai come se fosse tuo... »

« Caro te, non posso accettare... »

« Stia quieto, signor Pianelli, che non intendo di regalar il mio denaro a nessuno. Servizio per servizio, aspetta un poco, che metterò fuori il mio conto. Intanto farai piacere a trovarmi un buon impiego per una ventina di mille lire, che riceverò dopo la riscossa del frumento. Sento parlar bene delle Azioni zuccheri... Fai tu; mi contento anche di poco, quando sia un impiego sicuro. In secondo luogo verrai una festa alle Cascine e mi aiuterai a fare il bilancio... Quei numeri a me fanno venire il balordone... In terzo luogo... ma di questo discorreremo dopo il salame. »

Paolino riempí il bicchiere del cugino e il suo d'un vinetto trasparente color dell'ambra.

« Alla tua salute, Demetrio... »

« Alla tua. »

Paolino vuotò tutto il bicchiere d'un fiato come uomo che ha bisogno o di smorzare la polvere o di riscaldare il coraggio. Sul punto di fare un gran discorso al suo confidente, sentiva che il cuore gli sfuggiva da tutte le parti. Tuttavia fece un bell'onore al piatto di salame, versò un altro bicchiere, stendendo ancora una volta le braccia al disopra del risotto fumante, e quando giunti a mezzo degli scaloppini gli parve di essere sicuro in sella, uscí fuori di punto in bianco con questa bomba:

« Che cosa direbbe mio cugino Demetrio se gli dicessi che ho voglia di prender moglie? »

« Bravo! » esclamò Demetrio con una vivacità, alla quale non era estranea l'allegria del vin bianco. « Ben fatto! e perché hai aspettato tanto? ne' tuoi panni, co' tuoi denari... »

« Colla mia bellezza... » esclamò Paolino con uno scoppio d'ilarità, abbandonandosi con tutta la persona sul dosso della sedia e alzando le lunghe braccia in aria.

« Lasciamo stare la bellezza, che per gli uomini non conta: ma tu sei nato per essere papà. »

« Assassino di strada! » soggiunse l'altro guardandolo nel bianco dell'occhio.

« Chi è? chi è? » si affrettò a chiedere Demetrio. « La conosco anch'io?... »

« Io non ho detto che ho trovata la sposa, ma che voglio trovarla. »

« È una parabola, si sa. »

« No no, Demetrio, non è una parabola; e devi aiutarmi tu a cercarla. »

« Io? »

Demetrio lasciò cadere la forchetta sul tondo e guardò fisso fisso in viso il suo compagno.

« Sissignore, lei, signor Demetrio Pianelli... » confermò Paolino, movendo a guisa d'ariete un dito lungo a grossi nodi, come se volesse conficcare il cugino sulla sedia.

« Io, volentieri: tu sei un galantuomo, un ricco signore, non vecchio... Sei piú giovane di me. »

« Son del quarantotto? io non mi ricordo nemmeno. »

« Sei anche un bell'uomo. »

Paolino tornò a sghignazzare, mostrando tutti i suoi trentadue denti bellissimi e sani.

« Non dico con ciò che tu sia un astro... » aggiunse Demetrio ridendo.

Da quanto tempo non rideva piú il meschino! Quel poco focherello di gioia, che l'educazione, il mestiere, i casi e l'invidia degli uomini avevano quasi soffocato sotto la cenere, si rianimava oggi al soffio dell'amicizia. Nella gioia semplice e calda di Paolino, Demetrio sgranchiva l'anima intirizzita; dimenticava i suoi guai, i suoi debiti, il padrone di casa, sua cognata..., tutto, per un momento, e sollevando il bicchiere sopra la tavola, esclamò:

« Allora, bevo alla salute della sposa! »

« Piano, bisogna prima sapere se lei è contenta. »

« Dunque c'è una lei. »

« C'è e non c'è. Per fare i gnocchi ci vuole la farina, si sa; ma bisognerebbe sapere prima se lei è contenta di sposare uno scarafaggio simile. »

« È una contessa? »

« Che mi vai contessando... »

« Perché non devi essere sicuro? »

« È ciò che vado dicendo anch'io; ma ho paura... »

« Segno dunque che sei in... innamorato. »

« Corpo del diavolo! » esclamò Paolino, picchiando un gran pugno sulla tavola, « ho fin vergogna a dirlo. È vero. E dire che non ho mai creduto che si potesse perdere la testa per una sottana. Va là, farfallone, brucia anche tu le ali dorate, birbonaccio! »

La faccia di Paolino delle Cascine, illuminata anche dai riverberi del vino bianco, s'era fatta lucida e rubiconda.

Demetrio, lontano le cento miglia dall'immagine dove sarebbe andato a finire quel gran discorso, soggiunse:

« Difatti sei diventato magro. »

« Quando ti dico che è una birbonata. Io scherzavo gli altri, mi parevano cose impossibili, che si scrivono sui romanzi, o che si mettono sul teatro tanto per fare il duetto:

di quell'amor, di quell'amor, ch'è palpito...

Riverisco, grazie del palpito. Provassi, è una scottatura che non si guarisce col chiaro d'uovo sbattuto. Tu perdi la fame, perdi il sonno, ti muoiono le gambe, sudi sotto il cappello, vai di qua, di là, come un matto, parli senza pensare, senza capire, e ti viene fino in nausea il vino. Chi me l'avrebbe detto in principio di quaresima quando tu me l'hai condotta alle Cascine? E veramente fin che restò a casa mia, io non so, non mi accorsi. Quando ricevi una fucilata non la senti cosí subito: il dolore, la botta venne fuori dopo la sua partenza. Io la vedo in tutti i cantoni quella donna! Pare che Dio mi abbia levata l'aria respirabile. Mi dò del matto, del cento volte matto; ma non c'è verso che io possa togliermi dagli occhi la sua figura. Cominciai a sentire un dolore, qui, sotto le costole, e una mancanza, come se mi avessero tagliato un braccio, poi una voglia di nulla, un affanno di respiro, una palpitazione di cuore, una voglia di piangere... »

A questo punto gli occhi di Paolino si velarono di lagrime, inghiottí un singhiozzo, picchiò un gran pugno sulla tavola e voltò la faccia dall'altra parte.

Demetrio, non sicuro d'aver ben udite le parole del cugino, aprí la bocca a un oh! che non venne, e restò come incantato.

« Lo so che sono uno scarafaggio in suo confronto, » continuò Paolino guardando in aria « e voglio che tu glielo dica. Se è no, addio! mi sarò strappato il dente. Ma se le buone intenzioni di un galantuomo valgono ancora qualche cosa, tu potrai dimostrarle che Paolino Botta non ha mai ingannato nessuno, e che se promette di dare un padre ai poveri figli di Cesarino, è come se giurasse sul calice della messa. Dille pure che venendo alle Cascine non dovrà fare la massaia: grazie a Dio ho di che far fare la signora a mia moglie e mandarla in carrozza. In quanto ai suoi figliuoli saranno miei e hai una prova in questa lettera di Arabella che tengo sempre nel portafogli e che avrò baciato cento volte a quest'ora. Se anche stentasse a rassegnarsi a vivere in una cascina, l'anno venturo scade il mio affitto e io posso andare a vivere dove voglio... Io non so che cosa non son pronto a fare per quella... per quella celeste. »

Un altro singhiozzo troncò a mezzo la frase che Paolino finí con un gesto della mano in aria, simile a una benedizione.

« Tu vuoi parlare di Be... Beatrice... » chiese trepidando Demetrio per paura d'ingannarsi ancora.

« Eh!... » gridò Paolino, alzando le due mani.

« O santa pace! tè, tè... »

« Son matto? »

« No, no, tutt'altro, anzi... ma guarda, tè, tè... »

« Non è possibile? »

« Io non avrei mai pensato; oh giusto! Una vedova con tre figliuoli... »

« Ma se ti dico... »

« Sí, sí, magari, e sia lodato Dio! non sai che farei cantare una messa a San Celso coi rivestiti? »

« Ah tu trovi? »

« Che c'è una Provvidenza... tè, tè. Ma tu conosci bene Beatrice? Capisco che nelle tue condizioni scompariscono certi difetti. Magari, *Jesus!* »

« Tu mi dài qualche speranza? »

« Dammi la mano, Paolino. »

« Tutte e due, Demetrio. »

« Se tu non sei l'angelo mandato dal cielo, io non so che cosa sono gli angeli... »

Demetrio colla voce piena di lagrime strinse al disopra della tavola le due mani di Paolino, che dopo riempí i bicchieri e fece rinnovare il liquido.

I discorsi divennero subito piú fitti, piú caldi, piú intimi.

Demetrio, man mano che vedeva la possibilità e l'opportunità del progetto, si sentiva alleggerire lo stomaco da un gran peso, da quel gran peso che minacciava di schiacciarlo. Sí, sí, vedeva proprio nella mano lunga di Paolino la mano di quella Provvidenza, di cui non aveva mai disperato. Non era un matrimonio che si potesse fare dall'oggi al dimani: bisognava preparare il terreno, e concedere tempo al dolore della vedovanza. Intanto però era per Demetrio un bellissimo aiuto l'alleanza di un uomo come Paolino delle Cascine; e questi dal canto suo nell'alleanza di Demetrio si sentiva tolto dal cuore quel sasso anche lui, che non lo lasciava piú vivere.

I due cugini se la intesero. Demetrio avrebbe scritto alla prima occasione propizia; ma prima dovette promettere d'accettare un altro migliaio di lire come anticipazione delle future spese. Non accettò veramente che cinquecento lire per far tacere il padrone di casa.

Intanto era venuto mezzodí. Paolino pagò il conto, salutò Demetrio, che rimase solo a prendere il caffè.

Il signore delle Cascine, coll'anima gonfia di contentezza, traversò svelto come un uccello piazza Fontana, lasciando svolazzare le falde del suo abito di panno, piegò verso porta Romana fino alle *Due Spade* dove aveva lasciato il cavallo.

Era felice d'aver parlato e si godeva quella felicità come un'anticipazione del resto.

Demetrio, rimasto seduto davanti alla chicchera del caffè, seguitò un pezzo a rimestare nella bevanda cogli occhi fissi ai vetri, assorto in un pensiero senza contorni — tè, tè — nel quale si moveva un'altra idea piú piccina e piú lucente, da cui prendeva lume tutta la riflessione.

"Tè, tè."

In mezzo alle sue tribolazioni egli non aveva mai disperato; però non se l'aspettava cosí presto.

Ma che diavolo aveva in sé quella benedetta donna, perché gli uomini dovessero diventar matti per lei?

E senza cessare dal girare il cucchiaino nella chicchera, seguitò, cogli occhi fissi ai vetri:

"Che diavolo?"

Cesarino, una testa fantastica, un romantico, si capiva! ma Paolino delle Cascine bastava guardargli in faccia per vedere che non era un poeta, tutt'altro, anzi era un uomo positivo, quadrato nella base: eppure anche lui, a sentirlo, aveva perduto l'appetito, il vino gli pareva cattivo, gli si velavano gli occhi, gli dolevano le costole, gli tremavano le gambe, e quella donna gli toglieva l'aria. Anche lui, tè, tè...

Collo sguardo quasi cieco, sperduto nei fumi della bella colazione, col pensiero inchiodato a quel punto interrogativo che gli era spuntato per la prima volta in cuore, tornò a chiedere:

"Che diavolo ha questa donna?"

In mezzo alle sue tribolazioni, in mezzo ai suoi parenti, con un morto da portar via, con tanti debiti da pagare, con tante amarezze da inghiottire, in una lotta d'ogni minuto colla miseria, col pane, coi creditori, colle prevenzioni, coi pregiudizi, colle antipatie, egli non aveva avuto tempo di cercare in sua cognata la donna. Per lui essa non era che un debito, il piú grosso, il piú pesante, quello che non si poteva pagare in nessuna maniera e che tirava con sé tutti gli altri: ma al disotto del debito c'era la donna. Che diavolo aveva dunque mai questa donna...?

Il tocco profondo e vibrato di un orologio che gli stava sul capo lo svegliò dalle sue meditazioni e gli richiamò alla mente che non aveva ancora sentita la messa.

Uscí in fretta, traversò in quattro passi la piazza Fontana, e presa la via dell'Arcivescovado, per la porticina secondaria, dalla gran luce esterna si rifugiò nell'ombra alta e solenne del Duomo, in fondo alla quale uscivano i colori sanguigni e violetti di una vetriata, tocchi e animati delicatamente dal sole.

Lo spirito alquanto scosso ed esaltato di Demetrio si raccolse in quella grande cornice di ombre e di colori profondi, e sotto quelle alte vôlte intrecciate, nelle quali il pensiero corre senza perdersi. Là dentro anche l'anima prende la forma di tempio: si svolge e si esalta, giganteggia, fortificandosi nelle solide basi della fede.

Demetrio si appoggiò a un pilastro, e si raccolse per ascoltare una messa ch'egli vedeva da lontano tra una selva di colonne. Ma, un poco per l'eccesso del bere, un poco per la novità delle cose udite, stentò a formulare un atto di fede con attenzione. Se Paolino gli toglieva questa spina dal cuore, egli avrebbe fatto cantare non una ma dieci messe. Questo matrimonio sarebbe stata la liberazione di un povero uomo incatenato.

In quanto a Beatrice non era donna da pensarci troppo. Una buona vita in campagna, al disopra degli stenti, con buona tavola, bei vestiti, cavalli e carrozza, un buon papà per i figliuoli, e poi la pace, la sicurezza per sempre... altro che! non sono fortune che càpitano a tutte. Anzi di solito càpitano a chi le merita meno. Se c'è una povera ragazza brava, onesta, di talento, non trova un cane: invece queste *sans-souci*, queste *belle pigotte* coll'anima di stoppa trovano sempre chi le veste e chi le fa ballare...

« *Orate, fratres* » disse il prete, voltandosi indietro colle braccia aperte.

Demetrio si accorse di essere in chiesa e cercò di raccogliere la mente al mistero della Santa Elevazione. Ma non era colpa sua se la testa usciva dai finestroni. "Che diavolo hanno addosso queste benedette donne?" Pensandoci un poco, e cercando di dare lí per lí una risposta alla questione, gli pareva di non aver mai guardata bene sua cognata, e di conoscerla soltanto attraverso a un velo di dolore e di antipatia: e allora si guastano anche le piú belle cose. Se invece avesse potuto considerarla con animo sereno, come Paolino; se invece di torturarsi l'animo e il corpo per risolvere tutti i giorni la questione della fame avesse potuto anche lui darsi il lusso e il buon tempo di fare all'amore...

« *Et ne nos inducas in tentationem* » recitò la voce sonora del celebrante, come se rispondesse direttamente al soliloquio di Demetrio.

Questi tornò da capo a rimproverarsi e cercò di ripigliare sé stesso, che usciva troppo di chiesa per correre dietro a pensieri senza costrutto. Ma prima che la messa fosse terminata, una strana, irresistibile dialettica che spettegolava dentro di lui, lo condusse un'altra volta a cercare la risoluzione d'un quesito, che s'imponeva alla sua volontà e a tutti i suoi proponimenti: "Che diavolo aveva dunque quella benedetta donna?"

III

Il giovedí dopo Pasqua Arabella doveva fare la sua prima comunione.

Lo zio Demetrio si svegliò piú presto del solito, e saltò giú in fretta. Per la circostanza tirò fuori da un cassettone un certo redingotto di panno nero bleu, che scosse fuori della finestra per liberarlo da tutto il pepe che aveva dentro, e trasse dall'astuccio anche un vecchio cilindro che non usciva da molti anni a vedere il sole, ancora bello, se si vuole, ma giú di moda... Mise al collo un fazzoletto bianco, si fece la barba, e prima delle sette corse in Carrobio con un vivo desiderio di esserci. Non si fermò che un momento in via delle Asole dall'Albizzati, dove comperò alcune immagini col pizzo e un angelo di *biscuit* colla piletta dell'acqua santa per regalarlo alla nipotina.

Demetrio non era avaro. Anche a lui piaceva fare dei regali, se avesse potuto spendere. Bel merito di farsi voler bene, quando si hanno i denari del signor Paolino delle Cascine! A lui invece era sempre toccata la maledetta sorte di tribolare per gli altri, per farsi odiare. Ma poiché da qualche parte questa fortuna stava per arrivare, voleva far vedere che anche lui sapeva essere grande e generoso. Non c'è mestiere piú bello che fare lo zio d'America.

A Beatrice non aveva detto ancora nulla dei grandi discorsi di Paolino; ma forse era arrivato il momento di lanciare una prima parola. In un giorno di festa e di pace, in cui di solito si mettono in disparte i rancori e i corrucci, non era difficile trovare il momento per avviare un discorso di tanta importanza.

Arrivò in Carrobio mentre i ragazzi stavano vestendosi. Trovò Mario e Naldo in cucina che s'impegolavano le mani e la faccia col lucido, con cui cercavano di rendere pulite le scarpe. Lo zio arrivò a tempo a dar loro una mano.

« È vero, zio, che Arabella oggi diventa il tabernacolo dello Spirito Santo? » disse Mario. « L'ha detto il predicatore ieri sera. »

« Sicuro. »

« Naldo non voleva credere. »

Il piccolo miscredente si pose a ridere. Gli pareva una parola cosí strana questo tabernacolo...

In quella entrò Ferruccio. Anche il bel ricciolone doveva presentarsi per la prima volta alla Sacra Mensa e s'era lavato il muso e le mani in un modo straordinario. La signora Grissini gli prestò per la circostanza un vestito d'un suo figlio morto vent'anni innanzi, e cosí aggiustato con certi guantini bianchi, che gli squarciavano e gli indurivano le dieci dita delle mani, Ferruccio venne a cercare Arabella.

Essa gli aveva promesso un bel cravattino bianco. La fanciulla, sentendosi chiamare, venne un momento in cucina, avvolta in una nuvoletta bianca, cioè in un vestitino a blonde leggiere con pizzi volanti, con un velo appuntato nei capelli. Se avesse potuto vederla il suo papà, che era tanto ambizioso di quella sua bellezza! Che caro angiolino con quei capelli color del lino, sciolti sulle spalle! Lo zio Demetrio sentí una mano che gli carezzava il cuore, una mano di velluto.

Arabella si fermò il tempo di mettere la cravatta a Ferruccio, che lasciò fare, stando ritto in mezzo alla stanza. Le piccole mani della fanciulla si agitarono un poco, il nodo fu fatto, accomodato: aggiustò anche la capigliatura cespugliosa del ragazzo coll'aria materna di chi dà due scappellottini.

« Sta raccolto e pensa alla tua mamma » gli disse.

Ferruccio rispose di sí col capo. Se egli aveva capito qualche cosa della Santa Eucaristia, lo aveva imparato in quei giorni da Arabella, che accesa di carità non voleva che Ferruccio per ignoranza commettesse qualche sacrilegio. Il ragazzotto era capace anche di far colazione prima di ricevere il Signore. Ma ora aveva capito ben quel che doveva fare.

« To', ti ho portato un angiolino » disse lo zio, scartocciando il suo bel regalo.

Arabella lo accolse con un piccolo grido di gioia:

« Com'è bello! troppo bello, zio... Grazie! »

Si alzò sulla punta dei piedi e baciò lo zio sulla fronte.

Demetrio a quel contatto di piuma sentí una freschezza ineffabile per tutta la vita e insieme un profumo di... come dire? un profumo di anima.

A San Lorenzo ripigliarono a suonare a festa.

« Presto, ragazzi, che non c'è tempo da perdere. »

Demetrio, caduto in mezzo a quella brigatella di ragazzi, sentiva al disotto della roccia indurita scorrere, come un fiume, una profonda commozione che cercava modo di uscire. Se non che la vecchia e scontrosa volontà faceva forza e premeva giú. L'uomo selvatico chiudeva strettamente la bocca per non dare adito all'emozione e cercava di mutare la compunzione in un senso di corrucciata impazienza.

« Fate presto, dunque » tornò a ripetere. « La mamma non è pronta? »

A lui il destino non aveva mai concesso una giornata serena, nemmeno nella fanciullezza. Arabella era la prima ragazzina che osasse alzare le braccia a lui e baciarlo sul viso. Nella sua povera vita, secca come una siepe d'inverno, non era mai passata una sola farfalla.

Naldo volle che lo zio gli allacciasse una scarpetta.

Lo zio lo fece sedere sul tavolo e prese in mano la gambetta del bambino.

Mentre egli stava ancora tutto intento a infilare la stringa negli occhielli, Beatrice, avvertita da Arabella che non c'era tempo da perdere, venne tutto ad un tratto in cucina a prendere un secchiello d'acqua.

Non aveva sentito che Demetrio fosse lí; e venne come si trovava, cosí in sottanino, colle braccia e colle spalle scoperte, cosí come s'era distaccata dalla catinella.

Vedendo suo cognato, si confuse, sorrise, balbettò qualche parola di scusa, le sue spalle diventarono di fuoco, e tornò indietro ridendo, lasciando sulla soglia il secchiello vuoto, che Mario portò in stanza pieno d'acqua.

Demetrio, non sapendo se dovesse ridere o chiedere scusa, o che cosa fare, seguitò a infilare la stringa negli occhielli con una contrazione del viso rigida e dura, che gli indolenziva i muscoli e gli zigomi della faccia.

Una settimana prima, quell'apparizione bianca e rosa non gli avrebbe fatto alcun effetto: ma adesso, dopo che quell'asino di Paolino era venuto a contargli cento storie d'incantesimi e di stregherie, quell'apparizione pareva quasi una risposta a una dimanda, fatta già piú volte a sé e alla quale non si era mai sentito obbligato di rispondere. Un gran calore, come se fosse dall'uscio divampata una fiammata, inviluppò il suo corpo. Sentí la fiamma al viso, il suo corpo tremò e vibrò un pezzo come il filo di un parafulmine dopo lo scoppio. Qualche cosa come una nebbia si stese tra lui e la luce del sole.

« Andiamo, andiamo... » disse cacciando avanti i due maschietti e la bambina, ai quali si aggiunse da basso Ferruccio.

Il Berretta per la circostanza s'era messo in abito d'estate, e andava alzando le mani come se volesse dire qualche cosa, quantunque fosse certo di non aver nulla da dire.

« Sor Demetrio... » disse salutando, aggiungendo anche una risatina.

Stettero ai piedi della scala ad aspettare la mamma ch'era sempre in ritardo. Finalmente quella benedetta donna si sbrigò, chiuse l'uscio e venne giú correndo, mentre infilava i guanti.

Aveva indosso un vestito non interamente di lutto, ma il piú scuro di quanti aveva potuto sottrarre all'avida avarizia di suo cognato. In testa non aveva che un velo grande, accomodato colla grazia che le lombarde sanno dare al velo, con molte pieghe che si annodavano quasi da sé sopra una spalla, dove scintillava un grosso *B* di metallo bianco.

Beatrice cercò d'essere la prima a salutare suo cognato per non portare in chiesa, in un giorno come questo, un senso cattivo di avversione e di antipatia. Arabella diede il braccio alla mamma e andò avanti. In mezzo si misero i ragazzi e in fondo chiudevano la processione Demetrio e il Berretta, che non sapeva dove collocare quelle benedette mani.

Dal Carrobio alla parrocchia di San Lorenzo sono quattro passi, che Demetrio percorse senza pensare letteralmente a nulla. Alzò un momento gli occhi alle famose colonne romane, avanzo delle terme di Massimiliano Erculeo, mentre il Berretta gli diceva che stavano bene, ma che impedivano il passo. Due o tre volte cercò con un'occhiata rapida e fuggitiva la madre e la figlia che camminavano innanzi... Ma non pensò nulla di preciso. Solamente si sentiva un poco riarsa la pelle della faccia.

Nel cortile che sta davanti all'insigne basilica trovarono delle conoscenze: il maestro Bonfanti, che doveva far cantare un suo mottetto, e *Giovann de l'Orghen*, venuto per tirare i mantici. In tutta Milano, che è grande, non c'era una mano piú grande di quella di *Giovann de l'Orghen*, che, essendo sordo, non si lasciava menar via il capo dalle onde della musica.

« Che figuretta! tutta la mammina » disse il maestro all'Arabella, che nell'abito largo di pizzi pareva ingrandita.

C'erano anche i coniugi Grissini, i vicini di casa.

La signora Barberina a veder Arabella si sentí venir le lagrime agli occhi e non poté dire che una frase: « *El mè angiolin.* »

Il signor Grissini, archivista in riposo, assiduo lettore della *Storia della Rivoluzione francese*, stava in un certo riserbo, come chi ha le sue idee a parte, pur rispettando quelle degli altri.

La facciata della chiesa era addobbata di festoni bianchi, azzurri, rosei, con orlature d'argento, e in mezzo a queste un gran cartello invitava le anime giovinette a pascersi del pane degli angeli.

Era una giornata proprio d'aprile, piena di quel sole che schiude l'animo alle speranze della stagione.

Passata la soglia della chiesa, li accolse un tiepido profumo di rose e di gigli. Sotto la gran tazza della cupola, che copre la rotonda, erano state preparate le Sacre Mense, in mezzo a cespugli di sempreverdi e di fiori.

L'altar maggiore brillava nella luce del sole che, passando attraverso a tende bianche, andava a sbattere sopra un padiglione bianco, nel quale cozzavano i diversi bagliori dei candelieri, dei vescovi d'argento e dei fregi d'oro del tabernacolo.

Anche sull'altar maggiore, negli spigoli, sulle gradinate, dapertutto, vasi, cespugli verdi, rose, gigli.

Sopra quella festa allegra di colori chiari giravano le brune arcate di quel massiccio tempio alla romana, colle sue profonde tribune e coi balaustri e le forti costolature di pietra.

Sebbene la cerimonia non fosse ancora cominciata, già molte testine bionde e nere erano abbassate in un pio raccoglimento, i maschi da una parte, le bambine dall'altra. Arabella colla mamma passò a sinistra. Demetrio coi maschietti e col Berretta a destra, in mezzo alla folla che andava raccogliendosi.

Arabella in tutti i suoi passi sentivasi seguita dall'ombra del suo papà. Aveva promesso di offrire tutti i meriti e tutte le indulgenze del Sacramento in sollievo dell'anima sua: ed ora, nel momento che il signore stava per discendere fino a lei, la povera orfanella avrebbe voluto offrire anche il cuore in olocausto.

Venti ragazzi sulla cantoria intonarono il *Salutaris ostia.* Tutte le testoline raccolte intorno alla Mensa si piegarono avvolte nell'onda mistica di quelle voci bianche. Arabella sola guardava l'altare e pregava, fissa, cogli occhi quasi allucinati. Diceva colla voce del cuore: "Prenditi la mia vita, fammi morire adesso, ma salva l'anima sua" e quasi le pareva di sentire una mano fresca e leggiera posarsi sulla spalla. L'anima era lí dietro, come una persona che aspetta con pazienza.

L'organo, dopo aver accompagnato i celebranti col suono ripieno delle sue canne maggiori, attenuò a poco a poco le voci, introdusse suoni teneri e palpitanti di flauto e di voce umana. Globuli d'incenso si svolsero e si colorirono nel raggio obliquo del sole, che traversava lo spazio e andava a risplendere sui marmi colorati del pulpito.

Demetrio, intenerito, cercò cogli occhi Arabella per associarsi a lei nei frutti del Sacramento.

Dietro la fanciulla vide Beatrice e accanto un'altra signora magra, che riconobbe per la Pardi.

Beatrice, col libro delle preghiere aperto nelle mani, colla testa e le larghe spalle diritte, avviluppata anche lei dalla dolce commozione di quelle voci bianche, leggeva, alzando di tanto in tanto le larghe palpebre. Il velo, nelle sue ombre molli e oscure, attenuava un poco la materialità della sua bellezza di provincia, ne alleggeriva un poco la corporatura, la sollevava insomma verso quel che i poeti chiamano l'ideale. Chiudeva il libro, tenendovi dentro l'indice, recitava un *gloria* colle labbra, abbassando un poco la testa fino a toccare col naso il velluto cremisi della sua *Via al Cielo*, tornava a rialzare il capo, a riaprire gli occhi sereni e buoni verso l'altare.

Che avesse ragione Paolino?

La Pardi non stava mai tranquilla, e, piú di una volta, da vero diavolo tentatore, cercò di far ridere Beatrice sul conto di quel bellissimo suo cognato in redingotto. Dio, che bellezza!...

Beatrice una volta le fece segno di finirla. La diavolessa s'inginocchiò in terra e si raccolse in una fervida preghiera.

Il Signore stava per discendere in mezzo agli innocenti.

I ragazzi del coro cominciarono un soave: *O sacrum*

convivium, a sole voci, che richiamò la mente di Demetrio dalle strane divagazioni in cui incominciava a perdersi.

Stese in terra il suo fazzoletto di cotone, fresco di bucato, s'inginocchiò e strinse l'anima sua a pensieri piú casti e religiosi.

"C'è una grande Provvidenza al disopra delle nostre tegole, delle nostre miserie e della nostra presunzione, e soltanto chi la nega è indegno di meritarsela.

"È questa fede nella forza superiore che sorregge il povero zoppo nel momento che perde il suo bastone, che trae a riva il naufrago nell'atto che la sua barca sta per affondare, che versa la consolazione nella lampada del cuore.

"Tu fa il bene per il bene e lascia che Dio aggiusti il conto. Dio è un ricco cassiere che non scappa mai.

"Non è l'arte del saper vivere che fa, ma il viver bene, anche sbagliando.

"Il bene che tu fai nella buona intenzione e nella carità del prossimo non si perde mai. Se hai speso tutto il tuo denaro per isfamare gli infelici, se ti sei spogliato quasi ignudo per vestire gli orfanelli, se hai asciugato le lagrime della vedova...".

Demetrio alzò un momento la testa e lanciò un'occhiata ancora a quella donna, che spiccava sopra il fondo marmoreo del pulpito...

"Se hai fatto del bene, ringrazia Dio che ha voluto procurarti le occasioni e t'ha preferito al ricco e al potente.

"Non invidiare dunque la fortuna del tuo vicino, salva il tuo credito intatto per l'eternità, e non lasciarti deviare dalle concupiscenze."

« Zio Demetrio, è adesso che Arabella diventa un tabernacolo? » chiese Naldo pian pianino con una voce commossa.

Arabella aveva nel cuore il suo Signore e se lo teneva ardente e stretto colle mani. Tutto l'essere suo era una fiamma, una soavissima fiamma d'amore, che s'irradiava visibilmente attraverso le rosee carni e alla nebbia del velo. Beatrice sentí gli occhi riempirsi di lagrime, e con quegli occhi lucenti andò a cercare gli altri figliuoli quasi per trarli anch'essi nella dolce comunione degli spiriti. Demetrio, che s'era tolto Naldo in braccio perché potesse vedere piú bene, sentí a quello sguardo correre una scintilla per tutto il corpo, e gli parve che la chiesa si riempisse di fiammelle e di frantumi di vetro.

"Che era venuto a dire quel benedetto Paolino?"

Nell'uscire di chiesa egli provò una dolce vertigine, come se il profumo di tutti quei fiori lo avesse soavemente inebbriato, o fosse veramente disceso anche in lui uno spirito santo a rischiarare le povere pareti della sua vita interiore.

Mamma, figliuoli e amici s'incontrarono di nuovo davanti la chiesa in mezzo al gran bisbiglio della gente che usciva.

I bambini saltarono al collo di Arabella, si baciarono, fecero un lieto chiasso.

Beatrice col viso ancor fresco di lagrime venne lei per la prima a stendere la mano al cognato e disse qualche parola per avviare la pace, parola che Demetrio non afferrò.

« Sí, sí, sí... » egli seguitava a ripetere, e rideva di quel riso che non esce dalla bocca e par che indurisca le mascelle. Sentiva anche lui una punta come quella d'un bastone schiacciato tra una costola e l'altra. « Sí, sí, sí... » tornò a dire in seguito a qualche cosa che Beatrice gli domandò e di cui non arrivò ancora a prendere il senso.

Quel gran sole di fuori lo abbagliava, lo stordiva; scosse il capo per togliersi d'addosso la vertigine, e gli parve, fra tanti veli bianchi che lo circondavano, di trovarsi perduto in mezzo a una nuvola.

Scambiati i saluti e i complimenti coi Grissini, colla Pardi, col Bonfanti, la nostra brigatella, coi ragazzi davanti in crocchio, si avviò verso il centro. Lo zio Demetrio voleva pagare a tutti la colazione al caffè Biffi in Galleria. I ragazzi parlarono tutti insieme (c'era anche Ferruccio) saltando intorno all'Arabella, che col Signore in corpo mandava la contentezza attraverso alla nuvola bianca del suo velo.

Demetrio camminava a fianco di Beatrice, distaccato, sui ciottoli, per lasciare tutto il marciapiede a lei; e pareva soltanto occupato a curar le carrozze, che sbucacavano da tutte le parti.

« Che bella giornata! » disse egli dopo un bel tratto, alzando gli occhi e facendo un mezzo giro sulle gambe.

« Bello essere in campagna! » osservò Beatrice.

« Proprio davvero... Guardate alle carrozze! »

Camminarono un altro poco in silenzio. Demetrio una volta si specchiò in una vetrina e non si riconobbe subito. Non era abituato a portare il cilindro e a far da cavalier servente a una bella signora. Beatrice osservò per conto suo che la cerimonia non poteva essere piú commovente, che pareva un giardino la chiesa.

« Proprio davvero! » esclamò Demetrio, mentre si domandava in cuor suo se non era il momento di buttar fuori il nome di Paolino e di tirare il discorso sul famoso argomento; ma appunto in quel momento uscí una carrozza da una delle vie laterali e lo zio corse a prendere Naldo. Beatrice si trovò a fianco di Arabella, che si attaccò al braccio della sua bella mammetta.

« Ho pregato tanto anche per te, mamma. »

« Brava. »

In quel benedetto crocevia della piazza del Duomo, da dove si irradiano gli omnibus e i tram, lo zio prese per mano anche Mario e gridò alle donne: attente alle carrozze! Pareva il capitano che salva la nave dagli scogli, e gli deve esser passata quest'idea nella mente.

Entrarono nella Galleria.

Non c'era molta gente in quell'ora mattutina — lo zio osservò che l'orologio in cima all'arco segnava le otto e mezzo. — Il bel mosaico del pavimento, quasi sgombro, spiccava in tutta la nitidezza de' suoi marmi e de' suoi arabeschi nel chiaro riverbero che il cupolone di vetro, tocco dal sole, sbatteva nel vasto ambiente, sui cristalli dei negozi, sui globi, sugli ori delle ditte, sugli stucchi delle pareti liscie come specchi, su tutto ciò che poteva prendere e rimandare la luce in un giuoco di luci. Una fresca arietta volava attraverso ai bracci dell'edificio, che pulito e splendido, si preparava a una nuova giornata della sua vita rumorosa ed elegante.

Beatrice, che da molti mesi non poneva il piede in quel magnifico salone pubblico, sollevò con un sospiro un monte di meste ricordanze, ma si lasciò subito prendere dalla curiosità delle belle botteghe, dove brillavano i gioielli, le porcellane, i ventagli, gli specchi e le avrebbe fatte passar tutte, se i ragazzi non avessero reclamato. Oltre la fame, Demetrio voleva essere all'ufficio per le nove. Entrarono subito al Biffi che rimesso a fresco da poco tempo con stucchi nuovi, specchi nuovi, velluti nuovi, pareva un pezzo di paradiso. Sedettero a un tavolino presso uno dei grandi cristalli che dànno sull'ottagono, da dove si può vedere il vasto piazzale pubblico, con tutte le botteghe in giro, con sopra la tazza immensa e trasparente della cupola, un vero barbaglio per chi ci va una volta tanto.

Beatrice si rimirò subito nello specchio di fronte, badò a sedersi bene, lieta in cuor suo — senza dirlo a sé stessa — perché i camerieri s'erano voltati tutti al suo entrare. Al Biffi era venuta l'ultima volta col povero Cesarino la vigilia di Natale, ma s'era angustiata per un ufficiale di cavalleria, che non aveva mai cessato di fissarla come se avesse voluto bruciarla cogli occhi. Cesarino finí coll'accorgersene e nel tornare a casa l'aveva fatta piangere.

« Pren... prendete un caffè e latte? » domandò Demetrio, guardando in terra.

« Un caffè e panna, volentieri » rispose Beatrice.

« Allora, uno, due, tre, quattro, cinque e sei caffè e panna, » disse al cameriere, contando col dito teso gl'invitati « del pane e quattro paste... »

E sedette in faccia a Beatrice, senza accorgersi che tre o quattro camerieri in fondo alla sala sbirciavano, ridendo sotto i bei baffi, il redingotto e il cilindro ancor nuovo fiammante.

Mentre si aspettava, lo zio, che aveva il cuore contento, prese un'orecchia di Naldo tra le dita e la tirò. Poi si voltò a guardar fisso in faccia all'Arabella, come se pretendesse una risposta a una dimanda che non aveva fatto. Guardò in alto il cupolone, e una volta l'orologio del caffè che confrontò col suo: quella donna la vedeva in ombra davanti, la sentiva presente, la pensava, ma non avrebbe osato guardarla per paura... Paura di che? Lo sa Dio...

Finalmente arrivò un gran vassoio pieno di chicchere, di panetti, di paste dolci e lo zio ebbe a occuparsi a distribuire, a versare, a far le parti giuste. A Beatrice offrí una bella *veneziana* fresca e siccome essa esitava ad accettare: « Andiamo, andiamo, » disse con una certa furia screanzata « che sciocchezze! » E nel dir queste parole sentí di nuovo una vampa di fuoco pigliargli il corpo, salire al collo, alle orecchie, alla radice dei capelli.

Per fortuna capitò che Ferruccio lasciasse cadere un cornetto intero di pane nella chicchera. Ciò sollevò l'ilarità di tutti, anche di Beatrice, anche del sor Demetrio, e il tempo passò presto. Invece di chiamare il cameriere, il signor zio andò al banco a pagare, cosa che non si usa piú in un caffè rispettabile, e serví anche questo a divertire quei bravi giovinotti.

« Bisogna che io me ne vada... finite con comodo » tornò a dire. « Ci rivedremo piú tardi, stasera... »

I ragazzi gridarono:
« Riverisco, zio, riverisco... grazie. »
Egli uscí in fretta in fretta, senza capire ciò che gli diceva la cognata. Aveva bisogno d'aria... Passò davanti al cristallo, guardò nel caffè, vide un gruppo di gente, ma vide annebbiato, salutò colla mano, e col suo passo di bifolco che cammina nel molle, traversò verso Santa Margherita, portato come un pezzo di legno galleggiante dalla corrente dell'antica abitudine, non piú chiaro a sé stesso di quel che sia un pezzo di legno. Una sola parola con un senso umano, uscí da quel garbuglio di sentimenti che egli portò all'ufficio, e prese nel fondo del suo silenzio la cadenza di un bastone che picchia a un sacco di cenci. Questa parola, ch'egli ripeté cento volte nel breve tratto di strada fino alla porta del Demanio, era il nome del suo migliore amico: Ah Paolino! Ah Paolino!

IV

Per tre o quattro giorni si sentí male e di malavoglia. Un vecchio disturbo di cuore, ch'egli credeva di aver superato colla regola, colla tranquillità, con una moderata cura di digitalina, sotto le scosse di tanti avvenimenti tornò a farsi sentire. Per qualche notte stentò a chiuder occhio. Stava in letto al buio, incantato a contemplare le stelle che brillavano nella cornice della finestra, senza pensare a nulla di preciso, come perduto in un gran deserto, sorpreso di trovarvisi, non sostenuto che da una segreta speranza di uscirne. Gli era capitato come a chi viaggia sui monti. Va e va, su e giú per greppi e bricche, arrivava colle scarpe e colle gambe rotte in cima a una rupe da dove improvvisamente gli era apparso uno stupendo panorama, una stesa senza fine di paesi, di fiumi, di laghi, di pianure verdi, ch'era bello, incantevole di contemplare, anzi valeva la pena di sedersi un poco a tirare il fiato davanti a quel quadro, ma non bisognava fermarsi troppo. Il luogo era scosceso, soffiavano venti cattivi, e stava per scendere la notte. Giú, giú, in fretta, sor Demetrio...

Paolino intanto, che non era uomo da stare un pezzo sulle punte di un pettine, passati alcuni giorni, lanciò a Milano questa lettera:

"*Caro Demetrio*,

"Poche parole. Io ti avevo detto di scrivermi un Sí o un No e dopo una settimana non mi scrivi niente.

"Ho parlato anche con Carolina che s'è lasciata persuadere e m'incoraggia.

"I miei interessi non mi permettono piú di aspettare. Non dico di combinare subito, lasciamo pure tempo al tempo, ma avrei piacere che tua cognata venisse a cognizione della qui allegata lettera che ho fatto vedere anche alla Carolina, e dice che va bene. Per ora mi contento di una Promessa, di una Speranza. Se invece è colpo di spada venga colpo di spada. Ma in ogni Contiguità non posso continuare in questo stato letale anche per la salute dell'anima e quella del corpo."

La lettera allegata diceva:

"*Stimatissima signora Beatrice!*

"Non è uno sconosciuto che osa rivolgersi a Lei per esprimere i sentimenti che da molto tempo nutre il suo Cuore in vista e in riguardo alla Sua Persona. Mio cugino Demetrio è incaricato di esporre per me di che si tratta, donde non istarò a ripetere le ragioni e le speranze, che mi conducono oggi a scriverle una lettera, la quale, se sarebbe accolta con Indulgenza, sarà il giorno piú bello della mia vita.

"So che io non avrei dovuto essere tanto temerario

d'innalzare gli occhi fino alla Sua Persona circondata da tante attrattive, al confronto della quale io non sono che un uomo indegno; ma..."

E sempre su questo tono apriva tutte le porte del cuore. Esponeva le sue oneste intenzioni, la gioia dei parenti, ove si fosse potuto stringere un nodo indissolubile, e le cure, le tenerezze di cui avrebbe circondati i poveri orfanelli.

La buona sorella Carolina, alla quale lesse la minuta della lettera, suggerí una frase, "porgere grato orecchio", che le era rimasta in mente fin dal tempo del collegio.

Non contento ancora, Paolino volle far sentire lo scritto anche a don Giovanni, curato di Chiaravalle, un vecchietto di molto buon senso pratico, che propose una chiusa: "voglia dunque alla stregua di queste considerazioni perdonare la mia improntitudine".

Per quanto Paolino non entrasse molto bene nel significato di questa "stregua" accettò e introdusse anche la frase del buon vecchietto, per dare anche a lui la sua parte di responsabilità.

Trascrisse la lettera su un bel foglio quadrato coll'aiuto della falsariga, senza una macchia, senza una cancellatura e mandò il suo letterone aperto a Demetrio, perché vedesse e giudicasse anche lui.

Demetrio lesse una volta con una faccia fra l'irritato e l'indifferente.

Ognuna di queste parole scritte colla calligrafia commerciale del cugino era un chiodo che egli doveva ribadire nel cuore di Beatrice. E non se ne sentiva piú voglia.

Gli parve che il signor cugino avrebbe potuto sbrigarsi da sé, senza bisogno d'ambasciatori. Egli non faceva il portalettere per nessuno. In un atto subitaneo e irragionevole di stizza fece volare i fogli, che andarono a finire sotto la sedia. Capí subito però che era fuori di casa. Si stupí egli stesso della sua impazienza. Che diavolo aveva indosso? Raccolse i foglietti, li nettò dalla polvere soffiandovi sopra, e nel metterli sotto un calamaio, disse a mezza voce: "vedremo": quel tal "vedremo" con cui di solito i nostri buoni superiori procurano di non farci veder nulla.

V

Una mattina Beatrice vide entrare in casa Palmira tutta spaventata.

« Che cosa c'è? »

« Taci, lasciami sentire » disse la Pardi, ansando, porgendo l'orecchio all'uscio.

Quando fu sicura che nessuno l'inseguiva, trasse un sospiro.

« *Jesus,* » disse « che corsa! quel bestione è capace di farmi una figura in istrada. »

« Chi? »

« Mio marito, Secco. Mi fa la guardia. Vengo dalla Posta dove ho ritirata una lettera. Eccola qui, non ho avuto tempo di leggerla. »

« È sempre Altamura? »

« Già, mi scrive da Barcellona. Fa furore anche là... Stavo per aprire la lettera, quando vidi sbucare Secco dal portone della Corte. Era là in sentinella. Ci deve essere della gente che gli soffia nelle orecchie. Non mi sono fermata ad aspettarlo, naturalmente: ma giú per la via del Pesce, su per i Visconti, giú per San Satiro, volta per l'Unione. Il pancione non può correre tanto e io sfido un cervo. Ma è capace d'aver presa una carrozza. Taci, senti: non si è fermata una carrozza davanti la tua porta? Scusa, va a vedere. »

Beatrice andò alla finestra. Alla porta non c'era niente.

« Mi rincrescerebbe anche per te, perché Secco se si monta la testa non ragiona piú. Ma la deve pagare, lo stupidone. Oggi gli faccio una scena da far correre le guardie. »

« Scusa, Palmira, » provò a dire Beatrice « se però ti trovasse la lettera di Altamura? non ti pare che avrebbe ragione? »

« È per questo che son corsa. Ma non voglio scene in istrada, non ne voglio. Non mi lascio imporre, veh! Se non dimanda scusa, faccio fagotto e me ne vado. »

« Dove vuoi andare, cara te? »

« In nessun sito, si sa » rispose con un gorgheggio di mascherina la moglie del buon Melchisedecco. « Quando mi vede fuori dei gangheri, abbassa subito le arie, diventa un agnello. Bisogna fare cosí cogli uomini. Non mostrare mai d'aver paura. È perché noi donne non andiamo d'accordo; ma, se ci mettessimo, non sai che in ventiquattro ore cambiamo la legge del mondo? »

Beatrice stava a sentire incantata, quasi impaurita di queste famose massime. Il coraggio e lo spirito di Palmira l'intimidivano. Non capiva come vi potessero essere donne cosí temerarie, da tentare la pazienza e le furie di un povero uomo a quel modo.

« Scrive che, finita la stagione di quaresima, tornerà in Italia.... O bravo!... »

Palmira agitò nell'aria il foglio e se lo portò alla bocca.

« Sí, sí, va bene, ma tu sei troppo... » provò di nuovo a dire con lento accento di rimprovero la buona Beatrice, che faceva con Palmira la parte del buon Angelo.

« Troppo che cosa? » saltò su la Palmira, guardandola cogli occhi socchiusi. « Cara la mia innocentina! non tutte hanno l'arte di spennacchiare la gallina viva senza farla gridare. O che tu sei diversa dalle altre? »

« Che cosa credi? » esclamò Beatrice, arrossendo.

« Io non voglio saper niente, non sono il tuo confessore. Lasciami vedere se non è giú ancora a far la guardia. »

Palmira andò a spiare dietro le gelosie socchiuse e guardò a destra e a sinistra. Quando fu certa che Melchisedecco non c'era, stracciò in cento pezzetti la lettera, che seminò per la stanza, e soggiunse:

« Vado intanto che ho la furia addosso. Son passata di qui anche per dirti una cosa che ti riguarda. Ieri ho trovato il cavaliere, che mi ha detto di dirti che ha visto l'avvocato, che la causa è a buon punto, che tuo padre ha cento ragioni, che ha bisogno di parlarti. »

« Davvero? » esclamò Beatrice con un piccolo grido e con un saltino di gioia. « Questa è una bella notizia. »

« Verrebbe egli da te, ma ha paura di trovare qui quel tuo, come si chiama?... quel del redingotto. Che cosa fa quella tua bellezza? »

« Dove posso trovarlo? »

« A casa sua, forse... Sai dove sta? in via Velasca, nella porta dei bagni. Se ci vai domenica, lo trovi certo. Ci sarà anche l'avvocato... »

Palmira era già a mezzo della scala, ricacciata dalla furia che l'aveva condotta. Uscí nella via nel momento che passava il tram di Porta Genova. Fece segno colla mano al conduttore, saltò su svelta come una gatta, sedette a sinistra, e trasse il portamonete per pagare.

Quando alzò le palpebre si trovò seduta in faccia al signor Melchisedecco Pardi, fabbricante di nastri con ditta al ponte dei Fabbri, che in una posa di Napoleone a Sant'Elena la divorava cogli occhi.

Palmira aveva ragione di dire che suo marito le faceva la guardia.

Dal giorno che Cesarino Pianelli, o per leggerezza o per vendetta, aveva buttata fuori la prima parolina ironica, il buon Pardone non era stato cogli occhi chiusi.

Conosceva le tendenze di sua moglie e non s'illudeva.

Egli l'aveva levata da un telaio di nastri col vestito di cotone, coi piedi negli zoccoli; l'aveva sposata, l'aveva vestita di seta, coperta d'oro e l'amava ancora dopo dieci anni di matrimonio, colla forza lenta, costante, vigorosa dei temperamenti linfatici.

Palmira non negava mica che il suo Secco fosse buono: anzi in certi momenti guai a toccarglielo! non amava il male in sé, ma per la varietà, colpa dell'argento vivo che aveva indosso e della sua nessuna educazione di famiglia.

Il buon Pardone portava pazienza, la compativa fin dove può arrivare un marito. Lasciava che andasse in maschera, che gettasse i coriandoli dal balcone, che ridesse, scherzasse pure cogli uomini; andava anche lui a divertirsi, quando avrebbe preferito dormire nel suo letto.

Non rifiutava nemmeno di infilare il *frac* e di dormire in piedi alle feste da ballo dove Palmira faceva il diavolo... Ma, ohè! non voleva che la gente dicesse che il signor Pardi dormiva troppo della grossa. Scherzare, fare il diavolo, fin che si vuole: ma il signor Pardi era lui... Se bisognava, c'erano anche dei buoni pugni...

Queste cose all'incirca scattavano fuori da quel paio d'occhi, con cui cercava di divorare sua moglie, se la signora Palmira avesse avuta la compiacenza di lasciarsi divorare.

Egli sapeva che c'era un tenore di mezzo. Lo aveva visto alla festa a far le smorfie del *Trovatore* a Palmira, e fin qui, pazienza! è il loro mestiere di far le smorfie. Ma egli aveva ogni ragione di credere che tra Barcellona e la via dei Fabbri continuasse una corrispondenza segreta. Una volta sulla scala aveva trovato per caso una fascetta di giornale con un bollo spagnuolo... o almeno gli parve spagnuolo. Certo non era dei nostri. Seppe poi da un impresario, a cui aveva garantita una cambiale, che il signore "di quella pira" mandava in visibilio gli spagnuoli col suo famoso *do*. Niente di male, era questo il suo mestiere; ma corrispondenze segrete, no, per Dio!, non ne voleva di corrispondenze segrete. Anzi l'amico impresario era incaricato d'avvertirlo nel caso che l'altro passasse da queste parti: piacere per piacere, siamo al mondo per aiutarci. Ma il buon Pardone si fidava ancora piú degli occhi suoi. A tempo perso pedinava la moglie, alla lontana, senza farsi scorgere, e la colse proprio sul punto che usciva dal portone della Posta.

Che cosa andava a fare alla Posta la signora Pardi? e non ci sono i portalettere pagati per questo? C'era una lettera, l'aveva vista cogli occhi suoi, c'era... Doveva essere in una di quelle due tasche.

E ingrossava ancora di piú gli occhi, come se volesse guardare sotto i panni.

Palmira, rigida, fredda, indifferente, colse il momento che il tram rallentò la corsa per ingombro, si alzò, non aspettò che la carrozza fosse ferma, con un salto andò giú, e infilò subito una via a sinistra, verso casa, mentre il signor Melchisedecco andava sonando e risonando il campanello per far fermare. Non era uomo da far salti; del resto non c'era bisogno di correre. Forse era meglio che gli passasse un poco la scalmana..., ma sentiva che questa volta erano pugni. Non ne voleva di corrispondenze. Per la corrispondenza di fabbrica bastava lui.

Palmira capí che il temporale era grosso: affrettò il passo, s'infuriò piú che poté, corse su per la scala, passando in mezzo al frastuono dei duecento telai che lavoravano al primo piano, spinse l'uscio, entrò come una bomba, facendo trasalire la donna di servizio, passò in camera e cominciò a spogliarsi, strappandosi di dosso la roba come se si facesse a brani colle mani e, quando il signor Pardi, con comodo, comparve sull'uscio e cominciò a guardarla ancora con quegli occhioni di bove, non gli lasciò il tempo di aprire la bocca, ma, già quasi mezzo svestita e spettinata, attraversò la stanza, trascinandosi dietro la roba, e lo investí con tale uragano di ignominie, che Pardone chiuse gli occhi e si appoggiò colle grosse spalle all'uscio, quasi volesse impedir alla voce di uscire. Il rumore dei duecento telai non riusciva a coprire quella voce irritata di furia francese. Essa gli buttò sul viso un guanto, lasciò cadere e passeggiò sul vestito, lo fulminò senza pietà con quei suoi grandi occhi di carbone, pieni di scintille e di sangue, finché, disfatta quasi dalla sua stessa convulsione, si aggrappò colle braccia nude al collo del suo buon Pardone, rovesciò tutta la testa indietro col gran volume dei capelli lisci e neri sciolti sulle spalle, e sospirò, atteggiandosi a vittima.

« Son qui, ammazzami, ma dimmi prima che cosa ti ho fatto. Ammazzami qui, in casa tua, ma non voglio che tu mi faccia delle figure in istrada. Se non vuoi che io esca di casa, legami alla gamba del letto, chiudimi dentro a chiave, ma non rendermi ridicola in faccia alla gente. Sono stufa, stufa, stufa; e se dura un pezzo ancora questa vita, mi butto nel Naviglio. Non sono una stupida per non capire che tu mi vieni dietro ad ogni passo... Ebbene, parla... chi è il mio amante? »

« Quella lettera...? » chiese il povero uomo, soffiando la sua grossa emozione e tremando in tutto il corpo.

« Vedi, come sei stupido? è tutto qui? eccola la famosa lettera. To', leggila, c'è ancora il bollo fresco. È arrivata ieri, guarda... Modena... Leggi e guarda come sei imbecille colla tua gelosia. »

Il buon Melchisedecco voltò e rivoltò la letterina, che Palmira trasse dalla tasca del suo vestito rimasto in terra in mezzo alla stanza. Era una lettera di Eloisa, una cugina, maritata a un tenente di guarnigione a Modena, una lettera di complimenti e di piccole commissioni.

Melchisedecco chinò il capo e stette un momento pensoso. Poi, dissimulando la sua incredulità e il suo profondo affanno, soggiunse con un tono raddolcito di tenerezza e d'indulgenza:

« Se anche sono un poco geloso, non ti faccio torto. Se mi volessi bene... »

« E non te ne voglio forse? senti, adesso... cose da far piangere di rabbia. E non sono sempre qui in casa con te come un cagnolino, a fare i conti dei rocchetti e delle matasse? e quando mi lamento io di questa vita? e non dico sempre che il Signore mi ha voluto bene e che sono stata fortunata? e non conservo forse sempre per memoria l'ultimo paio di zoccoli che ho lasciato ai piedi della scala quella notte che tu mi hai detto che mi volevi bene? Ti ricordi? tua madre non voleva che tu mi sposassi, e noi ci siamo sposati lo stesso... ti ricordi? quella notte, in quella stessa stanza... Oh no! non meriti nemmeno che io te ne parli. Allora sí mi volevi bene; ora perché sono diventata vecchia, sono la vespa, la biscia, l'ingrata, l'infame... Oh è troppo! io morirò di crepacuore... »

E la povera Palmira piangeva davvero un fiume torrenziale di lagrime, ingannando quasi sé stessa. Le spalle, il collo, il viso s'infiammarono sotto la violenza di quel piangere dilagato, a cui il buon Melchisedecco non sapeva come porre un argine. Egli mormorò qualche parola, cercò di giustificare ancora una volta piú dolcemente la sua condotta, promise di non farlo piú, docile, mortificato come un bambino, e tornò in fabbrica col corpo rotto dal pentimento.

"Mi sarò ingannato" diceva dentro di sé "ma corrispondenze non ne voglio."

Il frastuono dei duecento telai in mezzo ai quali egli cercava un sollievo all'affanno che gli gonfiava il polmone, non valse a rompere nella sua testa lo stampo di quella frase imperativa ch'egli seguitava suo malgrado a ripeter coi denti stretti. Dovette dare degli ordini, scrivere una fattura, ma i denti dopo quasi un'ora vibravano ancora della scossa ricevuta, e della frase rotta e stritolata egli masticava ancora, dopo quasi un'ora, qualche estremo monosillabo.

"Non ne voglio io delle..."

VI

Per alcuni giorni Beatrice visse nel pensiero e nella speranza di quella causa, che doveva rendere l'indipendenza a lei ed ai suoi figliuoli. Non potendo piú resistere al desiderio di sapere quel che l'avvocato poteva aver detto in proposito al cavalier Balzalotti, una domenica, mentre i ragazzi erano a spasso nei giardini pubblici con Demetrio, uscí di casa, fece una corsa fino in via Velasca, trovò facilmente la porta dei bagni, chiese del cavaliere, le fu indicata una scala e suonò a un uscio del primo piano.

Dopo due minuti sentí un passo misurato accompagnato dallo scricchiolío delle scarpe e l'uscio si aprí.

« Oh chi vedo! la mia cara e buona signora Beatrice. Brava, arrivata a proposito. Avevo giusto detto alla signora Pardi di avvertirla. Venga avanti. Come sta? oh poverina, la trovo pallidina pallidina... Ma! » e tirò un sospirone. « Forse a venir dalla strada troverà un po' oscuro qua dentro... Per di qua, aspetti, chiudo l'uscio con un giretto di chiave, perché sono in casa solo e stando di là non si sente chi entra. Sicuro, io vivo sempre solo come un giovinotto, *en garçon*, con una vecchia Perpetua, che alla festa ha dieci messe da sentire e non so quante indulgenze da acquistare. »

Con tutte queste cose comuni il bravo signore procurò di confondere un improvviso affanno, da cui parve còlto nel trovarsi tutto a un tratto davanti una delle piú formose bellezze di Milano.

« Scuserà, cavaliere, se ho fatta la sfacciata » balbettò Beatrice anch'essa in soggezione di trovarsi alla presenza di una persona di tanto riguardo.

« Giusto, brava! si accomodi... » soggiunse il cavaliere, battendo tre colpetti sulla mano della signora Pianelli.

Il salotto dove l'introdusse era arredato con molto lusso, specialmente di cornici, e immerso in una calda e allegra penombra per via di due grandi trasparenti a fogliami colorati che ricordavano le foreste imbalsamate del lontano oriente. La fece sedere sopra un canapè, corse a prendere uno sgabellino che le mise ai piedi, con un fare cerimonioso come sempre, ma un po' piú timido e piú imbrogliato del solito.

Forse il buon benefattore non si aspettava cosí presto la visita. Forse non aveva ancora formato in testa un piano, e còlto cosí all'impensata era in paura di far troppo, o di far troppo poco. Le donne! le donne non si sa mai come vanno pigliate. Sono un po' come le anguille. A dir la verità, coll'avvocato Ferriani non aveva ancora parlato. Non sapeva nemmeno dove stesse di casa questo signor avvocato. Se aveva anticipato una piccola somma (un centinaio di lirette), oltre che per le insistenze della Pardi, l'aveva fatto per un senso, diremo cosí, di carità.

« Io devo ringraziarla, cavaliere, di molte cose. »

« Di nulla mi deve ringraziare. Sarei venuto io stesso a casa sua, cara la mia signora, se non sapessi che Demetrio è contrario a questa causa. La Palmira — un bel tomo se ce n'è — mi ha contate le prodezze di questo signor Demetrio. Povera Beatrice! è stata una gran disgrazia. »

Il cavaliere si passò la punta delle dita sugli occhi per dissipare una certa nebbiolina.

« Ella ha avuto la bontà di parlare col signor avvocato. »

« Dovevo trovarmi ieri, ma c'è stato un contrattempo. Però prima di partire lo vedrò senza fallo. Sono chiamato a Roma dal Ministro per affari di ufficio e può essere che di là possa aiutare ancor meglio la faccenda. Conosco dei deputati... »

« Lei fa una grande opera di carità, cavaliere, ai miei figliuoli e al mio povero papà... »

« E non a lei? oh guarda che cattiva!... e io che ci tenevo tanto alla sua riconoscenza... »

Il cavaliere rise di gusto e sedette su un tombolo di velluto colle ginocchia contro le ginocchia di Beatrice, voltando le spalle alle finestre.

Dallo sfondo rosso-bruno della tappezzeria la figura della vedova Pianelli avvolta nel suo gran velo a larghe pieghe usciva con un non so che di maestoso e di regale, che poteva intimidire anche un vecchio marinaio molto navigato nelle acque dolci delle avventure. Ma il cavaliere sapeva che, al disotto di quella prospettiva, c'era una donna molto buona, molto fatua, molto bambola, molto bisognosa, timida forse per inesperienza, ma non piú fortificata delle altre.

Questa donna aveva cominciato coll'accettare delle anticipazioni.

Ora non c'era piú il marito geloso a far la guardia, e quell'altro guardiano dell'abbaino era un povero balordo, furbo come una giraffa, già sfiduciato e stracco di portare la croce.

Queste riflessioni, uscendo da diverse parti, confluivano in un momento come allo sbocco di un usciolino, facendo tutt'insieme un ingombro che non ne lasciava uscire nessuna. Il cavaliere le pensò in blocco e tanto per tastare il terreno, soggiunse:

« Demetrio le avrà parlato di quel mio buon amico di Novara. »

« Difatti. »

« Gli scriverò dimani che l'ho servito da principe. Cospettina, non càpita a tutti di poter dormire uscio a uscio con una bella padrona, come la mia cara signora Beatrice. »

« Lei vuol scherzare » interruppe Beatrice con un sorriso di compiacenza.

Non era la prima volta che il cavaliere si permetteva queste galanterie, e non era nemmeno la prima lei a riderne e a pigliarle per quel che valevano.

« Mi farò pagare profumatamente la mediazione. »

Qui posando una manina delicata sul ginocchio di lei, continuò pesando sulle parole:

« Per me... confesso... che non potrei chiudere occhio. »

Beatrice, che non vedeva piú in là dello scherzo, sorrise abbassando gli occhi e mormorò:

« Caro lei... »

« Non crede che ne perderei il sonno? sarei costretto a dir rosari tutta la notte... Non è la prima volta che la mia cara signora Beatrice non mi lascia dormire. »

« Oh... no » fece Beatrice, protestando per celia.

« Davvero, sa... » tirò dritto il cavaliere che mentre si avanzava per tastare terreno, non si accorgeva di sprofondare nel molle. « Naturalmente ho sempre saputo rispettare le convenienze. Una donna maritata, si sa, impone dei doveri, specialmente quando ha un marito vivo, geloso, che non dorme. Ma se avessi potuto parlare, come possiamo parlare adesso, qui, in *camera caritatis* senza far torto ai morti, ho avuto anch'io il mio poema. Si ricorda questo carnevale? Tornavo a casa qualche volta da quelle benedette feste che parevo un uomo matto. Lei ride... capisco che son ridicolo: ma di chi è la colpa? di chi sono certi occhioni, eh? Pensi l'effetto che mi ha fatto l'altro giorno a sentire dalla Pardi che la povera mia signora Beatrice era caduta in tante angustie, che non aveva quasi piú pane per i suoi figliuoli e che si disperava sotto la sferza di un villanzone...: tanto, non è qui a sentire e possiamo chiamarlo col suo nome. Povera martire, povera pecorella! io non so di che cosa sarei capace per toglierla da questo letto di spine. Oh non mi crede niente? »

« Che cosa? » domandò quasi stupidamente Beatrice, come se non avesse ascoltato nulla.

« O crede che tutti gli uomini siano egoisti a un modo? cosí giovane, cosí bella... » sospirò il cavaliere.

Un singhiozzo breve e rotto, mescolandosi alle parole, tradí piú che non fosse nelle intenzioni, i sottintesi e l'agitazione dell'oratore.

Beatrice, che quasi rideva ancora, alzò le palpebre e credette di scorgere delle vere lagrime negli occhietti lustri del suo benefattore, che sprofondando sempre piú nel molle, cercò di trarre a sé la bella manina, la imprigionò nelle sue colla tenerezza con cui si prende e si carezza una cosa viva.

Beatrice s'irrigidí un poco e si ritrasse con un movimento scontroso.

« Io vorrei essere un re per dare a questa bellezza il trono che merita. »

Sorpreso anche lui, assalito, trascinato come una pecora dalla potenza cieca della sua passione, il povero signore non ponderava piú, non connetteva piú. I consigli della vecchia prudenza, che aveva sempre predicato di prendere le lepri col carro, questa volta non arrivavano piú fino a due orecchie intontite dal sangue e dalla vertigine.

Beatrice impallidí e cercò di alzarsi. Ma, trattenuta delicatamente, ficcò i grandi occhi stupiti in quegli occhietti lucidi che la affrontavano con violenza, con sete, guardò paurosamente intorno a sé, si sentí sola, chiusa dentro, in casa altrui, in balía altrui, si smarrí, supplicò con un gemito...

« Senti... Non sei tu libera e padrona di te? non posso io fare del gran bene a te ed a' tuoi figliuoli?... »

Beatrice si coprí il volto colle mani. Le pareva di scendere in una gola tenebrosa e senza fondo.

« No, forse? » ripeteva la vocina rasente al suo orecchio.

Nell'impeto del ribrezzo essa ritrovò l'energia: si alzò, con un gesto duro del braccio respinse l'insistenza di quel bravo signore. Gli occhi le si riempirono di un'insolita vita, la bocca si contrasse a un tremito di sdegno e di sarcasmo. Poi, come vinta alla sua volta dall'eccesso nervoso della sua energia, cadde di nuovo a sedere e, con la faccia dentro il fazzoletto, si pose a piangere dirottamente come una bambina battuta.

Il cavaliere, squilibrato, pentito, vergognoso, ma non istupidito del tutto, capí d'esser fuori di strada. Il cavallo gli aveva tolto la mano e prima di ribaltare del tutto cercò di mettere avanti le mani. Aveva voluto fare della poesia, alla sua età: male. Beatrice non era certamente venuta per sentire a recitare dei sonetti. Bisognava pigliarla lunga, girare la posizione. L'amore non si accende come un pagliaio e non c'è nulla che mandi piú fumo di un fuoco mal fatto. Non volendo perdere tutti i frutti della sua carità e delle sue intenzioni, si mise a sedere a fianco della povera disperata e con un tono tra l'offeso e il sostenuto cominciò a dire:

« Ma che bambina! ho detto cosí per... Che diamine! capisco che ho torto. Metta che abbia voluto confessarle un peccato, ecco. Andiamo, asciughi questi occhioni, mi dia la manina e mi assolva. Che cosa c'è da piangere? lei è in casa di un gentiluomo e conosco troppo bene gli obblighi di ospitalità per... Che diavolo! Là, via, non mi dia questo rimorso d'averla fatta piangere cosí. E che lagrimoni! Discorriamo dei nostri affari. Che cosa si diceva? ah della causa e dell'avvocato. L'ho visto e mi ha detto che oramai non c'è piú nulla a sperare. È una barca scassinata che fa acqua da tutte le parti... »

Per spiegare come un uomo avveduto cadesse cosí subito in contraddizione con ciò che aveva detto cinque minuti prima, bisogna immaginare che il cavaliere parlava, sí, colla bocca, ma il pensiero correva dietro a un altro ordine di idee, di meraviglia in meraviglia. Quel piangere sfrenato, quell'atto di ribellione quasi matronale in una donna abbastanza sciocchina, nota *lippis et tonsoribus* (anche la frase latina veniva a cacciarsi in mezzo), in una donna che nella bella Pardina — una vespa, in lega col diavolo — aveva una cosí grande confidenza: che accettava con tanta semplicità delle elemosine e veniva in persona a pagare i debiti della sua gratitudine, tutto ciò era un fatto cosí strano e inesplicabile anche per una testa lucida e pratica, che il povero signore cadde di confusione in confusione. Non restava che di toccare un altro tasto, quello della prosa, e non perdette tempo. Lí accanto c'era uno stipetto con qualche inezia elegante, e vi mise subito la mano.

Beatrice, passato il primo impeto, capí di essere caduta in un tranello, e credette di vedere in questo gioco la mano di Palmira.

Le parole del cavaliere, togliendole l'ultima illusione, l'irritarono e le diedero la forza di reagire.

Ma nell'alzarsi, nel ritrarre il braccio a sé vide risplendere un non so che, un oggetto d'oro, un braccialetto...

Un gran buio invase gli occhi suoi, un gran tremito in tutto il corpo le fece temere di venir meno, di stramazzare in terra. Si appoggiò colla mano alla sponda di una poltrona, abbassò il capo avvilita, incapace fin di piangere fin di muovere le labbra a un suono di protesta. Una volta fece il tentativo di togliersi dal polso quel segno, quell'anello massiccio; non poté. Non ci vide abbastanza, non ebbe la forza di far scattare la molla.

Il suo protettore pregò, supplicò, perché non gli facesse il torto di rifiutare un segno innocente della sua amicizia. Non si sarebbe parlato piú di queste cose. Non gli rifiutasse questa consolazione: non gli volesse male: gli concedesse il piacere di esserle utile. Per lui era un bisogno del cuore.

Nominò ancora l'avvocato, il deputato, il suo buon amico di Novara, mentre l'accompagnava docilmente verso l'uscio: cercò di ridere e di farla ridere...

Beatrice disse una volta di sí, senza capir bene a che cosa diceva di sí.

Di tutte le belle parole del suo benefattore non afferrò che un rumore sordo, e non vedeva l'ora che l'uscio si aprisse.

Aveva bisogno d'aria, si sentiva soffocare...

Il cavaliere la tenne ancora un momentino prigioniera

sulla scala, picchiò ancora una volta sulla bella manina...

Finalmente la povera donna si trovò in istrada nella piena luce del sole, come se fosse volata dalle scale. L'istinto piú che la volontà la condusse sulla via di casa sua; ma fece forse cento passi senza vedere innanzi a sé che un bagliore, senza sentire che un gran frastuono di un grosso fiume che passa. Era possibile? e il suo povero Cesarino non veniva a difenderla? Che tradimento, che bassa insidia, che vergogna!... Come tornare davanti a' suoi figliuoli, davanti alla sua Arabella? per chi l'avevano presa? che opinione aveva la gente di lei? quando aveva lei autorizzato la gente a giudicarla cosí? O era una vendetta, una stupida congiura di Palmira che voleva abbassarla al suo livello? E i denari presi per amor di suo padre come poteva ora restituirli? a chi ricorrere adesso? in chi fidarsi? Come raccontare queste cose a Demetrio?

E, inseguita da questi fantasmi, andò di via in via senza veder nessuno, finché, sentendosi venir meno, si rifugiò nella chiesa di Sant'Alessandro, cercò un angolo oscuro presso una cappella, vi s'inginocchiò, quasi cadde sul marmo freddo dei gradini, e raggomitolandosi in sé stessa, nascose la sua vergogna e il suo cocente dolore.

VII

Oltre alle novità che Demetrio osservava in sé stesso (vale a dire una continua distrazione e quasi sospensione di volontà), c'era qualche cosa anche fuori di lui, che non cessava di risvegliare la sua meraviglia. Lasciamo stare che l'aria gli pareva diventata piú lucida e trasparente: ma anche la gente mostravasi come per miracolo piú affabile, piú ossequiosa verso di lui.

Il Ramella, il portinaio dell'ufficio, che non si scomodava mai se non presso le feste di Natale, ora aveva cento cose da contare al signor Pianelli, e correva anche a tenere l'uscio, quando lo vedeva passare. Sapendo che il cavalier Balzalotti doveva andare a Roma per la discussione del nuovo organico, il galantuomo si raccomandava al bravo signor Pianelli, perché vedesse, cercasse di mettere una buona parola. Quando si hanno cinque figliuoli da mantenere e la donna che allatta, va compatito anche un povero padre di famiglia se si raccomanda. Il sor Pianelli era quel tal uomo, che aveva col cavaliere, diremo cosí una entratura per la quale...

« Che entratura? » esclamava Demetrio ridendo.

Capiva i bisogni: ma che entratura? Il suo mestiere era di copiare e basta.

Un altro giorno s'incontrò nel Quintina, il gobbetto noto per la sua lingua lunga, che non era nemmeno della sua sezione.

« Oh caro Pianelli, come sta? » prese a cantare colla sua voce chiara quel simpaticone, andandogli incontro e fermandolo a metà della scala. « Lei è bene il fratello del povero Cesarino?! Oh guarda! eravamo tanto amici! Oh dica: è vero che il cavaliere va a Roma? »

« Sí. »

« Vorrebbe farmi la gentilezza di ricordargli una certa istanza che gli ho presentata? sa, senza farsi scorgere, dica cosí: Il ragioniere Quintina chiede se ella ha ricevuto quella tal carta... Mi fa un gran favore. E in quello che posso anch'io, comandi: son qui alla terza sezione. »

« Bella anche questa! » ruminò Demetrio nell'andar su. « Si accorge ora ch'io sono al mondo, e pare che m'abbia tenuto a battesimo. Vuol diventare cavaliere, lo so; e incarica me di toccar il tempo al meccanismo. »

Quel giorno stesso, o il giorno dopo, ricevette la visita del Bianconi, durante le ore in cui il cavaliere era a far colazione al Caffè Sanquirico.

« Come va, Bianconi? Non ci vediamo mai. Che miracolo? »

Era costui un buon diavolo sulla cinquantina, tutto bianco di capelli, col viso ancora colorito e fresco, lavoratore instancabile, ma pieno di una grande soggezione per tutto ciò che riguardava un po' da vicino i superiori, il ministero, quelli che comandano. Non aveva osato presentarsi al cavaliere, e anche adesso, sebbene l'avesse veduto uscire dalla porta, temeva sempre di averlo alle spalle.

Avanzandosi in punta dei piedi, con un dito sulla bocca posto come un uncino, disse con un fiato spento di voce:

« Va a Roma il...? »

E segnò coll'indice mezzo nascosto dall'altra mano la poltrona vuota del cavaliere, verso la quale non osava quasi volgere il capo.

« Sí, perché? » chiese Demetrio, la voce del quale impaurí il pover'uomo, che si volse a dare un'occhiata all'uscio.

« È perché, » continuò, senza distaccare il dito dalla bocca « vorrei che gli dicessi una parolina... »

« O bravo, poiché ci sei, spiegami un po' questo bel giuoco. A sentirvi, io ho l'organico in saccoccia... »

« No, no, non si sa mai... Una parolina... » e, colle due mani congiunte come due ali, pareva che il Bianconi volesse covarla quella parolina cosí miracolosa.

« Per me, se mi capita, la dirò: ma non capisco... »

A toglierlo d'imbarazzo il cavaliere non si lasciò vedere per qualche giorno, o comparve un momento in gran furia, tutto occupato del suo fascio di carte da portare a Roma, e in continui colloqui con questo e quest'altro pezzo grosso dell'amministrazione. Del Pianelli non si curò piú che della gamba del tavolo. Ciò avvenne il lunedí dopo il tenero colloquio con Beatrice. La sera il bravo signore partí col diretto e buon viaggio!

Demetrio rimasto solo e con poco da fare si preparò a godere una mezza vacanza. Egli aveva sempre davanti un bel panorama e nessuno poteva proibirgli ora di stare seduto coi ginocchi nelle mani o coi pollici tuffati nei taschini del panciotto, in estasi dietro la processione de' suoi pensieri.

L'intensità di questa contemplazione era tale, che qualche volta dimenticava l'ufficio, il tavolino, la sedia, e zufolando, senza accorgersi, un'arietta, facendo saltare una gamba sull'altra, non si svegliava da quei sogni che alle acute trafitte che gli dava il cuoio duro della sedia, o a un certo dolore duro delle mascelle.

Intanto la lettera di Paolino continuava a rimanere schiacciata da un calamaio e da un "vedremo". Egli non intendeva di rubare a nessuno, ma credeva lecito di aggiornare la pratica, come si dice nello stile del mestiere.

In mezzo alle gioie delle dolci visioni e tra gli indugi della volontà, respinta ma non strozzata parlava però sempre la voce della coscienza onesta e ragionevole. "Che diavolo aveva indosso? e che gli saltava in mente? che nuova bestia ruggiva in lui? che cosa intendeva di fare? tagliare le gambe a Paolino? opporsi alla bontà della provvidenza? tradire una povera donna, rovinare lei, sé, gli innocenti? rendersi stupido, ridicolo? far ridere i polli colle sue contraddizioni? e che cosa erano queste scalmane? ohè, signor Demetrio, dove si va? si diventa matti? mancherebbe anche questa; oltre al tradimento farsi dei carichi di coscienza...". E il piú bello era questo, che si accorgeva soltanto adesso che sua cognata era una donna e una bella donna per giunta. Che talento! aveva avuto bisogno che venissero dalle Cascine per dirglielo. Una commedia da burattini addirittura...

E nella evidenza del contrasto si metteva a ridere forte, come se si trattasse di un babbeo fuori di lui. Il suono della sua voce lo richiamava alle cose e alle idee di questo mondo. Si alzava, aggiustava colle due mani la testa e le gambe ingranchite, dava una giravolta per la stanza, e via, pigliava il cappello, via a sciorinare la malinconia all'aria e al sole di piazza Castello, a cercare una salutare distrazione alle baracche del Tivoli, dove si mostrano le piú grandi meraviglie dell'universo. Le piante vestivano il primo verde. Sull'orlo dei viali, ancora umidi e freschi, cresceva un'erba tenera che faceva piacere al cuore, come se quel poco verde, serpeggiante nell'arido anfiteatro di una grande città tutta polvere e sassi, fosse un ricordo della buona madre natura, che comincia fuori dei bastioni. Nello sfondo nitido di piazza d'Armi spiccava l'arco della pace, co' suoi cavalli neri sul marmo bianco, e dietro l'arco uscivano le cime nevose delle prealpi lontane e del Monte Rosa, che nei giorni asciutti si rivela ai milanesi come l'idea un po' confusa d'un mondo migliore.

Demetrio si distraeva volentieri dietro le evoluzioni dei cavalli, che manovravano davanti al castello, e stava a sentire le leggende dei saltimbanchi, delle sonnambule che vendono la fortuna che non hanno, degli spacciatori di mastici e di quanti concorrono e cooperano alla grande fabbrica del buon appetito. Quante miserie ha il mondo! che pietà gli facevano quei poveri bambini dei saltimbanchi, scialbi di fame, e tremanti sotto il sole di maggio! E c'è della gente che prende gusto a popolare il mondo di morti di fame, di tisici, di ladroncelli, di pidocchiosi... Anche lui aspirava a questa gloria della propagazione degli stracci! che amore? egoismo, niente altro che egoismo! "Con questa logica si può giustificare il ladro e l'assassino che ti pianta il coltello nel cuore. Approfittare della confidenza d'un amico per tradirlo, per tagliargli le gambe... beh! azione infame, azione da ragazza che dice: dammi indietro la mia *pigotta*, che non gioco piú. Egoismo, passionaccia sporca, desiderio bestiale. L'amore è grande, l'amore è bello, l'amore è poetico, è generoso l'amore...".

E via di questo passo a voltare e a rivoltare la questione. Ed ebbe la pazienza di continuare due o tre giorni in questa strana, maledetta battaglia. Ma il buon senso c'è per qualche cosa: passata la terzana, un dopo pranzo, prese la lettera di Paolino, la mise in una bella busta di carta, e con passo risoluto, di prussiano ch'entra in Parigi, andò in Carrobio a perorare la causa del piú onesto, del piú buono, del piú generoso degli uomini.

Le tentazioni non bisogna allattarle, ma cercare di strozzarle in cuna. Dente strappato non duole piú.

VIII

« La mamma è in letto » disse Arabella.

« Si sente male? »

« Son già tre giorni. »

« Perché non mi avete avvisato? »

« Non ha voluto. Credo che abbia la febbre. Ieri e ieri l'altro s'è tenuta in piedi, ma oggi l'ha presa un tal mal di capo, che non può tener gli occhi aperti. »

« Oh diavolo! »

Demetrio fece un mezzo giro per l'anticamera per lasciare il tempo all'idea di venire avanti e di stendersi.

« È venuto il dottore? »

« Non l'ha voluto. »

« Chi c'è di là? »

« C'è la signora Grissini. »

L'uscio della stanza si aprí e venne fuori col suo passino senza rumore la buona signora, tutta grazia e tutta ossi, che, agitando i due bei trucioletti di capelli infilzati nella lattuga della cuffia, disse:

« Sicuro, è malata: pare una piccola reumatichettina... »

« Guarda! » esclamò Demetrio.

« Ma non credo che sia cosa seria. Le ho fatto prendere un mezzo citratino... Signore! io credo che la poveretta abbia bisogno di un vitto piú nutriente e specialmente di avere il cuore in pace. Ne ha patite tante quest'anno, caro Iddio! »

« Se... se potessi... »

Demetrio stette un momento a riflettere che cosa doveva dire; ma che cosa poteva fare egli, perché Beatrice avesse un vitto piú sostanzioso e il cuore in pace?

« In confidenza, » soggiunse la signora Grissini, tirando Demetrio verso la finestra « in questi giorni sono andata avanti io... Spese ce ne furono, e quella poverina era senza denari. Non volle ad ogni costo che io mandassi a chiamar lei. Io lo faccio volentieri, ma devo naturalmente dir niente a mio marito, che dice sempre che non ragiono. »

Demetrio non fiatò. Trasse il portafogli, vi pescò dentro, e tirò fuori un biglietto di cinquanta lire che consegnò alla signora Grissini. Erano sempre i denari del buon cugino che facevano la spesa.

« Le dica che stia di buon animo. Ero venuto per parlarle di un progetto che forse le farà piacere. Tornerò dimani. »

« Io credo che la poverina sia malata di patema d'animo. »

« Crede? »

« Non fa che piangere... »

« Lei intanto si paghi delle sue spese. Verrò dimani. »

« Oh giusto, non ho detto per questo. »

« No, no, che diamine! ho caro che sia curata da una brava persona. Se Naldo volesse venire con me, ho posto di metterlo a dormire. »

« È una buona idea, per alleggerire la barca. »

Demetrio rimase lí con un'orecchia tra le dita, sopra pensiero, mentre la signora Grissini entrava nella stanza della malata. Quando tornò le chiese:

« Ebbene? »

« Ha detto di condurre pure Naldo e di farsi vedere dimani. »

Naldo andò volentieri collo "zio Demetrio" che aveva tre gabbie di canarini, e senza essere invitato andò dietro volentieri anche Giovedí che si vedeva un po' troppo trascurato.

« Anche questa va a capitare... » andava ripetendo

Demetrio, mentre il bambino seguitava a tempestarlo di dimande sulle cose che vedeva nelle botteghe e nella strada.

Pensò di scrivere a Paolino che per il momento non era il caso di parlare a Beatrice del noto progetto per non agitarla troppo. Tornò a collocare la lettera del cugino sotto il calamaio e disse un altro "vedremo" meno aspro e meno pesante del primo. Quel dí pranzò in casa colla compagnia del nipotino e del cane, aiutandosi con qualche frusto di carne e con una fetta calda di polenta che mandò a prendere da *Giovann de l'Orghen* dal fruttaiuolo della piazza. Alle uova fritte pensò il cuoco di casa.

Naldo sedé in capo alla tavola, tra lo zio e Giovedí. Demetrio tuffava la forchetta nel piatto e faceva un boccone per uno. Già cominciavano i lunghi tramonti di maggio. Il sole scendeva a poco a poco dietro la punta del campanile delle Ore, che col suo cono di rame faceva quasi da spegnitoio a un grosso fuoco rossiccio, che andava languendo a poco a poco nelle linee lunghe dei tetti. Incontro agli ultimi bagliori del crepuscolo uscivano, si disegnavano i corpi bruni dei fumaiuoli, delle torrette, dei terrazzi fioriti, da dove venivano voci chiare di donne e di ragazzi.

Demetrio, toltosi sulle gambe il bambino, stette a contemplare un pezzo lo spegnersi dei vari colori, il fuggire della luce dai piú alti colmi, il vagare delle nuvole, lo spuntare delle prime stelle, rispondendo superficialmente alle cento dimande di Naldo, ma col pensiero lontano, lontano, piú lontano delle stelle. Pensava che tutto avrebbe potuto essere conchiuso e finito, e invece aveva ancora una notte da dormire sul suo dente guasto. Peccato! era una notte di inutile patimento. Perché, tanto fa essere sinceri con noi stessi, egli pativa troppo in quella sospensione d'animo, in quella lotta tra il dovere e... che cosa?

Aveva un nome questa nuova e stravagante malinconia, che gli era saltata addosso come una febbre, come la pellagra?

Naldo, vedendo che lo zio Demetrio non rispondeva piú, si addormentò a poco a poco nelle sue braccia. Lo zio, movendosi tutto d'un pezzo e camminando quasi seduto per non risvegliarlo, lo collocò adagino sul letto. Chiuse le finestre, accese una candela, e cominciò a preparare un lettuccio a' piedi del suo, con due scranne accostate, un guanciale e una coperta ripiegata in due. Quando gli parve che la nanna ci fosse (e gli veniva quasi da ridere nel pensare in quel momento a sé), si preparò alla difficile e complicata impresa di svestire il bambino che pareva un sacco di stracci. Gli tolse le scarpe, le calzette, lo voltò, lo rivoltò sul letto, in cerca degli occhielli e dei bottoni, e, dopo molta pazienza, gli riuscí di pigliarlo sulle braccia non vestito che di una camiciuola, che non vestiva quasi niente.

Quel fagottello pesante di carni tiepide e bianche in cui si sentiva correre il sangue: quel respiro dolce che usciva attraverso a un sonno di bronzo, che aveva la forza di tirar giú la testa del ragazzo, mettendo in luce la bella attaccatura del collo — la bellezza della mamma: — quei piccoli piedi rosei, lisci, senza una ruga, che visti contro la fiamma della candela parevano due garofani sfogliati: quelle molli infossature nel bianco delle carni in cui pareva di scorgere la impronta delle dita del Creatore: quel profumo di bontà che hanno i bimbi, tutto suscitò nel sasso sterile dell'uomo selvatico un sussulto di tenerezza.

« Vuoi bene alla mamma? » sussurrò all'orecchio del bimbo addormentato. « Naldo, vuoi bene alla mamma? »

Naldo rispose con una leggera increspatura delle labbra, con un sorriso che stentava a sprigionarsi dal sonno:

« Ci. »

« Anch'io! » pronunciò una voce forte di uomo che soffre.

Che gioia s'egli fosse stato il padre di quel bambino!

Oggi capiva ancor meno come il povero Cesarino avesse potuto desiderare le fatue vanità della vita, quando il Creatore l'aveva fatto padrone di queste preziose realtà.

"Quale ricchezza, quale gioia, quale gloria piú superba per un uomo che il sentire la sua stessa vita palpitare al di fuori di sé in un altro essere uscito da sé, che non morirà in noi, ma consegnerà ad altri esseri che verranno la parte nostra immortale, in una catena che forse va a finire nelle mani di Dio?

"Piú avrai mortificato in te le forze generose e feconde della vita, piú avrai vissuto di te e piú sentirai al volgere dell'età la ribellione di tutti i sensi a questa cupa condanna della solitudine e della morte. Non è soltanto un grido d'amore che ti risveglia, ma un desiderio, un bisogno di paternità, piú grande ancora dell'amore, un bisogno e un desiderio che non si estinguono nelle onde della voluttà, ma insorgono in nome della natura, ti comandano di vivere, o almeno di non morire tutto in una volta e non fare di te stesso il tuo lugubre cataletto...".

Eran questi, piú che i pensieri, i gridi che uscivano dal profondo del suo cuore, mentre stava accomodando il bambino nel lettuccio. Si allontanò in punta di piedi, nascose un poco la fiamma della candela e stette un momento ad ascoltare il molle respiro dell'addormentato.

Provò a scrivere, e mise sulla carta quattro parole per dire a Paolino che Beatrice era molto malata.

Ma rifletté che non conveniva per il momento e che era meglio scrivere dimani, dopo aver parlato con lei.

Soffiò sul lume e, seduto nel suo gran seggiolone di

vacchetta, stette a contemplare la luna che versava una poetica luce nella stanzuccia, mentre egli cercava di reagire a quei terribili ragionamenti interni, che da qualche tempo non gli lasciavano piú pace. Si ricordò che in mezzo alle sue tribolazioni non aveva ancora fatta la sua santa Pasqua!

Demetrio era uomo pio, sinceramente convinto di tutto ciò che gli aveva insegnato la sua povera mamma fin da ragazzo e sapeva che il diavolo va in giro di notte come la volpe: e se trova un pollaio aperto, cioè una coscienza sprovvista di grazie e di sussidi spirituali, fa il diavolo, cioè il suo mestiere. Glielo diceva anche fra' Gioachino, l'ultimo frate converso che egli aveva conosciuto da ragazzo nell'abbazia di Chiaravalle, sopravvissuto vecchio e solo nel convento come un'ombra dopo la soppressione dell'ordine.

Era un bel vecchio con una barba lunga, bianca, la testa rasa e lucida, che sapeva cento storie di miracoli e contava volentieri le burle che il diavolo soleva fare ai santi eremiti del deserto.

Anche fra' Gioachino soleva dire:

« Chi tiene i catenacci irrugginiti non faccia conto neppure della porta. »

Forse per questo egli pativa da qualche tempo in qua le piú stravaganti suggestioni, e sentiva gridi e schiamazzi nella coscienza, proprio come quando la volpe entra nel pollaio. Dimani mattina avrebbe lasciato Naldo in custodia di *Giovann de l'Orghen*, e prima dell'alba sarebbe andato a Sant'Antonio, in cerca di don Giuseppe Biassonni, un vecchio prete un po' rustico che raspava la coscienza come un paiolo, ma dava una salutare energia allo spirito. E fece cosí. Disse tutto al prete lo stato dell'animo, contò le tentazioni, provando il piacere di chi si toglie d'addosso una camicia sporca e se ne mette una di bucato.

Don Giuseppe non fece complimenti:

« Sicuro che saresti un bel birbone, » gli disse « se

per una tua golosità mettessi tutta una famiglia nel caso di morir di fame. Se si lascia parlare la passione, ne sa sempre piú di un avvocato. Ti dirà che tu hai dei meriti, che puoi fare meglio degli altri, che il bene è di chi se lo piglia, ti tirerà a vedere la terra promessa, ti metterà tutto il mondo ai piedi, precisamente come fece Satana a nostro Signore. Io non ti dico altro: o si serve alla giustizia o si serve agli appetiti nostri; o si vuole il regno di Dio o si vuole quello delle tenebre. In due scarpe non si può tenere il piede. E il bene cessa di essere bene, quando lo si adopera per foderare il tabarello del diavolo. »

Demetrio avrebbe voluto che il vecchio rustico seguitasse un pezzo a sgridarlo, a strapazzarlo cosí..

Sotto i colpi dei rimproveri sentiva le ossa slogate andare a posto.

Una vera pace venne dietro all'assoluzione e quando egli uscí dalla chiesa, si sentí un altro uomo. Non tornò a casa, ma corse difilato in Carrobio per conoscere come la malata avesse passata la notte e per consegnare la famosa lettera di Paolino, nel caso che Beatrice volesse cominciare a pensarci.

Dopo molte giornate di bello, il tempo era scuro, con densi nuvoloni di temporale in aria, con spessi e forti colpi di vento che facevano sbattere le gelosie. Non tardò molto che si mise a piovere allegramente, tanto che Demetrio arrivò in Carrobio coll'ombrello grondante.

« Come sta la mamma? ha dormito? »

« Meglio, sí. Mi ha detto quando veniva lo zio Demetrio di avvertirla. »

« Non ho molto tempo. »

« Vado subito. »

Demetrio collocò l'ombrello grondante in un cantuccio, lasciò il cappello sulla sedia e stette ad aspettare in piedi, in mezzo alla stanza, colle mani nelle maniche, gli occhi incantati sui mattoni.

« Venga, zio... » disse Arabella con un cenno della mano, facendo spiraglio dall'uscio.

Demetrio si mosse e chiese:

« Si può? »

Beatrice non rispose subito e lasciò a Demetrio il tempo di accorgersi ancora una volta di un gran martellamento di cuore.

« Avanti pure. »

La stanza da letto dava sulla corte e risentiva la tristezza della giornata piovosa tra i muri bigi e i tetti neri e lucenti. Le tendine di mussolina, ingiallite di polvere, rendevano ancora piú spenta la luce.

Beatrice stava nella parte a sinistra del suo letto matrimoniale, verso la parete piú lontana dalla finestra. La destra era libera, intatta, come l'aveva lasciata il povero Cesarino.

« Come va? »

« Sto meglio, è un po' di febbre. »

« Guarda, forse il tem... forse il tempo. »

Demetrio fissò gli occhi sulla finestra. Pioveva fitto, di gusto, battendo sui vetri; e tratto tratto passava nella furia del vento un lampo.

« Piove come se non fosse mai pio... piovuto » tornò a dire Demetrio, dritto verso la finestra, senza voltar la testa verso Beatrice, come se fosse venuto a strologare il tempo e non per altro.

Seguí un istante di silenzio, dopo il quale Beatrice prese a dire:

« Avete avuta la pazienza di condurre Naldo con voi... »

« *Pover patanèll!...* » disse lo zio con un movimento, quasi uno scatto del capo. E soggiunse: « Pensavo che si potrebbe mandare Mario alle Cascine. La Carolina è meglio di una mamma... Anzi ci ho qui una lettera di Paolino. »

E slacciati i bottoni dell'abito, Demetrio cacciò la mano nella tasca di sotto, chinandosi giú giú, come se pescasse in un pozzo.

« Sedetevi. »

« Comodissimo. »

« Devo parlarvi di una cosa... » tornò a dire con voce tremolante Beatrice, facendo violenza alla sua timidezza. « Se sapeste Demetrio che cosa mi è capitato! »

« Che cosa?... »

« Ah Signore, che spavento! sono ben malata per questo. »

« O di... diavolo... »

Demetrio, che aveva già la lettera di Paolino in mano, si voltò verso il letto e appoggiò le mani sulla sponda. Beatrice, sul punto di confessare al cognato il suo gran sproposito, provò un senso di ribrezzo e si raccolse nelle coltri, come se volesse sprofondare e scomparire nel letto. L'occhio di Demetrio passò rapidamente sulla persona di lei e andò a figgersi nella testa di un Cristo coronato di spine che pendeva a capo del letto.

« Diavolo! » ripeté con un filo di voce. « Che cosa vi è capitato? »

« Come posso dirlo?... Mi pare che andrei piú volentieri incontro alla morte. »

« Alla... alla morte? »

Demetrio crollò una volta il capo a destra, una volta a sinistra, come se cercasse una spiegazione alle due pareti e tornò a figgere gli occhi sul quadro, evitando di guardare addosso alla malata.

Beatrice cominciò a singhiozzare e a bagnare il cuscino di lagrime.

« Ma io non capisco, cara voi... »

« Se non promettete prima di perdonarmi... »

« Io perdonarvi? »

« Vi giuro che non l'ho fatto con cattiva intenzione. »

« Che cosa non avete... »

« Fu per compassione di mio padre che insisteva tanto.

Ho fatto male a non parlarvene prima, ma sapevo che eravate contrario a dar denaro a quel povero uomo. Mi sono fidata della Pardi... oh povera me! »

« Cioè... volete dire che avete dato del denaro a vostro padre... »

« Sí. »

« E che l'avete tolto a prestito da qualcuno. »

« No, no. »

« Avete forse firmata qualche carta? »

« No, no, è un tradimento, un infame tradimento... » proruppe con un grido soffocato la povera donna.

« Un...? »

Demetrio abbassò lo sguardo dalla cornice e cercò nel volto della donna una spiegazione a questo enigma.

« Quando penso alla figura che m'hanno fatto fare, non so come sia ancora viva. »

Per quanto andasse a immaginare, Demetrio non poteva capire. Era cosí ingenuo ed ignorante delle cose del mondo, che fuori del suo libro non sapeva né leggere né indovinare.

Beatrice, quando ebbe asciugate una o due volte le lagrime, in mezzo ad un gran garbuglio di cose uscí a dire:

« Mi hanno mancato di rispetto... »

« Vi hanno... »

E Demetrio alzò un dito e con questo in aria tornò a chiedere:

« Chi... chi vi ha mancato di rispetto? »

« Ah, sapeste! mi hanno creduta una donna di quelle... Ah, povera me! poveri i miei figli! »

« Chi? »

Demetrio ripeté questo "chi?!" con un accento aspro e fiero, e andò avanti due passi nella stretta del letto fin quasi addosso alla malata. Credeva bene di aver capito questa volta. Sapeva che c'è della gente, che ci sono dei bricconi a questo mondo, i quali non hanno nessun rispetto per una povera donna. Sapeva quello che il mondo infame andava dicendo sul conto di questa donna, senza un motivo. Non aveva creduto anche lui a mille ciarle prive di fondamento? Chi le aveva mancato di rispetto?

Tutte queste dimande cozzarono come tante palline di ferro scosse in un bicchiere, sotto un cipiglio di sfida. Non strepitava, non si agitava mica. Voleva soltanto sapere chi aveva osato mancare di rispetto, chi aveva creduto che sua cognata fosse una donna di quelle...

« Demetrio, » continuò ella, alzandosi un poco sul cuscino e sostenendosi sulle braccia « se vi conto tutto, è perché sento che soltanto voi potete aiutarmi in questo momento: ma non voglio che per colpa mia voi dobbiate avere poi dei dispiaceri. Il danno materiale è poca cosa: lo compenserò, lavorerò, guadagnerò, dovessi vendere anche il letto... »

« Sí, sí, ma voi dovete... » insisteva Demetrio stringendo un pugno tutto pieno di spigoli.

« Abbiate pazienza, lo sbaglio fu tutto mio. Capisco che avrei dovuto essere piú prudente, credere meno alla gente. Ma ci sono andata in casa come si va nella casa di un benefattore; voi stesso mi avete parlato sempre di lui con una grande opinione. Chi doveva immaginare che quel signore, alla sua età... Insomma fui ingannata, ma la colpa è mia. Avrei dovuto credere ai vostri consigli. Quando sono uscita da quella casa mi pareva che la gente dovesse leggermi in viso la mia vergogna e mi pareva di sentire la voce di Cesarino che diceva "Brava, begli esempi che dài alla tua figliuola!". Ah che notti ho passato mai ieri e ieri l'altro! Che cosa non ho pensato anche di voi, Demetrio! Dicevo: egli mi ha sempre parlato del cavaliere come di una persona rispettabile; gli ha raccomandato Mario per l'Orfanotrofio: gli ha subaffittato due stanze... Ma, Signore! che anche Demetrio aiuti a tradirmi? dove sono? in mano di chi sono? Capisco, forse sono una donna viziata dalla buona fortuna, una donna poco pratica, poco avveduta, ma quando ho dato prova, Gesú mio, di non essere una donna onesta? Se venisse qui il mio povero Cesarino, guardate, Demetrio, » e nel dir cosí si pose quasi a sedere sul letto « se egli potesse uscire dalla fossa, vi giurerebbe sul capo de' miei figliuoli che io non ho mai tradito, nemmeno col pensiero, i miei doveri di buona moglie, e dal dí che egli è morto voi sapete che non ho fatto che piangere e pregare. »

E tornando a rompere in un gran pianto, soggiunse:

« Ditelo, ditelo a quel signore... ditelo alla gente... non aiutate anche voi a tradire una povera donna... Fatelo almeno per compassione de' miei figliuoli... »

Beatrice, dopo questo sfogo, lasciò cadere la testa di nuovo sul guanciale colla pesantezza di persona sfinita. I suoi capelli in disordine, nel bianco delle coltri, spiccavano come una massa d'oro. Ora che aveva parlato e detto il suo peccato, le pareva di sentirsi quasi guarita. Nessuno l'aveva mai veduta cosí bella.

Demetrio, irrigidito nei muscoli, ritto in piedi come un pilastro, colle mani schiuse ad un gesto che pareva indurito nell'aria, dopo aver capito tutto, anzi troppo, finí col non capir piú nulla.

Aveva davanti a sé un bianco fantasma confuso dentro una nuvola, sentiva nelle orecchie il rumore d'una voce compassionevole; ma fatto stupido e farnetico dalla sofferenza, col cuore soffocato da uno sdegno tremendo, cogli occhi offuscati, stava lí che non sentiva nemmeno la terra sotto i piedi.

È lungo dire tutto ciò che precipitò nel suo cuore in quell'istante, tutto ciò che il pianto e il rimprovero di quella donna eccitò in lui di terribile e di spaventoso tutto ciò che l'ira persuase di fare.

Ma piú che dall'ira fu vinto dalla sua debolezza.

La sua faccia somigliava a una maschera che piange.

Era questa l'arte del saper vivere: questo il sugo dei pareri disinteressati: questo lo zelo per la pace di un uomo ingenuo caduto dalle tegole... O scempiaggine! o cattiveria umana!

Egli per il primo, colla sua presunzione di far meglio degli altri e di aver ereditato tutto il buon senso di casa Pianelli aveva accolte le voci della malignità, aveva sospinta una povera donna nelle fauci del lupo. Però con questi bei servigi s'era procacciata una speciale benemerenza, forse una promozione nell'organico... to' to'... anche questo spiegava le riverenze del Ramella, gli amplessi del Quintina, le umili raccomandazioni del Bianconi.

Dio, che vergogna, che abbiezione, che mortificazione alla nostra superbia! che avvilimento, che castigo!

Sentiva quasi la vita rompersi e scassinarsi, come un vecchio orologio a cui la mano di un pazzo strappi la catena e faccia sonare tutte insieme le ore. Corse colla mano in cerca del fazzoletto, perché la testa gli si gonfiava e gli occhi s'imbambolavano. Crollando il capo, si mosse, andò fin sotto la finestra, appoggiò la fronte riarsa ai vetri, contro i quali batteva la pioggia fredda e sottile, e pianse col singhiozzo addolorato e rauco dell'uomo che non piange da un pezzo.

« Perché piangete, voi?... Non ne avete colpa, lo so. Anche voi avrete agito in buona fede... Io non vi accuso di questo, Demetrio. Abbiate pazienza. » Cosí sorse a dire con tono compassionevole la cognata.

Quando fu dissipato quel gran fumo che gli velava il lume degli occhi, quando finalmente poté parlare, egli si voltò con un moto pronto e risoluto:

« Sentite, » esclamò con una voce diversa di prima « è detto che io sono un povero imbecille » e siccome Beatrice voleva contraddire, egli gridò: « no, no, no: è vero, lo sono, lo sono. Se non lo dice nessuno, lo dico io: io sono un imbecille, un bestione, » insisté, portando i due pugni stretti alla fronte « un mammalucco, sono. »

Beatrice voleva di nuovo protestare.

« No, abbiate pazienza, lasciatemi dire. Io sono anche

un imbecille presuntuoso, che dò pareri agli altri e non ne tengo per me. È giusto che porti la pena della mia asinità; ma sentite, Beatrice, com'è vero che stamattina ho fatto la santa Pasqua, » soggiunse alzando le due mani giunte « io sarei il piú vergognoso degli uomini, se questa ingiuria che vi hanno fatta non la ricacciassi in gola... »

« Sentite... »

« In gola, in gola... » tornò a ripetere quasi fuori di sé, mostrando i pugni alla terra « in gola a quell'impostore... »

« Per carità, caro Demetrio » supplicava la malata, sollevandosi ancora un poco a sedere sul letto.

« Ad uno ad uno gli farò ringoiare i buoni consigli che mi ha dato. Ah io sono un uomo ingenuo, io mi mangerò il fegato, mi farò maledire...!? Glielo farò mangiar io il fegato a quel... »

Ed aizzato dalla sua passione continuò a passeggiare su e giú per la camera come forsennato.

Arabella, chiamata da quella voce stridula, corse e stette a sentire all'uscio col cuore in tempesta. Eravamo alle solite? Lo zio Demetrio non aveva mai gridato a quel modo.

« Sentite una volta, Demetrio. Ora mi fate pentire d'aver avuto confidenza in voi. Abbiate pazienza, venite qua, sedetevi un momento, per l'amor di Dio. Non voglio che voi crediate il male piú grande che non sia. »

Demetrio, quasi condotto da quella voce molle e insinuante, andò a sedersi su una scranna appoggiata al muro, e si raccolse in sé, con aria disdegnosa e spossata, curvò il corpo sulle gambe, appoggiando la faccia ai due pugni stretti.

Beatrice, con un candore pieno di umile contrizione, prese a raccontare distesamente la sua visita al cavaliere, e perché vi era andata, e come avesse risposto alle sue insistenze, e come, tornata a casa, si togliesse d'addosso quel braccialetto che le bruciava le carni, e come finalmente ricorresse a lui, Demetrio, non per essere vendicata, ma soltanto per restituire al suo adoratore i denari ed il regalo, perché di questa roba non ne voleva piú sapere. E rigirando l'avventura un poco allo scherzo, mettendo nella voce un filo sottile d'ironia, finí col dire:

« Io per me, me ne rido di quel vecchio sciocco e galante, del quale non ho mai cercata la protezione: ma voi potreste avere dei dispiaceri grossi. Egli è potente, è vostro superiore, e, non potendo vendicarsi su di me, avrebbe gusto di vendicarsi su di voi. »

« Si vendichi... » sentenziò Demetrio, alzandosi sulla persona. E voleva dire: "Se vuole anche il mio sangue, se lo pigli..." ma la vista quasi improvvisa di quella donna che lo guardava cogli occhi grandi, l'abbagliò: tornò ad abbassare il capo, si restrinse, si contorse nella sua scontrosa debolezza, e sentendosi quasi morire, mandò col cuore un'ardente invocazione a quel Signore che aveva ricevuto nel petto la mattina.

Il colloquio fu interrotto da Arabella che entrò leggermente con una medicina. La fanciulla era pallida, sconvolta, e le sue mani tremavano come se avesse indosso la febbre.

Dietro di lei entrò anche la signora Grissini; cosí, dopo qualche sconnessa parola di complimento, Demetrio prese congedo e uscí, graffiando l'uscio, promettendo che si sarebbe lasciato veder presto. Aveva bisogno di respirare l'aria libera.

Fece le scale, trovò la solita strada di casa sua quasi per miracolo, come se camminasse in sogno, sollevato una spanna dal suolo. La testa girava come un arcolaio che gira al sole, proiettando ombre strane e sghangherate sul fondo della sua coscienza.

"Che talento, sor Pianelli!" andava declamando una voce in fondo a quel testone enorme che gli pesava sulle spalle, "che bel talento! e che furberia, Meneghino! valeva la pena di scendere dall'abbaino a predicare la morale agli altri e di credersi quasi l'incarnazione del buon senso, per fare in fondo queste belle figure!".

E i bei consigli del suo benamato superiore? qui il bello toccava il sublime. "Povero Pianelli, lei è troppo ingenuo" la voce carezzevole e insinuante del cavaliere gli rinasceva nelle orecchie e gli dava la baia; "lei ha troppo buon cuore e il cuore è buono per i merli. Io le parlo come padre, come superiore: non sta nemmeno della sua dignità...".

« Ah, sí, proprio? » esclamava, fermandosi sui due piedi in mezzo alla gente. Per fortuna e per grazia di Dio il cavalier Balzalotti non era a Milano e forse in quel momento lí dava a Sua Eccellenza il Ministro i suoi preziosi consigli: altrimenti egli sentiva che avrebbe fatto uno scempio, e poi *finis mundi.* Che gli importava adesso della sua vita? si poteva cadere piú basso di cosí, anche andando in prigione?

"Non sta nella mia dignità il patire la fame e la miseria coi disgraziati, ma è della dignità tua, o birbone, tendere la trappola a una povera donna, tirarla in casa colle belle, chiudere la chiave dell'uscio, far le moine del gattone, tentarla un po' colle dolci, un po' colle brusche, provarne la virtú coi regalucci? Ah birbonaccio!"

Durante le ore che rimase all'ufficio, nei primi due giorni che tennero dietro al colloquio con Beatrice, non fece che ripetere quest'orazione, sogghignando dal suo posto alla poltrona vuota del cavaliere, la quale nella sua matronale tranquillità pareva rispondere: Io non c'entro.

Lavorò poco, confusamente, evitò d'incontrarsi coi colleghi — birbonacci anche loro!

"Vengano adesso a implorare la parolina! Venga il signor Bianconi, caro anche lui con quel fare di gattamorta! Non c'è piú da fidarsi in questo mondo, nemmeno dei piú vecchi amici."

Una volta il Ramella, vedendolo passare, corse ad aprire la porta e a far le riverenze.

« Stia comodo, » gli disse Demetrio con un sorriso amaro e gonfio « adesso è finita l'entratura. »

« Cosa? » domandò il portinaio, che non aveva capito.

« Uuh! » rispose con voce nasale Demetrio, rincagnando la faccia.

"Non c'è piú da fidarsi di nessuno... Cara anche quella signora Palmira co' suoi buoni consigli, co' suoi segreti protettori. Bel regalo che ha fatto all'amica del suo cuore! e adesso bisogna trovar subito cento lire da restituire al buon benefattore, e bisogna farlo subito, per telegrafo se occorre, perché certi denari bruciano le mani. Dove trovarle cento lire? non le avrebbe chieste certamente a Paolino questa volta... A proposito. Non doveva egli consegnare una lettera di costui a Beatrice? L'aveva collocata sotto il calamaio... anzi l'aveva presa una volta con sé, ma la lettera non c'era piú, né qui, né là, né in fondo alle tasche. Che l'avesse perduta? La sua testa aveva ora ben altro da pensare che alle scalmane del signor Paolino. E perché non veniva lui a proteggere l'onore della sua fiamma, ma stava comodamente alle Cascine ad aspettare la manna dal cielo? oltre al resto doveva toccare anche a lui la parte del mediatore, per farsi odiare forse anche dal cugino? perché questa è la regola: piú un uomo si strugge per fare del bene e piú diventa antipatico e odioso. È meglio nascere con un ramolaccio al posto del cuore, guardare a sé, pensare a sé, fare il proprio interesse, pigliarsi i propri comodi, soddisfare i propri appetiti. Egoisti, egoisti, viva la vostra faccia!".

Per due o tre giorni non fece che predicare a sé stesso, dentro di sé, a questo modo con una violenza morbosa, fuggendo la faccia degli uomini, finché una volta si dimandò, stringendo la testa nelle mani, se aveva il cervello a posto.

Naldo aveva voluto tornare dalla sua mamma. Rimasto ancor solo in cima alle scalette, nella morta solitudine dei tegoli, Demetrio aveva tutto il tempo di torturarsi da sé, vittima di una forza alla quale non sapeva resistere.

Ma il dispetto furioso, a poco a poco vinto dalla stanchezza stessa di nervi, cominciò a cedere il posto a un'altra riflessione se pure meritava questo nome un lembo di sereno, che usciva or sí or no in mezzo alla nuvolaglia di tante brutte cose.

Quel lembo di sereno era Beatrice.

In fondo all'aspra battaglia, nell'abisso della sua vergogna, il pover'uomo si sentiva avvicinato non uno ma cento passi a quella donna.

Qualche cosa che non si sa definire, qualche cosa che ti piglia e ti stringe i sensi del cuore, dandoti in mezzo alle sofferenze dell'agonia una goccia di dolcezza, seguitava a invadere l'anima.

Egli viveva di quella goccia. Capiva come si possa accettare anche di morire per inebriarsi una volta di quella dolcezza e come si possa morire volentieri una volta gustata.

Essa lo aveva chiamato una volta caro Demetrio; aveva steso verso di lui le braccia, supplicando ancora la sua protezione. Aveva con due parole perdonate tutte le amarezze sofferte da lui e le offese a cui l'aveva esposta la sua grossolana ignoranza.

Beatrice nella sua bontà semplice e mite era passata in mezzo alle calunnie, come uno spirito che le cose del mondo non possono toccare.

Non era una donna sublime, né per ingegno, né per arte di stare al mondo, né per tante altre cose che dànno poi il frutto che s'è visto: era una buona creatura, onesta per indole, affezionata alla sua gente, che chiedeva soltanto un po' di pace e un sorriso; ed egli aveva visto questa donna, coi capelli scomposti, cogli occhi lucenti verso di lui, nel suo gran letto bianco, mentre cercava di intenerirlo, con una voce supplichevole da rompere in due pezzi un ciottolo del selciato... Ah no! non si potevano covar idee d'odio e di vendetta con quella voce nel cuore...

Questa voce lo svegliava nel pieno della notte. Si metteva a sedere sul letto, nel buio, cogli occhi fissi alle stelle e procurava di ricrearsi davanti il bianco e stupendo fantasma. Finí col non poter dormire piú. Il mattino lo sorprese piú d'una volta pallido, intirizzito sulla sponda del letto. O se la eccessiva prostrazione gli faceva posare un momento il capo sul cuscino e gli velava la pupilla, quanti fantasmi lividi e lucenti assalivano il suo spirito! Visioni morbide e morbose avviluppavano il suo pensiero, gli toglievano la forza di raccapezzarsi.

"O Signore Iddio, abbiate misericordia di un povero uomo!..." esclamava in mezzo ai sogni nell'ombra.

Da quelle visioni cadde in un letargo febbrile, che divenne ben presto una febbre bella e buona, poi un febbrone bruciante, che gl'impiombò le palpebre e lo tenne inchiodato in letto quasi una settimana.

Parte quarta

Da sonnambula

I

Da quindici giorni Paolino non aveva ricevuto che un'asciutta cartolina di Demetrio, nella quale gli diceva che Beatrice era malata, che anche lui era malato, che quindi non era il momento di parlare dei noti progetti, e niente altro.

Che significava tutto ciò? e non poteva il cugino scrivere una riga di piú, rinfrancare la speranza di un poveretto, malato anche lui di un male che i medici non sanno guarire? Qui sotto ci doveva essere del mistero: e probabilmente quella cartolina non era che una staffetta di battaglia perduta. Non mai come ora gli pareva di essere stato temerario e illuso. Sarebbe stato piú strano che Beatrice avesse risposto subito: « sí, sí, volentieri ». Se Demetrio non fosse stato anch'egli un illuso per necessità, avrebbe potuto aprire gli occhi alla bella prima.

Chi sa quante risate avevano fatte a quest'ora a Milano sul conto di Paolino delle Cascine!

Provava a rileggere la sua famosa lettera e ad ogni frase sentiva quasi anche lui la voglia di ridere. E Milano, una città che non manca di burloni, non si lascia scappare le occasioni di ridere.

"So che io non avrei dovuto essere tanto temerario d'innalzare gli occhi sino alla Sua Persona", diceva la lettera, e gli pareva di veder Beatrice a ridere. Altro che porgere grato orecchio!... — Piú sotto c'era un'altra frase che diceva: "voglia dunque alla stregua di queste considerazioni...", e qui gli pareva veder Beatrice intenta a cercare sul vocabolario il significato di quella strana parola, che egli aveva voluto introdurre per contentare don Giovanni.

Erano già sonate le dieci e Paolino non si lasciava vedere quella mattina.

La buona Carolina, che aveva il figliuolo sul cuore, andò su, picchiò all'uscio, aprí, e trovò suo fratello ancora a letto, nella stanza quasi buia, avvoltolato nelle coperte come un eroe trafitto nelle pieghe del mantello.

« Ti senti male, Paolino? » chiese, aprendo un poco le imposte.

« Lasciami stare; sí, mi sento male. »

« Devo far venire il dottor Fiore? »

« Fa venire il diavolo. Che non si possa star quieti una mezz'ora? »

« Son già le dieci, caro mio: e se ti senti male... »

« Allora sto benissimo. »

Paolino, che riempiva colla persona tutta quanta la lunghezza del letto, si rotolò sul fianco, facendo stridere le foglie secche del paglericcio e scricchiolare la lettiera; e voltò la faccia al muro.

La Carolina, che era la madre della pazienza e che conosceva l'arte di medicare le piaghe coll'olio d'ulivo, prese una sedia, vi si appoggiò piú che non si sedette sopra, congiunse le mani sul grembialone e cominciò a dire:

« Non far cosí, non sta proprio bene. È quasi un tentare la provvidenza. »

« Bella provvidenza! »

« Non ti ha scritto Demetrio che essa era malata e che si sentiva poco bene anche lui? »

« Tre righe in quindici giorni. »

« Roma non fu fatta in un giorno e non si può dire a una donna: Son qui, la mi pigli, come se si trattasse di un bicchierino di rosolio. Si sa, anche lei deve fare i suoi conti. »

« Doveva dirmi almeno se ha consegnata la mia lettera. »

« Gliel'avrà data, cari angeli custodi!... Stanotte ho fatto un sogno... »

« Brava, contami i tuoi sogni adesso! »

« Tu sei padrone di non credere a' miei sogni, quantunque io pensi che, se Dio li manda, avrà il suo scopo. Anche Giacobbe... »

« Oh cara, anche la storia sacra! »

« Ti ricordi la povera Marietta dell'Acquabella? una notte sognò che il suo figliuolo soldato in Sicilia era malato di vaiolo: la mattina non giunse il telegramma ch'era morto? »

« Storie del medio evo! » ribatté sgarbatamente Paolino, che cominciava a non credere piú a niente.

« Saranno idee vecchie, ma alle volte le idee vecchie fanno correre le nuove. »

« Ebbene, che cosa ti sei sognata? Sentiamo anche questa » disse Paolino, sollevandosi un poco sul letto e guardando la sorella con un fare tra il disgustato ed il burlesco.

« Mi pareva dunque che Beatrice fosse ancora qui alle Cascine coi suoi figliuoli, nella stanza qui sotto, che era la sua, va bene? La pettinavo come solevo fare tutte le mattine, pigliando in mano quella bella massa di capelli, che pare un bandolo di lino, un profluvio, che vanno fino in terra quando è seduta. La stavo pettinando, quando mi rimase in mano una ciocchetta di quei capelli. E proprio in quella mi svegliai. »

« O che bel sogno! o che bel sogno! » cantarellò Paolino, lasciandosi cadere sul cuscino e ridendo di mala voglia.

« Aspetta un poco, che sentirai. Mi sveglio, va bene? e mi viene in mente di entrare nella stanza qui sotto, dove non sono mai entrata dopo la partenza di Beatrice e di Arabella. Apro per caso il cassettino della tavoletta, e guarda che cosa trovo... »

La Carolina cacciò la mano in una delle grandi tasche del suo grembialone, svolse un cartoccio e tirò fuori un filzolino di capelli biondi, proprio di quel biondo come non ce n'è un altro al mondo.

Paolino si rizzò sul gomito e aprí gli occhi e la bocca davanti a quel filzolino, che la sorella teneva sollevato in aria.

« Ti paiono i suoi? »

Paolino li prese tra le dita, li palpò, crollò il capo forse per asciugare nell'aria una sciocca commozione che gli penetrava il cuore, e tornò a piombare sul cuscino.

« Ai sogni si può credere e non credere, perché non sono articoli di fede. Ma io dico che il Signore ha tante strade per andare a Roma e che alle volte bisogna lasciarsi guidare dai piccoli segnali. A furia di piccoli grani i frati di Chiaravalle facevano seicento moggia di frumento. Un parere te l'ho dato ieri mattina. »

« Quale? »

« Che tu andassi a Milano in cerca di Demetrio. »

« No, mai: per farmi dire la brutta verità sulla faccia? »

« E allora non resta che tentare un'altra strada. Tu dirai che sono anche queste cose del medio evo: ma pazienza, parlo con buona intenzione. Sta per cominciare la stagione dei grossi lavori, e se ti ammali, io non posso arrivare dapertutto. Sento già le mie gambe che gridano vendetta in cielo. Tu hai tutti i diritti d'avere la tua famiglia: è naturale, non sei un uomo per niente. Il mio ideale — te l'ho detto — sarebbe stato che tu sposassi una buona e brava ragazza delle nostre, anche un pochino piú alla mano: ma, al cuore, tu dici, non si comanda, e non so che cosa dire. »

La Carolina aggiunse qui un sospiro che forse sollevò in lei delle vecchie reminiscenze, e continuò:

« Il peggio che tu possa fare adesso è di rimanere in questo stato d'incertezza... »

« E dunque? Vuoi che faccia una divozione alla Madonna di Caravaggio? » domandò Paolino con un sorrisetto quasi da miscredente.

« Anche una divozione non sarebbe fuori di luogo, perché la Madonna ha patito anche lei e sa compatire. Ma non è di questo che parlo adesso. Ti ricordi quella volta che ho perduto il mio anello di diamante? Chi diceva che me l'avevano rubato; chi diceva che lo avevo perduto per via; chi questo, chi quello; e per una settimana ho voluto impazzire inutilmente. Allora mi venne in mente di far interrogare madama Anita, che sta a Milano in contrada di San Raffaello, quasi sotto il Duomo; e come se la cara creatura lo vedesse in uno specchio, mi fece rispondere: "Cerchi l'anello e l'hai nella mano! Guarda nel guanto". Sono andata a vedere e c'era proprio, come essa aveva detto. »

« Mi ricordo. E cosí? »

« Io dico: come madama Anita ha potuto indovinare allora, potrebbe, coll'aiuto di questi capelli, trovati per miracolo, indovinare ancora. Molte mie compagne di scuola hanno saputo con questo sistema quando dovevano maritarsi e chi dovevano sposare. Sarà, non sarà magnetismo, io non voglio decidere, ma tentare *non nocet* e se ne sentono di quelle che fanno restare incantati. Anche il dottor Fiore, che non è una donnetta — anzi stenta a credere anche le cose necessarie — dice che la scienza non sa definire, ma che qualche cosa c'è. Se fossero proprio cose del medio evo, non si vedrebbero annunciate fin sulla quarta pagina della *Perseveranza*, che tu dici un giornale serio. Va bene? Madama Anita è una buona creatura, bella come una Madonna, che soffre come un'anima del purgatorio quando la fanno parlare; ma se può far del bene non si rifiuta. Sento che fa anche un monte di carità. È discreta e una volta sveglia non si ricorda piú. Tu potresti andare a Milano sabato per la *piazza*, e quando hai sbrigate le tue faccende, se non hai proprio il coraggio di vedere Demetrio, provi a sentire madama Anita. Bòtte non te ne dà. Le metti questi capelli in mano e stai a sentire ciò che ella ti dirà — va bene? »

Paolino rimasto a sentire con quel magico filzolino di capelli tra le dita, s'era lasciato trascinare a poco a poco dal discorso di sua sorella in una specie di incantesimo dal quale non avrebbe voluto piú uscire.

Non disse né sí, né no, per il momento, per non compromettersi, e la Carolina gli lasciò tutto il tempo di riflettere. Rimasto solo, dopo aver gustate in silenzio le parole amorose e incoraggianti della sorella, portò i capelli di Beatrice alla bocca e mormorò con un raggio di speranza in faccia:

« Dite un po' di chi siete... »

II

Al sabato, Bassano, il cavallantino, ebbe ordine di preparare la carrozza grande coi due puledri castagni, e fu pronto per le sette e mezzo.

Cogli alti stivaloni, da cui uscivano fascetti di paglia, coi baffi rossi rasati come il pelo di una spazzola, col suo bel cilindro di pelle scura e la nappina di cuoio alla postigliona, Bassano aspettò una mezz'ora il padrone seduto sul cassero dopo aver infilato le grosse dita di bifolco in un paio di guanti di refe, grandi come due sacchi di meliga.

Nella vasta corte, cinta all'intorno dai fienili e dalle stalle, era un vivo movimento di donne, di ragazzi, di oche e di galline. Di là cantava un gallo, di qua muggiva una manzetta, in fondo strideva un secchio luccicante al sole; era anche una magnifica giornata di maggio.

Intorno al carrozzone padronale cominciarono a raccogliersi i bambini, che s'incantavano a guardare come se non avessero mai vista una carrozza, coi nasi mocciosi, coi piedi nudi nella melma. Tratto tratto uscivano a dare un'occhiata anche le donne, che facevano il bucato sotto il portico della legnaia.

Il signor padrone non finiva mai di farsi la barba.

La Carolina collocò tra i piedi del cavallantino un cesto di vimini, da cui uscivano da una parte il collo di una bottiglia piena di panna tappata con erba fresca, e dall'altra il collo di un'anitra viva.

La povera bestia, legata sul fondo del cesto con ramettini di salice, salutava da lontano le sue dolci compagne che piú fortunate di lei, per il momento, diguazzavano fuggendo per l'acqua verdognola della gora sotto l'ombra deliziosa dei pioppi.

« Sapete dove sta: in Carrobio. »

« Sí, lo so. »

« Le dite di scusare, e che la saluto tanto tanto, e che se mi sentirò bene andrò presto a trovarla. »

In quella comparve Paolino vestito bene, colla sua grande catena d'oro grossa come un dito. Siccome s'era fatto tagliare anche i capelli, il cappello di feltro, diventato un po' largo, cadeva ed andava ad appoggiarsi sulle orecchie come sopra due mensole. Aveva nelle mani un fascio di carte, un portafogli pieno di biglietti di banca, qualche libretto della Banca Popolare e pareva confuso, distratto, sbalordito.

Carolina lo aiutò a mettere le carte a posto e gli disse sottovoce:

« Tieni a mente, contrada di San Raffaello, numero 13. »

Egli salí in carrozza, si rannicchiò in un angolo, i cavalli si mossero, i ragazzi corsero dietro alla carrozza fino alla strada provinciale e tutto rientrò nell'ordine solito alle Cascine. Ma alla povera Carolina il cuore batteva come il martello di un magnano.

Chi sa come finirebbe questa storia! e se madama Anita non poteva dargli una consolazione? Che cosa era saltato in mente a Demetrio di condurre quella benedetta donna alle Cascine! Al tempo delle streghe si sarebbe detto che l'avevano stregato quel ragazzo.

Strada facendo, Paolino finí di mettere a posto i conti, i denari, i libretti: ma il suo pensiero era fisso, inchiodato a un piccolo involto di carta, di cui sentiva il gruppo nel taschino del panciotto. Sempre in paura di averlo dimenticato o perso, vi portò la mano dieci o dodici volte in una mezz'ora. Da quel gruppo, come da un bottone di fuoco, sentiva un raggio di calore scendere per le costole fino alla sede del cuore. Era un calore che bruciava, ma senza dolore.

Man mano che si avvicinava alla grande città, lo assaliva lo sgomento come se egli venisse a darle il fuoco; cercava di non pensare a madama, e di pensare invece alla sua Beatrice. A volte non sapeva piú distinguere tra queste due donne, che s'incarnavano in una sola cosa di genere femminile, posta in mezzo alle case di Milano, per la quale egli si era mosso, e della quale aveva una gran paura, ma non sarebbe per questo tornato indietro. La grande città l'attirava come una voragine. Quel non so che di sacro e di pauroso, che hanno per un bambino le storie degli spiriti e delle fate, investí il nostro innamorato al comparire delle prime case del sobborgo. Passato il dazio di porta Romana, quando la carrozza cominciò a correre solennemente e a sonare sul selciato della città, gli parve che Milano gli cadesse sul capo, crepitando, come un castello di carte.

Giunti presso il teatro Carcano, Bassano fermò i cavalli davanti alla porta del Vismara, grosso negoziante di riso, col quale Paolino era in continui affari. Il padrone discese e passò nello studio a stringere un contratto per qualche centinaia di sacchi. Nel trattare esagerò a posta i prezzi dei generi per dar luogo a una viva discussione, per mettere molte parole, molte cose estranee, molti sacchi di riso tra lui e quella donna, a cui tra poco doveva parlare di Beatrice.

Nell'uscire da quella casa si sentí meglio: anzi gli parve di essere tornato un essere ragionevole, un uomo di questo mondo, e procurò di conservarsi tale, sforzandosi di osservare le costruzioni del Milano nuovo che sorgevano come per incanto, e i grandi rettifili, e le botteghe di lusso, e il movimento dei tram e il via vai della gente affaccendata, che pensa a far quattrini, che lavora, che produce, che non bada tanto alle ciarle, che se la gode senza tante fisime.

"Gran cittadone, non c'è che dire. Milano è sempre Milano," andava ripetendo tra sé di man in mano che si avvicinava al centro. "Mi piacerebbe che venisse qui Federico Barbarossa a vedere che cosa è diventato Milano. Non pèrdono il tempo questi birboni: non hanno ancora il gas che già vogliono la luce elettrica: non hanno finita una casa, che la buttano giú per farne una piú grande e piú bella. E i marenghi corrono in un Milano, dove c'è anche della gente che sa farli saltare."

« Dove andiamo? » domandò Bassano, arrestando i cavalli quasi davanti alle porte del Duomo.

« Tu vai per le tue faccende e mi aspetti per le quattro alle *Due Spade*. »

Paolino scese di carrozza e infilò diritto l'arco della Galleria, mentre Bassano voltava i cavalli verso il Carrobio.

Dopo aver gironzolato un quarto d'ora, fermandosi davanti alle belle botteghe senza veder nulla al di là dei vetri, uscí con un fare di indifferente dal braccio destro che mette verso San Raffaello, sempre agitato dal suo segreto spasimo: cercò cogli occhi la casa che sorgeva ove adesso sorge un palazzo, e quasi acciecato da una passione vergognosa, infilò una porticina, vide a piedi di una scaluccia un cartello con sotto una mano, seguí quella mano coll'indice teso per tre o quattro pianerottoli, tra due pareti giallastre scrostate dall'umido e dal nitro, si fermò sopra un pianetto semibuio, pregno d'un acre odore di minestra, davanti a un uscio mezzo di legno e mezzo di vetro riparato da una tenda di cotone, che il venticello fresco delle camere interne sollevava di tempo in tempo.

Qui posò leggermente la mano sul cordone e dietro

il morto tintinnío d'un campanello di latta, sentí una voce maschia e profonda che diceva:

« I miei coturni, smorfia. »

Di lí a un poco l'uscio si aprí e comparve un uomo di mezza statura, tarchiato, con un barbone nero, colla zucca rasa e lucida nel mezzo come un mappamondo, che s'inchinò gravemente e disse con voce di basso profondo:

« Servitor suo. »

Aveva sui piedi un paio di pantofole di corda che smorzavano ogni rumore dei passi. Costui aprí un altro uscio e introdusse con un gesto largo e ossequioso il cliente in un gabinetto vicino, avendo prima la precauzione di chiudere bene le porte dietro di sé. Paolino si levò il cappello e passò la mano sulla testa sudata.

« È per malattie, per cose perdute, per sintomi o segreti di cuore? »

« Vorrei sapere, » biascicò Paolino con una voce che tradiva la grande apprensione « vorrei sapere di una malata, sí, cioè, d'una donna. »

Gli mancava il coraggio di metter fuori subito il nome di Beatrice, ma sperava di trovarlo in seguito, alla presenza della buona signora.

« Sua moglie? » tornò a chiedere il signore delle pantofole, che era forse il medico o il segretario di madama.

« Nossignore. »

« Una parente? »

« No, o almeno un poco. »

« Un'intima relazione. Lei non ha bisogno di tradire i segreti del cuore. La chiaroveggenza degli spiriti immaterializzati basta a sé stessa. Si accomodi. »

Il mago (per chiamarlo col nome che si presentò alla mente di Paolino in mezzo al guazzabuglio dei pensieri), senza far rumore, come se camminasse sull'aria, scomparve per un usciolino segreto che cigolò dolorosamente dietro di lui.

Paolino sentí di nuovo la sua voce, divenuta piú cavernosa, che parlava ancora di coturni e un'altra intrecciata alla sua, che pareva quella di una donna piangente.

Guardò un momento intorno, senza ardire di movere un piede dal posto dove il bravo signore l'aveva lasciato.

Era un gabinetto di poca ampiezza e poco bene rischiarato da una finestra che dava sopra un tettuccio sconnesso, seminato di erbaggi e di cocci bianchi. Per passare non c'era che un piccolo spazio tra una sedia e una grossa tavola di noce posta sotto la finestra e tutta piena di libroni legati in cartapecora con su un orologio a polvere, tra due colossali corni di bufalo imperniati su piedestalli di legno neri. Sopra una mensola attaccata all'imposta, una civetta imbalsamata stava a guardare cogli occhi gialli.

Paolino andava osservando tutte queste minuzie per distrarsi, per tornare un uomo ragionevole. Che cosa voleva dire, per esempio, quel pugnale lungo, acutissimo, posto su una tazza di bronzo tra due zampini di lepre come quelli che si usano per spolverare le scrivanie? E quella testa da morto in faccia all'usciolino, bianca e lustra come l'avorio, come una specie di sorriso sui denti?

La finestra a piccoli quadretti di un vetro verdognolo e affumicato sbatteva una luce languida e scialba sulla tappezzeria raggrinzata, coperta in gran parte da lunghe filze di vecchie carte, forse lettere, ricette, consulti, memoriali infilzati nei rametti di ferro, di cui erano pieni anche gli usci e gli stipiti.

Mentre Paolino, per fortificarsi nella realtà delle cose, andava osservando di qua e di là, vide di sotto al tappeto che copriva la tavola uscire un bel gatto d'Angora, stender le zampe, allungarsi, far arco della schiena, sbadigliare come chi si alza allora dal letto.

« Se il signore vuol passare... » disse improvvisamente

la voce grave del cerimoniere, comparso da un altro usciolino, che Paolino aveva creduto un armadio.

Scosso da quella voce, andò dietro alla guida. Passarono sotto una tenda, salirono due gradini di legno posti di sbieco nello spessore di due muri maestri e si trovarono nella sala dei consulti, molto piú grande, ma immersa come il gabinetto in quella luce d'aria sporca, che dava alle cose un aspetto stanco e addormentato.

Stavano nel mezzo due canapè, l'uno di fronte all'altro, a capo dei quali era una poltrona grande, rovesciata come un lettuccio. In terra, nel mezzo, c'era un tappeto colla figura di una bestia feroce, che Paolino non seppe capire se fosse un leone o un pantera. Anche qui molte filze di corrispondenze con sopra un dito di polvere e molte tabelle piene di numeri e di ghirigori. Sulla pietra del cammino, in compagnia di alcune scimmie e di alcune cicogne imbalsamate, spiccava il gesso d'una Venere vestita anch'essa di polvere.

L'uomo delle pantofole di corda tornò a dire: « Si accomodi » e sparí ancora sotto la tenda.

Paolino, afferrato colle mani nervose alla tesa del suo cappello, come se si attaccasse a una sponda per non cadere, sedette sull'orlo di un canapè, provando una durezza dolorosa in tutte le giunture e un improvviso rammollimento di cuore e di cervello.

Sopra un tavolino, dentro un piatto, vide molti cartellini stampati, che dicevano:

Anita d'Arazzo, impareggiabile sonnambula, assistita dal celebre professor Fagiano di Sinigallia: dà infallibilmente consulti tutti i giorni dalle dieci alle tre, e ogni venerdí in letto, per malattia, ansietà, cose smarrite, deviazioni, affanni di cuore, passioni, patemi morali e simili. Medium approvato dalle principali società spiritiche d'Europa, nonché munita di speciale diploma di S. M. la Regina Isabella e di altri governi. Esercitazioni magnetiche, psicografiche, chiromantiche e chirografiche. — Per curiosità L. 3. Per malattie prezzi da conve-

nirsi. Con una ciocca di capelli si fa qualunque consulto. Deposito di ètere delle fate per rigenerare i capelli, dar loro il primitivo colore senza macchiare la lingeria.

Paolino lesse tre o quattro di questi avvisi stampati senza accorgersi ch'erano tutti eguali. Passata la prima impressione, cominciava a provare, nel trovarsi in quel luogo, una non leggera compiacenza, quasi un senso d'orgoglio del proprio coraggio misto a una dolce curiosità di cose piacevoli e nuove. O scienza, o non scienza, egli era lí per Beatrice, per discorrere di lei, nel cuore di quel Milano birbone ch'era tutto pieno di lei. L'immagine di lei entrava in quell'aria incantata quasi rivestita di un nuovo fascino, non di questo mondo. Non si sarebbe meravigliato di vederla comparire a un cenno, a un movimento di tenda...

« Ha con sé lettere o anelli o capelli dell'inferma? » uscí ancora a dimandare il professore Fagiano.

« Ho dei capelli. »

« Me li favorisca. »

Paolino trasse dal taschino il prezioso cartoccietto e glielo consegnò con una certa esitanza, come se avesse paura di perderlo per sempre.

« È la prima volta che interroga sulla paziente? »

« La prima, sissignore. »

« Ammonisco che il medium soffre e si adira ove si accorge di essere ingannato e condotto a spasso. Chi non dimanda brevemente e sinceramente arrischia di buttar via i suoi denari. Qui non ha luogo inganno o ciarlataneria come sulle fiere, ma tutto si fa sulle basi piú rigorose secondo la pratica del celebre Charcot della Salpétrière di Parigi. Stia comodo. »

Paolino voleva quasi giustificarsi. Infatti è pazzia di voler tentare la scienza col falso, e specialmente quando si paga.

Dopo un lungo agitarsi della tenda — forse madama finiva di vestirsi — uscí col professore madama Anita, tutta vestita di bianco e coi capelli sciolti sulla schiena.

Fece un sorriso caro e grazioso al signore, e senza dir altro, con una certa sollecitudine di non far perdere tempo, andò a sedersi, anzi a distendersi sulla poltrona, dopo aver accomodato i capelli un po' di qua e un po' di là sulle spalle. Distese anche le gambe, appoggiò i piedini sopra uno sgabello, lasciò cadere le braccia allentate lungo le coscie e, socchiudendo gli occhi, disse: « Fa pure, Marco. »

Paolino nel veder quella povera donna cosí distesa per causa sua, come se si preparasse a un supplizio, cominciò a soffrire nel suo buon cuore e si attaccò ancora piú stretto alla tesa del cappello.

Madama Anita, oltre ad essere una bellissima donna, aveva dei tratti cosí gentili, degli sguardi cosí dolci, dei sorrisi cosí commoventi, che guadagnava subito la simpatia dei suoi clienti. Si diceva ch'ella fosse una contessa di Pesaro, nipote d'un cardinale, d'una famiglia antichissima, ma decaduta da un pezzo per molte traversie.

A Milano non le volevano bene soltanto le bottegaie e le donnette del popolo, ma c'erano delle contesse e delle marchesine, che le scrivevano lettere piene di affetto e di riconoscenza e che le regalavano anelli, braccialetti, collane. Si diceva anche che la macellaia di via del Torchio, per gratitudine d'essere stata guarita da un pericolo di flemone, le mandava a casa per tutto il tempo che madama rimaneva a Milano, ogni domenica, un piatto di vitello e di frittura mista della piú scelta. Quelle poche che erano state ammesse ai consulti segreti, contavano cose meravigliose delle sofferenze e delle chiaroveggenze sue, quando il magnetizzatore la dominava con piú forza, la buttava in terra con un gesto del dito, con un dito la sollevava rigida e stecchita come un bacchetto, e come un bacchetto la poneva a giacere sulla sponda di due sedie di legno.

Anita volle che il professore collocasse ancora un piccolo cuscino sotto le reni e che socchiudesse un po' le imposte. Fattosi piú oscuro, Paolino, attaccato con gli occhi al bianco di quella bella persona distesa, da cui pareva che emanasse un chiarore, provò un piccolo stringimento alla gola e un sentimento di vertigine. Sospirò come un ragazzo che piange in sogno. Quasi non distingueva piú tra questa donna e quell'altra...

Il magnetizzatore aggiustò un poco la testa della donna colle mani, come si farebbe con una bambina morta che si mette nella bara, le sussurrò qualche buona parola di incoraggiamento. Si collocò diritto davanti, presso lo sgabello, si concentrò nella barba, inarcò le ciglia, guardando verso un angolo della stanza: abbassò quello sguardo severo sulle scarpette rosse della donna, risalí con quello sguardo lentamente su tutta la persona, lo arrestò, lo aguzzò come una lesina, lo conficcò qua e là nella carne viva, ed allargando d'un tratto le mani a un gesto di sacerdote che celebra, restò lí, come stecchito, colle mani nell'aria.

L'operazione era cominciata. Paolino non respirava nemmeno.

Seguirono i passi magnetici: ed allora Anita mandò un sospiro che parve un gemito. Le mani del mago, lunghe, magre, a nodi, come quelle di uno scheletro, colle unghie lunghe e tagliate a punta di mitra, uscivano con mezzo braccio nudo fuori dalle maniche della camicia, agitandosi, snodate come due proboscidi. Quindi presero a tremolare col battito leggero e mutabile dei pipistrelli e a sonare nell'aria delle variazioni. Quando il mago ebbe tanto in mano da poter essere sicuro del fatto suo, distese il gesto, costruí un bellissimo arco e sull'arco un catafalco.

Paolino non batteva occhio.

Poi l'uomo si voltò di fianco per tirare una corda invisibile, e tirò un pezzo, alternando una mano all'altra, come se cavasse un secchio dal pozzo. E dalla corda il birbone seppe ancora cavar fuori un arcobaleno che disegnò sul suo capo bello, chiaro, che gli splendeva negli occhi, che lo faceva sorridere, che lasciò Paolino ancora piú affascinato.

La povera madama Anita intanto seguitava a sospirare, a contorcersi. Erano tali gli stiramenti del suo povero corpo, e i gemiti piagnucolosi che le uscivano di bocca, che Paolino incominciò a intenerirsi e a soffrire con lei.

« Ci vedi? » chiese il dottore con una voce di uomo che dorme.

« Poco » rispose Anita con un sospiro che usciva di sotterra.

« Che cosa vedi? »

« Un muro. »

« Essa vede un muro » soggiunse il dottore, volgendosi verso il signore.

Questi schiuse un poco la bocca, come se facesse uno sforzo per parlare, e rimase cosí.

Con un movimento rapido e quasi stizzoso, l'altro ripeté tre volte sulla testa della paziente un gran nodo di Salomone, lo strinse, lo spremé nelle palme come uno strofinaccio, e ne spruzzò il sugo nelle narici di Anita con tre buffetti della dita.

Girando mollemente il braccio sinistro, cinse e chiuse nel circuito magnetico anche la testa di Paolino, si impadroní di non so qual fluido, pigliandolo coll'atto lesto di chi piglia un pesce che scappa dalla cesta, e disse:

« Metta pure i capelli del soggetto tra le dita della paziente e faccia con piena confidenza d'animo quelle domande che crede. »

E sparí, lasciando solo Paolino con quella donna addormentata.

Sulle prime a costui venne un'idea strana, cioè d'infilar l'uscio e di scappare: ma non si fidò; e poi bisognava pagare. Che cosa doveva dire? come poteva muovere le mandibole che parevano scassinate? la sonnambula lo aspettava in silenzio, senza dare nessun segno di impazienza, senza mandare un sospiro. Pareva morta,

morta davvero. Paolino palpitando introdusse e intrecciò delicatamente alle sue dita la ciocchetta dei capelli, che Anita strinse, e cominciò a palpare sempre cogli occhi chiusi e colla testa rovesciata indietro, coi piedi allungati sullo sgabello.

Dopo un bel momento di silenzio, dimandò con un vocino tenero, amoroso, tutto affetto e compatimento:

« Te vuoi sapere? »

« Se mi vuol bene... » balbettò in fretta Paolino, arrossendo come un ragazzo che si lascia cogliere sulla pianta dei fichi.

« Vedo bene che tu l'adori come le viscere del cor. »

Paolino chinò la testa. La voce armoniosa e molle di Anita sollevò tutto quel mucchio di cose, che da qualche mese in qua egli era andato collocando nel cuore.

« Forse che ti pare freda? » chiese ancora col suo bell'accento di Verona la nipote del cardinale. « Ma non aver paura, non passerà la bela luna d'agosto e tu sarai felice appien. Dammi la mane. »

Paolino stese la mano alla donna, che la strinse fra le sue e l'appoggiò sul suo petto alto, tenero e caldo. Tenendolo a quel modo prigioniero, seguitò:

« Tu sei un ragazzo timido, pien de passion, ma in amor ce vuole pazienza, o no se fa niente. C'è chi le fa la corte. »

« Chi? » poté finalmente con un supremo sforzo di volontà pronunciare il pover'uomo, come se movesse un macigno.

« Uno che le sta molto vicin. Ma la bela luna di agosto sarà favorevole a te, perché chi piú ama de cor ha sempre rason. Procura intanto de bever tre volte nello stesso bicchier e trova il mezzo di condurla qui che la toccherò colla mane riscaldata dal tuo calor. Esponi intanto tutta la fiamma del tuo ardente affetto e lascia pure cadere le lacrime del tuo cordoglio. Io leggo nel bianco libro del vostro destin, che sta a me davanti, la vostra bela felicità vostra di voi, quando divenuti insieme amanti e sposi, riposerete nell'angolo del domestico fogolar. Oh la soave gioia! Questi capeli mi dicono una dona freda in apparenza, ma ardente carattere nella confidenza d'amor. Beato l'uomo che poserà la testa sul suo sen. »

« Sei stanca? » dimandò improvvisamente la voce del professore.

« Vedo ancora un muro. »

« Segno che il medium non ha piú la visione o che un invidioso spirito s'interpone a che la signoria vostra pigli la conoscenza della verità. C'è forse della gente che invidia la felicità di questo bravo signore? » chiese per conto suo il professore alzando la voce.

Anita non rispose.

« Parla! » comandò il barbone, lanciando in viso alla donna due pugni d'aria.

« Ahi! Ahi! » esclamò lamentandosi Anita.

« Abbiamo anche dei mezzi coercitivi che costringono le forze superiori. Non ha che a guardare la tariffa. »

« No, può bastare » si affrettò a dire Paolino, sbalordito, mentre la donna andava ripetendo:

« Signor, Madonna, che affanno! »

« Parla... » ripeté quel feroce tiranno.

« La lasci stare » osò dire Paolino.

« Alle volte basta un passaggio. »

Il dottore tentò un ultimo sforzo.

Si sollevò sulla punta dei piedi e alzò le mani aperte come due ventagli.

« No, Marco, no, Marco... » strillò la poveretta, contorcendosi come una indemoniata.

« No, Marco... » pregò anche Paolino, che si sentiva venir voglia di piangere.

Il dottore corse sopra la paziente, soffiò due volte sul suo viso e la svegliò.

« Grazie, poverin » disse la donna sorridendo.

« Quanto devo? » chiese Paolino, avviandosi verso l'uscio.

« Vedremo la clessidra. »

L'orologio a polvere, posto sul tavolino innanzi agli occhi onesti del capo di morto, disse con precisione molecolare che il signore non doveva che tre lire, salva la sua buona grazia.

« Quando vossignoria desiderasse, ci abbiamo anche la tavola psicografica » aggiunse il dottore nell'accompagnarlo.

« Grazie. »

« Marco! » chiamava Anita nell'altra stanza.

« Sta zitta, vengo, angelo. La tavola psicografica segna col semplice contatto della mano in cinque minuti tutte le risposte che si desiderano. È uno dei piú forti argomenti per dimostrare l'esistenza di Dio e l'immortalità dell'anima. Profondi filosofi, speculatori metafisici e benefattori dell'umanità hanno scoperto che la terra e il cielo sono popolati di spiriti buoni e di spiriti mali — (per di qua signore) — di spiriti superiori e di spiriti inferiori, e quando un soggetto, previa una calda aspirazione al Creatore di tutte le cose visibili e invisibili, invita nel raccoglimento del suo pensiero con sommissione uno di questi spiriti o l'anima eterna di un caro estinto, sia ombra di grande illustre o vuoi poeta o condottiero di eserciti o anima di parente sepolto... »

Paolino andava grattando l'uscio per aprirlo.

« ... lo spirito tratto dalla simpatia e dalla coercizione non può a meno... A rivederla, signoria. »

L'uscio si chiuse ai calcagni di Paolino che, fermatosi un momento sul pianerottolo per ricuperare il senso delle cose umane prima di discendere la scala, sentí dietro di sé un tabusso indiavolato, in cui entravano ancora i coturni.

III

Demetrio, immerso nella sua febbre ardente, col cervello in burrasca, passava di sogno in sogno, l'uno piú stravagante dell'altro. Una mano prepotente andava agitando e scrollando il logoro libro della sua vita, facendone cadere e sparpagliandone le pagine, le memorie, fino i piccoli segni.

Una volta vide la sua povera mamma, che pareva viva, nella sua persona mal ridotta dall'età e dalle fatiche, vestita di una sottana poverella poverella di cotone, coi piedi in due zoccoli alti, coi capelli duri cascanti come lische sopra le tempie ossute e giallastre. Veniva dall'orto con un cavolo sotto il braccio e Demetrio le disse: "Non faticate troppo, tanto è lo stesso. Vi farete canzonare e maledire."

La povera donna masticò delle parole grosse che non poterono uscire dalla bocca, e indicò il cielo col dito.

Un'altra volta era Cesarino, colle gambe diventate sottili dentro i calzoni neri raggrinziti dalla pioggia, che seguitava a discorrere d'una carrozza, senza che Demetrio potesse capire che carrozza volesse dire.

Si voltava nel letto, apriva un poco le palpebre pesanti e impastate, riconosceva la sua stanzetta piena di sole, sentiva l'allegro cicalío dei canarini sulla ringhiera, la realtà gli stava davanti, ma ne provava un immenso fastidio: tornava a chiudere gli occhi, ricadendo di bel nuovo in una lanterna magica di cose strane, remote, miste, accavallate l'una sull'altra, che, sfasciandosi, cadevano con forti picchi sulla sua testa.

E allora rivedeva pà Vincenzo correr dietro la sua bella Angiolina, che si era incaponita a non rispondergli. Il povero vecchio piangeva come un ragazzo, finché non usciva dietro una siepe il signor Isidoro colle sue grandi impennate fosforescenti, col suo bastone bistorto in mano, a ridere con un fare insolente e sguaiato.

Dava una scossa al capo e questa volta non era piú un fantasma, ma *Giovann de l'Orghen* in carne ed ossa che da alcuni giorni si era preso in cura il malato.

Questi si alzava un poco, trangugiava una tazza di acqua fresca che il suo infermiere teneva in mano, gli faceva socchiudere un poco le imposte, lo ringraziava confusamente della sua carità e ricadeva di nuovo in altre dolorose fantasticaggini. Poi nacque con don Giosuè una questione, perché lo zio prete voleva la restituzione delle trentasette lire prestate pel funerale di pà Vincenzo...

La mente non distingueva piú, per esempio, tra la bella Angiolina e Beatrice, tra lui e pà Vincenzo.

Pareva una lunga storia sola, la vecchia storia di ca' Pianelli, l'eterna storia degli uomini stupidi e delle donne belle senza giudizio.

Tuttavia in fondo, quasi al di sotto di quel letto di brace, sul quale credeva di giacere, si faceva via un sentimento diverso dagli altri, che aveva in sé un certo senso di bontà, quasi una punta di dolcezza, e che dava al suo soffrire un non so che di nobile e di gentile. Era il pensiero nascosto o sottinteso di Beatrice.

La voce chiara e buona di questa donna parlava continuamente nell'anima sua e nel corpo malato, come la voce di una fontana perenne tra i clamori di un popolo in rivolta, di una fontana che non cessa mai di versare la sua acqua limpida e chiara, anche quando la gente cattiva e furibonda ha piú sete di sangue che di acqua. Mentre egli faceva ogni sforzo per accostarsi a quella fontana, in cui si concretava il suo pensiero d'amore, vedeva venire avanti Arabella nella luce del volto pallido e degli occhi pensierosi. Non era una luce di questo mondo che veniva a dissipare le ombre de' sogni, ma un fuoco d'anima viva, come irraggia dalle carni degli innocenti.

Sbarrò gli occhi, e disse:

« Sei proprio tu? »

« Sí, son io » disse Arabella, che sedeva ai piedi del letto.

« Credevo di sognare. »

« Come si sente, zio? »

« Mi pare di star meglio. È un pezzo che sei qui? »

« Un paio d'ore. Dormiva cosí quieto, che non ho osato farmi sentire. »

« Che giorno è? »

« È sabato. »

« Diggià? mi pare di aver fatto un gran sogno. Come stanno a casa? »

« Bene. Alla mamma pesa che lei resti qui solo, la notte. »

« C'è quel buon uomo che mi cura. »

« Se potessi star qui con lei... »

Demetrio la ringraziò con un sorriso.

« Adesso credo che il piú grosso sia passato. Non fu qui anche un dottore? »

« Sí, tre volte. L'ho fatto chiamare io. »

« Tu sei una cara... »

La zio Demetrio allungò la mano e strinse un poco il braccio della fanciulla. Si sentiva la testa piú sgombra, gli occhi meno bruciati e una dolce stanchezza nelle ossa, che cominciavano adesso a riposare nel letto. Dopo aver ordinato le sue memorie, dimandò:

« È guarita la mamma? »

« È guarita. Mi ha detto che verrà a trovarlo appena che si sentirà piú bene, zio. Adesso ha paura di disturbarlo. »

« Dille che non s'incomodi. »

« Ha bisogno, credo, di parlarle. »

« Di che cosa? » dimandò Demetrio.

« Non so... »

Arabella cercò di nascondere il turbamento. Una istintiva prudenza le suggerí di non far parola allo zio di ciò che il suo cuore credeva di aver indovinato. Non disse, cioè, che la Carolina delle Cascine era stata a Milano, dopo quindici o venti anni che non vedeva il Duomo, e che aveva tenuto un gran discorso in segretezza colla mamma, la quale da quel momento pareva una donna risuscitata.

Per intrattenere lo zio raccontò invece ridendo che Ferruccio, dopo la sua prima comunione, s'era meritata la benevolenza d'un pio benefattore, che lo faceva studiare da prete. Non vestiva ancora l'abito, ma studiava già il latino. Il Berretta era a un tal colmo di felicità, che da una settimana non dava piú un punto, come se il figliuolo fosse già diventato arcivescovo.

Raccontò ancora ch'era stata a trovare la piccola Martini. Il signor Martini aveva scritto che non si trovava male nella sua nuova residenza, ma non vedeva l'ora e il minuto di tornare a Milano. Mandava a salutare anche lo zio Demetrio.

« Gli scriverò qualche volta. »

« Sarei cosí contenta se fosse mia quella bambina! »

« Tu saresti bene una buona mammetta. »

Tra questi discorsi e con le cure del povero sordo, Demetrio ricuperò a poco a poco il senso delle cose ed insieme una certa pace o rassegnazione di spirito, che gli fece sembrar buono il letto.

Una volta volle rivedere i suoi canarini. Arabella che aveva imparato a farsi conoscere anche da loro, portò di qua le gabbie, le collocò sul tavolino, aprí gli sportelli e, mentre gli uccellini le volavano addosso, sulle spalle, sulla testa, sulle mani, essa gettava piccoli gridi di gioia.

Un altro giorno essa portò allo zio Demetrio delle rose, rubate alla Madonna delle monache, che celebravano il mese di Maria con molt'abbondanza di fiori. Sedeva ai piedi del letto, con una calza o un ricamino in mano, discorrendo di molte cose, che uscivano come per incanto dalla sua testolina, nella quale lo zio Demetrio si specchiava come un uomo vanitoso. Quella bambina, per esempio, conosceva tutta la geografia come il *Pater noster*, e gli faceva piacere di stare a sentire da lei la faccenda degli equinozi, che proprio egli non capiva bene come siano fatti.

Quando si sentiva Ferruccio — non ancora vestito d'abate — zufolare sulla scala, Arabella raccomodava, ancora una volta, le pieghe del letto, dava un bacio, una carezza allo zio, e usciva col suo passetto d'uccellino, lasciando un senso di lieta freschezza nell'aria.

Nella soave spossatezza della convalescenza, Demetrio si divertiva a ripensare la graziosa figurina della ragazza, quegli occhi di un'acqua cosí limpida, a pronosticare l'avvenire, a immaginare quel che egli avrebbe fatto di quella bambina, se fosse stata sua.

Come aveva promesso, Beatrice mantenne la parola e si fece vedere anche lei una festa dopo la messa.

Demetrio, avvertito, l'aspettò tutta la mattina con un battito di cuore, che egli fingeva di non ascoltare. Volle però che la camera fosse pulita e fresca e fece collocare ai piedi del letto la vecchia poltrona con su un cuscino. Poi stette ad aspettarla cogli occhi chiusi, in una soave leggerezza d'animo e di corpo.

Sentí sonare tutte le ore e tutti i quarti a tre o quattro campanili vicini, e quando suppose ch'ella potesse essere in cammino per venire da lui, avrebbe quasi voluto che non venisse piú.

La luce entrava mite nella stanza attraverso alle gelosie verdi avvicinate ma non chiuse, dietro le quali scendeva come una tela lo sfondo azzurro, netto e denso d'un bel cielo di maggio. Il mattone della stanza inaffiato largamente, mandava buon odore di fresco e di pulizia. Demetrio apriva gli occhi un momento, risaliva lentamente lungo la striscia di sole che dallo spiraglio della finestra veniva a battere sulla coperta e sul noce rosso del letto, via luminosa popolata di polviscoli d'oro, e quindi tornava a chiuderli nell'assopimento delizioso del suo pensiero, pregustando l'idealità di quel desiderio, che ogni minuto di piú si acuiva in un senso di spasimo.

Riconobbe subito la voce di Beatrice in fondo alle scale, mentre chiedeva alla portinaia un'indicazione: sentí tutti i passi ch'ella fece per venire su, e, man mano che si avvicinava, cresceva il suo spasimo.

Due colpetti all'uscio furono, per il debole convalescente, come due colpi di martello sul capo.

« Avanti... » disse parlando nelle lenzuola per confondere la sua commozione.

« Dove siete venuto a nascondervi, caro voi? » disse Beatrice entrando, « io avrei paura a stare qui di notte. » Era vestita come il dí della prima comunione di Arabella. « Come state? » Venne avanti fino al letto e guardò dall'alto della sua persona sul malato che sorrise. « Mi ha detto Arabella che state meglio, è vero? » Demetrio fece un movimento del capo per assentire e inghiottí la parola. « Sarei venuta prima a trovarvi, ma mi sentivo fiacca anch'io... e poi ci sono state tante cose... » Beatrice, chiamata da un'altra idea, fece un mezzo giro nella stanza, andò a spiare tra le gelosie e soggiunse: « Una volta su, è bel sito e si gode una bella vista. Oh i bei canarini!... » E tornando verso il letto, riprese: « Che è stato, Demetrio? vi siete forse angustiato troppo per quella sciocchezza? Se sapevo di farvi tanto male, non vi avrei detto nulla. Anch'io forse mi sono esaltata piú del bisogno e a mente fredda ho riflettuto che non valeva proprio la pena. È un vecchio stupido che ha la mania delle conquiste e diventa la burletta di tutti. Ma sulle prime, capite anche voi, còlta cosí all'improvviso, come una passera nella tagliola... »

Beatrice si pose a ridere come una donna sollevata di cuore. Era vispa piú del solito, piú colorita in viso, straordinariamente vivace come Demetrio non l'aveva vista mai.

« Sedetevi... » le disse, accennando cogli occhi la poltrona.

« Che bella poltrona! è vostra? sembra quella dell'arcivescovo. E come ci si sta bene... » soggiunse, mettendosi a sedere e abbandonando la persona sullo schienale. « Dovreste regalarmela. »

« Pigliatela. »

« Dico per celia... No, no, son venuta invece per parlarvi di una cosa seria, che voi sapete già. Eravate forse già venuto apposta per parlarmene, ma io vi ho confusa la testa colle mie storie. »

« Oggi a me domani a te » mormorò Demetrio tanto per dire qualche cosa, senza badare se la sentenza che gli usciva di bocca tornava piú o meno a proposito.

« Avrete già capito di che cosa si tratta. »

« Di che cosa? » dimandò ingenuamente Demetrio, che in quel momento non era entrato ancora nell'idea di Beatrice.

« Non avevate una certa lettera da consegnarmi? »

« Ah! » esclamò rimpicciolendo gli occhi, « è vero... l'ho persa. »

« E io l'ho trovata. »

« Do... dove l'avete trovata? »

« Indovinate. »

« Ma, non saprei... »

« Tra la sponda e la coperta del letto. »

Beatrice non seppe trattenere un altro trasporto di ilarità.

« To'... » disse Demetrio, socchiudendo quasi del tutto gli occhi, mentre imponeva a sé stesso di non essere troppo imbecille.

« Trattandosi di uno sposo, è quasi un augurio... »

« E... avete... letto? »

« Naturalmente. »

« Meglio, già, la lettera era per voi. E avete... avete anche pensato? »

« Non vi so dire, caro voi. Mi pare una cosa cosí strana! »

« Che cosa? » soggiunse l'altro, stiracchiando le parole per sostenere un dialogo, che minacciava di cascare d'ambo le parti.

« L'idea che io possa rimaritarmi. »

« Ebbene? » continuò Demetrio, pesando e compesando le parole, mentre si tirava la coltre piú sopra la bocca.

« Ho voluto prender tempo a riflettere e per questo non sono venuta a trovarvi prima, perché temevo che me ne parlaste... »

Beatrice disse queste parole cogli occhi bassi seguendo colla punta del suo parasole le screpolature dell'ammattonato. Seguí un po' di silenzio.

« E adesso avete deciso? » chiese finalmente il malato.

« Adesso non so. Se devo rimaritarmi non lo faccio per me, ma per i miei figliuoli. Non posso fare un matrimonio di slancio come si dice, né di poesia, si sa, è naturale; ma devo riflettere a molte cose, dico bene? L'offerta del signor Paolino fa onore al suo buon cuore. È un galantuomo, un uomo di gran cuore e penso che se il povero Cesarino legge nelle mie intenzioni, non può che approvarmi. Anche la sua posizione è buona. Dicono che sia molto ricco. Anche l'idea di andare in campagna non mi dispiace. Ho patito tanto in questo brutto Milanaccio, che mi sembrerà d'essere un uccello fuori di gabbia. Penso anche a quel povero uomo di mio padre, che invecchia e peggiora tutti i dí. Non c'è piú nulla a sperare nelle sue cause e anche il sogno della dote è sfumato. Voi non potreste continuar sempre nei vostri sacrifici, e poi dovete pensare anche ai casi vostri. La Carolina... vi ho detto che è stata a Milano? Sicuro, fu a trovarmi ieri l'altro dopo forse vent'anni che non si muoveva dalle Cascine, e me ne disse tante che mi ha quasi persuasa. Povera donna! un gran cuore anche lei... »

« Che cosa vi ha detto la Carolina? » interruppe Demetrio con voce soffocata dall'emozione.

« Che cosa si diceva? Ah...! mi ha detto che voi avete già dovuto ricorrere piú d'una volta per grosse somme a Paolino per far fronte a molte spese. Il matrimonio metterebbe un bel saldo a tutto... »

« È vero » esclamò con improvvisa eccitazione Demetrio.

Le sue guancie s'infiammarono un momento, poi d'un tratto impallidirono.

« È vero, » seguitò « a questo non ci avevo pensato. Il matrimonio salda tutto. Va benissimo, e poi? »

« E poi siamo rimasti intesi che prima dell'agosto il matrimonio non si abbia a fare anche per rispetto ai morti e per riguardo alla gente. Paolino... »

« È stato a Milano anche lui? »

« Sí, ieri... »

« O bello... bello... » esclamò Demetrio, con uno scoppio nervoso d'ilarità.

« Perché ridete? »

« Cosí, per nulla... So che egli è tanto innamorato... »

« È buono... Mi ha fatto già un mucchio di regali. »

« Sí, sí... non guarda a spendere... » soggiunse Demetrio ridendo sempre e asciugando col lenzuolo l'umore che l'immensa soddisfazione gli spremeva dagli occhi. « E che cosa ha detto Paolino? »

« Ha detto che il matrimonio si può fare in campagna, e preferisco anch'io cosí. Ma per questo bisogna che la sposa scelga il suo domicilio legale in campagna, tre mesi prima del matrimonio, nel Comune dove vuol maritarsi. Paolino mi ha detto di chiedere a voi che passi si possono fare. »

« Io non saprei che passi... » fece Demetrio con un sorriso morto e penoso.

« Nel qual caso si sceglierebbe il Comune di Chiaravalle, che è a quattro passi dalle Cascine. »

« Benissimo. »

« Cosí si possono fare le cose quiete. »
« Giusto. »
« Paolino ha detto anche che vi scriverà e verrà egli stesso a trovarvi. »
« Mi farà piacere. »
« Dovrò poi ringraziarvi anche voi. »
« Di che cosa? »
« Di aver pensato al mio bene e a quello de' miei figliuoli. »
Demetrio questa volta non aprí bocca, ma sollevò uno sguardo umile e quasi pauroso.
« E ora pensate a guarire » soggiunse Beatrice, alzandosi.
La sua persona pareva quasi ingrandita nell'angustia della stanza. Raccolse i lembi del velo, se lo aggiustò un poco nei capelli, alzando le braccia, e fece qualche passo per uscire. Ma si ricordò di essere venuta anche per un altro motivo importante.
« A Paolino, naturalmente, non ho detto nulla di quell'altra storia. »
« Quale? »
« Quella del braccialetto e del cavaliere. È una storia noiosa e stupida che è meglio lasciar cadere, anche per voi, non vi pare? Solamente fatemi il piacere, con vostro comodo, quando sarete guarito, di consegnare al portinaio di quel signore il suo regalo, che io non voglio assolutamente tenere (Beatrice levò da una tasca del vestito l'involtino e lo collocò sul tavolino) e se non vi disturba, di unire anche le cento lire. Queste ve le restituirò alla prima occasione, risparmiando qualche spesa inutile: ma a Paolino non dite nulla, come se non fosse capitato nulla; e nemmeno a quel signore non dite nulla: capirà da sé. »
« Va bene... » disse Demetrio con voce fredda e asciutta.
« Ve lo lascio qui il prezioso regalo? »
« Sí, lasciatelo lí... »

« E che ne dite voi? »

« Di che cosa? »

« Di questo matrimonio? »

« Bene, benissimo, tutto bene... »

Beatrice si fermò ancora un poco a parlare di Arabella, dei Grissini e di cose indifferenti: diede ancora un'occhiatina alla bella vista: passò anche sulla ringhiera, lasciando l'ammalato solo nel suo letto di spine: rientrò, gli raccomandò di nuovo di guarir presto, e se ne andò via quasi di furia, chiamata dall'improvviso pensiero dei figliuoli, ch'erano rimasti in casa soli e l'aspettavano per la colazione.

E cosí la bella storia finiva, come doveva finire.

Chi aveva detto a lui d'innamorarsi? che colpa aveva quella povera donna s'egli era pazzo? di tutti i suoi tormenti e di quel gran male, che gli faceva il cuore gonfio, Beatrice non s'era manco accorta. Quel po' di bene ch'egli aveva fatto a lei e a' suoi figliuoli era stato saldato dai denari di Paolino. Ecco, signor Demetrio, come vanno le cose del mondo. Un'altra donna forse..., ma che altra donna! è il mondo fatto cosí, è la sorte degli ingenui, era il suo destino, il suo pianeta... Non valeva la pena di voler male per questo a una povera creatura, che pensava al bene de' suoi figliuoli, e nemmeno a un galantuomo che operava con sincerità e con bontà d'intenzioni. Fossero felici tutti quanti! A lui rimaneva il suo tormento, la sua brace nel cuore. La ruota della fortuna non gira senza schiacciare qualcuno.

Egli ricuperava la sua vecchia libertà, rientrava nel suo guscio, tornava alle sue erbe — povere erbe tanto dimenticate, — a' suoi canarini, a rattoppare le sue scarpe, a trascriver protocolli e rapporti, precisamente come prima, forse piú sicuro di prima, come un uomo che si desta da un sogno di tre mesi, durante i quali abbia vissuto una vita diversa e stravagante.

Provava il senso di chi torna al suo paese dopo un lunghissimo giro per il mondo, colle scarpe rotte, bisognoso di riposare, di chiudere l'uscio di strada, di rivedere i vecchi mobili ricoperti di polvere, in attesa che le mani e la testa rientrino nelle vecchie abitudini, dalle quali forse sarebbe stato meglio non uscire.

Ecco i pensieri che lasciò dietro di sé, nell'uscire, quella donna, e che vennero a sedersi sul letto del malato.

Ma al disotto di questa stanca rassegnazione, Demetrio sentiva un gran vuoto, come se nell'uscire quella donna avesse portato con sé qualche cosa di cui un uomo non può far senza per vivere. Non era il cuore, no: il cuore, a furia di colpi, si indurisce e impara a resistere. Ciò che lo pungeva era un pensiero che non avrebbe saputo mettere in carta, ma che egli riassumeva all'ingrosso in una parola: la fede... Sí, egli aveva creduto per un momento di esser buono a qualche cosa in questo mondo. Colla sua fede aveva abbracciato i dolori di una povera famiglia, sollevata un'anima dal purgatorio, salvato dal disonore il nome di una famiglia, creato il sentimento di quella donna... Oh sí, quella donna l'aveva in una certa qual guisa creata lui. La gente non aveva che scherno e disprezzo per la povera bambola; ed egli s'era illuso un momento che la bambola avesse sangue e lagrime e sentimento... e che gli volesse infine un poco di bene.

E invece nulla, nulla, nemmeno una parola di carità. Essa era venuta piú per sbrigarsi di una convenienza e di un braccialetto che per chiedergli un consiglio, piú per pregarlo a fare dei passi per lei, che non per consolare un povero malato.

Si vedeva che la felicità era seduta come in un trono nel suo cuore: le gote, gli occhi, la voce, i movimenti, mandavano fuori la contentezza da tutte le parti.

Essa stendeva avidamente le mani all'occasione per paura che il momento la portasse via. Aveva ragione, ciò forse era giusto e naturale in quella donna... ma una parola di carità costa cosí poco! E invece niente, niente per lui.

Demetrio si sollevò e si pose quasi a sedere sul letto: sentendo mancare il respiro, chiuse strettamente gli occhi, abbandonando la testa senza forza sul cuscino, e lasciò che queste idee monche e cozzanti tra loro finissero d'agitarsi.

Beatrice era morta per lui, era morta e sepolta nel cuore che l'aveva creata.

Tranne la sua mamma, nessuno gli aveva voluto bene a questo mondo. Eppure egli non aveva mai fatto male a nessuno, anzi ogni occasione era stata buona per lui per lavorare, per struggersi, per far mortificazioni e sacrifici.

Povero illuso, povero scemo!

Il mondo ama piú le apparenze che la sostanza, e non c'è nulla che piú offenda la gente incapace di bene quanto la vista del bene che fanno gli altri.

Non potendo difendersi dal bene che ricevono, gli uomini cercano di non accorgersene e di dimenticarsene presto, fin che giunge opportuno il momento di vendicarsi con un piccolo trionfo d'ingratitudine.

Oh la sua povera fede! sí, era questa che moriva in quel profondo abbattimento di tutte le forze, in quella crisi nervosa di malinconia.

Ora che l'idillio della sua vita era finito e che il lume dell'ultima illusione erasi spento come un razzo nelle tenebre, non gli rimaneva che di morire.

Morire! — questa brutta parola risonò come un fischio nelle sue orecchie attutite dal male. — Gesú di misericordia! che idea gli passava ora per il capo? anche a lui, anche a lui lo spettro della morte doveva presentarsi come una liberazione? che avesse perduta veramente ogni fede nelle cose di questo e dell'altro mondo? che Dio e la sua mamma lo avessero proprio abbandonato del tutto? Ah Cesarino!

Spalancò gli occhi per bevere la luce del giorno e per liberarsi da quel tremendo incubo che lo trascinava a rivedere suo fratello disteso sotto una stuoia fra le ruote d'una carrozza: e gli occhi andarono a posarsi sopra la tazza di vetro, in cui Arabella aveva collocate le belle rose di maggio.

Fisso in quei fiori lasciò che le lagrime colassero un gran pezzo in silenzio, come se dentro di lui si sciogliesse veramente qualche cosa di duro e di irrigidito.

IV

Il cavaliere Balzalotti ritornò dal suo viaggio ufficiale coll'animo pieno di nobile soddisfazione. Era stato ben accolto dal segretario generale, col quale ebbe l'onore di pranzare un paio di volte nella compagnia di quattro o cinque competenze speciali, che seppero far tesoro della pratica e dei lumi, che il cavaliere aveva attinto nel lungo maneggio degli affari.

Portò a casa un buon organico e la certezza che il prossimo numero della *Gazzetta Ufficiale* avrebbe registrato qualche cosa di dolce per il cuore d'un vecchio funzionario, l'unica ambizione del quale era sempre stata quella d'essere la prima vittima del dovere.

Quando Demetrio, spenti i lumi e sceso il sipario del suo modesto idillio, tornò a uscire di casa e a riprendere la solita strada dell'ufficio (piazza del Duomo, piazza Mercanti, Cordusio, Bocchetto), il cavaliere era già tornato da alcuni giorni. Avendo inteso che il Pianelli era malato, colse l'occasione per chiamare al suo posto di segretario particolare il Bianconi, liberandosi cosí d'un vicino che poteva diventare troppo fastidioso, senza però farsene un nemico.

In mezzo ai gravi affari d'ufficio, Beatrice gli era uscita di mente: ma non disperava di prender la lepre col carro. Al signor Demetrio Pianelli il nuovo organico assegnava una piccola promozione con qualche vantaggio di stipendio, una quarantina di lire all'anno, poca cosa per un milionario, ma che per un povero impiegatello rappresentano circa undici centesimi al giorno, giusto il prezzo del sigaro e della scatola dei zolfanelli.

Il Bianconi fermò Demetrio sulla scala per dargli queste notizie. Il galantuomo era un po' contento e un po' malcontento. Gli piaceva da una parte d'essere stato chiamato dalla confidenza del suo superiore, ma non avrebbe voluto dall'altra parte che Demetrio se ne offendesse, o pensasse che egli avesse brigato quel posto. Il buon uomo amava essere in pace con tutti.

« Io non ho toccato niente delle tue carte: anzi, bisogna che tu mi dia qualche istruzione e la chiave dei cassetti. »

A Demetrio la notizia non fece né caldo né freddo. Andava a poco a poco istruendosi nell'arte di saper vivere, che consiste, pare, nel prender le cose come Dio le manda e nel lasciarle andare come il diavolo le porta.

In Carrobio non s'era ancora lasciato vedere. Perché affrettarsi a correre dove non c'era piú bisogno di lui? non era forse saldato ogni conto di dare ed avere?

In quanto all'impiego, sedersi qua o là per lui adesso era cosa indifferente. Il Caramella lo trasse in un cantuccio e gli pagò la solita mesata, lire 122 e centesimi, in un biglietto da cento e in altre poche lire di carta sucida, ch'egli prese e cacciò in tasca come se si trattasse di un fazzoletto da naso. Passò senza parlare, ma neppure senza impazienza, nella stanza d'ufficio, dove aveva fabbricato i suoi magnifici sogni e fissò un momento gli occhi sulla poltrona lucida e vuota del cavaliere, alla quale aveva predicato tante sciocchezze... E quasi gli venne da ridere. Andò al suo tavolo e si preparava ad aprire i cassetti per fare il suo piccolo San Michele, quando vide entrare il Quintina in compagnia del Bianconi e di un certo Caravaggio, archivista, con una lista in mano e una penna sull'orecchio.

« Oh! ecco il signor Pianelli » disse il Quintina con la sua voce di clarinetto. « Lei non può mancare nella nostra lista. »

« Che lista? » chiese Demetrio freddamente, mentre cercava d'infilare la chiavetta nella serratura.

« Si tratta di offrire un modesto pranzo al nostro cavaliere Balzalotti, che è stato in questi giorni insignito d'una distinzione che si può dire guadagnata col sudore della fronte. » Il piccolo ragioniere strizzò un occhio verso i colleghi con un sorrisetto un poco malizioso. E continuò: « Dobbiamo a lui l'approvazione del nuovo organico, dice poco? se adesso andremo in carrozza, è merito suo. Ma, scherzi a parte, ho già raccolto undici belle firme, vede? aggiunga anche la sua e faremo cosí la cena degli apostoli. Il Giuda sarò io. »

A questa facezia il Quintina fece seguire una risata clamorosa come il suono di due pantofole sbattute, e ripetendo un suo movimento abituale, mosse le gambe nell'atto che tirava un poco i calzoni sui fianchi.

Demetrio rispose anche lui con un sorriso pieno di sarcasmo, e disse tranquillamente:

« Io non firmo niente. »

« Che, che... » esclamò il Quintina, « lei non farà questo torto a un commendatore della Corona d'Italia. »

« Io non firmo niente » ripeté Demetrio senza andare in collera, ma con accento d'uomo persuaso di quello che fa.

« Perché non vuoi firmare se ci stanno gli altri? » saltò su a dire il Bianconi, a cui quel rifiuto pareva una cosa orribile. « Ho firmato anch'io... » soggiunse con un tono di voce flebile e pietoso, in cui si sentiva tutta la grandezza del sacrificio, che era di sette lire a testa.

« Perché... perché io son diverso dagli altri. »

« Questa sí che è bella! » proruppe con una risata il Quintina, facendo scorrere la cannuccia dietro l'orecchio, come se grattasse per gusto. « Vorrei sapere che cosa ha di diverso di noi il signor Pianelli. »

« Della mia coscienza sono giudice io... »

« Che cosa c'entra la coscienza in questa faccenda? » soggiunse il Quintina, compiendo un giro nella stanza con le mani nelle tasche dei calzoni, ch'egli tirava sui fianchi, mandando fuori abbasso due scarpette da signorina. « Non siamo venuti per sporcar d'inchiostro la coscienza di nessuno; che bell'originale! »

Demetrio gettò sul pettegolo un'occhiata di ghiaccio, mosse due dita in aria come se stesse per dire qualche cosa e tornò ad infilare la chiavetta nel buco.

« Non si tratta di una grande somma! » provò a dire l'archivista, un giovanotto piccolo, smorto, con poche setole di barba e con due occhiali fini e lucenti sugli occhi.

« Se non puoi pagare adesso, metti almeno la firma, tanto che si possa dire che ci siamo tutti... » suggerí con benevolenza il buon Bianconi, che nella sua bonarietà soffriva di veder un amico cosí fuori di strada.

« Non è per non pagare... Che diavolo! io sono ricco... Guarda, Bianconi. Ho appena riscossa la mesata... la vedi qui? »

E Demetrio stese la mano irritata da un fremito mal compresso d'ira, con dentro le sue centoventidue lire e centesimi, gualcite come un pezzo di fodera.

« Sappiamo che ella è ricco... » cantarellò il gobbetto, facendo sonare le dita nell'aria.

« Sí... caro il mio signor... »

Demetrio finí la frase con un'altra occhiata lunga e insolente. Poi si mosse d'un tratto come se lo assalisse un'idea luminosa:

« A lei, che ride e che canta, guardi: posso regalarle al signor cavaliere... »

« Commendatore, commendatore... » corresse burlescamente l'altro.

« Posso regalare al signor commendatore cento lire... guardi! » e con un colpo di mano andò a mettere il biglietto da cento sulla scrivania del suo superiore. « Ed anche qualche cosa ancora gli posso regalare » soggiunse, cavando di tasca un involtino, ripiegato in una carta e legato con un nastrino rosso, che collocò sul biglietto. « Ma su quella lista il mio nome non lo metto: e mo' è con... contento, sor... » e in luogo del nome sostituí una smorfia della faccia, che gli fece raggrinzare tutta la pelle del naso.

« Con... contentissimo... » strillò il gobbetto, agitando le gambe.

Demetrio aveva preso con sé il famoso braccialetto coll'intenzione di consegnarlo al portinaio della casa dei bagni in via Velasca, come aveva consigliato Beatrice, e come se il regaluccio lo rimandasse lei, senz'altro, senza rivangare il passato e far scene e scandali, di cui oggi si sentiva ancora meno il bisogno.

Ma fuorviato dai discorsi, stuzzicato dall'ironia punzecchiante del Quintina e dalle insistenze banali del Bianconi, piú per un capriccio di resistenza che non per un partito preso, fu tratto a commettere uno sproposito, che forse non era nel suo programma e nemmeno secondo i dettami di quell'arte di saper vivere ch'egli voleva adottare per sistema.

« So bene che al signor Pianelli non mancano i fondi » seguitò a dire il Quintina, socchiudendo con malizia gli occhi e mettendo fuori la voce in una cantilena canzonatoria.

« Lei è un uomo spiritoso, » rispose Demetrio con un senso di schifo « ma io potrei dimostrarle che pensa e che dice delle cose stupide. »

« Ma che storie? ma che vuol dimostrare? ma mi faccia il santo piacere di non fare il matto. »

« Se non firmo, è perché ho le mie ragioni. »

« Ma se le tenga... »

« E le mie ragioni, caro il mio caro signor spiritoso, son pronto anche a stamparle. »

« E lei le stampi... » rimbeccava senza perder fiato l'ometto piccino, che saltava come un uccello in una gabbia.

« E il mio pane è guadagnato colle mani pulite, sa... » e mostrava i due palmi « pulite piú delle sue, che se le lava tutte le mattine col sapone inglese. »

« Adesso sei fuori di te, Pianelli » s'arrischiò a dire il Bianconi, agitando con una certa furia le mani, mentre il Caravaggio, preso in mezzo, moveva la testa ora a destra ora a sinistra, come un gatto che guarda un pendolo, o anche come un uomo che non capisce niente.

« Lasciatelo cantare, è matto; gli è andata la rugiada alla testa. Starei fresco, se volessi perdere il mio tempo con un professore di lingua... »

Demetrio sentí la punta della freccia a fior di pelle, si contrasse come un legno nel fuoco, e dopo un gran garbuglio di consonanti, da cui la sua lingua ingrossata dall'ira stentò a districarsi, disegnò col pollice una certa curva, come se abbozzasse un gobbetto nell'aria, e mormorò:

« Io non ho certe fortune... »

L'altro divenne livido, i suoi occhi si velarono e si rimpiccolirono, la bocca umida di saliva si atteggiò a un sorriso mordace, in cui l'ometto maligno cercò di nascondere, come dentro a una maschera, il cupo risentimento dell'animo offeso. Da quella smorfia lunga e indurita tra le pieghe della pelle uscí una voce piú falsa del solito, che doveva sembrar nuova anche al suo padrone:

« Senta, sor Pianelli, i miei non si sono ancora appiccati ai travicelli dei solai, e io, firmando qui le mie sette lire, non ho paura di far mangiare a un benefattore i suoi denari. »

« Ah! aspetta... brutto assassino... »

Demetrio stese la mano, afferrò un grosso calamaio di peltro e fece l'atto di buttarlo in viso al mostro maldicente; ma il Bianconi gli fermò con una mano il braccio, ponendogli l'altra sullo stomaco, intanto che il Quintina rideva sugli acuti d'un riso fatuo e insolente, facendo il verso d'una gallina che canta.

In quella entrò il cavaliere Balzalotti e tutti ammutolirono, restando ciascuno al suo posto, fermo nella sua posizione, come le statue di terra cotta che si ammirano al sacro Monte di Varese.

« Che cosa c'è? » chiese il commendatore Filippo Balzalotti colla sua voce flemmatica di buon padre di famiglia, arrestandosi un poco sulla soglia, lindo nel suo abito nero, col panciotto bianco di *piqué*, lucido, pulito come uno sposino, con una espressione di bontà e di indulgenza sparsa come una spalmata di vernice sulla superficie della sua faccia di canonico.

« Politica, della brutta politica, commendatore » si affrettò a dire il Quintina, che non era uomo da perdere troppo facilmente le staffe.

Il Bianconi, a cui tremavano le polpe delle gambe, per aiutare a porre un cerotto si fece un coraggio da leone e disse:

« Come impiegato anziano ho l'onore, commendatore, di far parte di un comitato d'onore incaricato d'invitarla a un modesto banchetto in onore della... del... »

« Della ben meritata onorificenza di cui sua Eccellenza il Ministro volle onorare la signoria vostra » continuò l'archivista tutto d'un fiato come se sonasse una trombetta.

« Oh! oh! » esclamò tutto confuso il commendatore, « che cosa vien loro in mente? un banchetto a me? non sono un ministro. »

« A questo penseremo in seguito » fu pronto a dire il Quintina, a cui stava bene la lingua in bocca. « Intanto è un vivo bisogno del nostro cuore di manifestarle la compiacenza della quale siamo compresi tutti quanti per una delle poche distinzioni, che si possono dire veramente meritate. »

« Questo sí, è vero, proprio... » aggiunsero gli altri due.

Demetrio, dopo aver soffiato nella chiavetta per liberarla dai fondi di carta, era tornato a rosicchiare intorno alla serratura, curvo, quasi nascosto dietro la scrivania.

Il commendatore che lo aveva adocchiato subito, capí che egli non faceva parte della commissione.

« Loro hanno una grande bontà e una grande indulgenza per me. Ammettiamo dunque che il ministro abbia voluto ricompensare non i meriti reali, ma la buona volontà e la devozione a quelle idee liberali di ordine e di progresso, che hanno sempre informata la mia vita. »

« Benissimo... » esclamarono con tre voci diverse i tre ambasciatori.

Tenne dietro una battuta d'aspetto, durante la quale Demetrio, innocentemente, soffiò nella chiavetta, traendone quasi un piccolo fischio; e tornò a rosicchiare come un topo che fa il buco per passare.

« Li prego dunque di farsi interpreti presso i loro egregi colleghi dei sentimenti della mia gratitudine, e dicano pure che, poiché gli anni mi dànno questo diritto, preferirò sempre essere il loro padre piuttosto che il loro superiore. »

« Questi sentimenti onorano l'illustre uomo piú di qualunque commenda » conchiuse di nuovo il Quintina. « Dunque se non le dispiace, commendatore, sabato alle sei avremo l'onore di venire a prenderla colla carrozza a casa sua. »

« Non si disturbino: se mi dicono il luogo della riunione... »

« Non permetteremo mai. »

« Bene, come vogliono. Cercherò di fare onore alla bella compagnia e al cuoco. »

Risero tutti e quattro piú forte del bisogno, quasi per

fare il coro finale, mentre il bravo uomo stringeva la mano all'uno, all'altro e all'altro.

Demetrio, mentre gli altri se ne andavano, riuscí con un energico *ma...ledet...tissimo!* ad aprire il cassetto indurito dove aveva chiuse le sue manichette, la fodera del cappello, un boccaletto di vetro, un bicchiere, qualche altra cosuccia sua, e si preparò a far fagotto.

Il commendatore finse di non accorgersi di lui. Dal contegno del Pianelli non poteva capire s'egli era informato o no della delicata faccenda e non osava rompere il silenzio per non guastar l'aria. Demetrio, dal canto suo, era quasi sul pentirsi d'essersi lasciato trasportare un po' troppo; ma non poteva piú far sparire il biglietto e l'involtino senza dare nell'occhio o senza provocare una questione, che adesso gli era diventata indifferente. E intanto questi due uomini, fingendo di non accorgersi l'uno dell'altro, stavano lí sospesi, come ai due estremi di un'altalena in bilico, dove uno non può cadere, se non fa cadere anche l'altro, e nessuno dei due può andarsene finché la trave resta in bilico.

È da queste posizioni incomode, piú che da istinti malvagi, che gli uomini sono tratti qualche volta a farsi del male.

Il commendatore, attaccato il cilindro al chiodo, stava tirando la punta ai guanti, mentre dava, in piedi, una prima occhiata superficiale alle soprascritte delle lettere e al fascio degli affari. L'occhio andò naturalmente a cadere anche sul biglietto da cento e sull'involtino. Non capí a tutta prima, prese in mano il misterioso peso, stracciò coll'unghia un lembo della carta, vide un che di lucido, ruppe ancora di piú l'involucro, capí, arrossí come una ragazza còlta dalla mamma con un libro disonesto in mano, infuriò dentro di sé, un tremito nervoso lo prese, smosse, per far qualche cosa, della carta, mentre una parola furibonda, attraversando tutta quella fiammata di vergogna e di sdegno, gli venne due volte sulla punta della lingua:

"Tanghero!" avrebbe voluto gridare contro quell'imbecille gaglioffo, che pretendeva di dargli una lezione in ufficio. Ma la bella dentiera di Winderling non lasciò uscire che un suono smorzato come l'onda morta di un tamburo. Demetrio, collocato il cassetto in terra, andava voltando e rivoltando le robe sue, come se facesse un'insalata di stracci. Sentiva quasi al disopra della testa passare lo sdegno di una cosí grande dignità ferita proprio nella sua poltrona, e, per quanto rassegnato a prendere le cose come il ciel le manda, non era ancora cosí maestro nell'arte del saper vivere, perché un resto dell'antica soggezione non gli facesse fastidio e balenío agli occhi. Quando gli parve di aver finito, raccolto il suo fagottello, si avviò, come se non ci fosse nessuno nella stanza, verso la porta d'uscita, diretto al suo nuovo ufficio.

Il commendatore, in piedi, dietro la scrivania, lo lasciò andare un poco, incerto anche lui di fingere di non esserci e quindi bevere il fiasco nella sua paglia, o se non era il caso invece di toccare il tempo a questo tanghero dalle orecchie rosicchiate, che si permetteva di dargli una lezione in ufficio. Tra i due estremi scelse un mezzo termine, secondo la vecchia tattica dell'uomo oculato; cioè, quando vide che l'altro stava per uscire:

« Neh, Pianelli » disse con una voce d'uomo sostenuto sí, ma non in furia « senta una parola. »

Demetrio si voltò e venne con tre passi lenti, in preda anch'esso a un tremito convulso, verso la scrivania del suo superiore, e interrogò con una faccia di uomo che ha il sole negli occhi.

« È lei che mi ha raccomandato un ragazzo per l'orfanotrofio? »

« Difatti, una volta... » balbettò.

« È figlio di un suo fratello, eh? »

Demetrio disse di sí col capo, e inghiottí una goccia di saliva.

« La ringrazio tanto: mi ha fatto fare una bella figura nel Consiglio. Di che male è morto il padre di questo ragazzo? »

Demetrio, come se gli saltasse in corpo un razzo, fece un altro passo, quasi un salto, collocò la roba su una sedia e dimandò:

« Perché? »

« Dimando a lei di che male è morto il padre di questo ragazzo, perché doveva informarmi: era dover suo, e non permettere che una persona rispettabile andasse a raccomandare a persone rispettabili il figlio di uno che si è impiccato per debiti. Che cosa crede? che gli orfanotrofi siano fatti pei figli dei ladri e dei falsari? »

Demetrio, non piú cosí ingenuo come una volta, capí benissimo che il signor commendatore esagerava di proposito un fatto inconcludente per darsi della forza, per nascondersi in una nuvola temporalesca di sdegno, per vendicarsi insomma del vivo, picchiando sopra un morto. Volle giustificarsi, però senza andare in furia, e disse:

« Scusi, lei sapeva benissimo, anzi meglio e prima di me com'erano andate queste cose, e, se si ricorda, mi ha dato in questo preciso posto anche dei preziosi consigli. Se c'è qualcuno che deve lamentarsi, scusi, cavaliere, dovrei essere io, nel caso, perché..., perché... chi ha fatta la piú brutta figura in questa faccenda, chi è stato il piú minchione sono io... »

« Che mi sta a contare... » interruppe con un brusco movimento delle mani il commendatore.

« No, scusi, lei si lamenta che le ho mancato di riguardo » tornò a dire Demetrio sospinto a poco a poco da una fiumana di cattivi umori, che non sentivano piú la forza degli argini « e io mi permetto di chiedere a lei e al suo buon amico di Novara chi si è fatto piú giuoco della semplicità, della debolezza... e dei bisogni di una povera gente che, appunto perché povera e debole, poteva meritare del... della compassione. »

Sospinto, trascinato, travolto dalla reazione della sua

virtú, Demetrio trovò d'aver dette piú parole che non avesse in mente di dire, ma le pronunciò senza declamazione, quasi sottovoce, con un tono e un gesto che conservavano ancora, alla lontana, un'apparenza di rispetto.

« Guardi come parla... » comandò con un alto sussiego il commendatore, e indicando la porta col dito, aggiunse: « Mi vada fuori dei piedi. »

« Andavo bene: è lei che mi ha chiamato indietro per il gusto d'insultare un povero orfanello. Siccome non ha potuto oltraggiare l'onore di una donna onesta, crede di vendicarsene... »

Demetrio alzò le mani colle dieci dita aperte.

« Esca, dico... » l'altro gridò, quanto è permesso di gridare a un superiore, facendosi smorto e agitandosi tutto nel piccolo spazio tra il muro e la scrivania.

Demetrio, sempre sospinto da una violenza che non sapeva piú imbrigliare, fatto un altro passo avanti, seguitò:

« Crede di vendicarsene col gettare l'infamia sul capo de' suoi figliuoli. »

« Per Dio... » tornò a dire il commendatore, agitando le carte con un moto convulso: ma non voleva d'altra parte col gridar troppo esagerare lo scandalo, far correre gente, compromettersi in faccia ai subalterni. « Faccia il piacere » provò a dire con un tono piú dimesso « se ha delle ragioni, non è questo il luogo. »

« L'offesa ch'ella ha fatta a quella donna è cosí vile... » soggiunse Demetrio appuntandogli in faccia un dito.

« Di che cosa mi parla? » interruppe il commendatore, agitando sotto il naso del Pianelli il foglio della *Perseveranza*, stropicciato come un fazzoletto, quasi avesse voluto pulir l'aria e far scomparire quelle brutte parole. « Che provocazione è questa? esca, le torno a dire. Che mi viene a contare a me, di quella sua pettegola? »

Demetrio lasciò cadere una mano con un colpetto secco sulla spalla del commendatore e gli disse:

« Badi a non offenderla di piú, per il suo bene... »

« Che, che, che... è una minaccia? » balbettò il commendatore, facendo gli occhi grossi e spauriti, tirandosi piú che poté sul muro.

« Badi, » e il Pianelli lo fissò coll'occhio cattivo « io non ho mai date lezioni sull'arte di saper vivere, ma posso insegnare a lei e a qualcuno piú bravo di lei come si rispetta una povera donna. »

« Ehi, di là..., Bianconi; bravo, venga qui. »

Il Bianconi, che stava dietro l'uscio ad ascoltare con un gran dolore ai ginocchi, quando capí che il Pianelli perdeva la testa del tutto, entrò, lo prese sotto il braccio, lo tirò indietro:

« Andiamo, non dir piú asinerie... Tu ti senti male... »

« C'è della gente che dice che io faccio dei guadagni, che ho dei segreti protettori » gridò con una voce falsa e lacerata il Pianelli, che non era piú in grado di misurare la portata e l'estensione delle parole. « Questi sono i miei guadagni. Ma dovessi anche mangiare i chiodi delle scarpe, avrò sempre il diritto di insegnare a lei, e a chiunque piú bravo di lei, il rispetto che si deve a una donna onesta. »

« Lo meni fuori a respirare dell'aria, Bianconi. È matto; ha bevuto. »

« Taci dunque... finiscila » predicava il Bianconi.

« A lei e a chiunque piú bravo di lei » tornò a ripetere il povero diavolo dalla soglia dell'uscio, attirando l'attenzione dei portieri e degli impiegati piú vicini.

Non era Demetrio Pianelli che strillava, ma qualche cosa o qualcheduno dentro di lui, che aveva bisogno di uscire come il diavolo dal corpo di un ossesso.

Era l'uomo morto, che risuscitava colla corona di spine di tutti i patimenti, di tutti gli stranguglioni inghiottiti, di tutte le amarezze, di tutte le vergogne, di tutti i tedî sofferti in una lotta superiore alle sue forze cogli uomini, colle donne, coi vivi, coi morti, e (piú terribile di tutto) con sé stesso.

L'uomo morto usciva, come evocato ancora una volta dal nome di quella donna che altri osava insultare in sua presenza: usciva da un apparente letargo di cinismo a protestare, e a vendicarsi un momento per ricadere forse per sempre nel buio della sua fossa, che non si sarebbe schiusa mai piú.

Se ne accorse egli stesso quando, tirato dal Bianconi, attraversò l'anticamera in mezzo a un gruppo di persone, che lo guardavano con curiosità e che gli parvero ombre.

Si fermò un momento sulla scala, si svegliò, sto per dire, dal suo sogno, e cominciò soltanto allora a capire quello che il povero Bianconi andava ripetendo:

« Che ti salta in mente? sei matto? la ti gira? che diavoleria... A un capo d'ufficio, a chi ti dà il pane... E che te ne importa a te delle donne? lasciale nel loro brodo le donne... Hai torto, hai fatto male: già, si vede che non sei guarito: dovevi stare a letto ancora qualche giorno... Va a casa, Pianelli, lascia passare la scalmana, rifletti: cercherò di fare le tue scuse, dirò che sei malato, che è stato un equivoco, che hai creduto una cosa e invece era un'altra. Anzi dovresti scrivere subito una bella lettera al cavaliere, voglio dire al commendatore... »

Mentre il buon Bianconi cercava di salvare un amico dal precipizio, il commendatore, vedendo che la cosa minacciava di propalarsi nei corridoi e negli uffici (dove c'è sempre il bell'umore che ha gusto di ridere alle spalle dei superiori) si rivolse ad alcuni impiegati accorsi a vedere, e ridendo come meglio poteva al disopra della sua rabbia e della sua paura, disse loro:

« È niente, grazie, vadano pure. Ha creduto che gli si volesse fare un torto, perché ho chiamato il Bianconi al suo posto: è un originale, un misantropo, ha la manía della persecuzione. Che asino! Aveva anche bevuto. Scusi, Caravaggio, apra un poco la finestra. C'è un puzzo d'acquavite, non sentono? Tu, Caramella, portami una tazza d'acqua. E io piú asino di lui a dargli ascolto. Se gli passa coll'aria fresca, bene, se no... se no... »

« Mi sono accorto anch'io poco fa che non era *compos sui* » disse il Quintina che in questa commedia godeva piú che a teatro.

Amico della Pardi, aveva saputo da lei come e qualmente il cavaliere Balzalotti non rifiutasse i suoi consigli e i suoi benefici alla bella cognata del brutto cognato, come Beatrice andasse a trovarlo in casa all'ora della dottrina cristiana e come per questa via il Pianelli avesse avuta una promozione nell'organico.

Il piccolo gaudente andava ora a fantasticare quel che poteva essere accaduto nel retroscena, per far nascere in pieno ufficio uno scandalo di questa sorta; non vedeva chiaro, ma intanto godeva in prevenzione dell'affanno in cui il vecchio gattone cercava di coprire le sue, diremo cosí, tenere fragilità.

« Altro che *compos sui*! » esclamò il commendatore « non poteva quasi stare in piedi. Se torna, non lo si lasci entrare: non ne voglio di ubbriachi in ufficio. Farò un buon rapporto... Tornino al lavoro: grazie, vadano pure... Chi sa che anche questo non aiuti ad aguzzare l'appetito per sabato... »

« Eh! eh! eh! » rise col suo verso di gallina il furbo gobbetto, che, uscito di lí, fece un giro per gli uffici a contare l'allegra storiella.

Ricordò i sorbetti che il cavaliere Balzalotti soleva pagare alla *bella pigotta* le sere di carnevale, tra una polka e l'altra, mentre Cesarino Pianelli si divertiva a falsificare i conti di cassa. Ma il piú comico di tutti era l'amico di Novara, questo misterioso personaggio, che doveva confortare di biscottini la solitudine della povera vedovella... mentre l'orso della Bassa sarebbe stato fuori a far la guardia..., eh! eh! — Erano discorsi a spizzico, a scatti, con molti vuoti in mezzo, dentro i quali la fantasia di ciascuno poteva introdurre tanto un granello di pepe, come uno spicchio d'aglio, discorsi che il gobbetto metteva in rilievo nell'aria con tutti i segni cabalistici della sua mano nervosa e rachitica, rannicchiandosi nello scrigno, stirando le gambe nei calzoni, grattandosi la barbetta sul collo, mandando dal ventre rotondo e grasso un nitrito di cavallo... he! he! — che andava a finire in un cocodè di gallina che fa l'uovo.

Il giorno dopo, un venerdí, un telegramma del Ministero sospendeva il signor Demetrio Pianelli dall'impiego fino a nuovo ordine. Al telegramma doveva seguire una lettera ministeriale.

Ed il giorno dopo, il sabato, ebbe luogo al *Giardino d'Italia* il pranzo che gli impiegati offrivano al commendatore.

V

Non fu piccola compiacenza del commendatore Balzalotti di trovarsi una volta in mezzo ai suoi colleghi e dipendenti, davanti ad una tavola guarnita di fiori, di pesci in bianco, di frutta fresca, di trofei e di *bombons* in carta d'oro e d'argento.

Per un matto che ti manca di rispetto ci sono sempre cento savi che ti rendono giustizia, e guai se l'uomo superiore perdesse l'appetito per ogni mosca che egli trova nella minestra! Per i matti c'è il suo rimedio.

Oltre al Quintina — che per la circostanza s'era messo il frac — e gli altri impiegati della sua sezione, avevano voluto rendere una testimonianza di stima e di amicizia al vecchio collega anche molti capi d'ufficio, già commendatori o sul punto di cuocere. C'era tra gli altri, il cavalier Tagli, dei Pesi e Misure, sempre rauco; il commendatore Ranacchi della Prefettura, per gli uffici provinciali, un bel barbone sotto una bella testa; il "gavaliere" o "gommendatore" Lojacomo, "naboledano", mandato quassú alle "Ibodeghe", nero, rotondo, grave, oscuro, con forti sopraccigli e profonde rughe, in cui pareva sepolta tutta la perequazione catastale.

Non mancava, s'intende, il bravo e noto pubblicista invitato dal Quintina ed incaricato di grattare un po' di formaggio sui maccheroni.

Erano fra tutti ventidue o venticinque brave persone di solida costituzione ufficiale, tutte rispettabili, o per titolo, o per servigi, o per barba, o per pelata, oltre ai pesci piccoli. Il Bianconi tra questi, col suo testone bianco e colla sua faccia di galantuomo sano e modesto, per quanto gli facessero peso fin dal principio quelle benedette sette lire anticipate (e aveva sentito all'ultimo momento che in queste non era compreso il vino di bottiglia); per quanto gli dispiacesse di non vedere cogli altri anche il Pianelli, — benedetto anche lui con quella sua pettegola! — cercava però di mostrarsi contento, entusiasmato, commosso della circostanza e per non isbagliare seguitava a sorridere, a dir di sí, a far inchini, ad aprire usci a tutti.

Il Caramella, il Rodella e qualche altro usciere in divisa erano incaricati di custodire i cappelli e i bastoni in anticamera, di indicare la strada, di annunciare i pezzi piú grossi, di introdurli in un salotto che dava sopra un balcone, dove a poco a poco, nella democratica egualianza dell'appetito, si confondevano i gradi e si umiliavano le prosopopee.

Il commendatore, vispo come un pesce nell'acqua chiara, riceveva, ringraziava, stringeva mani di qua, mani di là, dichiarandosi sempre piú mortificato e confuso di man in mano che cresceva il numero degli invitati. Il balcone dava sopra un giardinetto a pergolati, dov'erano preparate altre tavole, e sul vasto piazzale della Stazione centrale, che si perdeva in una leggiera nuvola bigia di polvere. Gl'invitati, parte in piedi sul balcone, parte seduti su piccoli canapè, stretti e addossati, aspettavano con una segreta curiosità di stomaco il momento di mettere i piedi sotto alla tavola; e quando il cameriere venne ad annunciare che il risotto era in tavola, fu uno scoppio di soddisfazione. Quindi cominciarono le cerimonie a chi doveva passare il primo dall'uscio. Il commendatore Balzalotti voleva che passasse prima il cavalier Tagli: questi non avrebbe mai permesso: gli onori al santo della festa.

« Prego, prego... »

« No, prima la provincia... »

« No, prima il catasto... »

« Avanti i giovani... »

« Avanti il senno... »

Il povero Bianconi si tirò in fondo in fondo in un cantuccio ad aspettare che la processione finisse di passare. Non abituato a ritardare il pranzo fino alle sei — che divennero come nulla le sei e mezzo — avrebbe divorato volontieri anche una celebrità o una competenza amministrativa per placare i rimorsi di coscienza.

E con tutto questo c'era ancora della gente che, davanti a un risotto di cui andava l'odore fino alla stazione di smistamento, stava sull'uscio a cantare: prego... prego...

« Stiamo vicini noi due » disse sottovoce al Caravaggio, smorto anche lui come una pergamena per la gran fame.

Quando piacque al Signore, sedettero tutti a tavola e tutti tuffarono il capo nel risotto.

In principio, come suole accadere a questi pranzi, ci fu della freddezza e dello stento. La soggezione reciproca, dei piccoli verso i grandi, dei grandi verso i molti, quei piatti alti e pieni che nascondono la vista, quei camerieri di dietro, impalati, che ti guardano nel collo della camicia, questo e altro fa che ogni pranzo ufficiale abbia a cominciare col gelato e coi pezzi duri. Anche questa volta il piú gran rumore lo fecero i cucchiai e le forchette: tanto che il Bianconi, abituato in famiglia in mezzo alle sue tre ragazze burlone e a due marmocchi indiavolati, osò pensare col capo basso:

"Non manca che la marcia funebre."

Il commendatore che, dal capo della tavola, sentiva una certa responsabilità quasi di padre di famiglia, procurò di rivolgere la parola ora al commendatore Ranacchi, ora all'egregio pubblicista (che mangiava come se avesse dovuto pagare), ora al suo collega del demanio; ma anche lui, per quanto navigato, si sentiva compreso, intimidito. A casa aveva buttato sulla carta quattro periodi di ringraziamento, quattro parole all'ambrosiana, per ogni eventualità; e ora se le masticava insieme al risotto: anzi c'era una bella frase che gli sfuggiva e che egli andava cercando cogli occhi nell'angolo in fondo al salone, dove su un piedistallo stava un gran pellicano imbalsamato.

Dopo il vin bianco le faccende cominciarono a procedere meglio: e meglio ancora dopo il barolo.

Anche il Bianconi dovette convenire che a casa sua di quel barolo non ne bevevano le sue ragazze, e liberata un poco la coscienza dagli scrupoli e dai pregiudizi, cominciò a sentirsi un poco parente anche di quegli illustrissimi, che sedevano all'altro capo della tavola e che avevano certamente studiato piú di lui. Anche l'archivista, nella sua magrezza nervosa, sentiva gli effetti del vin bianco e dava di quei calci sotto la tavola... Quando il Bianconi, collo zuccone basso, mormorava una facezia sul conto di qualcuno o di qualche cosa, il Caravaggio, che schizzava l'elettricità dagli occhiali, usciva a ridere con tali scoppiettii di pollo d'India che piú di una volta i magnati piegarono il capo per vedere quel che succedeva "là abbasso".

Il Bianconi diventava rosso fin sotto alla radice de' suoi capelli infarinati, e cercava di nascondere la faccia col cartellino del *menu*, ch'egli leggeva per la quarta volta senza capir nulla di quel francese stampato in oro.

« Almeno i piatti dovrebbero stamparli in ambrosiano! » disse al vicino, quando fu passata la tempesta. « Cosí non si sa nemmeno quel che si mangia: è come pranzare al buio. Sai tu, per esempio, che cosa sono i *cornichons...?* »

« Cornicioni... » disse il Caravaggio, scoppiettando come un legno secco sul fuoco.

« Cornicioni in insalata. Eccellenti! Scommetto che son lumache: qualche cosa coi corni dev'essere... »

Venne in tavola un gran piatto di *marbré* con decorazione di gelatina, burro e tartufi, un vero monumento da far risuscitare il martire che se l'avesse meritato sulla sua tomba.

« Se invece di tante statue di bronzo e di marmo, » disse l'archivista al suo vicino « si innalzassero sulle piazze di questi monumenti... »

« E fosse permesso al popolo di tirarne via di tanto in tanto una bella fetta » continuò il Bianconi. « *Cistianino!* faccio il martire anch'io. »

Visto che a casa sua di queste polente non ne mangiava mai, si fece coraggio e tirò sul piatto un bel poligono, mentre il Caravaggio, sgambettando sotto la tavola, lo raccomandava alla speciale protezione di santa Lucia, che conserva la vista agli uomini di buona volontà, *et hominibus bonae voluntatis...*

« Parla latino adesso, che mi farai sciogliere la gelatina... »

« Peh, peh, peh... » rideva co' suoi scoppiettii di pollo d'India il Caravaggio.

« Ci vuol dell'iniziativa a questo mondo » disse il Bianconi, a cui il barolo dava quasi un'aureola di bontà. « Poteva esser qui anche quel testardo di un Pianelli » esclamò con sincero rincrescimento, quando scoprí che in mezzo alla polenta di gelatina c'erano dei fegatini di pollo.

« Com'è stata questa faccenda? »

« È stata... è stata... » Il Bianconi lanciò un'occhiata

fino all'altro lato della tavola, dove il suo capo gustava anche lui i suoi fegatini di pollo, e soggiunse: « Non parliamo di morti a tavola. »

« È vero, » continuò l'archivista in mezzo al crescente frastuono delle ciarle e delle posate « è vero che il... andava in casa della... »

« Guarda, anche i pistacchi... » disse il Bianconi, che non voleva quei discorsi.

« Che lei sia andata piú volte da lui... in via Velasca... »

« Guarda, anche un chiodo di garofani. »

« Pare poi che non s'intendessero sul conto... Bolletta non quitanzata... peh! peh! peh!... »

« Ehi, là abbasso è uno scandalo... » gridò quel del catasto, che aveva già votate tre bottiglie.

« Brutto maccabeo! » grugní il buon Bianconaccio col viso in brace, dando un pizzicotto alla coscia del compagno. « Va a stuzzicare l'eco, animale! »

« I napolitani, i napolitani, caro commendatore, » gridava il commendatore Ranacchi bel rosso in faccia rivolto al barone delle Ipoteche « i napolitani ebbero sempre una posizione privilegiata nel catasto, e si può dire che non hanno pagato mai niente. »

« Niente è troppo » obbiettò il commendatore Balzalotti che non voleva che un'affermazione cosí recisa a tavola offendesse il chiarissimo collega delle Ipoteche.

Costui avvolto nel tovagliolo, come in una toga, spianò le trecento rughe che solcavano il testone torbido e nero, e mormorò in mezzo al frastuono qualche cosa di cui il Bianconi non poté afferrare che una "gongrua bereguazione".

« Senza un buon catasto non sarà mai possibile nemmeno una congrua perequazione. »

« Basterebbe un'imposta reddituale. »

« Baie sonore! vediamo quel che ci costa già l'esazione della ricchezza mobile. »

« È un altro paio di maniche. La terra non si può nascondere. »

« Ci vorrebbe un sistema di tassazione... »

« Ma che sistema! »

« Sicuro, un sistema in ragione della presunta produttività del terreno. »

« Mancherebbe anche questa, oltre al flagello della concorrenza americana. »

« Che concorrenza d'Egitto! »

« Americana e non d'Egitto. »

« Ah! ah! oh! oh! »

Le parole s'incontravano, s'intrecciavano al di sopra dei bicchieri e delle bottiglie, scoppiando in calde risate, in cui tutte le opinioni politico-amministrative di quei bravi signori si conciliavano in una piena soddisfazione reciproca. Solo il barone delle Ipoteche pareva annuvolarsi e sprofondarsi sempre piú in mezzo al baccanale, e gonfiava certi occhi bianchi, movendo il capo ora a destra ora a sinistra come volesse dire: "adesso vi mangio tutti..."

« Signori! » sorse improvvisamente a dire il Quintina colla sua voce squillante.

Si fece subito un gran silenzio.

« Signori! questa non è una cerimonia ufficiale di adulazione, ma una lieta e viva testimonianza di stima e di rispetto verso un uomo, il quale..., verso un uomo, che sua eccellenza il ministro Depretis ha voluto in questi giorni onorare di un attestato speciale, concedendogli le insegne di commendatore della Corona d'Italia. Propongo quindi un brindisi al commendatore Balzalotti. »

« Viva, bravo, bene! »

I bicchieri si alzarono, si toccarono, si vuotarono.

Il commendatore si alzò. Di nuovo un gran silenzio. S'inchinò a destra, a sinistra, passò un momento il fazzoletto sugli occhi, e dando un'occhiata al suo pellicano imbalsamato, incominciò a dire:

« Se dovessi, amici e colleghi, rispondere adeguatamente alle espressioni vostre, io non potrei trovare nessuna parola che sapesse esprimere il pensier mio. Avvegnaché, come bene disse pur dianzi il mio buon amico il cavalier Quintina — con quella cortesia che lo distingue e della quale sento il dovere di ringraziarlo — qui non si tratta della solita cerimonia ufficiale che al levar delle mense non lascia dietro di sé alcun ricordo. No: qui voi volete non tanto onorare in me il capo d'ufficio, che fa debolmente e come può il dover suo, quanto il vostro compagno di lavoro... »

« Benissimo! » dissero tutti insieme con quel bisbiglio pieno di *esse*, che vuol approvare senza interrompere.

« Laonde io vi ringrazio non come pubblico funzionario, ma, dirò cosí, come vostro collaboratore, come vostro commilitone. »

« Bene! »

« Sua eccellenza il Ministro non ha certo voluto premiare una persona che, per quanto zelante e volonterosa, non ha ottenuto dalla natura né doti straordinarie d'ingegno... »

« Oh... » protestò il pubblico.

« ... né ha recato alla pubblica amministrazione servigi straordinari: ma io sono persuaso che ha voluto premiare in me — e con me anche voi — *la fedeltà a quei principii d'ordine e di progresso che informano lo spirito nelle nostre istituzioni liberali...* »

« Bravo! » gridarono a una voce con una salva di applausi.

« Bbenne! » soggiunse dopo gli altri il barone delle Ipoteche, colla cupa sonorità d'un trombone in ritardo.

Il commendatore, dolcemente acceso e sorridente, brandí il coltellino del formaggio e alzandolo in aria soggiunse:

« Imperciocché, o signori, non è né la forza degli eserciti, né i baluardi delle fortezze, né le difese alpine, né le trincere ferrate dei nostri porti che potranno mantenere la pace, salvare il paese, favorire il miglioramento delle classi meno abbienti, diffondere i lumi della pubblica istruzione, ecc.; ma bensí l'unità, la concordia, l'ordine nei principii, l'ordine nelle amministrazioni locali, il disinteresse dei funzionari... »

« *Un po' anca mo'...* »

Tutti si voltarono a questa brusca interruzione, molti risero, e cercarono chi aveva parlato. La frase poco rispettosa era sfuggita dalla bocca del Bianconi, che credeva in coscienza di sussurrarla in un orecchio al Caravaggio. Ma fosse l'allegria, fosse il vino bianco, fosse il diavolo, che ha sempre gusto di rovinare un galantuomo, uscí una voce falsa, a contrattempo, che tutti poterono sentire. Rosso, infocato in viso, colle orecchie scarlatte, il povero Bianconi si rannicchiò sulla sedia e avrebbe voluto sprofondare in cantina.

L'oratore, turbato un momento, non si smarrí, ma alzando un po' la voce, rincalzò:

« La giustizia nei superiori, il rispetto nei subalterni, in una parola un'armonia di sentimenti in quell'unico ideale, in cima al quale siede il benessere del paese... »

« ...issimo. »

« Nel ringraziarvi, adunque, cari amici e colleghi, permettete che unisca agli augurii per voi e per le vostre famiglie un augurio anche a quell'illustre magistrato che regge questa provincia, il quale si è compiaciuto di mandare un suo rappresentante nella persona del mio buono e vecchio amico, il commendatore Ranacchi, un vecchio avanzo delle patrie battaglie... »

Il Ranacchi si mosse sulla sedia e fece molti gesti pieni di modestia.

« ... e a quell'alta mente, a quell'integro statista, a quel veterano delle lotte parlamentari che regge con prudenza antica il timone degli affari interni: per arrivare infine ove arrivano sempre i voti di tutti gli italiani, che non sanno distinguere piú il trionfo del progresso da quello della dinastia che ne tien alta la bandiera... »

« Viva, viva! »

« Bravissimo! »

« Molto bene! Proprio toccata la nota giusta. »

« M'è piaciuto quell'appello ai principii. »

« Mi congratulo, bravo! »

Il commendatore ricevette tutti questi mirallegri, stringendo tutte le mani che lo assalivano, sorridendo a tutti ringraziando; poi la conversazione continuò animata fino ad ora tarda.

Il povero Bianconi non aspettò il caffè per prender l'uscio. Quando mai era venuto! il pranzo gli si cambiava in tossico. Tanta prudenza, tanta cautela, tante umiliazioni per non contraddire, per non compromettere quella piccola gratificazione a Natale, e ora una frase, due parole, una sciocchezza gli faceva forse perdere il frutto di tre anni di buoni servigi.

"Aspetta ora che ti aggiusti nel nuovo organico" seguitava a brontolare dentro di sé, mentre andava verso casa grondon grondoni, "non ti manderà mica in Sardegna per questo, ma se speri maritare le tue figliole cogli avanzamenti, stai fresco. Non ti ha risparmiata la sassata, e come ha sottolineata quella frase: *il rispetto nei subalterni*... Se quell'asino di Pianelli fosse venuto, forse avrei avuto un altro posto, avrei bevuto un bicchiere di meno..."

E voltando nella porta di casa, salendo le scale, cacciandosi in letto, non cessò mai di pigliarsela con qualcuno, che non era sempre il Bianconi; anzi spesso confondeva sé stesso con quell'asino, che egli considerava quasi come la causa involontaria della sua disgrazia.

Al telegramma ministeriale tenne dietro una lettera, in cui si diceva che, "avendo avuto riguardo ai precedenti incensurati dell'applicato Demetrio Pianelli, accogliendo le generose insistenze della parte offesa, S. E. il Ministro si limitava a traslocare il nominato Pianelli, senza promozione, all'ufficio del Bollo e Registro di Grosseto (Maremma toscana) a cominciare dal primo agosto prossimo venturo, col qual giorno avrebbe datata pure la decorrenza dell'assegno mensile".

In parole meno solenni era un castigo di due mesi di sospensione dall'impiego, durante i quali il nominato Pianelli avrebbe dovuto vivere con qualche economia, vendere qualche superfluità, preparare il baule e riflettere sulla necessità che un regio impiegato abbia in ogni circostanza a conservare un contegno corretto e come si deve.

Il Caramella, che gli portò la lettera, lasciò anche il fagotto delle sue poche robe. Non mancava nulla, né il boccaletto, né il bicchiere, né il paio di manichette di tela; mancavano soltanto le cento lire della sua mesata di maggio.

"Andremo a Grosseto!" declamò Demetrio, dopo aver lètto e riletto il ministeriale documento, accompagnando la lettura con molti tentennamenti del capo. "Grosseto, Maremma toscana: sarà aria buona... Bisognerà mettere nel baule anche una buona dose di chinino. Impareremo cosí anche il bel linguaggio toscano."

E crollando la testa, gli venne voglia di ridere.

Sí, gli venne voglia di ridere, non capiva perché. In un altro momento, in altro stato d'animo forse avrebbe sofferto atrocemente di quella punizione: ora, gli veniva da ridere, come di una commedia. Che male, infine? morir qui, morir là, tanto per lui, adesso, era la stessa cosa. Era questa anche un'occasione per vedere un po' di mondo, al di là dei suoi prati... Che gl'importava ora di Milano e delle sue magnificenze? Fino i suoi dintorni, fin anche quei prati verdi che formavano la sua delizia, oggi gli erano diventati antipatici.

"Andiamo a Grosseto!" ripeteva tra sé, nella quieta solitudine della sua stanzetta, mentre a Sant'Antonio ribattevano le nove, le dieci, le undici, mentre tutti i suoi colleghi erano già in ufficio a lavorare, ciascuno al suo posto; ed egli invece, pacifico e beato come un signore che vive d'entrata, se ne stava a casa a fumare i piccoli mozziconi di sigaro, che andava pescando in fondo alle tasche, a far il conto di quel che avrebbe dovuto vendere per tirar là quei due mesi con ventidue lire e centesimi, e poi un altro mese a Grosseto prima della scadenza, oltre alle spese del viaggio, e a qualche debituccio arretrato... "Andiamo a vedere Grosseto...!"

Se egli fosse stato pittore, oh! che bei quadrettini da dipingere. Meglio ancora se avesse dovuto scrivere un romanzetto.

I letterati vanno alle volte a cercare argomenti inverosimili e strani nel mondo delle nuvole e non si accorgono che hanno sottomano dei casetti curiosi da far morire la gente dalle risa... e anche da far piangere.

Piangeva egli forse? mai piú. Gli passava soltanto per gli occhi una nube di malinconia. È una sciocchezza piangere perché il signor Ministro si compiace di traslocarti a Grosseto. Poteva forse per un giorno o due far dispiacere di romperla cosí bruscamente colle vecchie abitudini; il vedere il cappello attaccato al chiodo, il bastone appoggiato al muro, in un cantone, coll'aria di roba stufa di stare in casa; ma non c'erano motivi per piangere. Ci si fa l'osso anche al far niente.

Non dava nemmeno torto al suo superiore. Guai se un capo d'ufficio non provvedesse energicamente a salvaguardare — come dicono — il prestigio dell'autorità!

Come mai un Pianelli, di natura cosí impacciato e scontroso e cosí duro di lingua, avesse potuto cantare a quel bravo signore delle cose che non si devono mai dire a un superiore, specialmente quando sono vere, era un mistero anche per lui. Non sapeva ripensare neppure quello che gli era uscito di bocca in quel momento. S'era frenato un pezzo colle corde e colle catene: ma quando quel bravo signore osò insultare Beatrice e chiamarla pettegola, allora il cuore scattò come una molla.

Non era dunque morta del tutto quella donna nel suo cuore; o non era morto del tutto il suo cuore per lei?

Misteri, misteri.

Se un resto d'illusione si moveva ancora in lui, il Ministro provvedeva ora energicamente a togliergli fin l'ultima speranza. La bella storia era finita del tutto. T-o-to... finito.

Ora aveva piú tempo di far delle belle passeggiate sui bastioni e in piazza Castello, e di stare a sentire le cicalate delle sonnambule e dei venditori di mastice. Aveva anche il tempo di leggere un giornale e di occuparsi di politica, come un uomo che vive di rendita, colla differenza che per vivere e tirar là tutto il tempo stabilito dal signor Ministro bisognava vendere qualche cosa. E cominciò dall'orologio. Era un vecchio orologio d'argento, di quelli che diconsi a cipolla, grande come uno scaldaletto, ma d'una solidità e precisione che gli orologini moderni, intisichiti anche loro come i padroni, non conoscono piú. Pà Vincenzo l'aveva ereditato dal padre suo, che l'aveva ricevuto in pagamento da un delegato austriaco, il quale alla sua volta..., insomma era un magnifico orologio tedesco, che dopo aver segnate molte ore belle e brutte ai vecchi di casa, continuava a segnare al nuovo e ultimo padrone un tempo inutile.

Dopo aver tentato due volte di venderlo come orologio, spaventato del poco o nulla che gli offrivano nelle botteghe, provò a spacciarlo come oggetto antico e fu piú fortunato. Un rigattiere che sta di casa in San Vito al Pasquirolo, che forse era sulla traccia d'un oggetto simile, dopo un lungo tirare si rassegnò a dare trentacinque lire, una somma favolosa in confronto di ciò che gli offrivano gli altri, ma lo acquistò come roba fuori d'uso, non come orologio. Demetrio nel venir via provò un senso di rincrescimento e di dolore, che finí, a furia di pensarci, in un altro senso piú profondo e misterioso di mortificazione. Si paragonò al suo vecchio orologio di Vienna e si accorse che anche lui era un oggetto fuori d'uso, colla differenza — sempre quella differenza! — che per trentacinque lire nessuno l'avrebbe voluto. La grossa cipolla riempiva di solito un taschino del panciotto, premendo sulle costole a sinistra, facendo un grosso e un duro che il corpo era abituato a sentire, come una parte di sé stesso. Ora quel taschino vuoto e floscio che pendeva giú, dava un senso di freddo e di mancante, come se coll'orologio avesse levata una costola; e piú volte nei momenti di distrazione le due mani andarono a frugare sull'orlo della tasca, irritate di non trovar subito la chiavetta di ottone, che sporgeva attaccata a due cordicelle di seta. Piú melanconico di notte. Nelle ore di veglia — e adesso gli capitava spesso di non dormire — era solito sentire il tic tac del vecchio amico, che vegliava con lui nell'alta e oscura solitudine sopra i tetti e che gli teneva una cara compagnia. Non è il caso di dire che in quel tic tac, ingrossato dalla cassa armonica del tavolino, egli sentisse la voce dei vecchi che avevano scaldato l'orologio col calore del loro corpo e che avevano da un pezzo finito di battere il loro tempo: questo potrebbe essere della poesia e del romanticismo. Ma è certo che egli vegliava volentieri colla sua "vecchia cipolla", e nell'accordo dei palpiti tornava a rivivere, guardando nel buio, molte pagine della sua vita passata, risuscitando immagini lontane, che davano quasi il senso d'una vita vissuta in un altro mondo.

Anche questo: t-o-to... finito!

Eppure in fondo a questa catastrofe, benché si sentisse quasi schiacciato dalle sue stesse rovine, — va a spiegare anche questi misteri... — non gli dispiaceva d'aver cantato, almeno una volta, una bella verità a un potente. Gli era cara, dolce, consolante l'idea d'aver osato alzare la voce — lui solo in mezzo ad una bega di ipocriti e di maliziosi — per difendere l'onestà di una povera donna. Egli solo aveva avuto il coraggio di rispondere alle perfide malvagità del Quintina, alle offese del commendatore, parlando chiaro, chiamando gobbo il gobbo, vile il vile, sollevando di peso, quasi sulle sue braccia l'onestà di Beatrice al disopra del fango. Cesarino non era uscito dalla sua fossa ad aiutarlo; e nemmeno il signor Paolino delle Cascine s'era fatto vivo in quel momento.

Di quell'opera buona e di coscienza il merito spettava a lui solo; nulla di piú giusto quindi che ne godesse egli solo l'intima e gelosa consolazione.

A questa coscienza si appoggiava come a un bastone, e se ne faceva quasi uno scudo. No, non avrebbe scambiata la sua coscienza orgogliosa con quella del suo superiore e de' suoi adulatori. Paolino, piú fortunato di lui al di fuori, di dentro non era né capace, né degno di certe convinzioni.

Egli sí; c'è il suo tornaconto anche a soffrire per la giustizia.

Con questa orgogliosa sicurezza di sé, qualche giorno dopo la burrasca, come se nulla fosse accaduto, andò passino passino in Carrobio, montò le note scale, suonò il campanello. Sentí un passo piú greve del solito, la chiave girò nella toppa, e i due cugini si trovarono in faccia l'uno all'altro.

« O Demetrio! » esclamò Paolino, aprendo le braccia e stringendo poi la testa del cugino nelle mani grandi come foglie di zucca.

« Beato chi ti può vedere, Paolino! »

« Vuoi dire che merito d'essere bastonato? Hai ragione. Tu sei stato molto malato e non mi son lasciato mai vedere. Ma se sapessi quante cose in questa testa... »

« Sappiamo tutto. »

Demetrio, mentre deponeva il cappello e il bastone, diede ascolto al cuore e si rallegrò di sentirlo quieto e rassegnato. Il passo piú difficile è quello della soglia, dice il proverbio: ed egli l'aveva fatto.

« C'è Beatrice? »

« È di là. È venuta in questo momento la sua sarta. »

« E i ragazzi? »

« Son presso la signora Grissini. Aspettano Ferruccio che oggi s'è vestito da prete. »

« Son venuto a disturbarvi? »

« Birbante, tu fai delle maligne supposizioni. »

Paolino prese il buon cugino sotto il braccio e lo trascinò nel salotto, dov'era ancora stesa la tovaglia.

« Qui si pranza. »

« Abbiamo finito. Sono scappato a Milano per combinare la faccenda del domicilio legale. È necessario che Beatrice, per non perder tempo, si stabilisca subito in campagna. Abbiamo scelto Chiaravalle. »

« Lei dunque ci ruba la signora Beatrice » disse Demetrio con un tono di recitativo d'opera. Ascoltò di nuovo il suo cuore: e gli parve di non sentirlo piú, come l'orologio.

« Questo andare e venire è noioso per tutti. La voce del matrimonio è corsa, e i vicini vogliono dire ciascuno la sua. Un po' di campagna farà bene anche ai ragazzi. »

« Va bene, va bene. »

Sedettero davanti alla tavola, dov'erano rimasti gli avanzi del pranzo. Non era piú il piatto di carne bollita o di pesce stantío, o il pezzo di vecchio formaggio che un certo Demetrio soleva portare a casa nella cesta, lesinando sul quattrino: ma si vedevano molte bottiglie in tavola, dei piatti non troppo puliti, dei cartocci di dolci, e un mezzo panettone. L'abbondanza cacciata dall'uscio era tornata dalla finestra.

« E dunque, sei proprio contento, Paolino? »

« Se io sono contento? » ripeté il cugino, come se tornasse indietro per prendere la corsa. « Bevi, Demetrio. »

« Non bevo, grazie. »

« Un gocciolino... »

« Mi farebbe male. »

« È un vino bianco dolce che faccio io. »

« Un'altra volta... » insisté Demetrio, voltando di sotto in su il bicchiere, per non voler assaggiare il vino dell'altrui felicità.

« Verrai un giorno alle Cascine. Sento anch'io che sono un mostro d'ingratitudine. Tu mi dimandi se io sono contento..., capisco: è un rimprovero. »

« Che rimprovero! »

« È un rimprovero giusto e meritato, perché io avrei dovuto darti subito questa notizia, scriverti una parola, farmi vivo una volta. Ma se ti dicessi che ho perduta la testa? »

« Capisco... del resto... »

« Dopo che ho sofferto tutte le pene del purgatorio — come ti ho contato — dopo che senza Beatrice mi pareva che sarei morto asfissiato, quel giorno che la Carolina tornò a casa colla fausta notizia che tutto era combinato, che essa aveva detto di sí, che era contenta, eccetera, eccetera, crederesti che io son rimasto freddo e indifferente come questa bottiglia? »

Paolino prese la bottiglia, la collocò con un colpo in mezzo alla tavola, indicandola col dito. I due cugini rimasero un momento immobili a contemplarla.

« Misteri del cuore umano! » esclamò Demetrio, usando una frase di un suo vecchio ragionamento.

« E cosí fu per due o tre giorni. Uscivo di casa la mattina, andavo in campagna, per istinto, come un cieco, che ha gli occhi aperti e non ci vede, scorgevo gli uomini alla lontana, ma non capivo quel che mi dicevano. Tratto tratto mi arrestavo di botto per chiedermi se ero io che dovevo sposare Beatrice — alle Cascine la chiamavano la bella vedovina. — Non poteva essere che un sogno anche questo come ne avevo fatti altre volte, che poi sfumavano al cantare del gallo? Per accertarmi che non era un sogno, toccavo colla mano i sassi, le piante, mi davo dei pizzicotti, facevo fin dei salti al sole per vedere se con me si moveva anche l'ombra del mio corpo... »

« Ah! ah! ah! » proruppe Demetrio con una risata larga, aperta, esagerata apposta per spaventare qualche cosa che si moveva in lui.

« Bevi, Demetrio... »

« No, caro..., e poi? »

« E poi cominciai a capire qualche cosa. La Carolina anche in questa faccenda mi aiutò come si aiuta un bambino da latte. Se avessi dovuto muovermi e fare da me, morivo vergine e martire, caro Demetrio. »

Paolino vuotò il bicchiere del suo vin bianco dolce.

« La Carolina mi condusse a Milano una volta per la presentazione, — tu eri malato con una gran febbre quel giorno — mi insegnò quel che dovevo dire, precisamente come si fa alla dottrina cristiana: "Chi vi ha creato e messo al mondo?" scelse lei dall'orefice il primo regalo, e mi tirò su per queste scale come si tira — scusa il paragone — un vitello per le orecchie... »

« Ah! ah! » tornò a ridere Demetrio. « E poi? »

« Una volta seduto vicino alla sposa mi pareva di essere un campanile in suo confronto: io non sentivo che sonar campane nelle orecchie. Parlò sempre la Carolina, che ha tutte le chiavi delle guardarobe e anche quella del mio cuore. Per me, se mi facevano un salasso, giuro che non mi veniva una goccia di sangue. A poco a poco la lingua si snodò. Due giorni dopo venne lei alle Cascine... »

« Ah sí? »

« A casa mia sono piú a posto. L'ho condotta a vedere gli asparagi, i meloni novelli, il molino, il torchio dell'olio e cosí ho potuto salvare l'onore delle armi. Un'altra volta son venuto solo a Milano — tu cominciavi a star meglio — e a furia di mescolare le carte il gioco s'impara. Ah Demetrio!... » soggiunse lasciando cadere un gran colpo di mano sulle spalle del cugino « quando verrà quel giorno, tu vedrai Paolino volare come una farfalla. Giugno, luglio, agosto: s'è fissato per il matrimonio il 24, giorno di San Bartolomeo.»

Paolino, colto da una improvvisa tenerezza, alzò gli occhi al soffitto, e non li abbassò finché fu sicuro di esser un uomo e non un ragazzo piagnulone.

Demetrio, rannicchiato in sé stesso, quasi rimpicciolito nelle spalle, — fatte sottili dalla malattia — andava grattando coll'unghia dell'indice il tessuto della tovaglia. Passò un momento di silenzio, nel quale scoppiò come un fuoco di festa una risata di donna allegra. L'uscio della stanza si aprí e Beatrice, con indosso un magnifico vestito di seta color ulivo, appuntato con spilli, corse di qua a prendere le forbici, chiedendo scusa alla bella compagnia; entrò e scomparve come una visione nel morbido fruscío del lungo strascico fosforescente.

Paolino abbassò gli occhi, Demetrio sollevò i suoi. Quei quattro occhi s'incontrarono, si fissarono, si parlarono. Quelli di Paolino parevano dire: "Hai visto? ho ragione di perder la testa?".

Gli occhi di Demetrio avevano invece un'espressione acuta di invidia e di gelosia. La bocca gli si riempí di un fiotto di saliva amara, che si sforzò di inghiottire. Si spaventò come se gli venisse addosso il mal caduco. Abbassò in fretta gli occhi, che sentí asciutti e quasi bruciati nell'orbita, e gli parve di vedere una chiazza sanguigna scorrere come una macchia di vino sul bianco della tovaglia.

Paolino non era tal uomo da accorgersi di questi piccoli fenomeni psicologici, e tutto pieno de' suoi pensieri non aveva posto per i pensieri degli altri. Il caso aiutò l'uno e l'altro a levarsi da quel silenzioso imbarazzo. I due maschietti entrarono in furia ad annunciare che Ferruccio, vestito da pretino, veniva su per le scale.

I voti del Berretta erano compiuti, e il piccolo ricciolone, tosato come una pecorella e vestito di roba larga e regalata, veniva a farsi vedere, a salutare i vicini prima di entrare in seminario. Il Berretta, piú felice egli del papa, andava mostrando quel suo figliuolo in nicchio e in veste talare a tutti gli inquilini, che, a seconda degli umori, gliene dicevano di belle e di brutte.

La signora Grissini, tutta commossa, Arabella, Mario, Naldo, un po' mortificati, Beatrice, l'Elisa sarta, Demetrio stesso in curiosità, e, in fondo, mezzo nascosto dall'uscio, anche Paolino, uscirono a vedere questo nuovo chiamato da Dio, che col ciuffo tagliato, coi capelli rasi dietro le orecchie, veniva su coperto da un enorme e peloso cappello a tre punte, non suo, col passo impacciato nelle pieghe della veste, colla bocca aperta, colle mani ancor nere d'inchiostro di stampa, che non sapeva dove collocare.

Il Berretta, nel suo solito panciotto di fustagno sparso di filaccie, esprimeva la sua paterna contentezza, ridendo in faccia a tutti e alzando ora una mano ora l'altra, come una marionetta.

Arabella per un po' fu presa anche lei dalla curiosità e non tolse gli occhi da quel gran cappello: ma assalita a un tratto da una strana commozione, si attaccò al braccio dello zio Demetrio. Ferruccio, il bel ricciolone che essa aveva istruito nel catechismo, il suo piccolo cavalier servente, quando fu in cima alla scala si levò il cappellaccio e si atteggiò in una posizione stanca e umiliata di brutto martire in vergogna. Pareva un uccello spennacchiato. Quella sua testa rasa, quasi ignuda, da cui uscivano le orecchie come due manichi d'una marmitta, quell'annientamento morale e fisico di un bel ragazzo, trasse dal petto della fanciulla un tale scoppio d'ilarità, che per vergogna essa nascose il volto nel panciotto dello zio Demetrio. Questi la trasse in un cantuccio dell'anticamera, e stava per dirle che non bisognava ridere: ma quando le sollevò la testa, vide che invece erano singhiozzi, e che la faccia era un torrente di lagrime.

« Ah poverina! » balbettò lo zio Demetrio. « Cominci male anche tu... »

La curiosità della gente fu in quel momento sviata

da un altro grande personaggio, che montava le scale, con un catafalco in testa. I ragazzi, guardando tra i ferri del pianerottolo, non potevano discernere chi fosse e che cosa fosse.

« Chi è? » « Che roba è? » « È *Giovann de l'Orghen.* » « Che cosa porta sul capo? » « Guarda... che diavoleria...! »

Demetrio si avvicinò a Beatrice e le disse con una voce di umiltà e di preghiera:

« L'altro giorno mi avete manifestato il desiderio che fosse vostra: l'ho fatta aggiustare alla meglio, e non potendo regalarvi altro per la circostanza... »

Giovann de l'Orghen veniva su col passo pesante del sordo, portando sulle spalle e sul capo come un'enorme cuffia la vecchia poltrona di vacchetta a grosse borchie, l'ultima memoria della mamma, salvata dal naufragio di ca' Pianelli. Il piú felice uomo del mondo rideva sotto quel catafalco, come un santo nello splendore della beatitudine. L'Elisa dovette fuggire in camera a buttarsi colla bocca sul cuscino per non farsi sentire. E fece ridere anche la signora Pianelli sulla magnifica idea di regalare a una sposa una poltrona di arcivescovo.

Parte quinta

Alle Cascine

I

Son passati molti giorni dalla partenza di Beatrice da Milano. Con lei sono andati i maschietti e la casa è chiusa. Arabella, per non perdere il vantaggio delle scuole, resterà a Milano, in casa dei Grissini fino ai primi di agosto.

Alle Cascine sono in moto a imbiancare, a raccomodare, a far belle le stanze degli sposi.

Demetrio ha desiderato che gli lasciassero Giovedì a fargli compagnia e ora, nelle lunghe giornate vuote, si occupa a vendere ciò che non potrebbe portar via, a radunare quattro soldi per il viaggio, a mettere insieme una valigia di roba, a stendere un resoconto delle spese fatte co' suoi e coi denari degli altri.

È una vera liquidazione in piena regola. Il suo libretto di risparmio è sfumato, e non resta a sperare se non che gli angeli registrino il suo credito sul libro d'oro delle buone opere, che si scontano in paradiso.

Frugando e rifrugando nella vecchia guardaroba, gli venne tra le mani anche un involto dimenticato pieno di polvere. Lo svolse e vide che erano gli abiti del povero Cesarino, come glieli avevano portati a casa una sera dall'Ospedale, con un paio di scarpette da ballo raggrinzate dall'umido.

Sciolse la roba, la sciorinò all'aria, facendo ballare le due gambe dei calzoni di panno gualcito, crollandovi sopra il capo fin troppo stanco di far riflessioni sulle cose di questo mondo birbone.

Non volendo speculare sulla miseria umana, diede la

roba a *Giovann de l'Orghen*, a cui ogni cosa andava bene, cercando di spremere da tante miserie qualche sugo di carità.

Giugno fu lungo e caldo. Lunghe e calde tennero dietro le giornate di luglio, fatte ancora piú lunghe dalle notti brevi e poco dormite. Il suo cuore si faceva sentire con piccole punture, e spesso egli doveva mettersi a sedere sul letto per respirare una boccata d'aria notturna, che entrava dalle finestre aperte.

Paolino gli scriveva spesso per dargli cento commissioncelle. Ora si trattava dei materassi, ora di una Madonna da collocare in capo al letto, o di piccole altre operazioni di ufficio, tra cui bisognò cercare subito anche l'atto di morte di Cesarino.

Demetrio non si rifiutò di rendere questi piccoli servigi. Egli tornava volontieri il cammello di casa, un cammello un po' stanco, ma sempre disposto a portare i fastidi degli altri. Veramente questa volta si trattava di consolazioni e di felicità; ma è un peso anche il portare la felicità degli altri.

Nelle ore disoccupate andava a spasso, o ai giardini pubblici, a rimirare i cigni del laghetto, e i bei fagiani in gabbia, o a studiare storia naturale in faccia alle bestie del Museo. Oppure scendeva lungo i bastioni a contemplare le costruzioni nuove dei sobborghi e i grandi quartieri che spuntano come funghi in questa Milano, dove il nuovo divora l'antico.

Case nuove, miserie nuove! egli sarebbe andato cosí volentieri in cima a una montagna!

Evitava di passare per le strade, che potevano suscitare in lui tristi ricordanze, o dove supponeva di poter incontrare un compagno d'ufficio. Quella parte di Milano che sta tra il Carrobio, il Bocchetto e la piazza del Duomo era come se non esistesse piú nella sua topografia. Si abituava già a considerarla come lontana, perduta, sprofondata.

Cosí il cuore stava zitto e cosí poteva dormire la notte.

Quando Paolino gli scrisse che faceva conto sul migliore de' cugini per avere un testimonio all'altare, rispose che non poteva accettare. Lo sposo tornò a insistere: egli si scusò col dire che lo spettacolo di un matrimonio lo commoveva troppo. Mise avanti anche qualche ragione di ufficio, magra scusa che non poteva persuadere nessuno; ma non accettò, a nessun patto.

In quanto a Beatrice la sua storia è ancora piú semplice. A Chiaravalle, colla prospettiva del famoso campanile davanti agli occhi, colla vista aperta dei prati che sembrano uno smeraldo nel vivo sole d'estate, con un giardinetto pieno di fiori, coi frequenti inviti della buona Carolina, ingegnosa nell'inventare nuovi regali e dolci sorprese, si capisce che la vita della povera vedova dovesse scorrere liscia come l'olio. I ragazzi avevano trovata l'America, e stavano tutto il giorno nei mucchi del fieno, nei campi o sulle cascine. Qualche volta essa faceva una scappata a Milano, dove aveva lasciata la roba, per vedere la sarta, per comperare un capo di biancheria.

Bassano la conduceva in carrozza e si fermava davanti alle botteghe. I commessi di negozio correvano ad aprire la porta, e colla carrozza piena di scatole e di cartocci essa tornava a casa qualche volta senza veder Arabella.

Aveva accettato di fare quel passo per il vantaggio de' suoi figliuoli: tutte le condizioni erano buone e favorevoli. Perché non avrebbero dovuto approfittarne? Paolino non poteva essere piú gentile, piú delicato, piú affezionato di cosí. Tra i regali che le aveva fatto c'era una spilla col ritratto miniato del povero Cesarino, tolto da una fotografia, ch'egli accompagnò con queste parole: Io sarò il padre de' suoi figliuoli.

L'aria libera, la buona vita sostenuta dalla contentezza, finirono col dare l'ultima mano a una bellezza già sul maturare, forse non troppo agile, né troppo delicata per un occhio cittadino, ma procedente balda e trionfante alla conquista di un ampio possesso.

L'indole lenta e pacifica, adattata al genere di vita che stava per offrire il nuovo marito, si manifestò subito in questa seconda aurora della sua felicità, in un'aria consolata e riposata, che traspariva dal cristallo nitido de' suoi occhi di bambola, dai movimenti, dalle parole. Aveva trepidato all'idea di maritarsi a Milano la prima volta; nella compagnia nervosa di Cesarino ella aveva riportati trionfi faticosi e difficili: in Milano aveva trovato la passione, le spine e la croce. Benedetta la mano che la riconduceva nell'aria nativa, in una casa senza muri, in un'abbondanza senza confini, dove i pensieri non costano niente, dove i desiderii son sempre pagati, dove la mortificazione diventa quasi un piacere.

Le settimane passavano come un incanto nella quieta aspettativa d'un avvenire chiaro, ma senza noiosi splendori, nella pace silenziosa dei prati, che mandavano già qualche profumo del fieno agostano, nel dolce e sicuro riposo, che aggiusta le ossa e riconcilia coll'esistenza. Dalla sua finestra, stando in letto, essa vedeva tutto tutto quel gran verde fino alla strada provinciale che biancheggia nel mezzo. Non era piú il rumore assordante e faticoso della città, ma una quiete deliziosa, immensa, non rotta che da qualche gallina chiocciante e dal ronzare degli insetti.

Il dottor Fiore di Chiaravalle abitava nella medesima casa. Vecchio forte, sui sessant'anni, con una barba che pareva una spuma, s'era offerto a Paolino come cavalier servente e guardia del corpo. Accompagnava volentieri la sposina alle Cascine; veniva a tenerle compagnia la sera e si permetteva con un sorriso malizioso, che si perdeva nella barba, di darle anche qualche consiglio pratico sulla condotta che una sposa giovane, bella e vedova deve tenere con un marito un po' troppo nuovo.

Anche don Giovanni, il vecchio curato, non nascondeva la sua soddisfazione morale d'aver acquistata una nuova pecorella. Se la incontrava sulla piazza della chiesa o in una strada, non risparmiava di congratularsi del suo bell'aspetto, di chiedere notizie di tutta quanta la famiglia, di Paolino, di Mario, di Naldo, della Carolina, del signor Demetrio — che non si lasciava piú vedere.

Si fermava coi piedi nell'erba o nel fango a strologare il tempo verso Milano, verso Lodi, verso il Varesotto, colla presa di tabacco nelle dita, senza risolversi mai a fiutarla, non risparmiando le notizie storiche sull'abbazia e sui monaci di Chiaravalle, ai quali dobbiamo il bonificamento delle terre e il primo incanalamento delle acque, con altre notizie sul famoso campanile, da dove, narra la storia, Francesco I, re di Francia, assistette alla celebre battaglia di Marignano, vinta dal maresciallo Gian Giacomo Triulzi, che riposa nell'atrio di San Nazaro, dove è scritto: *Qui nunquam quievit quiescit...*

Il buon pastore non avrebbe mai finito di istruire la sua pecorella. Un giorno, tra le altre cose, tradí anche un segreto.

« Non è un segreto di confessione e posso dirlo. Sa che il signor Paolino è stato anche da me a chiedere un consiglio e che una volta mi ha portato anche una certa lettera? In quella lettera c'è una frase che non è del signor Paolino. A lei indovinare! » e fiutato il grosso spolvero, scappò via ridendo verso la canonica.

Chi mandava razzi di gioia da tutti i pori era — e lo si capisce — il sor Isidoro Chiesa di Melegnano, il padre della sposa, uomo libero, che non si vendeva né per trenta, né per quaranta. Fu l'ultimo a sapere la notizia del matrimonio, perché il sor Isidoro era temuto anche alle Cascine come lo spauracchio. Ma, appena parve necessario metterlo a parte del segreto, fu come se egli l'avesse saputo cent'anni prima di venire al mondo.

Nessuno avrebbe tolto dalla testa a un Chiesa di Melegnano che quel matrimonio l'aveva pensato e combinato lui fin dal principio, e cominciò a sonare la tromba nelle orecchie della gente. Paolino delle Cascine era noto nei dintorni come un uomo ben provveduto, per ciò il vecchio fantastico poté vantarsi che un Chiesa non si perdeva nella polvere. A lasciarlo dire, egli non era soltanto il padre di sua figlia — la piú bella donna, *sans dire*, della provincia di Milano — ma quasi anche Paolino lo aveva fatto lui.

Se Paolino aveva due bellissimi puledri, chi glieli aveva fatti comperare? Se aveva potuto guadagnare cinque lire e mezzo per fascio sul fieno, chi aveva dato un consiglio a tempo? Isidoro Chiesa, uomo libero... Ora sí che l'avrebbero sentito i signori della procura generale, i signori della greppia!

Molti avevano dubitato di un Chiesa, molti avevano detto ch'era uno spiantato o un mezzo matto: molti avevano creduto che un Isidoro Chiesa si lasciasse menar via dal Lambro. Viveva a Milano qualcuno, il quale aveva osato dire una volta che il signor Isidoro Chiesa di Melegnano era un gran buon uomo... Ecco venuto il giorno di vedere chi era un Chiesa di Melegnano.

Sotto il sole cocente di luglio, sull'ora fresca del pomeriggio, il caro suocero, mandando lampi dalle vetriate, col suo passo zoppo ed il suo bastone bistorto in ispalla, soleva tre o quattro volte per settimana fare una visita al suo buon figliuolo delle Cascine.

Veniva per la via corta dei prati col naso rivolto verso le Cascine, come un bracco che fiutava la preda, entrava nella corte, si asciugava la fronte, il collo, il naso, gli occhiali grondanti, tirava un fiato, tracannava un tazza di latte e piú volentieri una bottiglia di quel vino dolce che sappiamo, e fatto sedere Paolino, cominciava sempre da capo la storia del suo famoso capitolato di ottantamila lire che l'Ospedale gli doveva sacrosante, com'è vero che un Isidoro Chiesa ha ricevuto il santo battesimo... Egli era salito sul fondo di Melegnano l'anno

1856... ai tanti di novembre... cose vecchie: ma Paolino doveva aiutarlo.

Lo lasciavan dire, scappando un po' per uno: non c'era altro rimedio. Parigi vale una messa — ha detto un celebre re di Francia —: Beatrice valeva questa messa cantata. La buona Carolina non aveva che un rimedio per farlo tacere e non risparmiava mai di metterlo in pratica, quando la testa stava per iscoppiare.

Fatti saltare in un tegame quattro ettogrammi di lombo con salsa di pomidoro, tirava il vecchio lupo affamato a sedere, mettendogli davanti insieme al tegame un pane di una libbra, uno stracchino intero e un fiasco di vernaccia dolce. Sazio e gonfio come un boa, il vecchio finiva sempre coll'addormentarsi sulla sedia, in mezzo ad un nugolo di mosche, a cui non dispiace l'unto. Quando si risvegliava, di solito si ritrovava di nuovo a Melegnano, in casa sua, come se durante il sonno lo avesse trasportato in aria il carro del profeta Elia.

Paolino continuava ad essere un uomo felice, quantunque cominciasse ad accorgersi che a questo mondo non ci sono soltanto rose sulle siepi e anche le rose piú belle hanno le spine.

Punto primo: il sindaco mise avanti qualche difficoltà per celebrare il matrimonio civile in agosto, dimostrando, coll'atto mortuario di Cesarino in una mano e coll'articolo 57 del Codice Civile nell'altra, che una vedova non può rimaritarsi prima che siano trascorsi i dieci mesi dallo scioglimento del primo matrimonio.

Seccato da questo contrattempo e non troppo contento neppure delle risposte che gli scriveva Demetrio, dubitando quasi che costui avesse un motivo per essere in collera — la Carolina l'aveva sempre conosciuto per un ragazzo permaloso e testardo — pensò di parlargli a voce, di fargli presente il suo caso, di leggergli il segreto negli occhi.

Non avendo troppo tempo da disporre, andò direttamente dov'era sicuro di trovarlo, cioè all'ufficio, e chiese di lui al vecchio Caramella, che stava leggendo in anticamera.

« El non c'è piú » rispose il portiere col tono rigido d'un critico che sa quel che dice, senza togliere gli occhi dal giornale che aveva nelle mani.

« Dov'è? »

« So io dove l'è? qui non c'è piú, dunque... »

« Perché non c'è piú? »

« Perché l'è stato sospeso dall'impiego. »

« Sospeso? quando? »

« Ch'el me lasci passare. »

Lo squillo d'un campanello chiamava con insistenza, e il vecchio rustico scomparve dietro un uscio.

Paolino se ne venne via lentamente, ripetendo ad ogni gradino della scala:

"O bella, o bella o bella."

Quando fu in fondo, capí di non aver capito niente, e, non volendo andarsene cosí, tornò di sopra, aspettò che il Caramella tornasse in anticamera, lo tirò in disparte, e, facendogli scivolare nella mano un biglietto da due lire, gli chiese sottovoce:

« Ho bisogno di sapere com'è stata questa faccenda. »

La goccia d'olio fece subito il suo effetto.

« Cara lei, » disse il vecchietto con una voce meno arrugginita, in un italiano piú di confidenza « c'è stato del *ciar e scur*, un benedetto *omm*! »

« Con chi? »

Il Caramella si guardò un momento intorno e, tirando con un'isolita affabilità il signor fittabile (lo giudicò subito per tale) in un andito piú scuro, abbassando le palpebre sugli occhi, prese a dire sottovoce:

« L'è sempre la storia che el pesce grosso el mangia *el piscinin*. Il signor qui... il mio capo... sa... il cavaliere...

il commendatore... » e indicava un uscio dietro di sé, movendo il pollice dietro la spalla « l'è una brava persona, ma el g'ha il suo lato debole, ghe piacciono un poco le donnette... *Chi di voi è senza peccato scagli la prima pietra.* » Il Caramella citò il testo con grande serietà. « Pare che tra lui e il Pianelli ci fosse un *qui pro quo*, mi capisce? a proposito di una sua cognata, alla quale il qui... (e indicava l'uscio) el ghe faceva, pare, gli occhi del gatto. Io poi non so, la contano in mille maniere, ci sarebbe stato di mezzo anche un braccialetto, per conseguenza; ma chi le sa queste cose?... il... qui intendeva di pagare il conto, il Pianelli non ne voleva sapere, e, *tira molla*, se ne son dette un sacco in ufficio, che non ci sta nemmeno per la dignità del funzionario. Il Pianelli gridava come un disperato, avrà avuto le sue ragioni: l'altro, naturale, si è o non si è superiori, e detto fatto *el me ciappa* la penna, el te me scrive al Ministero, e in quattro e quattr'otto te me lo confezionano a Grosseto nel napoletano. Conosco da un pezzo il Pianelli, e dininguardi! so come la pensa: è un po' ostinato anche lui nelle sue idee, *ti e mur*, ma metterei la mano nel fuoco, figurarsi! Ma intanto chi ha avuto ha avuto. Questa l'è la favola, caro el mio signore. »

Il Caramella strinse le labbra, cacciò indietro le gomita, aprí le mani come due ventagli e lasciò che "quel signore" tirasse lui la morale della favola.

Paolino, a intendere queste novità, rimase un momento a bocca aperta, coll'aria goffa del campagnolo che vede per la prima volta il santo Duomo. Balbettò qualche monosillabo, e, tirando la parola colle corde, dimandò:

« Questa cognata, è forse... »

« Dev'essere una donna del buon tempo. Prima ha fatto ammazzare il marito, adesso fa perdere l'impiego al cognato. Ci dicono la *bella pigotta...* »

« La bella... »

« L'è sempre la storia del *cerchè la fam.* Questi uomini hanno passata l'età del giudizio e devono aver cambiati anche i primi denti: ma ha cominciato Adamo a sbagliare il primo bottone (e sí che non era vestito) e sarà sempre cosí. »

Il Caramella cominciava a ridere del suo riso amaro di critico incontentabile, quando un altro squillo di campanello lo chiamò nella stanza del commendatore.

« Vado, mi chiama il qui... » disse e sparí.

Paolino discese per la seconda volta le scale, non vedendo davanti a sé che una nuvola bianca, col passo vacillante del convalescente che esce per la prima volta di casa dopo un mese di febbre. Colla testa grossa, incapace di concepire, traversò Milano e si trovò per miracolo o per misericordia di Dio sulla porta del cugino in San Clemente.

« Non c'è » disse la portinaia. « Va e viene come un tramvai. »

« Non va piú all'ufficio? »

« Io non so: non ha piú ore. »

Paolino guardò la facciata della casa, come se cercasse un consiglio alle finestre, e, non avendo piú nulla da fare, tornò alle Cascine.

Che viaggio! Chi si raccapezzava? Demetrio, l'impiegato, il commendatore, la *bella pigotta*, la scena in ufficio, erano altrettanti fantasmi che si mescolavano e si connettevano collo strano contegno del cugino, col suo ostinato rifiuto, colla sua calcolata freddezza, che faceva un vivo contrasto coll'entusiasmo del primo giorno, quando s'era parlato la prima volta al *Numero Cinque* in piazza Fontana e che s'era vuotato il primo bicchiere alla salute della sposa.

Demetrio oggi non voleva bere piú del suo vino, rifiutava di assistere ad un'intima cerimonia di famiglia, non si lasciava piú vedere alle Cascine, non apriva la bocca sulla sua disgrazia. Nemmeno Beatrice pareva informata di questa dolorosa faccenda. E la storia di questo braccialetto? che opinione aveva la gente di questa donna? aveva essa ammazzato il primo marito?... che... che... diavoleria?... Che Demetrio fosse innamorato anche lui? non pareva possibile, dal momento che l'innamorato era quell'altro... Ma potevano essere innamorati tutti e due. Niente di strano, dal momento che s'era innamorato anche lui alla distanza di quattro miglia. O santi Apostoli! e come la chiamavano a Milano? La *bella pigotta*? che villania, che scherzo, che scempiaggine! Che tutto quello che era accaduto fin qui fosse uno scherzo di cattivo genere? ch'egli fosse la burletta di quella donna, la quale dopo aver ammazzato un marito volesse sposare un altro per...

O che pensieri! diventava matto a immaginare queste atrocità?...

« Carolina, Carolina » disse, entrando in casa col cappello sul cucuzzolo, cogli occhi strabuffati, col passo dell'uomo che ha perduto il centro di gravità. « Carolina. »

« Che cosa c'è? che cosa è accaduto? » esclamò la sorella, lasciando cadere una matassa di filo che stava dipanando dall'arcolaio.

« Vieni di sopra... »

« Vengo, santa Maria! ma che cosa è accaduto? »

« Taci, non far scene. Chiudi l'uscio » disse Paolino quando furono in camera.

Gettò il cappello sul letto, sedette anche lui sul letto, si asciugò col fazzoletto la testa.

« Ti senti male? parla, in nome di quella benedetta Madonna » pregava la buona sorella, a cui tremavano le gambe in prevenzione.

Paolino, dopo aver soffiato come un mantice, cominciò a raccontare quel che aveva udito a Milano, di Demetrio, del commendatore, di Beatrice, del braccialetto; e, quando gli parve di aver detto tutto, si abbandonò senza fiato sul cuscino.

« È tutto qui? » esclamò Carolina, alzando le mani al cielo. « Credevo che ti avessero rubato il portafogli. Si vede che sei cresciuto sempre in mezzo alle oche. Che caso! Si sa, una bella donna dà sempre da parlare alla gente. Potrebbe essere anche Sant'Orsola e ci sarà sempre la lingua che si diverte a mettere male. Che importa a te se a Milano la chiamano come la chiamano? è tutt'invidia che parla. »

« E il braccialetto? »

« Il braccialetto sarà un regaluccio di un adoratore. L'ha forse accettato? Caro mio, se non volevi questi fastidi dovevi contentarti di sposare una donna come le altre... »

« Sei qui colle tue sciocchezze » saltò su a dire Paolino, con un tono aspro e dispettoso, non volendo concedere che la sorella potesse aver ragione su questo argomento.

« Vuoi la donna bella? e allora non bisogna pretendere che la gente si strappi gli occhi dal capo per farti piacere. Il mio povero parere te l'avevo dato... »

« Vuoi finire di fare la Perpetua? »

« Ecco il pagamento d'essermi occupata tanto di te. Non parlo piú. »

« Ma se... »

« Non parlo piú, sta sicuro, anima mia. »

« Tu vuoi sempre... »

« Amen, non mi intrigherò piú. »

E coll'animo punto e addolorato la povera donna scese in cucina a preparare il pranzo. Quando mai qualcuno in quarant'anni l'aveva chiamata Perpetua? Alle Cascine essa era la mamma, la provvidenza, la consigliera ascoltata da tutti e non c'era grosso fastidio in una casa, di cui ella non sapeva sciogliere i gruppi e trovare il capo come in una matassa di filo. Doveva essere proprio lui, Paolino, il suo cuore, il suo cucco, a chiamarla Perpetua! Paolino non era piú il buon ragazzo di una volta: quella donna l'aveva stregato e cambiato di bianco in nero. Sempre inquieto, distratto, stizzoso, rabbioso, insofferente e svogliato negli affari, freddo fin nelle cose di religione, sarebbe stato peggio naturalmente andando avanti. Quel giorno che la signora Beatrice fosse diventata la padrona di casa, il posto della povera Carolina doveva essere dopo la serva, per non dire dopo la scopa.

Questi malinconici pensieri passavano come uno stormo di corvi nell'animo suo, mentre colla mestola in mano davanti al camino aspettava, cogli occhi tuffati nella pentola, che la minestra finisse di cuocere.

A tavola i due fratelli mangiarono di poca voglia e quasi senza parlare. Né, per quanto si voltassero nel letto, ciascuno per le ragioni sue, non riuscí la notte a togliersi di dosso le spine che la bella rosa aveva seminato nelle lenzuola.

Demetrio intanto seguitava a vendere.

Non restava quasi piú che il letto per dormire, qualche sedia, i pochi vasi, le gabbie. Le erbe, le lunghe tredescanzie, le piccole edere, i bei ciuffetti di musco languivano di sete, s'impoverivano nella polvere, essiccavano di malinconia come il loro padrone.

La valigia era preparata.

Non potendo portare con sé anche i compagni della sua solitudine, pensò di dare la libertà ai canarini, rendendo cosí felici dal fondo della sua tristezza quelle piccole creature.

Collocò le tre gabbie sul davanzale della finestra cogli sportelli aperti verso lo spazio e sedette ad aspettare che i canarini si sprigionassero da loro stessi.

Giovedí, che in questi ultimi giorni s'era attaccato al padrone, venne a sedersi accanto, col muso in aria, cogli occhi vaganti ora verso lo zio, ora verso le gabbie.

La giornata di fin di luglio si avvicinava al suo tramonto. Lunghe e taglienti lame d'oro immobili nell'aria immobile mandavano nel lento spegnersi del crepuscolo un chiarore caldo come un riverbero di rame infocato, mentre dai tetti neri e bruciati esalava la vampa di una gran giornata di sole.

Era arrivato il tempo di andarsene. Sentendo ogni giorno, quasi ogni ora, quasi ogni minuto diminuire le ragioni della vita, nel tedioso ozio forzato che somigliava all'inerte agonia di un condannato a morte, Demetrio anticipava di qualche giorno la sua partenza anche per sottrarsi alle insistenze di Paolino, che gli scriveva continuamente delle cartoline enigmatiche. Strada facendo, avrebbe potuto fermarsi un paio d'ore a San Donato dov'era sepolta la sua povera mamma, per dirle addio, o a rivederci, per attingere un po' di forza davanti all'erba che la ricopriva. Gli sorrideva anche l'idea di una fermata a Genova al cospetto del mare che non aveva mai veduto, nella speranza di far morire nell'immensità dello spettacolo i suoi piccoli pensieri e i suoi piccoli dolori.

Chi sa se avrebbe potuto vivere lontano dal suo paese, tra gente sconosciuta, in un mestiere ingrato, vedovo (non c'è altra parola), vedovo per sempre di quella donna, che aveva suscitate e sconvolte tutte le forze piú oscure e piú chiuse della sua esistenza?

Fu ridestato da un vivissimo cinguettío.

Qualcuno dei canarini era già uscito dalla gabbia e stava sulla soglia dello sportellino, davanti all'aria vuota, in atto di curiosità e di trepidazione. Altri, agitati da una voglia quasi convulsa, saltavano di legno in legno, arruffando le piume, girando il collo, spiando coll'occhietto piccolo e rubicondo attraverso ai ferri, come se non si fidassero delle cose.

Il loro padrone soleva tutte le volte che apriva gli sportelli avvicinare le imposte e piú d'uno aveva dato della testa nel vetro, come la dànno gli uomini di buona fede nelle piú trasparenti illusioni. Si capisce come non si fidassero troppo.

Fu Giallino il primo, un novello che Demetrio proteggeva piú degli altri con qualche parzialità, che dopo aver sollevato il becco alla grande aria del cielo, dopo aver gridato di gioia, sollevò le ali... ma ebbe paura.

Il suo cuoricino batteva con precipizio: due volte tentò abbandonarsi, ma la paura del vuoto, spaventoso anche per lui, lo tenne aggrappato al legnetto. Amoretto, colle penne miste di verde, gli diede quasi una spinta. Demetrio sentí un frullo d'ala, guardò attraverso ai ferruzzi e scorse Giallino ansante e spaurito nella conca di un tegolo.

« Ingrato anche tu... » mormorò sorridendo.

Amoretto gli tenne dietro e andò a posarsi sul cappello di ferro di un fumaiolo.

Il Marchesino — cosí chiamato per il suo garbo — saltò sulla gabbia e volò di qua e di là per la stanza, seguíto dagli occhi di Giovedí, finché venne a posarsi sulla spalla del padrone. Demetrio lo prese delicatamente nel palmo, lo fece saltare sul dito e presentandolo a Giovedí, cominciò a dire:

« Dunque si parte tutti quanti dimani. Mandiamo avanti questo signore a preparare gli alloggi...? »

E dopo aver accarezzato il canarino sulle ali, sporse la mano nel vuoto e gli diede la libertà. L'uccellino con un volo frettoloso e sgomentato andò a cadere sulla gronda di un tetto.

La femmina lo seguí, gli volò d'appresso e sulla gronda si concertarono sul da fare. Qualche altro era già partito senza dir nulla.

Le nubi d'oro cominciavano a scolorire.

Sempre seduto in faccia alla finestra, Demetrio contemplava le gabbie vuote, assorto, immerso nel malinconico silenzio di quelle piccole case deserte, velando gli occhi d'una riflessione piena di mestizia. Si sentiva malato ancora, d'un male che non è febbre, ma che filtra come una febbre ghiacciata nelle midolle degli ossi.

Giovedí, posata una zampa sul ginocchio, fece sentire ch'egli era lí.

« Sí, tu ci sei, tu non vai via senza di me, tu sei

fedele fino alla morte: tu vuoi bene a chi ti ha fatto un po' di bene! »

La bestia rispondeva socchiudendo gli occhi, attraverso ai quali brillava un lume di tenerezza.

Demetrio gli strinse il muso nelle mani e seguitò anche lui a parlargli cogli occhi, carezzandolo.

Il silenzio dei tetti spopolati penetrava il cuore. Al chiaror sanguigno era succeduta una luce languida di un azzurro verdognolo, in cui svaniscono come piume di un immenso ventaglio strisce lunghe di cirri bianchi e altissimi.

L'uscio si aprí lentamente.

Amor di Dio! era lei...

Era proprio Beatrice, un poco accesa per la fatica del salire. Era lei nel suo velo grande cascante sulle spalle, nel quale spiccavano i bei colori del viso ovale, la bianchezza del collo e la grandezza degli occhi.

Giovedí, conosciuta la padrona, le corse incontro, spiccando salti di gioia, abbaiando, piagnucolando e tornò verso Demetrio, soffiando nella polvere, gonfiando le nari, leccandogli i piedi.

« Che... che miracolo? » mormorò Demetrio, alzandosi e rimanendo immobile colla mano appoggiata alla sedia. « Siete a Milano? »

« Sí, per questa notte... Son venuta a prendere Arabella che fa gli esami dimani. Ma devo prima parlarvi. »

Beatrice trovò Demetrio molto abbattuto e invecchiato, e lui s'umiliò al cospetto di una signora che pareva cresciuta di nobiltà nell'eleganza degli abiti nuovi e signorili.

« Che cosa è accaduto? » chiese ella per la prima, mentre abbracciava con una rapida occhiata la povertà della stanza in disordine e la valigia fatta e pronta sopra la tavola.

« Che cosa? » chiese distrattamente Demetrio fingendo di non capire il senso della domanda.

« Son venuta apposta anche per questo, e non voglio partire senza conoscere la verità. »

« Quale verità? sedetevi. »

Demetrio mandò avanti una sedia, dove Beatrice si pose a sedere, mentre egli tornava ad appoggiarsi colla vita alla tavola.

« Paolino aveva bisogno di parlarvi, è venuto a Milano, andò a cercarvi all'ufficio e ha sentito... »

« Che cosa? » chiese con un filo di voce Demetrio, abbassando gli occhi.

« Ha sentito che avete avuta una brutta scena col cavaliere in seguito alla quale siete stato licenziato. È vero? »

« Non licenziato » mormorò languidamente con un tenue sorriso.

« O vi hanno traslocato in un paese lontano: è vero? Perché non avete seguíto il mio consiglio? Avete forse voluto difendermi troppo... e v'è capitato male. »

« Troppo? non si difende mai troppo una povera donna insidiata, calunniata » esclamò Demetrio con un tono vibrato e caldo di voce. « Voi non ne avete nessuna colpa. »

« Povera me, come sono disgraziata! » scoppiò a dire Beatrice, portando in fretta e furia il fazzolettino agli occhi. « Paolino è tornato a casa tutto fuori di sé, ha fatto una scena colla Carolina, vuole che io gli spieghi questo mistero del braccialetto, suppone non so quali tradimenti... Che gli devo dire, per amor di Dio? Questo matrimonio si doveva fare in agosto e invece s'è scoperto che non si potrà fare prima dell'inverno: anche questa circostanza aiuta a rendere Paolino inquieto e di malumore. Scrivetegli voi, per carità, o lasciatevi vedere una volta. Voi solo potrete dimostrargli che io non ho avuta nessuna colpa in tutta questa scena dolorosa, dissiperete tutti i suoi sospetti, distruggerete le calunnie della gente cattiva. »

« Io? » esclamò Demetrio come se parlasse a sé stesso.

Appoggiato colle mani alla tavola, fissò uno sguardo gentile e carezzevole su quella povera donna, che aveva ancora una volta tanto bisogno di lui: e provò in fondo al cuore ancora una volta una vanitosa compiacenza, un soave orgoglio di sé.

Per un bizzarro ritorno d'impressioni gli venne in mente la prima volta ch'egli s'era incontrato in Beatrice, in casa sua, nel salotto elegante, e che la povera donna, dall'alto del suo trono di cartapesta, aveva disprezzato i consigli d'un galantuomo: quante cose da quel giorno in poi! quante mortificazioni, quanta pazienza, quanta rassegnazione c'era voluto per non perdere i frutti di una buona intenzione!

Chi aveva vinto? La gente che giudica all'ingrosso poteva credere che avessero vinto gli altri, cioè i potenti e i fortunati; ma il suo cuore, davanti a quella bella creatura che piangeva e supplicava, seduta innanzi a lui nella luce blanda d'un tramonto d'estate, esultava ancora nella coscienza di un trionfo appassionato, che Dio non concede né ai potenti, né ai fortunati.

Beatrice non era salita per la seconda volta alla modesta soffitta per consolare le malinconie di un abbandonato: ma veniva come una regina a mendicare consolazione e consigli a un vecchio e dimenticato romito. Di chi la vittoria dunque?

Ecco quello che passò rapidamente e senza ordine nel suo cuore, mentre Beatrice finiva di piangere.

Il signor Paolino, nell'estasi della sua fortuna, alla vigilia di un ineffabile godimento, non aveva saputo resistere all'insidia del male. Una parola sinistra, una voce in aria, raccolta nell'anticamera d'un ufficio, era bastata come una goccia d'aceto a corrompere il latte della sua felicità; il sospetto, la diffidenza, l'ingiuria si mescolavano già ad un amore tutto fatto di bisogni e di ciechi desiderii, a un amore che non resiste alle prove dure e tiranniche della vita. Se un povero impiegatello destituito e traslocato, che aveva dovuto vendere il letto per mettere insieme i denari del viaggio, avesse in quel momento ritirata la mano dalla testa di quella donna: avesse — obbedendo a una ruvida istigazione dell'invidia e della passione — rifiutata una spiegazione a un uomo che non la meritava piú, che cosa sarebbe stato di Beatrice e de' suoi figliuoli? che cosa sarebbe stato di Paolino?

Questa paurosa apprensione egli lesse bene negli occhi lagrimosi di Beatrice, quando si alzarono verso di lui quasi in atto d'invocare misericordia. Se egli fosse stato un uomo cattivo... ma che cattivo? se egli fosse stato soltanto una persona rispettabile come il suo superiore, o un galantuomo dei soliti sul genere di Paolino, avrebbe ben saputo trarre da questo gruppo di circostanze almeno l'interesse dei suoi sacrifici.

È bene o male essere un po' diversi dagli altri?

« Beatrice » disse, staccandosi dalla tavola e avvicinandosi due passi. Si fermò davanti a lei in una attitudine tranquilla di padre indulgente e amoroso, e, lasciando sgorgare l'onda delle parole secondo l'ispirazione del cuore, soggiunse: « Io scriverò al signor Paolino, non solo per difendere la vostra innocenza e per risolvere tutti gli equivoci che possono essere nati, in mezzo a tante ciarle; ma gli dirò anche quanto si faccia torto e quanto divenga indegno di voi con delle diffidenze, che ingiuriano una donna onesta non meno delle insidie di chi la tenta coi piccoli regali. »

Beatrice, scossa dal suono vibrato con cui Demetrio pronunciò queste parole, alzò gli occhi e stette a sentire senza battere palpebra. Le fece subito piacere l'energia con cui suo cognato prometteva di difenderla. Era venuta apposta per avere in lui un valido avvocato difensore. Guai se Paolino si fosse intiepidito e avesse mandato a monte ogni cosa! che avrebbe dovuto fare co' suoi tre figliuoli? e la vergogna, e le ciarle della gente, e la nuova miseria piú grande se non piú spaventosa della vecchia? Ecco cosa dicevano i suoi occhi, mentre Demetrio, fisso alla linea ancora luminosa del lontano tramonto, colle mani giunte, quasi appoggiate alla bocca, con una visibile tensione di tutti i nervi, seguitava:

« Gli dirò che non vi merita, perché non ha avuto fede precisamente in ciò che voi avete di piú prezioso e di piú nobile, la vostra onestà. Questo sentimento, questa preziosa eredità, voi, anche povera, la lascerete in dote alla vostra Arabella » il nome della fanciulla fu come un gruppo che fermò un istante il discorso « e il signor Paolino non ci ha creduto. Anch'io, è vero, ho diffidato una volta, anch'io ho accolto leggermente le voci della malizia, ma erano diverse circostanze, e non vi amavo... allora... come dice di amarvi quest'uomo che vi manca di rispetto... »

Beatrice aprí un poco la bocca a un fiato di sorpresa. Perché si corrucciava tanto suo cognato?

Demetrio si accorse anche lui d'essersi lasciato trasportare un po' troppo. Si fermò, abbassò gli occhi verso di lei, stentando le parole, che si sprofondavano nella gola, parlando insomma attraverso al singhiozzo:

« Gli scriverò, » disse « gli scriverò dimani da Genova... Addio, state bene... Aggiusterò tutto: addio!... siate felice... »

Beatrice, quasi sollevata da lui, s'alzò lentamente senza togliere gli occhi dal viso di suo cognato, che, dopo averla commossa in modo straordinario, si commoveva anche lui fino alle lagrime, e diceva parole strane, agitando la mano nervosa e smarrita davanti alla bocca, tremando in tutta la persona magra e rannicchiata come un uomo che cerca di fuggire da un tremendo disastro. Che aveva quel povero uomo? che fosse ancora ammalato? che gli rincrescesse di partire e di lasciare la sua gente?

Furono tre o quattro questioni, che si presentaronc

insieme in quel momento all'intelletto non sublime della povera donna, che, abituata a vivere di sé, incapace di supporre mali lontani diversi dai suoi, e pur sentendosi cagione delle lagrime di Demetrio, stava lí in piedi, vittima anch'essa della sua meraviglia, lontana ancora molti passi dalla verità, incapace di andarle incontro.

« Voi partite dimani? È proprio vero? È per causa mia che vi tocca di partire? » chiese con un naturale tremito di voce.

« Non per causa vostra... È il destino cosí. È forse meglio per me... »

Rimasero un altro mezzo minuto l'uno in faccia all'altra senza poter parlare, egli combattendo una estrema e violenta battaglia colle sue lagrime, essa quasi stordita dal suo stesso non capire.

Seguitava ad interrogare quel poverino cogli occhi grandi, incantati, senza un'idea chiara di quel che desiderasse sapere da lui, ma agitata da un senso misterioso di pietà e di paura.

Demetrio colla faccia piú stravolta che rallegrata da un sorriso d'uomo malato, agitò ancora la mano nel vuoto, come se cercasse di ravvivare un discorso rimasto spezzato.

« Che cosa avete, povero Demetrio? »

A questa dimanda e piú che alle parole al suono intenerito della voce, come se tutta la vita gli rifluisse nel cuore, affascinato e tratto dalla sua stessa debolezza e da una vertigine soave, si abbandonò verso quella tenera compassione di donna, come un bambino impaurito, che corre a rifugiarsi nella gonna della madre. La stanza si riempí della luce ch'egli aveva negli occhi, in cui guizzavano le scintille del crepuscolo; la pregò ancora una volta, sigillando la bocca colle dita, di compatirlo, di andar via: la spinse anzi un poco verso la porta, allungando il braccio e la mano con cui teneva nervosamente stretta la piccola mano di lei, si attaccò, per non andare in terra, alla sponda della sedia, vi si rannicchiò, vi si rimpicciolí sopra, e gridando piú che pronunciando: « Andate via... per carità... » lasciò irrompere senza piú nessun freno quel torrente amaro di dolori, che lo rendevano cosí debole e vile.

A uno scoppio cosí improvviso di lagrime, dalle quali usciva una confessione non meno impreveduta che imbarazzante, il volto di Beatrice si offuscò forse per la prima volta in vita sua di una nuvola di cupa tristezza. Sulle prime non osò credere; si sforzò anzi di non capire ciò che diventava sempre piú evidente, cioè che Demetrio l'amava. Si guardò intorno, come se cercasse di orizzontarsi in quel mondo di affezioni e di afflizioni nuove che il piangere di Demetrio andava suscitando vicino a lei. Si chinò un poco verso il meschino, provò a parlare, ma che cosa doveva dire? Avrebbe voluto che ciò non fosse, gliene rincresceva: che poteva fare lei? quando aveva dato un motivo a questo uomo di credere? All'urto di queste varie questioni, che balzavano e cozzavano nella sua testa, sentí anch'essa una gran voglia di piangere, come una fanciullina che, uscita troppo lontana da casa sua, si trova còlta dalla sera e comincia a temere di perdere la strada.

Si sarebbe detto che la violenta necessità di non mostrarsi dura e cattiva coll'unico uomo che le aveva fatto tanto bene, spremesse quanto c'era di buono, di caritatevole, di delicato nel suo cuore. Provò un forte soffocamento di respiro, il petto le si gonfiò, il cuore cominciò a battere con immenso dolore, come se qualche cosa si rompesse in lei, come se in questo primo sforzo intelligente della sua vita, dalla bambola uscisse la donna.

Certo qualche cosa di vivo e di caldo sgorgava da quel patimento.

« Perdonatemi, Beatrice, sono malato, non so piú quello che mi dico e quello che mi faccio. Sono quattro mesi che soffro cosí, senza parlare mai con nessuno:

e sarei partito cosí, senza piú vedervi, se voi non venivate quassú a cogliermi in un momento di malinconia. »

Demetrio parlava senza alzare la testa dalle mani.

« Per amore dei vostri figliuoli, che ho amato come se fossero miei, non fate nessun conto delle mie parole, non dite niente, dimenticate anche voi... Non ricordate se non quel po' di bene che ho voluto ai figli di Cesarino... Andate via... »

« Io non potrò mai dimenticare quello che avete fatto per me... » provò a dire la donna, con una voce che risonò anche al suo orecchio in un tono piú caldo e diverso dal solito. « Avete detto bene: è il destino... Abbiate pazienza, Demetrio. »

« Sí, sí, sí! » esclamò Demetrio, sollevando la testa e sporgendo sulla sedia le due mani giunte, come se volesse rinnovare una preghiera. « Sono uno sciocco... lo so: addio, non vogliatemi male. »

E cercò di sorridere per togliere al discorso quanto vi poteva esser di penoso e d'imbarazzante per lei.

« Abbiate pazienza... » ripeté meccanicamente Beatrice, avviandosi verso l'uscio, tremando, stentando il passo, come se due forze contrarie si disputassero la sua pigra volontà.

Sulla soglia si fermò, chinò la testa quasi contro lo stipite, soffrendo della sua ignoranza che non le suggeriva nulla da dire, nemmeno una parola di cortesia e di carità verso un uomo che aveva sacrificato tutto per lei, il suo pane, la sua pace, la sua libertà, il suo cuore, soffrendo in silenzio, senza chiedere mai nulla per sé. Si fece improvvisamente pallida...

Demetrio, accovacciato piú che seduto sulla sedia, la contemplava coll'avidità con cui il morente segue l'ultima striscia di lume che tremola nella sua pupilla. Poi chinò un poco la testa. La credeva partita...

Beatrice, appoggiata colla mano all'uscio, si volse ancora una volta e con una voce ancora piú commossa esclamò:

« Mi perdonate, Demetrio? vi ricorderete ancora dei miei figliuoli? volete che vi mandi Arabella? Il Signore compenserà le vostre buone intenzioni..., fatevi coraggio: non datemi questo rimorso di sapere che, mentre io sono felice, voi soffrite tanto. Scrivete qualche volta e se possiamo fare qualche cosa per voi... »

Di mano in mano che ella parlava, lasciando che le parole uscissero naturalmente, egli sentiva ritornare il calore della vita e il senso delle cose. Nella luce quasi estinta del crepuscolo, Demetrio vide avanzarsi di nuovo quella donna e sopraffarlo colla grandezza della sua persona.

Una mano si posava sulla sua testa, da cui scese un brivido a invadere il corpo. Sentí ancora un bisbiglio confuso di parole, e un'onda tiepida che lo travolgeva: e credette che fosse arrivato l'ultimo momento della vita.

Quando si risvegliò, si trovò steso in terra ai piedi della sedia.

Un raggio di luna, entrando dalla finestra aperta, disegnava sull'ammattonato i graticci delle gabbie vuote.

Quando Beatrice venne via dalla casa di Demetrio era quasi buio, e, camminando tra la gente, si sentí come sola e perduta in una grande città. La scena straziante a cui aveva assistito, la miseria di quella stanza lassú, l'abbattimento fisico e morale del cognato, l'idea del castigo che, per cagion sua, se non proprio per colpa sua, cadeva addosso al povero disgraziato, la paura che Paolino tirasse da tutto ciò un pretesto per non mantenere la sua promessa e la lasciasse sulla strada, lei e i figliuoli, questi furono gli spaventi che l'accompagnarono a casa.

Una volta arrivata e chiusa dentro, sentí anche lassú il doloroso silenzio d'una casa abbandonata che si sfascia. Della poca roba salvata dalle mani dei creditori, parte era andata alle Cascine, parte giaceva in disordine accatastata ai muri. Di intatto non rimaneva che la stanza da letto, dove avrebbe dormito forse per l'ultima volta in compagnia di Arabella, che, finiti gli esami, doveva seguire la mamma a Chiaravalle. La ragazza, che in questo matrimonio della mamma rappresentava una parte passiva di silenziosa protesta, andava cercando una scusa per rimanere a Milano presso i Grissini, o in collegio presso le monache, che d'estate conducono le allieve al mare. Ma il signor Paolino si lamentava già della mancanza della figliuola, e non era il momento di disgustarlo anche in una piccola cosa.

Che brutta notte passò per l'ultima volta nel suo letto grande la vedova! Arabella, quantunque provasse un piccolo brivido nelle ossa, quando entrò a occupare il posto del suo povero papà, tuttavia, vinta dal sonno facile della sua età, verso le undici si addormentò. Ma la mamma contò tutte le ore e tutti i quarti senza poter raccogliere un'ombra di sonno. Troppe cose uscivano dal cuore, come il sangue cola da una fresca ferita.

Ma piú ancora che il cuore, la testa andava mulinando e annaspando pensieri sopra pensieri, reminiscenze, casi sopra casi, immagini scomparse da un pezzo, risuscitando morti e vivi, avvicinando le cose piú secondarie, con tal precipizio, che piú di una volta si sollevò sul cuscino e si passò la mano sulla fronte. Quella testa, cosí poco abituata a riflettere, soffriva sotto la matassa delle cose che il destino le imponeva di dipanare. Ella lesse e rilesse, si può dire da capo, tutto il libro della sua vita. Si rivide fanciulla in collegio a Lodi, presso le Dame inglesi, non fra le prime, e nemmeno fra le ultime della sua classe; da Lodi tornò a Melegnano ancora a tempo per godere gli ultimi raggi della fortuna di suo padre; fu per alcuni anni una corte bandita.

Prima che venissero i giorni tristi, eccola a Milano a braccio di Cesarino.

Il suo noviziato di sposa fu pieno di care novità e di dolci sorprese.

Cesarino, quantunque facile a irritarsi e di gusti difficili, non aveva mai risparmiato sacrifici, perché sua moglie facesse una buona figura nella società.

Agli anni felici erano seguiti i mesi della espiazione. Ricordò il primo incontro con Demetrio, il piangere, il soffrire ch'ella aveva fatto sotto il suo bastone. In casa era la miseria e la fame; di fuori il fallimento di suo padre, l'insidia dei protettori, le trappole delle false amiche.

Essa aveva vissuto piú in quei pochi mesi che in tutti gli anni prima. Ed ora, mentre stava per tirare il fiato e ricomporre la sua fortuna, ecco una nuova tribolazione.

Quantunque Paolino parlasse soltanto del braccialetto e del cavaliere, era evidente che il contegno scontroso e freddo del cugino aveva fatto nascere in lui il sospetto che anche Demetrio avesse del fuoco al cuore.

Forse tra lor due s'erano già dette delle parole vive, e nulla era di piú naturale che Paolino s'ingelosisse e mandasse a monte il matrimonio. Ella dunque era chiamata a scegliere tra questi due uomini, ossia non era piú nemmeno il caso di scegliere. Il suo destino non poteva essere che uno solo, quello di salvare un pane ai suoi figliuoli. Era dover suo di dimostrare a Paolino che mai aveva pensato a Demetrio, che nessuno gli era stato al mondo piú antipatico e piú odioso...

In questa lotta di due uomini, per non dire di due ombre, si mescolava nei brevi sopori della fantasia un'altra ombra, quella di Cesarino, che pareva quasi contento che tutto andasse a monte senza che Beatrice, immersa nella superficiale dormiveglia delle ore mattutine, potesse afferrarne il motivo.

Sentí Arabella che parlava in sogno.

Sonavano in quella tre ore a San Lorenzo. La bambina, che si era addormentata sopra una paurosa sensazione, e che continuava anch'essa ne' suoi sogni a leggere il piccolo libro della sua vita, a un certo punto balzò a sedere sul letto, esterrefatta, e gridò:

« No, papà, no, papà... Mandate via quel cane... Mandate via quel cane. »

« Arabella, che hai? che cosa dici? » dimandò la mamma, balzando anch'essa a sedere sul letto, stringendo la ragazza nelle braccia.

Questa si lasciò prendere e cercò un rifugio nel seno della mamma. I cuori di quelle due donne battevano e balzavano insieme sotto i colpi della paura.

Rimasero abbracciate fino alla mattina, tremando insieme e sospirando lo spuntar del dí. Beatrice pensò che gli spaventi d'Arabella derivassero da qualche bisogno che la pover'anima del suo Cesarino avesse nel mondo di là, e invitò la figliuola a togliersi subito dalle lenzuola per andare insieme fino al cimitero a pregare e a salutare ancora una volta il papà prima di lasciar Milano. Demetrio aveva fatto porre un piccolo sasso sulla fossa, approfittando di quello stesso che aveva servito per papà Vincenzo e che, passato il termine decennale, egli avrebbe dovuto rimettere pagando di nuovo il posto. Nel bisogno di fare qualche economia, sperò che il buon vecchio non se ne avrebbe avuto a male, e fece collocare la pietra con le altre parole sulla fossa del suo figliuolo prediletto, compiendo cosí quell'opera di misericordia e di perdono, che era cominciata per lui quasi trent'anni prima.

Le due donne stavano ancora vestendosi, quando una forte scampanellata le fece trasalire. Chi poteva essere a quell'ora? Beatrice si fece il segno della croce e andò a dimandare all'uscio.

« Sono io, il Berretta... » disse la nota voce del portinaio.

« Che cosa c'è? » dimandò aprendo la porta. « M'avete fatto un tal spavento! »

« C'è abbasso un signore che desidera parlare a lei, sora Beatrice. »

« Un signore? non vi ha detto il suo nome? »

« No, o forse non ho capito. »

« Non lo conoscete? »

« Non mi pare una faccia nuova: pare un po' esaltato. Gli deve essere accaduta una disgrazia... »

« Ditegli che veniamo subito abbasso... » soggiunse Beatrice con un tremito nella voce.

S'era ridotta quasi ad aver paura dell'aria e andò a immaginare che fosse qualche altra disgrazia.

Quand'ebbero finito di vestirsi, madre e figlia discesero quelle benedette scale, forse per l'ultima volta. Arabella pareva una candela.

Sotto il portico, a' piedi dei gradini, passeggiava un signore grasso, che, al veder la signora Pianelli, le andò incontro colla furia d'un uomo disperato. Beatrice riconobbe in lui il signor Melchisedecco Pardi, il marito della bella Palmira, e capí dalla sua faccia smorta e stravolta che aveva poco dormito anche lui.

Anche lui, come Demetrio Pianelli, come Paolino delle Cascine, era un'anima in pena per grazia di una donna, perché questi benedetti uomini, grandi e grossi, che sembrano a vederli i padroni del mondo, basta toccarli con un dito sul cuore e si smontano come le macchinette.

I coniugi Pardi stavano una mattina facendo colazione, quando la donna di servizio consegnò alla signora una lettera arrivata allora allora dalla posta.

Le lettere, lo ricordiamo, da qualche tempo in qua erano diventate gli spauracchi del signor Melchisedecco, il quale, sebbene, dopo la scena che abbiamo visto, non avesse piú motivo di lagnarsi di sua moglie, pure non poté nascondere un certo cipiglio, intanto che Palmira dava un'occhiata alla soprascritta.

Ma questa volta fu un cipiglio inutile. Palmira, spinta la lettera verso di lui, cosí come era arrivata in tavola, gli disse:

« Leggi tu. »

Secco, un po' mortificato d'essersi lasciato cogliere in

diffidenza e in gelosia, crollò il testone, alzò le larghe spalle e mormorò, mentre ripuliva il piatto con una mollica di pane:

« Che bisogno? »

« No, leggi. Dici sempre che io sono la donna dei misteri... »

« Che cosa ho detto? »

« Non è necessario parlare. Apri, guarda dunque. »

« Se è per capriccio tuo... »

Il buon Pardone confuso e quasi commosso per questo straordinario attestato di confidenza, aprí la lettera, che veniva da Milano, mentre cogli occhi buoni accarezzava quella sua cara traditora.

« È la signora Pianelli che ti scrive » disse, dopo aver scorsa superficialmente la lettera.

« Oh! » fece Palmira senza alzare gli occhi dal piatto con tono di freddezza glaciale. « Che cosa vuole la signora delle Cascine? »

« T'invita al suo matrimonio per giovedí mattina. »

« Che onore! » declamò Palmira, corrugando la fronte in uno sforzo come di concentrazione, che ella procurò di nascondere con un altro sforzo dei muscoli, mentre cercava di schiacciare nei palmi una noce contro un'altra.

« Se accetti, dice che manderà la carrozza a prenderti mercoledí sera, perché tu possa assistere alle presentazioni e a un piccolo trattenimento... »

« Anche la carrozza! vuol proprio farmi morire d'invidia! Conosci tu il suo Paolino? »

« Non ho questo bene. »

« Una pertica con in cima un gran pomo di Adamo. »

Palmira rise ella per la prima d'una ilarità sfrenata ed eccessiva, sforzandosi di coprire un altro movimento del cuore e seguitò:

« Per sposare di questi lampioni non vale la spesa di andare fuori del dazio. Di lampioni è piena Milano. »

Secco rise lui di gusto questa volta alla pittura del sor Paolino, e in cuor suo si consolò d'essere qualche cosa di piú d'un lampione. Lo spirito mordace e pittoresco di Palmira aveva sempre avuto il merito di piacere al buon fabbricante di nastri, sorto anche lui dal popolo, a cui piacciono i paragoni semplici e coloriti.

Confrontando in mente la bella e pacifica signora Pianelli, ch'egli aveva conosciuto a Cernobbio e alle feste del Circolo *Monsù Travet*, nella sua beata e pacifica compostezza, colla sua faccia rotonda di bambocciona, a quest'altra donnina magra e spiritosa, che rosicchiava davanti a lui un amaretto con una delicata nervosità, il buon Pardone non poté a meno di fare anche lui il suo paragone.

"Non basta" pensò "che una donna sia bella e prosperosa come una gallina. La bellezza va e viene e, in quanto a peso, vale di piú un cannone. Ciò che dà vita e illuminazione a una donna è lo spirito. Una donna senza spirito" seguitò nella sua pigra e faticosa fantasia di buon ambrosiano "è come un caffè buono, ma freddo."

Secco non sarebbe stato capace di mettere in carta queste idee, ma le espresse cogli occhi, con cui avvolse teneramente la sua cara traditora, soffiando il ridere dalle ganascie gonfie, mentre ripensava al paragone della pertica con in cima un pomo d'Adamo.

« Che ne dici dunque? debbo accettare? »

« Direi di sí. Se t'invita è segno che ha gusto d'avere anche te. »

« Non ne ho nessuna voglia » soggiunse Palmira, continuando a schiacciar noci, senza far altro che tormentare la pelle delicata delle sue manine da contessa. Ma forse aveva bisogno di quel tormento fisico per schiacciarvi dentro un pensiero piú duro e piú aspro.

« Se non c'è un motivo, non bisogna mai disgustare la gente » raccomandò il buon negoziante, rompendo con un colpo solo delle sue mani grassoccie e forti due belle noci, che mise in venti frantumi sul piatto di Palmira.

« Non ho nemmeno un vestito adatto » seguitò a dire Palmira, come se si compiacesse di porre degli ostacoli ai propri passi.

« Per questo siamo in un Milano... »

In questi discorsi la colazione finí. Secco si alzò, accese una grossa pipa di ciliegio e andò in fabbrica, in mezzo al movimento de' suoi duecento telai, che mandavano un chiasso di cento pettegole. Quando l'uscio fu chiuso sull'onda sonora che entrò a invadere il salotto, Palmira afferrò con furia la lettera rimasta aperta sulla tavola, la scorse in furia con uno sguardo freddo e lucente, mordendosi le labbra sottili, avvicinò le prime e le ultime parole di ogni riga, traendone un senso che era sfuggito al suo segretario, si contorse quasi su se stessa come una foglia secca, e mormorò qualche cosa, che andò a morire negli abissi imperscrutabili della sua coscienza di donna vana e capricciosa.

Si alzò, accese una sigaretta e, tolto dal caminetto un giornale di mode, andò a rannicchiarsi in una poltroncina posta sotto la finestra che dà sul Naviglio, cogli occhi apparentemente fissi alle belle signore del figurino, ma in realtà perduti in una contemplazione lontana molto piú bella e affascinante.

Dalla fabbrica arrivava ancora fino a lei, per quanto smorzato, il continuo tric-trac, che assordava, intontiva le orecchie e l'anima, e sul quale tesseva anch'essa le sue giornate tutte d'un colore, strascinandosi dietro la vita lunga ed eguale come un nastro ordinario, senza una emozione, tediata, piena, gonfia della sua stessa fortuna di agiata borghese, sempre in lotta o colla tenera bontà di suo marito, o colle tentazioni dei suoi pensieri.

Era piú felice forse quando lavorava di là, in fabbrica, e che poteva almeno sfogare l'umore, tirando uno zoccolo nella schiena a qualcuno.

Per quanto non invidiasse né il temperamento, né il "lasciatemi stare" di Beatrice, per quanto non credesse alle sue massime di donna pacifica, doveva però confessare, con un piccolo risentimento d'invidia, che quella bambocciona era piú fortunata di lei.

Anche un Paolino qualunque, che abbia cavalli, carrozza, una stalla piena, tre o quattro cascine popolate di oche e di galline, è qualche cosa di piú allegro e di piú vario che il passare la vita in una vecchia e quasi lurida casa del Terraggio, colla prospettiva del Naviglio melmoso, che manda su ogni sorta di malanni, nel perpetuo stordimento di una fabbrica che fila nastri e noia, noia e nastri.

Quel che rispondesse a Beatrice non si sa: sembra però che vincessero la tentazione, il capriccio e la curiosità, perché il mercoledí, un'ora prima di sera, una carrozza di tipo campagnolo, a due cavalli, si arrestò davanti alla fabbrica del signor Melchisedecco Pardi. Palmira partí sola alla volta delle Cascine.

Secco arrivò appena a tempo per sporgere il capo dalla finestra dello studio e a gridare:

« I miei complimenti; portami i confetti. »

La sera andò a far la solita partita di tresette ai *Tre Scanni* ed ebbe un monte di carte belle. In una mano sola accusò undici punti, e due volte di seguito i tre assi.

« Caro lei, lo faccio arrestare » saltò su a dire il signor delegato Broglio, della vicina Sezione di Sicurezza, che non mancava mai al solito tavolino. « Questo si chiama rubare e non vincere. Faccio presto, sa: ho le mie guardie in via Lanzone e lo butto in cella a passare la notte. »

« Allora sí, povera signora Palmira... » disse il compagno che vinceva col fortunato mortale.

Secco rideva, soffiando la contentezza dalle gote gonfie, e picchiando con tremendi colpi le carte sul tappeto verde.

« Fortunato nel giuoco, sfortunato in amore. »

« Tre assi... » accusò per la terza volta il signor Pardi,

chiudendo gli occhi e appoggiandosi coi gomiti grassi alla tavola per ridere in equilibrio.

« Tre assassini! » e, volgendosi al ragazzo dell'osteria, gli disse: « Guarda se c'è un agente lí di fuori... »

Il Pardi tornò a casa piú tardi e piú caldo del solito. Entrò nell'andito buio al lume di un cerino e prese le lettere, che trovò nella cassetta ai piedi della scala.

La donna di servizio uscí col lume e, mormorata la buona notte, se ne andò, lasciandolo solo nella deserta camera nuziale. Al disotto della calda allegria che suscitava il Valpolicella dei *Tre Scanni*, la vista di quel letto vuoto a man sinistra destò uno strano sentimento o presentimento di malinconia, come se Palmira non fosse andata per un giorno a divertirsi a uno sposalizio, ma gliela avessero portata via morta.

Era anche questo un effetto del bicchiere, che eccitava in quel buon uomo linfatico e grasso i pensieri patetici, che fanno piangere, mentre gli altri ridono e cantano volentieri quando li rischiara un po' di *lumen luminis*.

Fece passare alcune lettere; buttò in disparte le solite fatture, gli avvisi commerciali, e si fermò a contemplare una piccola busta, attratto da una scrittura grossa a spina di pesce, che gli parve di riconoscere. Stando in piedi col cappello tondo quasi sugli occhi, il sigaro spento in bocca e il bastone sotto il braccio, ruppe la carta e lesse su un biglietto di visita del cavaliere Lanzetti le seguenti parole:

"Dimani scade la nostra cambiale; non si potrebbe rinnovarla? Gli affari sono stagnanti, e m'è mancato anche il baritono. Potrei intanto offrirle un palco per tutta la stagione".

E piú sotto, conficcato nel piccolo angolo rimasto libero:

"Per sua norma, Altamura è a Milano già da una settimana. L'ho saputo soltanto ieri".

Tornò a leggere da capo: "Dimani scade la nostra cambiale, ecc."

E piú sotto: "Per sua norma, Altamura..."

Gli occhi del signor Pardi si sollevarono e andarono a guardare, senza fermarsi troppo, il posto del letto a mano sinistra. Collocò il bastone sulla tavola, vi pose sopra il cappello, e data una rapida e paurosa occhiata alla porta, tornò a leggere la terza volta il biglietto, avvicinandolo piú che poté alla fiamma della candela. Lo buttò sulla tavola con una espressione di schifo. Era una trappola: ci voleva poco a capirla.

L'egregio cavaliere Lanzetti — oggi sono cavalieri anche gl'impresari e i suggeritori — avendo bisogno estremo che la cambiale fosse rinnovata, cercava farsi dei meriti, inventando un Altamura a Milano, mentre Altamura cantava a Madrid, e la *Gazzetta dei Teatri* annunciava la sua prossima partenza per Montevideo.

"Un cantante che fa la stagione a Madrid non passa da Milano per andare in America, caro signor cavaliere dalle cambiali insolvibili. Sarà per un'altra volta. Io ti posso regalare anche tre cambiali, ma non voglio che tu mi creda cosí gambero da bevere... da ritenere che il signor Altamura è a Milano già da una settimana..."

Il Pardi rideva con sé stesso, movendo tre o quattro passi nella stanza, fermandosi a rimirare con attonita attenzione la gamba di una sedia, stringendo nelle dita in un fascetto solo i peli dei baffi e del piccolo pizzo di barba; poi girava sui tacchi, dava un'altra occhiata di volo al letto...

Palmira non era quasi mai uscita di casa tutto quel tempo. Da qualche mese in qua si mostrava docile, discreta, savia, tollerante. Lettere non ne riceveva piú, e nemmeno giornali, dopo la gran burrasca di quel giorno che l'aveva còlta sulla porta della Posta. Essa non voleva nemmeno andare alle Cascine, al matrimonio della signora Pianelli, per non fare la spesa di un vestito nuovo: era stato lui a cacciarla via, perché prendesse una boccata d'aria, povera diavola...

Stava ancora concludendo il suo ragionamento che

già la mano aveva aperto, operando per conto suo, un cassettone, in alto, dove Palmira teneva i fazzoletti, le gioie d'uso, le lettere, il borsellino. Quando si accorse di commettere una stupida ed inutile indiscrezione, spinse e chiuse con violenza, intascando sbadatamente la chiave.

Non era il caso di credere che prima di andare alle Cascine, Palmira avesse a incontrarsi con... qualcuno.

Impossibile. Come poteva sapere questo qualcuno che il matrimonio della signora Pianelli era fissato pel giovedí mattina, e che il signor Paolino avrebbe mandata la carrozza a prendere Palmira il mercoledí?

Ad ogni modo bisognava sempre supporre che Altamura fosse a Milano, mentre la *Gazzetta dei Teatri* dava per certo che egli aveva accettata una scrittura per l'America del Sud, dove i mariti non fanno complimenti e piantano fior di coltelli nel cuore ai *Trovatori*.

Che diavolo gli passava mai per il capo? Ecco in qual maniera un uomo può essere felice per tre assi a tresette, e cinque minuti dopo diventare il piú disperato degli uomini per l'ombra di un'idea. Frugando nelle tasche della giacca, per una morbosa inquietudine e quasi curiosità delle mani, vi trovò una chiavetta. Da qual parte questa chiave? Non si ricordava già piú.

Stette a guardarla con grossi sopraccigli, finché gli venne in mente ch'era la chiave del cassettone. Aprí di nuovo il cassetto in alto, cercò, frugò, trovò una lettera, corse presso la candela. Era la lettera della signora Beatrice ch'egli aveva aperta e letta a Palmira, un gentile invito e non altro, a meno di credere che anche Altamura fosse stato invitato alle Cascine...

Ma se Altamura non era a Milano, non poteva essere nemmeno alle Cascine. Se era in America, non poteva essere in Italia. È vero che per poter dire che un uomo canta in America bisognerebbe esser là a sentirlo, ma d'altra parte, per credere la metà di quel che gli passava per il capo, bisognerebbe ammettere che l'uomo è una bestia feroce, e la donna la madre delle bestie feroci, che il mondo è una tana di tradimenti, che non c'è piú né legge, né fede, e che gli assassini di strada sono i piú galantuomini, perché almeno mettono a rischio la pelle.

In queste riflessioni spasmodiche, colle quali il povero geloso procurava di assopire i suoi sospetti, cominciò a svestirsi. Si levò la giacca, che appese al solito chiodo, e caricò l'orologio.

Portò l'orologio all'orecchio per sentire i battiti: lanciò uno sguardo disperato all'altra parte del letto. Era mezzanotte. Palmira doveva esser arrivata da cinque ore almeno alle Cascine. Finite le presentazioni e il trattamento dell'acqua dolce, a quest'ora forse dormiva insieme alla sposa...

Coll'orologio in mano, cogli occhi fissi al quadrante, col panciotto slacciato sul petto, il Pardi seguiva ansiosamente il movimento quasi invisibile dell'indice, come un dottore che conta i battiti di un moribondo. Se fosse stato sicuro di poter trovare il Lanzetti al Biffi, dove andava di solito, sarebbe uscito a cercarlo.

Non era ancora deciso se uscir di casa, o se buttarsi a dormire in santa pace, che, rimessa la giacca e col cappello sugli occhi, passava in fabbrica a far qualche cosa per ingannare il tempo. Non si dorme con un ferro rovente che t'infila il cuore. Entrato nel vasto camerone, dove stavano schierati in due grossi corpi i suoi duecento telai con una stretta corsía nel mezzo, ombre grandi e grottesche svolazzarono su per i muri al passare della candela.

A mezzo della corsía, che metteva al bugigattolo dello studio, si fermò, e, premendo coll'unghia l'orlo e le croste della candela, tornò a rifare il suo ragionamento, mescolandovi ancora la geografia, la *Gazzetta dei Teatri* e la probabilità che il mondo sia una tana di ladri e di assassini. La testa, ridiventando pesante, piombava di nuovo sul petto, e nell'ombra della notte, nella fredda e livida compagine de' suoi duecento telai che l'avviluppavano come in una rete dura di ferro e di nodi scorsoi, un'accusa cupa e solenne, sviluppandosi dal fondo piú cieco della sua vita, saliva con un gran turbamento del sangue fino alla sede del pensiero. Che fossero già d'accordo? Che si trovassero già abbracciati in un sicuro nascondiglio? Si può diventare ubbriachi pel sangue che va alla testa.

L'alba trovò il signor Pardi curvo sui mastri e sul libro campionario, assopito, piú che addormentato, in una dolorosa stanchezza, col corpo mezzo intirizzito dal fresco delle ore mattutine. Alzò la testa. Se avesse potuto guardarsi in uno specchio e vedere il colorito scialbo, i capelli duri e arruffati, l'occhio cinericcio e spento, avrebbe creduto d'essere molto malato.

Tuttavia la luce chiara e onesta del sole che entrava rubicondo per le sei grandi finestre, sbattendo sui congegni bruniti dei cilindri e dei pettini, dissipò molti dei fantasmi che lo avevano assalito lá notte. Rilesse ancora una volta il biglietto del cavaliere Lanzetti, cercò e ritrovò nel cassetto segreto della scrivania la raccolta della *Gazzetta dei Teatri*, ch'egli leggeva attentamente dal marzo in poi, interessandosi al movimento di tutto il personale mimico-lirico-danzante del paese, e ritrovò facilmente una notizia, già segnata con matita rossa, che diceva:

"Il celebre Altamura accettò per l'agosto un lauto impegno al teatro dell'*Opera* di Montevideo, dove l'esimio artista ha lasciato indimenticabili impressioni nell'intelligente colonia dei nostri connazionali. Auguriamo al nostro illustre amico larga messe di allori e di *pesetas*."

"Anch'io" mormorò il Pardi, associandosi di cuore all'augurio. "Ecco la prova stampata della bugia che farò scontare al cento per cento al signor Lanzetti."

Intascò il giornale, accese il sigaro, che gli teneva alla

mattina il posto del caffè nero, e, mentre le operaie cominciavano a entrare in fabbrica, uscí coll'intenzione di trovare in qualche buco l'impresario e di farsi spiegare l'intreccio di quest'opera buffa.

Non erano ancora sonate le sette, quando, venendo per la via stretta di San Simone, nella corrente rumorosa dei muratori e degli operai, che ogni mattina inondano Milano, sbucò nel largo crocevia del Carrobio, già vivo e agitato come deve essere il cuore di una città grande piena di affari e di interessi, che non ha troppo tempo per dormire.

Sapeva che i Pianelli abitavano in Carrobio, anzi si ricordò d'aver veduto Palmira uscire da una porta presso il droghiere, quel giorno che i coniugi Pardi s'erano trovati col tempo in burrasca, seduti, l'uno in faccia all'altra, nel medesimo tramvai.

I piedi, che non sempre ragionano male come il cervello procura di far credere, ve lo portarono diritto.

« Abitano qui i signori Pianelli? » chiese al portinaio.

« Abitavano » rispose il Berretta, tenendo sollevata una scopa in mano come un campanello. « Però c'è la signora Beatrice. In quanto al signor Cesarino, saprà bene che... »

« La signora è in campagna? »

« Oggi è a Milano. È arrivata ieri a prendere la figliuola che deve fare gli esami. »

« Ieri, va bene: ed è partita » seguitò a dire il Pardi, sforzandosi di correggere gli spropositi di fatto che diceva il sarto.

« No, no, è a Milano » confermò il Berretta. « Ha qui ancora quasi tutta la roba. »

« Che c'entra? deve sposarsi stamattina. »

« Ah... io non so. »

« Insomma, c'è o non c'è? »

« Chi? » domandò il Berretta, che si lasciava stordire per poco, sollevando gli occhi in faccia a questo signore grasso, che pareva in collera.

« Avete detto che la signora Pianelli è a Milano » riprese a dire il signor Pardi colla pazienza d'un professore, che torna a spiegare un probiema astruso.

« Sí, diavolo! le ho portato ieri sera l'acqua per lavarsi la faccia. »

« Fate il piacere di andar su e ditele... » il Pardi pescò nel taschino del panciotto quei cinque soldi che occorrono per far correre un uomo « ditele che c'è un signore che desidera parlar con lei subito subito. »

« Vado in un momento. »

Secco si lasciò cadere coll'abbandono pesante dell'uomo stanco su di una sedia e si appoggiò al tavolo, in mezzo ai ritagli e alle filaccie, nella luce miope e sonnolenta che mandano a Milano le finestre dei portinai, senza pensar nulla di preciso, ma ripetendo solo con una espressione forzata e quasi di sprezzo: "fare gli esami!" frase che, caduta come un ciottoletto negli addentellati dei suoi discorsi interni, urtava e guastava il meccanismo del raziocinio.

Il Berretta tornò a dire che la signora Beatrice, dovendo uscire per alcune spese, sarebbe venuta dabbasso tra cinque minuti.

Il Pardi non rispose, e dopo aver guardato il portinaio con un'aria di compatimento, come se il Berretta non sapesse quel che veniva a contare, si raccolse, si appoggiò colle braccia sui ginocchi e procurò di non pensar piú nulla, finché non fosse uscita questa signora Beatrice. Avesse dovuto aspettare non cinque minuti, ma cinquanta secoli, non sarebbe uscito di lí senza aver parlato coll'amabile sposina.

Il portinaio venne a contare delle storie in cui entrava ancora Cesarino, il solaio, la trave, la mano... che so io? tutte parole che non arrivavano fino alle orecchie di quell'uomo immerso fino ai capelli in una profonda oscurità, e che sentiva sé stesso come un sacco imbottito di stoppa.

Di fuori il Carrobio mandava i suoi gridi, i suoi strepiti, i suoi rombi di carri pesanti, accalorandosi nella vita crescente della giornata. Dalla porta entravano e uscivano uomini, donne, ragazzi. Chi consegnò una chiave, chi ritirò una lettera, una donnicciuola in cuffia si lamentò del gatto, che andava sempre davanti al suo uscio... che era una sporcizia. Un fornaio lasciò tre panini sul tavolo del sarto e se ne andò urtando nei vetri col cavagno.

Nella corte strideva a brevi intervalli il manubrio della pompa, con un tonfo di roba pesante; risonavano voci di donne, piagnistei di bambini... Tutti questi particolari, occuparono, distrassero per un momento la sua attenzione durante il buon quarto d'ora che la signora Pianelli si fece aspettare. Erano sottili ricami sopra un fondaccio senza colore. La vita esterna arrivava onda morta fino al suo capo, ma non aveva la forza d'entrarvi.

Se avessero gridato al fuoco, se la casa fosse crollata sulle sue spalle, il signor Pardi non si sarebbe mosso di lí prima d'aver veduto e parlato colla signora Pianelli. Se essa era arrivata il giorno prima a Milano, come poteva aver invitato Palmira a prender parte alle presentazioni in famiglia? Che il matrimonio fosse andato a monte?

« È qui » disse finalmente il Berretta, che stava in sentinella per farsi vedere degno dei suoi cinque soldi.

Il Pardi si alzò di scatto e corse a incontrarla ai piedi della scala. Lo spingeva un'ultima speranza: che non fosse lei. Beatrice Pianelli, pallida, un po' abbattuta in viso, scendeva col suo passo tranquillo, tenendo raccolto un lembo del vestito.

« È lei? » esclamò colla sua voce chiara e armoniosa. « Se mi avesse detto il nome... Mi rincresce di averla fatta aspettare. »

Pardi salí un gradino e le si collocò davanti col pugno stretto, come se si preparasse a una lotta, tremando visibilmente in tutto il corpo, e pure sforzandosi di mostrarsi educato e gentile in mezzo agli aculei della sua sofferenza.

« Scusi: Palmira... »

« Che cosa? »

« Non è qui? »

« No » rispose Beatrice con candore.

« Non è oggi il giorno che lei deve sposarsi? »

« No » essa tornò a dire con semplicità, con una nota cantata.

« Ma allora... »

Si dominò. Voltò la testa indietro verso la corte per dar tempo al respiro, alzò una mano mezzo chiusa, come se volesse continuare un'argomentazione impossibile.

« Difatti il matrimonio si doveva fare in agosto, e se era possibile anche in fin di luglio. Ma non fu possibile, perché c'è un articolo di legge che lo impedisce. »

« Ah! un articolo di legge... » ridisse il Pardi adoperando la frase già fatta, tanto per dire qualche cosa, e per tenere avviato il discorso, per non lasciarla scappare quella donna, volendo sapere da lei il resto, e non trovando in tutto il suo vocabolario, in quel momento, due altre parole per tirare innanzi la conversazione.

« Scusi..., lei non ha scritto la settimana scorsa a Palmira una lettera? »

« No. »

« Ma sí! » gridò il Pardi, agitando e allungando la mano verso Beatrice. « Non si ricorda piú. »

« Che lettera? »

« L'ho vista, l'ho letta io... una lettera... »

Beatrice raccolse il pensiero a riflettere.

« Una lettera con cui lei invitava Palmira alle Cascine ad assistere al suo matrimonio per stamattina. »

« Non è possibile, caro lei. »

« Ah! non è possibile? »

Secco, come se le forze lo abbandonassero del tutto, discese all'indietro il gradino e piombò sulle gambe, alzando le braccia grosse, congiungendo i due pugni collo sforzo di chi si attacca a una gronda e fa leva sui muscoli per non cadere dall'altezza di un tetto.

Beatrice, non ancora vicina all'idea che dava al signor Pardi un'aria cosí stravolta, lo interrogò cogli occhi curiosi. Non era possibile ch'ella avesse invitato Palmira, l'amabile, la maligna, l'invidiosa Palmira, a una festa di famiglia.

« Però » prese a dire il Pardi con l'affanno di chi ha lo stomaco rotto dalla nausea « però ella ha mandato una carrozza a prenderla... »

« Quando? »

« Ieri, ieri sera. Oh per Dio, l'ho vista io... »

Il Pardi s'infuriò contro quella stupida donna, che non capiva nulla, e che stava ad osservarlo con gli occhi d'una bambola.

Beatrice s'impaurí, entrò nell'idea, capí che Palmira ne aveva fatta una delle sue, divenne smorta, balbettò qualche parola a fior di labbro, e finí col dire:

« Scusi, io non so proprio niente... »

« Mi perdoni... » disse il Pardi, allentando a poco a poco le braccia e chinando la testa sul petto, piegando il collo robusto e le larghe spalle al peso enorme che scendeva lentamente a comprimerlo. « Mi perdoni... » balbettò.

Colla mano irritata tastò qua e là sul corpo, finché trovò la tasca del fazzoletto, lo strappò fuori, lo strinse nel pugno come un cencio, lo compresse due volte nell'angolo degli occhi, schiacciandolo poi sulla bocca quasi per strozzarvi un grido, e, tirandosi ancora un passo indietro per lasciar passare Beatrice, tornò a dire:

« Mi scusi tanto... »

Beatrice discese gli ultimi gradini, e nel passar davanti a quell'uomo, che pareva fulminato, lo guardò con un senso di sincera e paurosa compassione. Avrebbe voluto salvare Palmira o la buona fede di suo marito. Ma per la seconda volta in poche ore si vergognò della sua povertà di spirito. Si sentí incapace, troppo ignorante delle battaglie della vita. Fece un piccolo saluto colla testa, scappò piú che non uscisse sulla strada, e col cuore pieno di dolori e di spaventi si mescolò al vivo movimento della città, che copre col suo frastuono le piccole e le grandi tragedie degli uomini.

Arabella l'accompagnava in silenzio. Il cuore della fanciulla, ancora pieno delle brutte visioni della notte, non pigliava parte alla vita esteriore della città, che essa traversò come un'ombra sdegnosa e corrucciata. Il matrimonio della mamma, quel dover accettare, tacendo, un destino cosí contrario alle sue previsioni, e, oltre a questo, un senso confuso, dirò cosí, di gelosia che nasceva in lei col pensiero del suo povero papà, misto a un altro senso di ripugnanza e di antipatia per un uomo che doveva benedire come un benefattore, tutto ciò la rendeva triste d'una malinconia taciturna e irritata, che rendeva alla sua volta taciturna e irritata la mamma. Non si scambiarono quattro parole, cammin facendo: e tra una parola e l'altra ciascuna filò una fitta matassa di pensieri, che si attaccavano al passato e all'avvenire, ai vivi e ai morti, che sono la storia sacra dell'anima nostra. Una volta sola la ragazza uscí a dire improvvisamente, come conclusione di una riflessione compiutasi nella sua testa:

« Di', mamma, se tu sposi il signor Paolino, non potrei io restare collo zio Demetrio? »

La mamma non rispose nulla, ma di lí a poco le si gonfiarono di lagrime gli occhi.

Giunsero cosí al cimitero. Arabella, già pratica del sito, ritrovò subito il piccolo monumento. Mentre la mamma, inginocchiata sulla terra sabbiosa del viale, sfogava il suo pianto nelle mani giunte, Arabella perdevasi lontano cogli occhi verso un cielo lontano, che andava coprendosi di nuvoloni bianchi di temporale. Il soffio fresco che mandavano quelle nuvole dissipò a poco a poco come dolce lavacro quell'ultima nebbia di sogni cattivi che era negli occhi, e la compassione amorevole, la compassione che scalda il cuore e che fonde tutto, la trasse piú vicina alla sua mamma, che poco fa aveva conturbata colle sue parole. Pensò che la poverina non sapeva ancora com'era morto il papà e perché avesse voluto morire cosí: e in questa sua coscienza sentí su quella donna inginocchiata a' suoi piedi una superiorità morale, quasi una forza fisica di consolarla, di dominarla. Si accostò, le prese la testa fra le mani, la baciò sui capelli, col fazzolettino aiutò ad asciugare le molte lagrime che le bagnavano il viso, ma senza piangere essa, senza parlare. E rimase cosí un quarto d'ora, nel silenzioso e lento abbandono del dolore che non pensa, nell'aspro ed energico godimento della vita che soffre.

Si mossero piú consolate e piú in pace. Nell'uscire, quando furono sul ponticello che traversa il canale, un uomo mal vestito, consunto dalla miseria, stese il cappello, supplicando con una nenia, in cui le parole si spezzavano come singhiozzi. Sui piedi trascinava due scarpe non sue, color della polvere, rigide nelle rughe e nelle infossature, sulle quali cascavano a brandelli certi calzoni flosci, mal sostenuti da un corpo sconnesso e febbricitante. Era il maestro Bonfanti.

Un'altra malattia gli aveva dato l'ultimo colpo. Tocco da paralisi nelle dita e nella lingua, egli non poteva piú né sonare, né cantare, e tanto per trascinarsi vivo alla sepoltura, stendeva il cappello ai passanti, sulla porta dei cimiteri, scrollando la sua febbre intermittente, sonnecchiando tra un'Avemaria e l'altra sulle sue artistiche reminiscenze. A quell'uomo, che aveva sempre tenuta alta la bandiera del classicismo, discepolo del Pollini, quasi amico del Thalberg, non restava nemmeno la forza di lamentarsi, e la figura stessa andava ogni giorno scomparendo nel pelo selvatico della barba e nella sordidezza della povertà.

Arabella si attaccò stretta stretta al braccio della mamma, quando riconobbe nel vecchio pezzente il suo buon maestro di pianoforte, e le parve che il cuore le cascasse nel petto. Il Bonfanti andava raccontando a furia di singhiozzi la sua dolorosa storia, agitando colla mano paralizzata il cappello, come se lo sventolasse per l'allegria. Gli buttarono una moneta d'argento, lo salutarono colla mano, e partirono in fretta.

Tornarono in città a braccetto, sempre in silenzio, ma non piú in collera come prima. Pur troppo di miseria ce n'è per tutti, e chi si lamenta della sua fa torto un poco a quella degli altri.

II

Il Pardi si ricoverò in un caffè vicino, dove rimase forse un'ora cogli occhi aridi, fermi sulla vetrina, intento, in apparenza, a guardare di fuori la gente che va e viene come le figure di una grande lanterna magica, ma in fatto non vedeva chiaro una spanna in là.

Stava lí, come un sacco di roba che quattro matti piglino a bastonate, aspettando che si stancassero di battere. In meno di dieci ore si sentiva invecchiato di dieci anni. Aveva la febbre, ovvero qualche cosa di ardente e di mordente che lo scoteva di dentro. Tratto tratto portava alle labbra la tazza d'acqua, trangugiava un sorso per bagnare la lingua e la gola, per isforzarsi d'inghiottire il veleno che gli faceva amara la bocca ed acre il sangue.

"Vergognosa, sgualdrina, canagliaccia!" diceva una voce interna; ma di fuori non appariva nulla, come se egli fosse al caffè ad aspettare l'ora d'una partenza, a far passare un tempo lungo e noioso, sempre fisso cogli occhi ai vetri, non vedendo al di là che un movimento torbido e confuso come un fiume d'acqua sporca che passa gorgogliando. "Una lettera falsa, una carrozza, una congiura! sgualdrina! l'ammazzerò."

Che cosa doveva fare intanto? Per sua volontà non si sarebbe mai mosso dal canapè e dal tavolino, a cui si sentiva appoggiato, perché temeva, alzandosi, di cadere in terra come uno straccio.

Aspettava quasi che gli avvenimenti gli dessero la leva e l'aiutassero a ritornare a casa. Se Palmira aveva intenzione di ritornare, non sarebbe venuta prima di mezzodí, perché la commedia avesse tutta la naturalezza che richiedeva la circostanza. Traditora! scellerata! dopo tutto il bene ch'egli aveva fatto a quella ragazza! L'aveva, si può dire, levata dal telaio, in zoccoli e in vestito di cotone, a dispetto della sua povera mamma, che, dopo aver fatto ogni sforzo per opporsi al matrimonio, era morta quasi in collera col figliolo, senza riconoscere la nuora. Ecco ora il castigo! Glielo disse sempre la mamma: "mangerai il pane che ti meriti." Mostro d'ingratitudine! se gli avesse cercato l'anima e il cuore glieli avrebbe dati. Non ci era capriccio ch'egli non si sforzasse d'indovinare e di contentare prima che nascesse. Pardi stava attaccato al quattrino, al telaio, al filo e alle matasse, alle continue seccaggini del mestiere, lottando colla mano stanca contro l'enorme concorrenza della novità, contro le esorbitanti pretese della mano d'opera, contro l'invasione dell'articolo forestiero; se Pardi si logorava l'anima e il corpo in un lavoro da bestia, alzandosi la mattina prima del sole, strozzando il boccone in gola come un manovale, mentre avrebbe potuto vivere modestamente del suo in campagna, o contentarsi di un mediocre guadagno; se Pardi faceva questi sacrifici, era per lei, per la sgualdrina, per la canagliaccia. Ah povero uomo! ah poveri morti!

La vista della signora Pianelli, che nel tornare dal cimitero passò davanti al caffè, lo scosse da queste mortali angoscie, si alzò, traversò la piazza, e come per forza di magía si trovò a casa.

« È tornata lei? » chiese alla donna di servizio, che stava preparando i due posti della colazione sulla tavola.

« Non ancora. »

« Non ti ha detto quando sarebbe tornata? »

« No. Ma non l'aspetto prima di sera. Tornerà probabilmente in compagnia degli sposi. »

Pardi mandò dalla gola un respiro rauco, che avrebbe potuto essere un ruggito umano: lanciò uno sguardo bieco sulla fantesca, che non si accorse di nulla, traversò il pianerottolo, passò di là, in fabbrica, risalí la lunga corsía in mezzo al vespaio dei rocchetti giranti, dei pettini, delle calcole saltellanti, provando nel rumore aspro del lavoro un sollievo al dolore dell'anima sua; uscí dall'altra parte. Per una scaluccia di legno scese nel sotterraneo della piccola motrice, parlò col fochista di cose inconcludenti, e per la stretta privata del vicino magazzino di legna si trovò di nuovo in istrada, all'aria aperta, sul ponte del Naviglio, a contemplare l'acqua verdognola e quasi stagnante, a strologare il tempo, colle mani nelle tasche come un vagabondo, sempre in ansietà di veder spuntare da qualche parte una carrozza a due cavalli, con dentro lei, o sola o accompagnata da qualcuno.

E se non fosse tornata piú? quando si ha il cuore e la pazienza di ordire dei tradimenti cosí sottili e cosí ben preparati, non deve mancare nemmeno il coraggio di abbandonare la propria casa per sempre e l'uomo che ha fatto carne del suo cuore per fare di una brutta sgualdrina una signora degna di una buona famiglia.

"Mangerai il pane che ti meriti!"

Era sempre la voce della sua povera mamma, donna avveduta, di lunga esperienza, che aveva letto negli occhi della "nera" (la chiamavano cosí in fabbrica) la forza di dieci diavoli, al punto che, quando il matrimonio era diventato un obbligo di coscienza, con tutti i suoi scrupoli, la povera donna aveva offerto una grossa somma per aggiustarla e per mandar via la strega.

"Mangerai il pane che ti meriti!" soleva dire dopo, nei pochi mesi che campò; e non ci volle che la santità di un vecchio prete per persuadere la moribonda a ricevere Palmira ai piedi del letto.

Eran cose di dieci anni fa e parevano capitate ieri. Secco riviveva in esse, se le sentiva ritornare in gola coi flussi del sangue sconvolto, mentre trascinato dalla sua inquietudine, condotto per mano dalla sua curiosità, andava di strada in strada col passo del buontempone, nei quartieri piú solitari di Porta Genova, fermandosi a contemplare gli avvisi, le stampe, le piccole mercanzie delle ultime botteghe del borgo, finché, va e va, si trovò seduto sopra un panchina del bastione davanti alla tetra costruzione del Carcere cellulare, che usciva col suo color bigio dal verde degli orti circostanti, asserragliato da lunghi muri di cinta, colla lunga serie di finestre ferrate e incassate negli stipiti massicci di granito.

Chiusi dentro, quasi stretti nelle braccia del ferrato edificio, stanno ladri, falsificatori, accoltellatori, assassini, in attesa della galera. Sommando tutto questo male, gli pareva ancora poco in confronto del male che aveva fatto a lui quella donna. E un ladro, un accoltellatore gli pareva quasi un galantuomo al confronto del profumato seduttore, che, forte delle sue note voluttuose e del suo accento romanesco, senza un granello d'amore, ma per una civetteria di palcoscenico, o per ingannare il tempo tra una scrittura e l'altra, viene e pianta un coltello avvelenato nel cuore di un galantuomo che lavora e che del suo lavoro fa vivere un centinaio di onesti operai. Se una povera donna porta via quattro bottoni dalla fabbrica, o un matassino di seta, i signori giudici trovano nel Codice che essa merita almeno sei mesi o un anno di reclusione; ma questi assassini dell'onore, questi ladri di donne altrui, questi scassinatori della pace delle famiglie vanno tronfi delle loro conquiste come gli zulú e i pellirosse si vantano delle cuticagne strappate ai nemici.

E non c'è giornalista, o romanziere, o librettista d'opera che non trovi ciò molto bello e naturale e romantico, come se il rubare una donna all'uomo che l'ama non sia qualche cosa di piú che rubare una pecora al pastore che la mantiene.

Che! che! peggio per te se hai lasciata aperta la gabbia: peggio per te se vuoi fare il marito geloso e amoroso: peggio per te se sei nato stupido, col groppone grosso, a portare pesi e dolori: il mondo è degli eleganti, degli ingegnosi, dei furbi, dei romanzieri, dei giornalisti, dei cantanti, degli avvocati chiacchieroni, che stendono la mano d'uno all'altro, fanno una catena, allacciano il globo, soffocano i diritti dei poveri di spirito, creano una opinione falsa del bene e del male, sono ladri e giudici, comandano come i domatori delle fiere nei circhi, lusingandosi della propria forza; ma guai se la belva un dí si accorge che la forza è sua!

Pardi mandò ancora un sordo gemito, adocchiando collo sguardo corrucciato a destra e a sinistra se vedeva gente.

Il bastione era deserto. Nella chiara luce del meriggio gli antichi ippocastani versavano un'ombra densa e quieta sulla strada polverosa e sull'erba corrosa dello spalto, dove passeggiava con passo svogliato e col fucile a tracolla la guardia di finanza.

La città colla moltitudine delle case, dei campanili, dei camini biancheggiava davanti a lui nel caldo bagliore del sole di luglio, mandando una voce confusa d'immenso alveare umano, voce che veniva a finire contro il massiccio edificio del carcere, che opponeva nella sua tetraggine un silenzio di tomba.

Melchisedecco sognava cogli occhi aperti e abbagliati un giorno di rivoluzione. Gli pareva che dalle cento finestre del carcere uscissero i malviventi, armati di coltelli e di sbarre, torma cenciosa e bruta, che andava a bruciare e rovinare Milano.

Il buon negoziante dal temperamento acquoso oggi capiva anche l'incendio e la rovina. Egli che predicava tanto sugli scioperi e sulla prepotenza del signor operaio, oggi si sarebbe messo alla testa di un esercito di malfattori per punire i galantuomini del male che gli faceva soffrire una donna. Egli, sí, egli, colle sue mani avrebbe gettato petrolio e fuoco nel teatro della Scala, per il gusto di abbruciare un covo di ladri eleganti, che non ti rubano, no, la borsa, ma ti rubano la pace, l'onore, la stima della gente.

Sonava mezzodí a tutti i campanili della città, quando fu scosso dal rumore di una carrozza che passava a corsa dietro di lui, sollevando una nuvola di polvere.

Il legno scendeva verso Porta Genova al trotto di due cavalli, ma, quando parve al Pardi di riconoscerlo, era già troppo lontano. A un certo punto la carrozza si fermò. Un signore discese, strinse una mano che uscí dal finestrino e uomo e carrozza scomparvero nella nuvola di polvere.

Pareva un sogno d'uomo infermo che ha preso molto sole sul capo.

Secco si restrinse in un gruppo, e finí di soffrire quel che è dato di poter soffrire a un uomo. Poi si mosse come se fosse ad un tratto guarito. La sua risoluzione era presa. Si volse ancora una volta verso il carcere e, parlando cogli occhi, gli disse qualche cosa, forse un arrivederci.

Palmira non rientrava in Milano senza qualche batticuore. Strada facendo l'aveva assalita il sospetto che suo marito, preso a un laccio cosí volgare e teatrale, riflettendo sulla cosa, non la trovasse naturale, o sentisse qualche notizia in contrario, o s'incontrasse per caso in qualche persona che sbadatamente tradisse la verità. Perciò prima di entrare in città si era fatta condurre alle Cascine per poter dire di esserci stata, per prendere cognizione esatta della posizione, per parlare a Beatrice e mettersi d'accordo con lei, per avere in lei una difesa e una testimonianza qualora ce ne fosse bisogno. Alle Cascine sentí che la Pianelli era a Milano per gli esami di Arabella e che il matrimonio non si sarebbe celebrato cosí presto.

Questa scoperta fu un primo colpo di fulmine. I casi son mille e Secco poteva incontrarla per via. Si fece portare rapidamente a Milano coll'ansia d'un capitano che teme di aver perduto una battaglia, e che si affretta, in mancanza d'altro, a coprire la ritirata. Le parve lieta la musica del tric-trac che l'accolse all'entrare in casa sua. Avrebbe voluto che Secco uscisse subito a salutarla per leggergli negli occhi. Non era uomo che sapesse nascondere un pensiero. Ella capiva subito al suo grosso respiro quando c'era in aria una tempesta. In quel momento si sentiva il coraggio di mentire fino alla perdizione dell'anima, senza battere palpebra, sicura già in cuor suo di poter compensare il tradimento e la bugia con un entusiasmo nuovo e straordinario di bene. La coscienza formulava già un caldo e sincero proponimento di penitenza e di ravvedimento, appoggiato al giuramento di non tentar piú in nessun modo la pazienza di Dio e quella del piú buono dei mariti, di non uscir piú col pensiero dal suo guscio, di espiare insomma con una vita raccolta le aspre e terribili sfrenatezze della colpa.

Pensando queste cose in un fascio, per quanto si possa pensare col cervello in fiamme, salí a corsa le scale.

« Non c'è lui? » chiese alla donna, entrando colla furia di una gazzella inseguita.

« L'aspettava a colazione. Vedendo che non veniva, sarà andato alla trattoria. »

« Mi aspettava stamattina? »

« Gli ho detto che probabilmente sarebbe tornata stasera. »

« Non v'è stato nessuno? » tornò a chiedere Palmira, mentre si strappava i guanti rovesciandone la pelle sulle dita.

« Nessuno. »

« Ieri sera è uscito? »

« Fino alle undici stette fuori. »

« Era di buon umore? non ti ha parlato di... di un fallimento? »

Palmira, a cui crescevano le astuzie in bocca, cercava ogni mezzo per scandagliare senza farsi scorgere.

« È andato a dormire: non ha detto nulla. »

In questi discorsi Palmira entrò nella stanza da letto. Trovò sul tavolino alcune lettere, dei manifesti e la famosa lettera di Beatrice. Questa si ricordò d'averla chiusa nel cassettone. Come si trovava ancora intorno? Nel cassetto non trovò la chiave. La cercò lí vicino, sotto il mobile, e chiamò di nuovo la Cherubina. La donna non sentí, come al solito. Allora colla punta delle forbici provò a muovere il cassetto, facendo leva nella serratura e trovò i fazzoletti, i pizzi, le gioie in gran disordine. Anche il letto era rimasto intatto come si prepara la sera, colla coltre rimboccata e il cuscino da notte. Cherubina, che non aspettava la sua padrona prima di sera, non era ancor entrata in camera. A ognuna di queste scoperte il suo cuore si faceva stretto di spavento.

Pardi mandò a dire che non lo aspettassero a pranzo, perché doveva trovarsi alla Camera di Commercio con un suo corrispondente.

Palmira rimase in una penosa incertezza. Mangiò poco e di mala voglia, concentrata, inquieta, nervosa, sforzandosi di preparare un sistema di risposte che potessero in ogni eventualità confondere, se non persuadere, il suo giudice.

Il contegno di suo marito e le traccie di disordine che trovò nella sua roba parlavano già come una minaccia.

Secco non rientrò che verso le nove, tranquillo in apparenza, ma con una faccia che non era la sua. Passò direttamente in fabbrica, senza chiedere di sua moglie, e si chiuse nello stanzino che serviva di studio. Aspettò che l'uomo della fabbrica, chiusi gli usci e spento il fuoco della motrice, passasse a consegnargli le chiavi.

« Di' alla Cherubina » soggiunse « che venga un momento da me. »

« Buona sera, signor padrone » disse quell'uomo nero.

« Sta bene... » rispose Secco con voce coperta, e stava per soggiungere qualche altra cosa che alludesse al suo destino e all'avvenire dei suoi buoni operai, ma non gli riuscí di formulare una parola.

Prese invece a riordinare le sue carte, ne fece molti pacchi, come se si preparasse a sloggiare di lí. Al lume di una piccola bugia, ch'egli collocò sullo scrittoio, sigillò alcune lettere, vi scrisse sopra il nome di alcuni suoi vecchi amici, coi quali s'era trovato nella giornata per regolare le varie partite dei suoi interessi, distrusse molte carte inutili, come se obbedisse a una interna suggestione piú forte e piú prepotente della volontà e della ragione.

L'unica frase chiara che gli tornava di tempo in tempo nella mente, e ch'egli leggeva piú che non scrivesse sopra una specie di cartello, era la grande profezia di sua madre: "Mangerai il pane che ti meriti!" Era un pane ben duro, scottante come carbone acceso: ma le profezie dei morti vanno diritte al loro scopo. "Mangerai il pane che ti meriti!"

La Cherubina con un lumicino a petrolio in mano venne per la lunga corsía, mandando fasci di luce nelle viscere e nelle trame dei meccanismi, che, dopo aver strillato tutto il giorno l'interesse del signor Melchisedecco Pardi, parevano dormire in una rotta stanchezza. Chi avrebbe mosso dimani quei duecento rocchetti e quei duecento pettini? La mano che soleva tutte le mattine dar vita e moto alla materia sarebbe stata lorda di sangue: e col sangue non si fabbrica il pane della gente onesta. Erano larve, frantumi di pensiero che lo accompagnavano nel lavoro materiale della sua liquidazione.

« Mi rincresce mandarti fuori a quest'ora » disse alla Cherubina « ma avrei bisogno che tu recapitassi subito questa lettera all'avvocato Piazza, che sta fino in via della Stella. Sai dov'è? »

Era un pretesto per mandare lontano la donna di servizio.

« Farò una passeggiata. Si sente male, signor padrone? »

« Perché? »

« Ha una certa faccia. »

« Ho mangiato male, al solito... Dov'è la signora? »

« S'è ritirata nella sua stanza. Aveva una forte emicrania anche lei. Avrà preso del sole. »

« Già, è la stagione. To', va e torna. »

Pardi stette ad ascoltare finché gli parve che la Cherubina fosse partita. La casa era tutta occupata, parte dalla fabbrica, parte dall'appartamento civile e, un volta uscita la Cherubina, non restarono che i padroni. Il macchinista, che dormiva in un bugigattolo lontano dall'appartamento, fino a mezzanotte soleva smaltire la polvere del carbone all'osteria. Quando il portello si richiuse dietro la Cherubina, Secco trasse dal di sotto di un vecchio stipo una cassa di ferri che servivano per le aggiustature. Erano lime, scalpelli, punteruoli nuovi e frusti, in mezzo a una minutaglia di chiavi e di chiodi rugginosi. Chiuse gli occhi, prese a caso un arnese coll'impugnatura di legno, lo ficcò nella tasca della giacca, soffiò sul lume e, al debole riverbero dei lampioni di strada, discese lentamente, col corpo pesante, colle vene chiuse, il passaggio tra i telai, che gli parve interminabile, uscí sul pianerottolo, fissò gli occhi nel buio perfetto della scala e, sospinto da una forza che non era già piú sua, entrò in casa.

Nel salotto da pranzo non c'era nessuno. Sul tavolo in mezzo alla stanza splendeva una lampada con grosso globo di vetro. Buttati sul tappeto del tavolo, i guanti di Palmira, coi diti arrovesciati in un gesto d'irritazione, attirarono subito la sua attenzione.

Palmira era nella stanza da letto, divisa dal salotto

da due piccole portine di vetro, attraverso alle quali egli vide chiaro.

« Sei tu, Secco? » chiese la sua voce acuta e carezzevole.

Non rispose. Come avrebbe potuto? Nel momento che seguí, il piú gran rumore lo fece il pendolo dell'orologio a sveglia posto sul caminetto.

« Ah sei tu!... » esclamò Palmira, aprendo un pochino le imposte e richiudendo subito dopo aver spiato nel salotto. « Vengo subito. »

Pardi vide qualche cosa di molto bianco e voltò le spalle.

Barcollando, andò ad appoggiarsi colle due mani al marmo del caminetto e vi si attaccò colla paura di un sonnambulo che si accorge, dopo lungo camminare, d'essere sopra il colmo di un tetto. Era egli venuto proprio per ucciderla? Possibile che un uomo diventi di punto in bianco il carnefice della donna che ama? Quella voce acuta e carezzevole avviliva il suo coraggio. Egli l'aveva già troppo uccisa col pensiero perché avesse a insanguinarsi anche le mani.

Essere ammazzati non è sempre il piú crudele dei castighi.

Alzati gli occhi al muro, s'incontrò nella faccia asciutta e severa di sua madre, che stava a guardarlo dal mezzo d'una cornice ovale colla tinta slavata e giallastra che pigliano le vecchie fotografie. Colle labbra sottili e taglienti, nell'atteggiamento di chi mastica amaro, la vecchia devota pareva ripetere la sua profezia:

"Mangerai il pane che ti meriti..."

Anzi gli parve nella grossezza del sangue che i due zigomi angolosi della vecchia si colorissero.

Palmira non uscí subito. Egli sentí che si agitava nella stanza, movendo roba, chiudendo e aprendo cassettoni, gorgheggiando sottovoce come nei momenti allegri. Cantava? si può cantare cosí vicini alla morte? era venuto egli proprio per uccidere?

Le discussioni ostinate, le feroci accuse, le maledizioni, le condanne, le prove che da ventiquattro ore era andato raccogliendo e accumulando sul capo di quella donna, ciò che aveva visto, ciò che aveva patito consciamente e inconsciamente, tutto ciò, in una parola, che in ventiquattro ore era andato a precipitare nel fondo senza luce della sua esistenza si coagulò in un nodo, e credette d'esser lui il morente. Quel Lassú è buono e qualche volta toglie la forza e la ragione: qualche volta nella sua misericordia fa morire a tempo.

Palmira lo provocava col suo insolente gorgheggio di mascherina. Qualche cosa di spaventevole stava per accadere nella casa di suo padre. Si può cantare cosí quando si torna dalle braccia d'un amante col tradimento in corpo? ch'ella fosse innocente? che tutto fosse un terribile inganno del sangue, un gioco falso della gelosa passione?

« Ebbene, come va, il mio vecchio? » chiese Palmira entrando e accostando le portine.

Pardi si appoggiò col gomito alla pietra e si voltò di sbieco a guardarla. Essa indossava un abito da notte tutto bianco, fatto di pizzi leggeri con in testa una cuffia alla brettone, pure tutta bianca e di pizzo, da cui le treccie nere d'ebano uscivano attorcigliate sulle spalle un po' scoperte e sul collo.

Palmira con uno sguardo buttato là capí subito che il tempo era grosso. Venne piú presso la tavola e ridendo, come se nulla fosse, soggiunse:

« Ho da contarti una bella commedia. Sai che sono andata per nulla alle Cascine? Il matrimonio non ha potuto aver luogo stamattina, perché all'ultimo momento s'è scoperto che si opponeva un articolo del Codice civile. (Erano le poche notizie che aveva potuto raccogliere alle Cascine). Sicché figurati la disperazione di Beatrice. Essa è partita subito e dev'essere ancora a Milano. Povero signor Paolino!... »

Palmira afferrò un guanto e cominciò a stracciarlo

colle unghie, mentre ripeteva il suo elettrico gorgheggio di mascherina.

Il cuore di Pardone si sollevò come una marea. Non si aspettava questa coincidenza colla verità. Era lí invece in attesa della bugia piú sfrontata che dovesse far traboccare il vaso dell'ignominia e dargli il coraggio della vendetta.

Palmira, accesa dalla luce lattea che s'irradiava dal globo, e ingentilita dalla nuvola bianca che la circondava, ridendo sempre per sostenere colla voce l'enorme fatica della sua parte scabrosa, seguitò:

« Sicuro, un articolo di legge che non permette, pare, a una vedova di rimaritarsi prima che sia trascorso un dato tempo. È naturale. Il signor Paolino non può accettare un'eredità senza benefizio d'inventario. »

Pardone si voltò del tutto e si appoggiò colla schiena alla pietra del camino. Le due mani nelle tasche della giacca — con una delle quali stringeva sempre l'impugnatura — il capo un po' curvo avanti, affascinato da quella voce che diceva la verità, eccitato piú che dal risentimento, da una trepida speranza che il brutto sogno si dissipasse da sé, dopo un garbuglio di suoni, che egli trasse a stento dalla strozza, chiese appuntando un dito verso Palmira:

« Tu hai dormito alle Cascine? »

« Sí » disse Palmira, sollevando gli occhi, coll'estremo e freddo coraggio di chi lotta per la vita. « Sí, perché? » ebbe forza di ripetere, ingrandendo quei terribili occhi, con cui soleva vincere sempre.

« In compagnia della signora Pianelli? »

« No, se ti dico che era a Milano. Fu un pasticcio, ti dico. »

« Difatti l'ho trovata in istrada. »

« Chi? »

« La Pianelli... »

« Ah, sí? »

Il povero cuore di Palmira batteva come un maglio: ma gli occhi parevano specchi pieni di lampi.

« Mi ha parlato di questo articolo di legge... »

Palmira ruppe in un gorgheggio nervoso, e finí di lacerare il suo guanto.

« Ne capitano di belle alle Cascine, veh! »

« E mi ha detto anche che ella non ti ha mai scritto. »

« Che cosa non mi ha scritto? » chiese affilando la punta dello sguardo.

« Che non ha mai mandato carrozze a prenderti. »

« La bugiarda!... Non è vero che tu l'hai trovata. »

« È vero, Palmira, » declamò con enfasi il Pardi, sollevando la mano al ritratto « è vero com'è vero che questa è mia madre. »

A sentir nominare la vecchia suocera, Palmira ebbe un brivido quasi di ribrezzo e di paura: e cominciò a impallidire.

« Beatrice ha voluto ingannarti per non dirti che aveva fatto una meschina figura. E veramente c'è da scrivere una farsetta tutta da ridere con Meneghino sindaco senza sapere il codice. »

Pardi ebbe ancora un momento di esitazione. O egli era un pazzo o quella donna era maestra di ogni iniquità.

« Perché, signor mio? » saltò su ad un tratto Palmira, cambiando tono e pigliando l'offensiva con un cipiglio di falco stuzzicato « avrebbe forse dei dubbi che io sia andata alle Cascine? siamo alle solite? »

« Palmira, per carità, lasciami parlare. Tu sei partita stamattina dalle Cascine? »

« Sí, perché? »

« Sola? »

« Sola, in carrozza, s'intende, col carrozziere... coi cavalli... »

« Sei entrata sola in Milano? »

« Sola... »

Palmira corrugò la fronte e una piccola vena azzurra si gonfiò e palpitò nell'infossatura dei sopraccigli.

« Bene, sei una bugiarda!... »

Pardi si avanzò due passi, curvo, coll'occhio gonfio.

« Secco, perché?... ti giuro... »

« Non giurare!... Un uomo era con te. »

« Non è vero! »

« L'ho visto io a Porta Genova. Tu hai passata la notte con lui... »

« No, no, Secco... Gesú e Maria! Cherubina! »

« Grida, chiama i vivi e i morti. È finita: pagherai in una sola volta il conto delle tue sporche bugie. »

« Pardi, Pardi..., perdonami per questa volta. Ti dirò tutto... No, no..., ti hanno ingannato... »

Palmira, quando ebbe capito che quell'uomo forte e inferocito non credeva piú alle sue parole, s'era messa in difesa, girando sempre intorno al tavolo facendo della lucerna una specie di scudo. Essa mirava a scivolargli e chiudersi con chiave nella camera da letto, prima che egli potesse inseguirla: di là avrebbe gridato al soccorso, avrebbe chiamata la gente e le guardie, di cui il buon Pardi aveva una grande soggezione. Se riusciva a porre tra lei e suo marito un uscio e qualche minuto di tempo era salva, perché le furie del toro non duravano di piú. Ma questa volta il giuoco non riuscí. Pardi ricevette in viso il colpo secco delle portine, ma lo strascico delle vesti impedí che i battenti si richiudessero. Pardi le sfondò. Nell'urto violento caddero i vetri con gran fracasso. Palmira capí che voleva ammazzarla: lo capí dagli occhi spiritati e rigati di sangue.

« Pardi, Pardi..., che cosa fai? per la tua mamma... »

Pardi, fuori di sé, andava dietro come un pazzo frenetico a quella figura bianca che scivolavagli davanti. Coi capelli sciolti, cogli occhi spaventati, pallida come una morta, Palmira guardò se era il caso di affrontare il nemico, di avviticchiarsi al suo collo, d'avvilirlo, come le altre volte, colle strette, coi baci, colle lagrime.

Era tardi: non aveva piú davanti un uomo.

« Pardi, tu vuoi ammazzarmi » continuò a strillare. « Ohimè l'anima mia! Aiuto... Gente! ah brutto assassino! »

Prese una seggioletta di paglia ch'era lí e la gettò nelle gambe del suo assalitore.

Pardi scavalcò l'ostacolo e ridusse la donna tra il letto e il muro.

Palmira non ebbe piú né uscita né scampo. Afferrò per ultima difesa un cuscino del letto e con questo affrontò il nemico, urlando parole dilaniate; ma il suo giudice era troppo forte, e aizzato da troppi demoni per ascoltare una confessione. Soffocò le strida, buttando la donna bocconi sul letto, premendola alla nuca colle dita e colle unghie dentro la bella massa di capelli neri, come farebbe un leopardo pien di fame sopra un agnello, e colla destra che trasse di tasca cominciò a menar colpi su quel gracile corpo, al fianco, alla testa, cieco, col sangue negli occhi, finché quel povero corpo si sfasciò quasi sotto la mano, scivolò dalla sponda e con un tonfo di roba morta andò a piombare nell'angolo della stretta.

A quel tonfo Pardi si risvegliò come da una ossessione.

Aprí gli occhi alla vista esteriore, si vide la mano e il braccio chiazzati di sangue, buttò via l'arnesaccio che aveva in pugno e, rantolando nell'affanno della respirazione, fuggí, passando per la scala buia, attraverso all'intricato labirinto della fabbrica, precipitò per l'angusta scaluccia nel sotterraneo della macchina, urtando due volte la testa nei travi di ferro, e senza cappello, colla testa ferita e sanguinolenta, col pugno stretto come se brandisse sempre lo strumento del delitto, mormorando meccanicamente la profezia della mamma, andò a consegnarsi alle guardie di via Lanzone.

Chiamato in fretta il signor delegato Broglio, che, come al solito, faceva la partita ai *Tre Scanni*, Pardi, in uno stato da far pietà ai sassi, gli disse singhiozzando:

« Mi mandi al Cellulare, ho ammazzato mia moglie. »

III

La notizia dell'atroce fatto del Ponte dei Fabbri corse la città quel giorno stesso che Demetrio Pianelli preparavasi a partire per la sua nuova residenza; ma non arrivò fino al disopra dei tetti. Quel dí Demetrio ebbe molto da fare. Aggiustò i conti col padrone di casa, al quale lasciò il letto e il cassettone in pagamento: a *Giovann de l'Orghen* regalò le gabbie e qualche vecchio paio di scarpe: il resto diede a uno stracciaiuolo. Per sé riempí una cassetta e una valigia. La giornata passò come un sogno in queste molteplici occupazioni e venne l'ora del pranzo, che non aveva ancora inghiottita una goccia d'acqua.

Mandò *Giovann de l'Orghen* a comperare del pane, del salame cotto e un fiaschetto di vino, e sedettero tutti e tre — il terzo era Giovedí, — l'uno sulla cassa, l'altro sulla valigia, il cane in terra nel mezzo della stanza spoglia, a celebrare l'ultima cena. La compagnia non guastava la malinconia de' suoi pensieri, perché il sordo non l'obbligava a parlare e il cane non l'obbligava a stare attento. Si trovava cosí solo senz'essere isolato.

Finito il pranzo, mandò *Giovann de l'Orghen* a portare una lettera a Beatrice, da consegnare al signor Paolino delle Cascine e rimase una mezza ora a contemplare, per l'ultima volta, col cuore ammalinconito, ma non triste, la stesa dei tetti, già rosseggianti nel sole di tramonto, disseminati in cento strutture intorno all'antico companile delle Ore, coi fumaioli dalle mille bocche aperte, cogli abbaini, le altane verdeggianti, che era insomma da molti anni il mondo delle sue solitarie escursioni, quando dalla finestra correva cogli occhi lungo le gronde, dentro i soffitti, tra le buie armature dei tetti...

Dunque, addio tegole, addio abbaini, addio campanile delle Ore, addio vecchio duomo di Milano, che piú si guarda e piú diventa bello, piú diventa grande, come se ognuno vi aggiungesse per frangia i suoi pensieri migliori. Addio, Milano, città piú buona che cattiva, che dà volentieri da mangiare a chi lavora, ma dove, come in ogni altro paese del mondo, chi non sa fingere non sa regnare.

Mezz'ora dopo egli era alla stazione.

In un angolo della sala d'aspetto, seduto sulla sua valigia, attende senza impazienza che aprano lo sportello di terza classe della linea di Genova. La stazione va gradatamente rischiarandosi della luce bianca che mandano i rari fanali elettrici, mentre nel cielo, dietro le piante della circonvallazione, resiste ancora come un braciere ardente l'ultimo raggio del crepuscolo.

Non è una partenza allegra, ma non può dire nemmeno di sentirsi turbato e rotto il cuore come supponeva. C'è nelle stesse sofferenze un limite, oltre il quale non si sente o non si capisce piú nulla, ma sottentra quasi l'abitudine al dolore, da cui si va, a seconda dei casi, o verso l'indifferenza, o verso la rassegnazione. Demetrio, ascoltando il suo cuore, si sentiva piú vicino a questa che a quella.

Qualche cosa di dolce era stillato nella sua vita, e scendeva, sottilissimo filo di consolazione, in mezzo alle vecchie amarezze della sua esistenza. Se si sforzava di rintracciare da qual vena misteriosa scaturisse in lui questa goccia soavissima e fresca di ristoro, gli pareva di ricordarsi d'averla sentita fluire dalla fronte quel momento che Beatrice, tornando verso di lui, aveva collocato la mano sul suo capo.

Quell'atto di pietà, quella mano leggera, ferma un mezzo minuto sul capo di un uomo malato, aveva guarito molti mali. Beatrice certo non immaginava il bene che gli aveva fatto. È la forza della pietà e della carità che provoca i miracoli, che dice al paralitico: Prendi il tuo letticciuolo e cammina; al povero Lazzaro: Sorgi dalla tua fossa. Ebbene, vecchio e tribolato Demetrio

Pianelli dalle scarpe rotte (notò che veramente le sue scarpe non erano in molto buon arnese), tu non sei forse l'ultimo degli scribacchini del regno d'Italia. Sua Eccellenza non lo saprà mai e non ti farà cavaliere per questo, ma tu hai fatto piangere sulla tua disgrazia gli occhi di una bella creatura; hai saputo far vibrare il suo cuore e schiudere quanto di piú tenero e di piú delicato v'era in lei. O Demetrio o Matteo o Carlambrogio, chi sa che tu non sia passato inutilmente nella vita di questa donna?

Eran questi all'ingrosso i concetti fondamentali di quella convinzione, che lo rendeva docile e rassegnato al suo destino: e vi si sprofondò tanto col capo, che non vide Arabella, se non quando la ragazzetta gli pose la mano sulla spalla. Dietro di lei, trascinando un paio di scarpe non sue, *Giovann de l'Orghen* si fermò a far riverenza al sor Demetrio che andava a vedere il mare. Il piú felice degli uomini aveva indosso, non ancora ben distesi dal sole, gli abiti del povero Cesarino.

« Come hai saputo che partivo stasera? »

« La mamma, quando son tornata dagli esami, mi ha detto: "Sai? lo zio Demetrio va via". "Dove va?" chiesi naturalmente. "È stato traslocato in un altro ufficio dal Governo." "E non mi ha detto niente? Non ti credo. A me lo avrebbe detto, in un orecchio, ma l'avrebbe detto." Se la mamma avesse voluto accompagnarmi, venivo subito a trovarla, e non l'avrei lasciata partire. Mi son fatta accompagnare sul tardi dal Berretta. Non era già piú in casa. Allora ho pregato *Giovann de l'Orghen* di accompagnarmi alla stazione. È proprio vero? Lei va via, cosí senza dir nulla?... »

Arabella, un poco affannata per la corsa fatta, parlava con un'eccitazione piú di dispetto che di rammarico.

« Che ti può fare adesso lo zio Demetrio? lascialo andar via » egli disse sorridendo.

« Lo so bene, lo so bene..., basta! »

Arabella alzò gli occhi sul quadrante dell'orologio

e ve li tenne fissi come se facesse dei conti sulle ore. Vestita dell'abitino nero che aveva indossato agli esami, con scarpe a bottoni lucidi che le serravano delicatamente il collo del piede, con in testa un tocco d'astrakan, da cui si svolgevano a onde i capelli chiari, la bianchezza della sua carnagione spiccava in mezzo a tutto quel nero; gli occhi profondi e intelligenti guardavano molto lontano, al di là delle cose, come fanno tutti gli occhi che pensano.

« Lo so bene » ripeté, seguitando l'idea che le passava davanti. « Non avrei creduto che dovesse finire cosí. Povero papà! »

« La mamma lo fa per il vostro bene » fu presto a dire Demetrio, che nella voce quasi severa della fanciulla credette d'intendere un'altra voce che si corrucciasse in lei.

Non mai Arabella gli era parsa cosí somigliante al povero Cesarino come quella sera che la rivedeva nell'abito elegante e nella luce bianca dei fanali. Il suo profilo suscitò la memoria del giovinetto collegiale che un altro Demetrio bifolco incontrava ai tempi della mamma Angiolina, quando, i piedi in due zoccoli di legno e una forcona in ispalla, usciva dalla stalla dei buoi.

Giovann de l'Orghen intanto, vestito degli abiti di un disertore, andava ramingando davanti a tutti gli sportelli, guardando in terra, se mai la Provvidenza avesse lasciato cadere un mozzicone di sigaro. Demetrio stava accostando nei suoi rapidi confronti il passato al presente, i vivi ai morti, quando s'intese l'ululato di Giovedí, che i guardiani chiudevano nello scompartimento riservato ai cani che viaggiano.

Povero Giovedí!... non voleva distaccarsi dal suo padrone.

Arabella, che aveva sognato nella notte il verso del cane, ebbe un brivido in tutta la persona. Tratta dalla successione delle idee, soggiunse:

« Stamane la mamma mi ha dimandato se io sapevo

com'era morto il mio povero papà. Essa non sa ancora tutta la verità... »

« Risparmiatele questo dolore... E in quanto a te, Arabella, abbi pazienza. Vedrai che ti troverai bene alle Cascine. Paolino è buono e sarà per voi un secondo padre. Ci sono delle necessità, figliuola mia, ci sono delle necessità, credi a me, innanzi alle quali è religione chinare la testa. »

« Lo so, povero zio! » esclamò con pieno abbandono la ragazza, alzando il braccio sul collo di Demetrio, che sedeva piú basso.

Colla maniera con cui circondò il collo e con cui gli prese la mano, gli fece capire ch'essa non aveva bisogno d'altri commenti, e che sapeva tutto. Le anime semplici sono anche le piú trasparenti. Essa tornò a sollevare gli occhi lucenti al quadrante dell'orologio, mentre Demetrio abbassava i suoi sulle rughe delle sue vecchie scarpe. Stettero cosí forse un minuto, senza parlare, durante il quale risonarono ancora le lamentele di Giovedí chiuso in gabbia. S'intesero cosí senza parlare, stringendosi tratto tratto la mano con un battito di tenerezza.

Arabella dopo un po' di tempo, nel consegnare allo zio una busta che pareva una lettera, riprese a dire:

« La mamma la prega d'accettarlo per sua memoria. È il suo ritratto. »

« Ringraziala » balbettò lo zio, senza alzare gli occhi.

Arabella disse di sí con un colpo delle palpebre. Durante il tempo che lo zio Demetrio stette allo sportello a comperare il biglietto, essa sedette sulla valigia, abbandonando le mani sulle ginocchia, assorta in una grande quantità di cose, che non avevano ordine, ma che la trascinavano colla forza di una corrente, di cui sentiva nella testa il frastuono.

La stazione era andata di mano in mano popolandosi di gente che si raggirava frettolosa nella luce scialba e biancastra che pioveva dai globi, in mezzo al sordo rotolío delle carriole che menavano i bauli e alle voci sonore e imperiose che annunciavano le partenze. I treni in arrivo fischianti e rumoreggianti sotto la tettoia, il picchiar dei ferri, il suono delle catene, il bisbiglio, lo scalpiccío di tante persone mosse e sospinte anch'esse da pensieri, da voglie, da inquietudini proprie, o dalla forza delle cose, tutto ciò che bastò a distrarre Arabella dai pensieri indeterminati, misti di presentimenti e di risentimenti, coi quali essa cominciava troppo presto la storia della sua giovinezza. Guai se gli occhi avessero la vista del futuro! A distrarla tornò indietro lo zio Demetrio, che colla piccola ombrella sotto il braccio e il biglietto in mano le fece capire ch'era giunta l'ora d'andarsene.

Giovann de l'Orghen prese la valigia e si avviò verso la sala d'ingresso. Arabella si attaccò al braccio dello zio e lo accompagnò fin sulla soglia. Era pallidissima, ma non piangeva per non conturbare con lagrime inutili la malinconia del viaggiatore. Questi, col corpo in preda a piccole scosse, colle righe del volto tese a uno sforzo supremo, disse ancora qualche cosa colla mano, mosse le labbra a un discorso che non volle uscire, e lí sulla soglia, sotto gli occhi del controllore, baciò sulla fronte Arabella, mettendole la mano sulla testa, come aveva fatto la sua mamma con lui. E si divisero senza piangere.

Demetrio, quando si trovò solo nel suo scompartimento di terza classe, immerso nella poca luce d'un torbido lampadino giallognolo, poté abbandonarsi interamente, con minor soggezione di sé stesso, alla piena dei varii pensieri, che in quell'epilogo della sua oscura tragedia uscivano da cento parti a invadere l'anima.

Sentendosi la testa calda come un fornello, quando il treno cominciò a muoversi nella crescente oscurità della sera, appoggiò la faccia al finestrino e stette a bevere l'aria colle labbra aperte, cogli occhi fissi a un cielo non ancora chiuso del tutto agli ultimi respiri del crepuscolo.

Passando sul cavalcavia del vecchio Lazzaretto, da dove la città si apre ancora alla vista del viaggiatore in tutta l'ampiezza del corso co' suoi bianchi edifici, — e già splendevano di lumi case e botteghe — la salutò con un sospiro. Poi il treno, affrettando la corsa, cominciò a battere la bassa campagna nelle umide e fitte tenebre della notte, assecondando colle sorde scosse il correre tumultuoso dei pensieri.

Non era una campagna ignota, anzi erano gli stessi prati suoi, dov'era nato, dov'era cresciuto ragazzo. Oltre il quarto o il quinto casello cominciò a riconoscere anche al buio i vecchi fondi di casa Pianelli, e piú in là San Donato, e tra una macchia bruna di pioppi il fabbricato chiatto e lungo del cascinale, da dove una volta un Demetrio bifolco usciva coi piedi negli zoccoli e coi calzoni rimboccati fino al ginocchio. In una bassura, nascosta da un muro sormontato da un tettuccio a triangolo, riposava da venticinque anni una donna, una povera donna, che inutilmente anch'essa aveva lavorato per il bene de' suoi. "*Ciao, mamma...*" disse una voce, che un Demetrio irritato e sordo non volle ascoltare. Un tratto ancora e il treno avrebbe rasentato uno stagno, all'orlo del quale appare la stupenda abbazia di Chiaravalle: ed eccola infatti uscire quasi dall'acqua livida, a venir addosso nella sua nera e solenne costruzione, colla stupenda macchina del campanile impressa come un'ombra sull'aria oscura; e piú in qua, segnato da alcuni lumi rossicci, il solido edificio delle Cascine, la reggia del signor Paolino. A quella chiesa quante volte aveva accompagnata la sua mamma nei tempi che meno si pensava alle miserie del mondo.

C'erano in quell'antico convento degli angoli cosí tiepidi e santi, con certe figure lunghe e patetiche su per i muri: c'erano dei corridoi cosí lunghi con cento cellette che davano sul verde luminoso delle praterie: c'era insomma in quella vecchia badia del medio evo un tal senso di riposo, che solo a pensarci il cuore se ne immalinconiva. Peccato non esserci vissuto trecent'anni prima! peccato non esserci due braccia sotto terra.

In quella chiesa Beatrice avrebbe detto il suo *sí* un'altra volta. Ributtato da questi pensieri, Demetrio si ritrasse dal finestrino, appoggiò la testa nell'angolo delle due pareti di legno, chiuse gli occhi come se si atteggiasse a dormire; e mentre il treno lo portava via sbatacchiandolo, una voce ancora in fondo al cuore sussurrò in tono quasi di canzonatura: "T-o-to... finito."

Parte sesta

Gli altri

Milano non si accorse menomamente della partenza del signor Demetrio Pianelli e, passato qualche tempo, nessuno pensava nemmeno ch'egli fosse al mondo. Solamente il buon Bianconi, che era successo al trono, discorrendo qualche volta col vecchio portiere Caramella, lo nominò, scrollandovi dietro il capo in aria di compassione, picchiando coll'indice la fronte per indicare che in quella testa c'erano delle idee dure come le noci. Il commendatore Balzalotti, con tante faccende tra le mani, fece mettere la posizione del signor Pianelli a protocollo, un librone che fa una ventina di migliaia di atti all'anno, e passò ad un altro numero.

Milano si occupò invece per una settimana della sanguinosa tragedia del Ponte dei Fabbri. I giornali s'incaricarono di fornire i piú minuti particolari, inventando naturalmente quello che non potevano sapere, descrivendo la casa, la fabbrica, la morta, il vivo, la catastrofe, il sangue, le voci che correvano nel quartiere intorno al carattere e ai rapporti fra i due coniugi Pardi. Chi dava ragione al marito, chi trovava il castigo una pazzia non necessaria. Chi diceva che il Pardone — conosciuto dalle sue parti per un buon pastore — sarebbe stato condannato a venti anni: chi invece assicurava che sarebbe stato assolto e mandato a casa. Corse anche qualche scommessa tra i soliti frequentatori dei *Tre Scanni*; ma in queste faccende tutto dipende, pur troppo, dal modo col quale il processo viene ordito, dall'umore dei giurati e fors'anche da quello delle loro mogli.

Chi sentí un gran colpo fu Beatrice. Il pensiero che in quella tragedia era in qualche maniera implicata anche lei; che una sua parola forse aveva deciso della vita di Palmira: la terribile fine d'una donna, che in mezzo ai suoi difetti, in fondo cattiva non era, e non voleva male a suo marito: tutto ciò, in mezzo a molte altre scosse morali, rattristò tanto il suo cuore, che ammalò.

Dieci giorni stette in letto, ma guarí benissimo nel riposo e nella verde quiete di Chiaravalle. Arabella fu una dolce infermiera; il dottor Chiodo prestò le cure piú amorose e non risparmiò le visite alla sua bella vicina di casa. Paolino, a cui la lettera di Demetrio aveva fatto un gran bene, mandò dalle Cascine i brodi piú delicati e le prime alucce di pollo.

Don Giovanni, durante la convalescenza, si lasciò vedere anche lui diverse volte e sedette a intrattenerla colla storia della vecchia abbazia, dei frati di Chiaravalle, di San Bernardo fondatore dell'Ordine, dell'eretica Guglielmina, che, dopo essere stata sepolta come una santa nel cimitero della Certosa, un bel giorno scoprono che è un'anima dannata, la disseppelliscono e bruciano il corpo sulla piazza di Sant'Ambrogio. Cose che capitano ai morti.

Beatrice ristoravasi in mezzo a queste cure. Rifiorí daccapo, mentre le piante andavano perdendo a poco a poco le foglie. Paolino, ricuperata la confidenza di prima, andava segnando sul taccuino americano i giorni che lo separavano dal gran giorno. Demetrio, uomo onesto e sincero, nella prima lettera consegnata ad Arabella e poi in altre che scrisse, dalla sua nuova residenza (dove dice di non trovarsi malaccio), ha saputo toccare la nota giusta. Non si dubita dell'onestà di una donna come si dubita del vino degli osti. L'uomo si uccide nell'onore,

— scriveva il buon cugino — la donna nel pudore. Se a questo mondo non ci sforziamo di far tacere la maldicenza e l'invidia della gente per ascoltare di tanto in tanto la voce sola e irragionevole del cuore, finiremo col non credere piú a nulla, nemmeno al pane che si mangia, e allora la vita diventa un inferno e chi trionfa è sempre il piú bugiardo e il piú sfacciato.

Andiamo avanti con confidenza e verrà giorno che i buoni torneranno ancora buoni a qualche cosa — cosí scriveva il cugino.

Si può immaginare che questi consigli furono altrettante goccie d'olio refrigerante sull'animo del buon Paolino, che un momento aveva dubitato anche lui delle cose del mondo. Ma ogni giorno piú, cioè ogni passo ch'egli fa verso il sospirato giorno, la realtà che lo aspetta gli pare irraggiungibile. Tutte le volte che torna da quella benedetta casa verso le Cascine, dubita ancora che sia un sogno. La gioia, il desiderio, la immaginazione crescono a tal punto che il cuore non può contenere tutta la felicità; il piacere tocca lo spasimo, l'aspettazione si cambia in paura. Gran destino che non si possa essere felici nemmeno in mezzo alla felicità! qualche cosa di guasto ci deve pur essere nel meccanismo del mondo — cosí pensava alla sua volta Paolino delle Cascine. E pare anche a noi.

Passò anche quel mite autunno. La terra si coprí di foglie morte, e, dietro la siepe degli alberi nudi, la guglia sottile del duomo di Milano riapparve nell'aria pura degli ultimi giorni di novembre. Poi cominciarono le nebbie, che, come un mare di vapore, nascondono i prati. Seguirono lunghi giorni piovosi. Finalmente la campagna è tutta coperta di neve. Dal bianco strato e dall'orlo delle fosse, che mostrano la nera crosta della terra, i mozziconi delle piante capitozzate sporgono le braccia corte e intirizzite a un roseo sole di gennaio.

Il cielo è bianco e netto, ma tira dai prati un'arietta sottile, fresca, che frusta le orecchie dei cavalli e passa i coturni di Bassano, che dalle Cascine va colla carrozza a prendere la sposa a Chiaravalle. Il gran giorno è arrivato.

Il cavallantino è in gran tenuta: cilindro di pelle, nappina nuova fiammante, guanti di lana, fazzoletto bianco al collo, con due cocche svolazzanti, di cui si serve, di tanto in tanto, per asciugarsi i baffi dalla brina.

Con lui viene il sor Isidoro Chiesa, il padre della sposa, l'uomo libero per eccellenza, vestito di nuovo, che manda dagli occhiali nuovi tutta la gioia fosforescente dell'uomo che trionfa. Avrebbe potuto esserci anche un altro signore, a cui il governo ha cambiato la greppia, e allora si sarebbe potuto dimostrare, strada facendo, che un Chiesa di Melegnano non è soltanto un gran buon uomo.

« Ci rivedremo, Filippo! » aveva promesso un Chiesa, e il giorno era venuto.

Le Cascine sono in festa fin dall'alba. Cominciano ad arrivare le carrozze dei parenti e degli amici. S'era detto di fare una cosa modesta, senza rumore, tra parenti intimi; ma un Chiesa di Melegano avrebbe creduto di buttare la figlia ai cani, se non avesse trascinata alla festa mezza provincia di Lodi. E non contento ancora, pagò il campanaio perché rompesse i timpani alla gente. Le belle campane della badia annunciano ai popoli il lieto avvenimento e mettono una nota allegra nell'aria fredda ed abbagliante delle campagne coperte di neve. Non manca un raggio di sole sul celebre campanile, che torreggia dignitosamente co' suoi archi bruni, colle sue colonnine, colla sua svelta piramide, sotto un pittoresco cappuccio bianco.

Arrivano tre o quattro carrozze, in mezzo a un rumoroso tintinnare di campanelli, tra gli evviva dei ragazzi e gli spari dei fucili da caccia. La buona Carolina, che non sa covare risentimenti, finisce di dare l'ultimo tocco ai capelli della sposa, mentre l'Elisa, fatta venire apposta da Milano, aggiusta le pieghe del vestito. I maschietti Mario e Naldo, vestiti come sposini essi pure, saltano, gridano cogli altri ragazzi sotto il portichetto. Dalle Cascine sono accorse tutte le ragazze curiose che hanno potuto scappar via, e fanno colle vecchie spettinate una siepe, un muro di gente innanzi alla casa.

Beatrice sente che gli occhi le si gonfiano di pianto. In certi momenti le par di sognare, in certi altri le tornano in mente le circostanze che accompagnarono il suo primo matrimonio, e a volte non sa distinguere tra adesso e allora. Lo stesso chiasso, lo stesso tintinnare di campanelli, e sopra ogni altro rumore la stessa voce stridente del babbo, che predica, che ride, che comanda. Ogni momento le pare di vedere il suo Cesarino spuntare in cima alla scala, bello, elegante, nell'abito fresco, col cravattino bianco...

Asciugati gli occhi e ricomposto l'animo, pallida e ancora palpitante, scende, passa tra una doppia fila di persone, che gridano: « Viva la sposa! »

Le ragazze curiose, le vecchie spettinate, i vecchi massai, che stanno sulla porta, fanno ressa, sporgono il capo, e, congiungendo le mani in orazione, esclamano colla sincera ammirazione della povera gente: « *Gesus, se l'è bèla!* »

Le carrozze partono tutte insieme verso la chiesa. Solamente Arabella, indugiando sulla scala, s'è fermata a casa. Ritta dietro i vetri della finestra, essa stende il suo sguardo molle e afflitto sulla pianura tutta coperta di neve, pensa ai morti, pensa ai lontani e riempie l'avvenire colle ombre del suo passato.

FINE

Indice